Veit Etzold

SKIN

Thriller

BASTEI
LÜBBE
TASCHENBUCH

BASTEI LÜBBE TASCHENBUCH
Band 17 375

Dieser Titel ist auch als Hörbuch und E-Book erschienen

MIX
Papier aus verantwortungsvollen Quellen
FSC® C083411

Originalausgabe

Ein Projekt der AVA international GmbH
Autoren- und Verlagsagentur
www.ava-international.de

Textredaktion: Wolfgang Neuhaus, Oberhausen
Titelillustration: © www.buerosued.de (2)
Umschlaggestaltung: Bürosüd, München
Satz: Urban SatzKonzept, Düsseldorf
Gesetzt aus der Garamond
Druck und Verarbeitung: CPI books GmbH, Leck – Germany
Printed in Germany
ISBN 978-3-404-17375-4

5 4 3 2

Für Saskia
(besonders für die Idee mit der Haut …)

Prolog

Im Flur war es dunkel.

Es roch muffig.

Ein großer Freund der Hygiene war er ja nie gewesen, aber hier war es offenbar noch schlimmer geworden. In der Ferne, so sagte man, kommen die wahren Eigenschaften eines Menschen zum Vorschein, die guten und die schlechten.

Hier offenbar nur die schlechten.

Die Rollos waren heruntergezogen. Die Sonne blinzelte durch die Spalten und brach sich in der abgestandenen Luft, die so ranzig war, dass man sie mit den Händen hätte greifen können. Im trüben Licht summten Fliegenschwärme.

Schöner wohnen würde hier keinen Preis vergeben.

Blick in die Küche.

Die Spüle randvoll mit Geschirr. Auf dem Küchentisch Konserven, Gabeln, schmutzige Servietten. Take-away-Gerichte vom Chinesen. Eines davon noch halb voll. Zwei Essstäbchen ragten aus einem ekelhaften Mischmasch aus blau angelaufenen Nudeln und pelzigem Schimmel. Obendrauf ein wimmelnder Fliegenschwarm.

Verdammt, wo kommen all die Viecher her?

Lieber gleich weiter.

Wo ist er denn nur? Lebt er wirklich in diesem Saustall?

Der Gestank wurde noch schlimmer.

Zeitungen und Magazine lagen auf dem Flur verstreut. So, als sollte hier tapeziert werden. Doch Tapezieren wäre sicher das Letzte, was dem Bewohner dieser Wohnung eingefallen wäre. Auch wenn es bitter nötig war, denn die von

Schimmel zerfressenen Tapeten hingen schwarzgrau von der Wand.

Vorne das Wohnzimmer.

Die Jalousien halb geöffnet.

Auf dem Tisch eine Ansammlung von Coladosen, Bier- und Whiskyflaschen. Alle Bierflaschen leer, zwei Whiskyflaschen ebenfalls, in der dritten noch ein Fingerbreit Alkohol. Auf dem Tisch ein paar bunte Pillen und weißes Pulver.

Oh Gott er hat doch nicht etwa angefangen, Drogen zu nehmen? Getrunken hat er in letzter Zeit eh zu viel, geraucht sowieso, aber von Drogen hat er bisher die Finger gelassen.

Eines dieser komischen Geräte zum Zigarettendrehen auf dem Tisch, daneben Blättchen, bröseliger Tabak, zwei kleine Tütchen, wahrscheinlich Marihuana oder Cannabis. Zigarettenasche im überquellenden Aschenbecher. Kippen auf Sofa und Fußboden. Einige so festgetreten, dass sie wie ein Teil des fleckigen Teppichs aussahen.

In der Tischmitte ein Handy. Nur noch zu zehn Prozent geladen. Voll mit Anrufen in Abwesenheit.

Auch hier Fliegen. Auf dem Boden, an der Decke. Eigentlich überall.

Klar, in so einer Messie-Wohnung wimmelt es von Fliegen. Aber so viele?

Links das Bad.

Dieser Gestank!

Das war aber doch nicht der Gestank von Müll oder Schimmel? Oder der einer Wohnung, die zu selten gelüftet wurde?

Nein. Das war der Gestank von etwas anderem. Etwas, das uralte Instinkte alarmierte. Das einem sagte: Hier ist etwas geschehen, was nicht geschehen durfte.

Ein Griff an die Badezimmertür.

Kurzes Innehalten.

Durchatmen. Luft anhalten. Tür öffnen.

Grelles Licht im Bad.

Mit einem Mal war alles klar.

Wenn man in einem derart zugemüllten Saustall von Klarheit sprechen konnte.

Aber jetzt war klar, was mit ihm war.

Er war nicht verreist.

Er war nicht verschollen.

Er war hier.

Er lag in der Wanne.

Tot.

Leben konnte so jemand, so *etwas*, nicht mehr.

Auch hier Fliegen. Überall.

Das Fenster stand auf Kippe, und die nach außen dringende Luft hatte sie angelockt. Diese Mischung aus Schimmel, vergammelten Essensresten, ranziger Luft und Fäulnis.

Ist das sein Gesicht?

Es war kaum mehr zu erkennen ... aber, bei Gott, ja, es *war* sein Gesicht.

Die Wahrheit war schlimmer als der Tod.

Der aufgetriebene Körper befand sich teils über Wasser, teils unter Wasser. Der Oberkörper war mit Löchern übersät, durch die man die oberen Rippen sehen konnte. Die unteren schimmerten weiß durch das trübe Wasser.

Das Gesicht grau. Die Augen blind. Die Zähne zu einem Grinsen gebleckt.

Man sagte, Wasserleichen seien die schlimmsten Leichen.

Stimmt.

Die Hand lag halb auf dem Rand der Wanne, halb war sie unter Wasser. »Waschhautbildung« nannte man das, verhornte Haut, die aufquoll und Wellen schlug.

Bilder erschienen vor dem inneren Auge.

Sie beide, gemeinsam auf der Brücke. Gemeinsam in der Bahn. An der See. Auf dem Balkon.

Hand in Hand.

Noch einmal kamen die Bilder.

Die Hand in meiner Hand. Ich muss die Hand ergreifen! Es geht nicht anders! So wie früher. So wie immer.

Ein Griff nach der Hand, wie zu Lebzeiten. Als letzte Geste. Auch wenn er verschwunden war, ein Teil von ihm war noch hier. So wie seine Hand.

Dieses Gefühl …!

Die tote Hand in der lebenden. Die Berührung. Als wäre dadurch alles wie früher.

Dann das Geräusch, als die Haut sich löste.

Die Haut der Hand in meiner Hand.

Erst dann wurde klar, was wirklich passiert war.

Der Schrei gellte durch die Hölle des Bades und die Vorhölle des Flures.

Für einen Moment stoben die Fliegenschwärme auf. Ihr helles Summen erfüllte die warme, feuchte, beinahe ölige Luft, die sich als dünner Film auf Haut und Kleidung legte. Die Wasseroberfläche zitterte.

Dann ließen die Fliegen sich wieder nieder.

Alles war wie vorher.

Nur die abgelöste Haut der Hand lag auf dem Badezimmerboden.

ERSTES BUCH

1.

»Du hast in Witten studiert?«

Christian hörte die Frage gar nicht, als er mit Fabian, seinem Projektleiter, über den nicht enden wollenden Gang im Terminal 1 des Frankfurter Flughafens ging. Ihnen folgte Katharina, die ziemlich laut mit einem offenbar begriffsstutzigen Kunden telefonierte. In fünfzehn Minuten begann das Boarding für ihren Flug nach Zürich. Wenn es jemals eine Zeit gegeben hatte, in der Christian Flughäfen mit Urlaub in Verbindung brachte – diese Zeit war jetzt endgültig vorbei.

Er schaute auf sein Smartphone, stolz auf die Gravur in der Metallhülle. *Christian König*, stand da. *East Coast Consulting.*

East Coast Consulting. ECC. So hieß die Firma, für die er jetzt arbeitete. Die führende Strategieberatung der Welt, hatte man ihm und den anderen eingehämmert. Erst in den Karriere-Magazinen, dann in den Recruiting-Workshops und schließlich bei ECC selbst.

Jetzt war Christian Teil dieser Firma. Was für jeden Hochschulabsolventen, der Karriere machen wollte, einem Ritterschlag gleichkam. Erst recht für jemanden, der Christians Fach studiert hatte.

»Schläfst du noch?«

Christian wurde aus seinen Gedanken gerissen. »Bitte?«

»Ob du in Witten studiert hast, habe ich dich gefragt«, sagte Fabian.

»Ja«, antwortete Christian knapp. »Witten Herdecke. Philosophie. Und dann noch ein bisschen Volkswirtschaft.«

»Okay.« Fabian schien nicht allzu begeistert zu sein. »Aber die BWL-Sachen sitzen auch, oder? Ihr wart doch alle auf dem Exotentraining?«

»Ja, klar«, beeilte sich Christian zu sagen, während er seine Tasche schulterte und einer dicken alten Dame auswich, die ohne Vorwarnung stehen geblieben war. Noch drei Schritte, und sie standen auf einem dieser horizontalen Förderbänder, auf denen man sich immer so vorkam wie die grauen Herren in Michael Endes *Momo*, wenn man schnell lief: Ein kleiner Schritt nach vorne, und die Außenwelt rauschte viel schneller an einem vorbei.

Katharina war noch immer ein paar Meter hinter ihnen, da ständig neue Kunden anriefen und sie des Öfteren gegen den Lärm im Terminal anschreien musste. Christian mochte Katharinas norddeutsche, pragmatische Art und ihren klassisch-schlichten Stil. Besonders ihre eleganten Schuhe waren ihm aufgefallen, zumal sie keine hohen Absätze hatten. *Das kannst du vergessen*, hatte Katharina ihm gesagt, *mit hohen Absätzen kilometerweit zum Gate laufen.* Fabian hatte Katharinas Schuhe scherzhaft »Carla-Bruni-Treter« genannt, da das italienische Model/Sängerin/Expräsidentengattin ebenfalls keine hochhackigen Schuhe mehr trug. Allerdings nur deshalb, damit sie ihren kleineren Ehemann Sarkozy nicht überragte.

Hoffentlich sitzen die BWL-Sachen wirklich, dachte Christian. Alles, was er beim Exotentraining gelernt hatte. Ein seltsamer Begriff, aber so nannte man das hier. Exotentraining. Alle, die keine BWLer waren, galten als Exoten: Philosophen, Literaturwissenschaftler, Physiker, Mediziner. Sie alle kamen irgendwann nach der Uni zu ECC, denn das Unternehmen zahlte sehr gut. Und ECC brauchte immer Nachwuchs. Wenn man dann rigoros herausfilterte, wer gut genug war, um ein Jobangebot zu bekommen, musste man halt ein umso größeres Netz auswerfen. Je kleiner der Filter, desto größer musste das

Netz sein, wenn etwas hängen bleiben sollte. Und um all die Nicht-BWLer für die harte Business-Welt fit zu machen, gab es das Exotentraining.

Oh ja, Christian hatte daran teilgenommen. Zwei Wochen Druckbetankung im Münchner Büro der ECC. Kostenrechnung, Investitionsrechnung, Bilanzen, Buchhaltung, Barwert, Unternehmensbewertung, Operational Finance, Corporate Finance, International Finance – das volle Programm. Alles das, was normale Leute in einem ganzen BWL-Studium lernen, wurde den Nicht-BWLern, die intelligent – oder auch ahnungslos – genug waren, um von ECC ein Angebot zu bekommen, innerhalb von zwei Wochen in gnadenloser Schlagzahl eingehämmert.

Christian war jetzt genau vier Wochen bei ECC. Zwei Wochen Exotentraining, zwei Wochen European Business Training. Mit anderen Beratern aus England, Spanien und Frankreich. Tagsüber Fallstudien lösen, um sie dann den Geschäftsführern oder Partnern von ECC vorzulegen, die extra mit einem Fahrservice von irgendeinem internationalen Flughafen aus in dieses bayerische Nest gekommen waren, wo die Trainings stattfanden und die hoffnungsvollen Talente in Klausur gingen. Dann gab es Feedback. Und am Abend hoch die Tassen.

Am letzten Abend schließlich wurde die große Überraschung präsentiert, wie bei einer Weihnachtsbescherung. Oder wie bei den Marines auf Paris Island, wenn sie erfuhren, in welches Krisengebiet man sie schickte. Passend dazu nannte man die letzte Woche des European Business Trainings »Bootcamp«.

Am jenem letzten Abend wurde mitgeteilt, wer auf welchem Fall arbeiten würde. Diesen Job übernahmen die Mitarbeiter der Personalbeschaffung, die dafür zuständig waren, die richtigen Leute zu den richtigen Projekten zu bringen. Wenn ein Partner bei ECC einem Unternehmen ein Beratungsprojekt verkaufte, brauchte er dafür Berater, die die eigentliche Arbeit machten, den *Job on the ground*, wie es bei ECC hieß. Die Partner selbst schwebten oft nur zu den Lenkungsausschüssen ein, den sogenannten Steering Committees, und ließen sich vorher von den rangniedrigeren Chargen über den Projektfortschritt unterrichten, damit sie im Meeting nicht allzu ahnungslos wirkten. Was sie nicht davon abhielt, dem Kunden dennoch achttausend Euro in Rechnung zu stellen. Pro Tag, wohlgemerkt.

Christian hatte bereits davon gehört, was die Partner verdienten, was sie den Kunden kosteten und wer ein »Rainmaker« war, ein Regenmacher. Das waren diejenigen, die die größten Aufträge an Land zogen.

Das alles wurde hinter vorgehaltener Hand bei den beiden Trainingsveranstaltungen diskutiert. Denn es war so, wie es oft war: Einige der »Newies«, der Neueinsteiger, wussten mehr über die Firma als andere. Vielleicht, weil sie dort jemanden kannten, vielleicht, weil sie die richtigen Insiderseiten im Internet gelesen hatten, vielleicht auch nur deshalb, weil sie behaupteten, etwas zu wissen, in Wahrheit aber keine Ahnung hatten. Eine Fähigkeit, die in der Unternehmensberatung nicht ganz unwichtig war. *SABVA* kürzte man firmenintern die Begabung ab, auch bei einem Problem, von dem man nie zuvor gehört hatte, so zu erscheinen, als habe man die Lösung schon vor dem Gespräch in der Schublade. *SABVA – Sicheres Auftreten bei vollständiger Ahnungslosigkeit.*

Was beispielsweise zur Folge hatte, dass Berater an Versicherungsprojekten arbeiteten, obwohl sie von Versicherungen erst einmal keine Ahnung hatten. Das wiederum führte unter anderem dazu, dass auch Philosophen wie Christian von ECC eingestellt wurden, auch wenn sie sich die betriebswirtschaftlichen Details mühevoll innerhalb von zwei Wochen – und später an den Projekten – in den Kopf hämmern mussten und sich dann gänzlich unphilosophisch fragten, warum sie nicht gleich etwas Vernünftiges studiert hatten.

Genauso blöd kamen sich allerdings auch die studierten BWLer vor, wurde ihnen doch vor Augen geführt, dass man in schlappen zwei Wochen nachholen konnte, wofür sie sich fünf Jahre lang krumm gemacht hatten.

We don't hire skills, we hire attitudes, hatte mal ein ECC-Partner an der Uni Witten Herdecke gesagt, als ECC dort ein so genanntes Recruiting durchgeführt hatte, um neue Mitarbeiter zu gewinnen, Häppchen und Sektempfang inklusive. »Wir schauen nicht auf die Fähigkeiten, sondern auf die Einstellung. Wer die richtige Einstellung hat und smart und schnell ist, kann alles lernen.«

Christian war mehr als zufrieden gewesen, als man ihn an jenem letzten Abend der BWG zugeteilt hatte, als die neuen Projekte für die Newies verkündet worden waren. BWG, die Bank für Wirtschaft und Gesellschaft. Er, Christian König, würde an einem Bankenprojekt arbeiten! Obendrein für eine große und bedeutende Bank, denn von der BWG hatte er zuvor schon gehört, sogar als Philosoph. Das machte ihn stolz, zeigte es doch, dass man ihm viel zutraute. Er hatte auch schon von Geisteswissenschaftlern gehört, die erst einmal bei einem so genannten Pro-Bono-Projekt landeten, wo ein Museum oder eine Uni gegen geringe oder gar keine Gebühr beraten wurde. Schön und gut, aber nicht besonders förderlich für die Karriere bei ECC. Denn wer nur »Schönwetterberatung« gewöhnt war, war für die »harten« Beratungsprojekte nicht geeignet – und mit denen verdiente ECC nun mal das große Geld.

Doch Christians anfängliche Hochstimmung verflog, als er feststellen musste, dass die Banking-Praxisgruppe der ECC so riesig und unersättlich war, dass sie immer wieder Nachschub brauchte und sich nicht groß darum kümmerte, ob die Newies etwas anderes machen wollten als Banking. Schließlich hatten die Banken nach wie vor eine Menge Geld und eine Menge ungelöste Probleme, bei denen sie Beratung brauchten. Bei den Newies war daher schon vom obligatorischen »Bankenjahr« die Rede, das jeder Neuling erst einmal hinter sich bringen musste.

»Ich glaube, Lars war vor Kurzem auf einem Recruiting Workshop in Witten«, sagte Fabian, als sie auf dem Laufband standen. »Kann das sein?«

Christian nickte. Lars war der ECC-Partner, der an der Uni Witten von »Skills und Attitudes« geredet hatte. Ihn würde er auch noch kennenlernen, denn Lars war der Partner bei dem Projekt, an dem Christian mit Fabian und Katharina arbeitete.

Kurz darauf stiegen sie vom Förderband, und die Welt bewegte sich wieder langsamer.

»Also, pass mal auf«, tastete Fabian sich an eine Sache heran, die ihm offenbar wichtig war. »Wir haben da ein Excel Sheet mit den Zahlungsströmen der Bank. Bilanz, Profit and Loss, alles Mögliche. Eine Riesentabelle.« Er schaute Christian an. »Da musst du wahrscheinlich ran.«

»Wer sitzt denn zurzeit dran?«

»Ein Kollege namens Jonathan.« Fabian zog ein düsteres Gesicht. »Allerdings ist Lars unzufrieden mit ihm, und ich bin's auch. Da sind tausend Bugs in dem Sheet, irgendwelche verdammten Programmfehler, und wenn Lars und ich beim Kunden sind, stehen wir wie die Doofen da, weil die Zahlen nicht zusammenpassen. Jonathan performt nicht richtig.«

Er performt nicht richtig, dachte Christian.

Was sich anhörte wie das Auswahlverfahren bei deutschen Castingshows, hatte einen viel ernsteren Hintergrund. Christian hatte in den Trainings davon gehört, dass Teammitglieder, die »nicht richtig performten«, aussortiert und später womöglich gefeuert werden.

»Excel kannst du doch?«, fragte Fabian. »Das hattet ihr doch im Exotentraining, oder?«

»Mehr oder weniger.«

»He«, rief Katharina und wies mit ausgestrecktem Arm auf die Anzeigetafel. »Frohe Botschaft!«

»Scheiße«, fluchte Fabian. »Der Abflug verzögert sich um eine Viertelstunde.« Demonstrativ ließ er seine Laptoptasche fallen. »Okay, wir nutzen die Zeit und geben dir ein paar Tipps, von denen du bei den Trainings bestimmt nichts gehört hast. Also pass auf, es ist wichtig.«

2.

Freitagabend.

Hauptkommissar Frank Deckhard nahm einen vorsichtigen Schluck Bier und ließ den Blick durch die Bar schweifen. »Das Eisen« war so etwas wie seine Stammkneipe, gelegen zwischen Keithstraße, wo sich das Abschnittsrevier des LKA befand, und dem Kudamm. Eine Mischung aus rebellischer Aufsässigkeit und Westberliner Mief. Ein bisschen Motörhead, ein bisschen Europa-Center, ein bisschen Café Kranzler. Und so richtig zusammen passte gar nichts. Aber das Bier war eiskalt, und das war das Wichtigste.

Deckhard kam gerade vom Karatetraining, wie jeden Freitagabend. Wado-Ryu-Karate. Bei diesem Kampfstil gab es nicht nur Schläge und Tritte, auch Hebel, Würger und Würfe. Heute hatten sie im Training Bruchtests gemacht und Bretter durchschlagen. Deckhards Exfreundin hatte sich immer beschwert, wenn er nach solchen Übungen mit dicken Knöcheln nach Hause kam, und ihm Eis auf die geschwollenen Stellen gelegt. Oder tiefgefrorene Himbeeren aus dem Gefrierfach. Nun war die Freundin weg, die tiefgefrorenen Himbeeren ebenfalls. Dafür war das Bier kalt, und Deckhard presste die Knöchel an das vor Kälte beschlagene Glas.

Immerhin hatten sie heute einen Fall zu Ende gebracht. Vor zwei Tagen hatten sie Uwe P. auf der Autobahn gefunden. Als er noch gelebt hatte, war er Zuhälter gewesen. Was er jetzt noch war, ließ sich schwer definieren. Denn sie hatten ihn in einem Zustand gefunden, als wäre er von einem Riesen auf einem gigantischen Hobel abgeschliffen und gleichzeitig angezündet worden. Den Ermittlern war schnell klar geworden, dass der Mann nur kurze Zeit auf der Autobahn gelegen hatte, ehe er von einem Wagen erfasst und vermutlich mehrere Kilometer weit mitgeschleift worden war.

Doch erst die Rechtsmedizin fand heraus, was vorher niemand erkannt hatte: Uwe P. war etwa fünf Kilometer von der Stelle entfernt, wo die Ermittler ihn gefunden hatten, totgeschlagen worden. Dort hatten der oder die Täter den armen Uwe nachts auf die Autobahn gelegt. Und gehofft, die dämlichen Bullen würden glauben, er sei totgefahren worden.

Tja, da habt ihr Pech gehabt, dachte Deckhard und trank in kleinen Schlucken von seinem Bier. Die Rechtsmediziner hatten herausgefunden, dass der Mann bereits tot gewesen war, als das Auto ihn erfasst hatte, denn es hatte keine Vitalitätszeichen mehr gegeben. Die Schläge auf den Kopf aber *hatten* zu Blutungen geführt, bevor das Opfer mitgeschleift worden war. Also war es an diesen Schlägen gestorben.

Eigentlich gut so, dachte Deckhard. Denn lebend von einem Auto mitgeschleift zu werden würde er nicht einmal seinen schlimmsten Feinden gönnen. Die Bilder vom Tatort und aus dem Obduktionssaal blitzten noch immer vor seinem inneren Auge auf wie kurze Einblendungen aus einem Horrorstreifen. Die Füße nur noch blutige Klumpen. Die ganze rechte Seite eine einzige klaffende Wunde. Das Gesicht enthäutet und von der Hitze angesengt wie ein verbrannter Lampion.

Deckhards Handy piepte. Er schaute aufs Display. Eine SMS. *Ich denke noch immer an den Pazifik*, stand da.

Er wollte gerade antworten, als sich die Tür zum »Eisen« öffnete und eine attraktive, zierliche Frau Ende dreißig die Bar betrat. Deckhard erkannte seine Kollegin Sophie sofort. Die von der Kälte roten Bäckchen, die Sporttasche, die wachen Augen. Sie arbeiteten viel zusammen. Sophie war Fachärztin für Rechtsmedizin und obendrein auch noch für forensische

Psychiatrie, was ihr half, nicht nur die Seele von Verbrechern und deren Opfern zu verstehen, sondern auch deren meist leblose Körper.

An diesem Abend hatte man Sophie noch zu einem anderen Tatort gerufen, nachdem Deckhard bereits gegangen war. Mehrere Alkoholiker waren im Suff übereinander hergefallen. Einen von ihnen hatte es besonders schlimm erwischt; er schwebte in Lebensgefahr. Sophie hatte die Notärzte zum Tatort begleitet, deshalb kam sie nun später ins »Eisen« als verabredet. Sie und Deckhard machten freitags Sport – Deckhard Karate, Sophie Zumba-Fitness.

Nicht zum ersten Mal fragte sich Deckhard, weshalb er und Sophie nicht zusammen trainierten.

Eigentlich, überlegte er, *könnten wir sogar zusammen leben. Ein schöner Gedanke! Aber es würde wahrscheinlich ziemlich schnell kompliziert mit uns beiden. Schwierig. Auf längere Sicht unerfreulich. So wie mit meiner Ex. Da verzichte ich lieber auf die Himbeeren aus dem Eisfach und ertrage meine Prellungen und Stauchungen wie ein Mann.* Er verzog das Gesicht. *Aber das Single-Dasein ist auch nicht das Gelbe vom Ei. Wie man's macht, ist es verkehrt …*

»Na, Kollegin.« Er umarmte Sophie und gab ihr einen Kuss auf die Wange. »K oder K? Krankenhaus oder Kühlraum?«

»Kühlraum«, sagte Sophie. »Der Typ hat's hinter sich.«

»Apropos Kühlraum … Willst du auch ein Bier?«

»Lieber einen Weißwein.«

»Typisch Frau.«

»Immerhin kein grüner Tee.«

»Stimmt. So wie meine Ex.«

»Die war nett. Aber manchmal ein wenig seltsam.«

»Dein Verflossener auch. Dieses gepiercte Klappergestell.«

»Im Nachhinein finde ich das auch. Vielleicht dachte ich damals, dass gepiercte Männer die idealen Ehemänner sind.«

»Wieso?«

»Sie haben Sinn für Schmuck und sind Schmerzen gewohnt.«

»Sonst nehm Se mich, junge Dame!« Das war Wolle, der Barmann, der Sophie den Weißwein über den Tresen reichte.

Sie lächelte. »Ich denk drüber nach!«

Sie stießen an.

»Der Typ ist also tot?«, fragte Deckhard.

»Toter geht's nicht!« Sophie nickte.

»War es schade um den Kerl?«

»Einen Hund hatte er nicht«, sagte Sophie, »und ich wüsste nicht, wer sonst um ihn trauern sollte. Der Tod ist für die Hinterbliebenen ja meist schwerer als für die, die ins Gras beißen.«

»Ja, stimmt. Meistens merkt man's ja nicht, dass man tot ist. Es ist nur schwierig für die anderen, damit klarzukommen.«

»Genauso, wie wenn man dumm ist«, sagte Sophie. »Auch das merkt man meistens nicht. Es ist nur schwierig ...«

Deckhard ergänzte lachend: »... für die anderen, damit klarzukommen.«

Eine Zeit lang ließen sie schweigend die Blicke schweifen. Über den Billardtisch, das Dartspiel, die verkrachten Existenzen, die dumpf in ihre Bier- und Schnapsgläser starrten und auf irgendetwas zu warten schienen, was niemals kommen würde. Es hätte gepasst, wäre jetzt Musik von Bruce Springsteen erklungen, die war wie gemacht für Leute, die einsam an der Bar saßen und auf etwas warteten, was niemals kam. Doch es lief nicht Bruce Springsteen, sondern irgendein Waschmittelsong von Helene Fischer.

»Wie war es sonst so? Die Woche?«, fragte Sophie.

Deckhard verzog das Gesicht. »Manchmal weiß ich echt nicht, was der ganze Mist soll.«

»Verbrecher jagen, vor Gericht bringen und zuschauen, wie der Richter sie wieder laufen lässt?« Sophie blickte kurz auf ihr Smartphone und ließ es dann in der Handtasche verschwinden.

»Ja, zum Beispiel. Oder im Auto sitzen und auf einen Penner warten, der nicht kommt. Oder Leute zu vernehmen, von denen man sowieso weiß, dass sie lügen. Typen in den Knast zu bringen, die nach drei Tagen eh wieder draußen sind. Oder betroffen zu tun, wenn man's nicht ist, weil einen die Sache einen Dreck interessiert. Oder halb totgeprügelte Kinder aus einer Familie rauszuholen, damit das Jugendamt sie sofort wieder in dieselbe Familie zurückschicken kann, um diese Kinder dann irgendwann als tote Kinder aus besagter Familie zu holen.« Er atmete tief aus und trank von seinem Bier. »Und nicht nur das. Erinnerst du dich an Glöckner? Das ist fast auf den Tag ein Jahr her.«

Sophie nickte. Glöckner war ein Kollege, der sich vor einem Jahr erschossen hatte. Keiner wusste genau, warum. Wahrscheinlich war ihm alles zu viel geworden.

»Weißt du noch, was er damals gesagt hat, kurz bevor er an seiner Sig Sauer genuckelt hat?« Glöckner hatte sich mit seiner Dienstwaffe in den Mund geschossen. »Warum die längste Gefängnisstrafe lebenslang heißt?«

»Weil man fast ein Leben lang im Knast ist.«

»Nein. Weil das Leben selbst eine Strafe ist. Ein Leben lang leben zu müssen, ist lebenslang.«

»Das Leben ist aber nicht *nur* schlecht.«

»Das habe ich ihm auch gesagt.«

»Und? Was hat er geantwortet?«

»Wir leben, leiden und sterben. Wir pflanzen uns fort, führen Kriege, reiben uns auf, sterben und werden für immer vergessen. Und warum das alles? Wir wissen es nicht.«

»Aber es ist ja nicht allen Leuten egal, was wir tun. Wenn wir Menschen helfen ...«

»Wenn es keine Menschen gäbe, müssten wir auch keinem helfen.«

»Aber es gibt nun mal Menschen. Und darum kann das, was wir tun, nicht sinnlos sein.«

»Doch! Und da muss ich Glöckner recht geben, auch wenn ich mir niemals mit meiner Dienstwaffe den Kopf wegschießen würde. Was ist ein einziger Mensch im Vergleich zu sieben Milliarden? Was ist die Erde im Vergleich zur Milchstraße? Was ist die Milchstraße im Vergleich zum Universum? Winzig klein und völlig sinnlos.« Deckhard trank von seinem Bier. »Das ist Charles Darwin damals auch klar geworden. Als er erkannte, dass die Evolution nur Zufall sein konnte und nicht Gottes Wille, ist er schwer depressiv geworden.«

»Wenn ich manche Typen sehe, die wir festnehmen, ist bei der Evolution des Menschen irgendwas mächtig schiefgelaufen.«

»Hey, ich meine es ernst. Gott hat bei der Evolution keinen Plan gehabt.«

»Oder es gibt keinen Gott.«

»Würde ich nicht sagen.«

»Ja oder nein?«

»Vielleicht gibt es einen Gott.« Deckhard blickte nach draußen und blinzelte, als würde die Sonne scheinen. »Ich habe in letzter Zeit öfters darüber nachgedacht.«

»Und?«

»Es ist sogar sehr wahrscheinlich, dass es ihn gibt. Die Welt ist derart auffällig von einer perversen Intelligenz konstruiert, dass ihre Erschaffung kein Zufall sein kann. Gott hat sich gelangweilt. Er wollte Gesellschaft. Action. Er erschuf die Schöpfung. Und seitdem schaut er sich die Realität an, das Leiden der Menschen. So, wie sich irgendwelche Teenager einen Horrorfilm angucken.«

»Oder manche Wähler die Politik ihrer Regierungen.«

»Kann sein.« Er trank wieder von seinem Bier. »Die ganze Welt ist für Gott ein riesiger Gewaltfilm. Ein überdimensionaler Snuff-Movie.«

»Sag mal, hast du einen VHS-Kurs in Theologie gemacht? Gut, dass du nicht Priester geworden bist.«

»Hatte ich mal vor. Bis die Sünde ihr hässliches Haupt erhob.«

»Die Sünde?«

»Ja. In Gestalt des Weibes.«

»Verstehe. Und dann?«

»Hatte ich auf einmal keine Lust mehr, Priester zu werden, sondern Lust auf ganz andere, eher fleischliche Dinge.«

»Auf was genau?«

Er grinste. »Hast du ein paar Stunden Zeit?«

Sie grinste zurück. »Oh, bitte, nicht schon wieder die ganze Nacht fernsehen.«

Deckhard seufzte. »Touché.« Er gab dem Barmann ein Zeichen. »Noch so eins.«

Er schaute Sophie wieder an. »Jedenfalls, mit den Frauen hat es bei mir nicht so richtig geklappt, wie du weißt. Deshalb bin ich einsam und allein. Tja, die Welt ist schlecht ...« Er trank sein Glas leer und stellte es auf den Tresen.

»Und was lernen wir aus deiner Predigt?« Sophie lächelte ihn an. »Die Welt ist schlecht. Deshalb ...?«

»Deshalb bin ich Bulle geworden. Jeder versucht mit seinem Job, das Defizit wettzumachen, das er um sich herum wahrnimmt. Sogar an sich selbst.«

»Zum Beispiel das Fehlen des Gehirns als Voraussetzung für eine politische Karriere.«

Deckhard lachte. »Ja. Die sollten keine Reden halten, sondern die Klappe.«

»Wow«, sagte Sophie, »jetzt auch noch coole Aphorismen.«

»Ja, verarsch mich nur.« Deckhard nahm das frische Bier

entgegen. »Die Welt *ist* schlecht. Und genau diese Einsicht hat den armen Glöckner aus dieser kalten, polizistenfeindlichen Welt geradewegs ins Grab befördert. Es gab ja keinen, der ihm die Arbeit abgenommen hat. Sogar diesen letzten Dienst musste er sich selbst erweisen.« Er wies nach draußen. »Da hatte es der Kerl, der jetzt im Kühlraum schlummert, viel besser. Bei dem haben seine Freunde den Job erledigt.«

»Na, auf diesen Freundschaftsdienst kann ich verzichten.« Sophie verzog das Gesicht. »Ich glaube nicht, dass ich mit dem tauschen will.«

»Wie auch immer. Das Leben hat keinen Sinn, aber darüber nachzudenken, noch viel weniger.«

»Wenn die Telefonseelsorge mal neue Mitarbeiter sucht«, sagte Sophie, »würde ich dich glatt empfehlen.«

Deckhard nahm seine Schachtel Lucky Strikes ohne Filter und zündete sich eine Zigarette an. Hier durfte man rauchen, obwohl es offiziell verboten war. Aber das war wahrscheinlich das West-Berliner Flair, das hier im »Eisen« nicht fehlen durfte.

Er zog an der Zigarette, bevor er weitersprach. »Hängen sich die meisten Rechtsmediziner nicht auf, wenn sie am Leben verzweifeln, oder wie war das? Müsstest du doch wissen. Du bist ja eine von denen.«

»Ja«, sagte Sophie. »Wir wissen eben, wie es geht. Die Halsschlagadern abschnüren. Das Gehirn bekommt keinen Sauerstoff mehr. Trotzdem verfällt man nicht in Panik, weil noch Kohlendioxid abgeatmet werden kann. Du kannst aber auch Beruhigungsmittel nehmen. Und dann eine Tüte über den Kopf. Der Sauerstoff, den man einatmet, enthält immer mehr Kohlendioxid, und schließlich schläft man ein. Und dann – tschüssi.«

»Was du so alles weißt. Was ist mit Ertrinken?« Deckhard blies Rauch aus und rieb seine Knöchel an dem kalten Bierglas. »Das machen doch immer die Künstlertypen.«

»Künstlertypen?«, sagte Sophie. »Weiß ich nicht. Aber wer diese Methode wählt, hat keine Ahnung, wie man richtig lebt, und noch weniger, wie man richtig stirbt. Ertränken sollte man sich nicht. Viel zu schmerzhaft. Zu viel Panik. Erschießen ist übrigens auch nicht zu empfehlen. Wenn man sich nicht richtig in den Kopf schießt, wacht man als querschnittsgelähmter Sabberlappen auf.« Kaum hatte sie ausgesprochen, blickte sie Deckhard betroffen an. »Oh, tut mir leid. Das hätte ich nicht sagen dürfen.«

»Schon gut, hast ja leider recht.«

»Jedenfalls wacht man dann querschnittsgelähmt auf und ist noch unglücklicher als zuvor. Obendrein kann man sich dann nicht mehr umbringen. Nein, das ist kein Exit. Das ist dann *wirklich* lebenslang.« Sie trank von ihrem Weißwein. »Aber über was für Dinge reden wir hier eigentlich? Es ist Wochenende.«

Wieder piepte Deckhards Handy. Es hatte die Eigenart moderner Smartphones, zweimal zu piepen, sobald eine SMS kam und der Besitzer sie nicht schnell genug geöffnet hatte.

»Ich darf mal eben?«, fragte Deckhard. Er wusste, wer die SMS geschickt hatte.

Du wachst als querschnittsgelähmter Sabberlappen auf …

»Ja, klar«, sagte Sophie.

Deckhard drückte die Zigarette aus. Klickte auf die SMS. Zeigte sie Sophie.

»Ich denke noch immer an den Pazifik«, las Sophie den Text laut.

»Tja, irgendwann werde ich mit ihm dorthin fahren müssen.« Deckhard tippte eine kurze Antwort und steckte das Handy ein. »Du weißt ja, was er mit dem Pazifik meint.«

»Ja.«

»Die Frage ist«, Deckhard kippte sein Bierglas hin und her, »ob er es jemals schafft.«

Du wachst als querschnittsgelähmter Sabberlappen auf ... Oder du bist schon einer. Und wenn kein Sabberlappen, dann doch querschnittsgelähmt.

»Siehst du ihn bald wieder?«

»Ja. Ich fahre morgen Abend mal wieder hin. Dann ist wenig Verkehr. Nach Hannover sind es ja nur gut zwei Stunden.«

»Und bis dahin?«, fragte Sophie. »Trinken wir noch einen?«

»Aber klar doch.« Deckhard winkte Wolle. »Freitagabend ist im Grunde die einzige Zeit, wo richtig Wochenende ist. Der Samstag ist eigentlich fast schon wieder Sonntag, und der Sonntag fast schon wieder Montag. Und deshalb die totale Verarsche.«

3.

»Also dann«, sagte Fabian und blickte sich um, als könnte jemand ihn belauschen. »Nutzen wir die Viertelstunde für ein paar Tipps im neuen Job. Hast du schon eine Miles & More Karte?«

Christian schüttelte den Kopf.

»Besorg sie dir so schnell wie möglich. Was ist mit den Flügen zum Bootcamp, zum Exotentraining und so weiter? Durftet ihr da Business-Class fliegen?«

»Nein, Economy. Hatten die Trainingsleute für uns gebucht.«

»Dachte ich mir. Wie auch immer. Die Flüge lässt du dir nachträglich auf deine Miles & More Karte schreiben, dann hast du schon mal ein paar Statusmeilen. Hol dir die Goldkarte. Die kostet zwar achtzig Mäuse, aber dann verfallen die Prämienmeilen nicht mehr.«

»Wie viele Meilen brauche ich eigentlich, um Senator zu werden?«, fragte Christian.

Katharina, die irgendwelche Nachrichten in ihren Blackberry hackte, schaute belustigt auf.

»Also, erst mal zur Unterscheidung«, antwortete Fabian lachend. »Um Frequent Traveller, Senator und so weiter zu werden, brauchst du Statusmeilen. Wenn du kostenlos fliegen willst, brauchst du Prämienmeilen.«

»Und die Statusmeilen?«

»Sind meist ein Jahr gültig. Dann heißt es, von vorn anfangen.«

»Und wann bin ich Senator?«

»Erst mal bist du Frequent Traveller. Das sind 35 000 Meilen. Das ist schon ganz gut. Du kannst in die Lounge, das ist das Wichtigste. Mit 100 000 Meilen im Jahr wirst du Senator. Dann kannst du kurzfristig buchen, hast auch in der Economy-Klasse den Sitz neben dir frei, wenn die Maschine nicht ausgebucht ist, kannst am First-Class-Schalter einchecken und so weiter.«

»Früher brauchte man hierzulande sogar 120 000 Meilen«, ergänzte Katharina. »Da ist die Lufthansa jetzt wieder ein bisschen freundlicher geworden.«

»Ja, stimmt«, sagte Fabian. »In Österreich waren es nur 100 000 Meilen, sodass sich alle Berater von ECC, die kurz vor der 100 000er-Schwelle standen, auf der Lufthansa-Website als Berater im Wiener ECC-Büro angemeldet haben. Schwupps, waren sie Senator. Die Kollegen in Österreich waren ganz schön angepisst, weil sie sämtliche Senator-Karten in die deutschen Büros weiterleiten mussten.«

Verrückte Welt, dachte Christian. *Auf dem Papier das Büro wechseln, um schneller Senator zu werden. Manche Leute haben Probleme.*

»Und ganz oben ist der HON?«, fragte er.

»Ja, ganz oben stehen die HON Traveller«, erklärte Fabian. »Dafür brauchst du 600 000 Meilen in zwei Jahren. Und du musst diese Meilen ausschließlich in der Business oder First Class erfliegen. Dann wirst du aber auch mit der Limousine zur Maschine gefahren, hast vierundzwanzig Stunden vor Abflug Buchungsgarantie und kannst die First-Class-Lounges benutzen.«

»Taugen die denn was?« Katharina blickte von ihrem Blackberry auf.

Fabian nickte. »Ich war mit Lars mal hier in Frankfurt in der First-Class-Lounge. Das macht schon was her. Mit Zigarrenlounge, Gourmetrestaurant, riesiger Whiskysammlung und

Badewannen. Manche buchen sich einen Flug in der First Class, gehen in die Lounge und stornieren den Flug dann wieder. Das geht kostenfrei. Manche machen das nur, damit sie mal die Lounge sehen. Sie übt auf diese Leute offenbar eine große Faszination aus. Und die Quietscheentchen in den Badewannen dort sind ein beliebtes Souvenir.«

»Warst du mit Lars auch in der Badewanne?« Katharina lachte auf.

»Nee, ein Quietscheentchen hat mir gereicht.«

Christian fragte: »Dann ist Lars HON Traveller?«

»Ja.« Fabian wusste offenbar nicht recht, ob er Lars dafür beneiden oder bemitleiden sollte. »Dafür lebt der aber auch im Flieger. Der kennt seine Flugbegleiter besser als seine Frau.«

»Und es ist nur eine Frage der Zeit, bis die Ehe am Ende ist«, meinte Katharina.

»Yep.« Fabian nickte. »Wenn sie das nicht schon längst ist.« Er blickte Christian an. »Also, verstanden, Grünschnabel? Miles & More Karte beantragen. Am besten auch AirBerlin topbonus, American Airlines Advantage und British Airways. Kann nicht schaden, überall Punkte zu sammeln. Du solltest dich aber auf eine Marke fokussieren, und das ist bei uns die Lufthansa. Und leg dich auch gleich auf eine Hotelmarke fest. Da kannst du nämlich auch Punkte sammeln.«

»Was sammelt ihr denn?«

»Starwood«, sagte Fabian. »Es gibt bessere Programme, aber Starwood hat global die größte Abdeckung. Wenn wir hier in Frankfurt sind, übernachten wir meist im Airport Sheraton gleich um die Ecke. Oder an der Konstablerwache. Du kannst die Punkte übrigens auch für den Urlaub einsetzen. Die Meilen ebenfalls. Da ist ECC wirklich großzügig. Bei anderen Beraterfirmen musst du die Meilen, die du für die Firma erflogen hast, in irgendeinen Pott werfen. Der reinste Sozialismus.«

Katharina lachte auf. »Wenn jeder an sich denkt, ist an jeden gedacht.«

Der Flug nach Zürich wurde aufgerufen.

»Auf geht's«, sagte Fabian. »Kommt schnell, ich will meinen Koffer noch irgendwo reinquetschen.«

Kurz darauf schoben sie sich in der Schlange nach vorne und legten ihre Smartphones mit den Online-Tickets auf den Scanner, der piepsend ihre Ankunft quittierte und die Schranke öffnete. Nur Christian hatte ein altmodisches Pappticket dabei, mit dem er sich vorkam wie ein Zeitreisender aus dem 19. Jahrhundert.

»Wieso checkt ihr die Koffer nicht ein, anstatt sie immer mit euch herumzurollen?«, fragte er mit Blick auf Fabians Trolley.

»Ja, ich hab vorhin schon gesehen, dass du dein Gepäck eingecheckt hast«, sagte Fabian. »Aber Vorsicht.«

Christian musterte ihn verwirrt. »Wieso Vorsicht?«

»Es gibt eine goldene Regel des Reisens als Berater. Niemals etwas einchecken. Was du eincheckst, kannst du so gut wie abhaken. Wenn man mit viel Gepäck unterwegs ist, das man nicht so einfach in die Kabine bekommt, lässt man es sich per UPS, FedEX oder wem auch immer ins Hotel schicken. Das ist zuverlässiger und billiger. Die Airlines wollen mehr Geld, um dann als Gegenleistung deine Sachen zu verschludern.«

»Willst du damit sagen, mein Koffer ist weg?«

»Wir werden sehen.«

Bevor sie in die Maschine stiegen, nahm Christian sich am Zeitungsstand vor dem Eingang die *Neue Zürcher Zeitung* und die *FAZ* mit.

Sie ließen sich auf die Sitze in der Business-Class fallen, die durch einen Vorhang vom Rest des Passagierraums abgetrennt war. Ansonsten war es hier genau wie in der Economy, nur dass der Platz in der Mitte immer frei war.

Fabians Handy klingelte. »Hallo, Lars ... Was denn, schon

wieder? Okay, ich sag's Christian ... Ja, der ist hier neben mir. Machen wir.«

Christian spürte einen Kloß im Hals, als sein Name fiel. Da drehte Fabian sich auch schon zu ihm herum. »Du musst leider schon ein bisschen eher ran. Jonathan hat wieder Mist gebaut. Die Zahlen stimmen wieder nicht.« Er klappte seinen Rechner auf. »Ich schicke dir den letzten Stand des Excels.«

»Okay.« Christian faltete seine Zeitung auseinander.

Fabian blickte ihn verwirrt an. »Was heißt hier okay? Falte die Zeitung zusammen und klapp deinen Rechner auf, Junge. Ich meinte damit, dass du dir das Excel jetzt schon anschaust, während des Fluges, damit du in Zürich gleich loslegen kannst.«

»Haben wir da nicht ein Kundenmeeting bis abends?«

»Ja. Deshalb ist es ja so eilig. So, Mail ist raus. Ich schlage vor, du gehst langsam online. Wenn du dir das Excel während des Fluges anschauen willst, solltest du es schnellstens runterladen. Wenn wir in der Luft sind, gibt es nämlich kein Internet mehr für uns. Und Lars erwartet, dass du zu dem Thema im Kundenmeeting schon sattelfest bist.«

Sattelfest? Christian erstarrte. *Bei nur vierzig Minuten Flugzeit?*

Er seufzte laut, klappte sein Laptop auf, ging online und rief seine E-Mails ab, auch die kommentarlos abgeschickte Mail von Fabian mit dem Excel Sheet.

Er seufzte noch tiefer, als sich das Excel-Dokument aufbaute und bald den gesamten Bildschirm ausfüllte. Wehmütig blickte er auf die *FAZ* und die *NZZ*, die neben ihm auf dem Sitz lagen und die er während des Fluges lesen wollte – mit der Betonung auf *wollte*.

4.

Sie saßen im Taxi vom Flughafen ins Zürcher Büro, als schon wieder Fabians Handy klingelte. Fabian fand seinen Bluetooth-Ohrhörer nicht, deshalb stellte er das Handy auf laut, um gleichzeitig mit beiden Händen in den Computer tippen zu können, den er auf dem Rücksitz des Taxis auf den Knien balancierte. Christian saß neben ihm, Katharina vorne.

»Na, alles im Lot?«, fragte eine tiefe Stimme am anderen Ende. »Ich schaffe es doch noch bis zum Meeting, also sehen wir uns nachher. Siebzehn Uhr, richtig?«

»Ja, richtig«, sagte Fabian. Seiner Miene war nicht zu entnehmen, ob er sich darüber freute oder sich davor fürchtete.

»Carl Hagen« stand im Display. Genauer gesagt, Dr. Carl Hagen, Seniorpartner von ECC und früherer Leiter der Praxisgruppe Financial Services, der die BWG Bank vor fünfzehn Jahren übernommen und die Beratung immer weiter ausgebaut hatte, bis ECC sozusagen der »Hausberater« der Bank geworden war, an dem die Konkurrenz nicht mehr vorbeikam. Mittlerweile war die BWG von einem »Kunden unter ferner liefen« zu einem »Tripple A Plus Client« geworden, wie man intern bei ECC sagte. Einem Kunden also, den es unbedingt zu halten galt. Carl Hagen war stets das Bindeglied zu diesem Kunden gewesen. Auch deshalb, weil er neben seinem Fachwissen über die Finanzbranche ein gutes Gespür für Marktentwicklungen hatte. Doch das alte Vorstandsmitglied, dem Hagen seine Projekte verdankte und dem er in den guten alten Zeiten das eine oder andere Projekt auf dem Golfplatz verkauft hatte, war heute nur noch Vorsitzender des Aufsichtsrats und hatte nicht mehr viel zu melden. Und der neue Vorstandschef der BWG in Deutschland, Klaus Röpke, machte immer wieder deutlich, dass seine Bank »nicht mit ECC verheiratet« sei, stattdessen müsse ECC sich jeden Auftrag hart verdienen. Dem globalen Chef der Bank, Jack Andrews in London, war es ohnehin egal, wer beriet. Hauptsache, es wurde geliefert.

»Ich habe Lars gerade nicht erreicht«, sagte Hagen. »Wahrscheinlich sitzt er ebenfalls im Flieger. Aber ich muss natürlich zusehen, dass mein Baby weiterhin in guten Händen ist.« Es sollte lässig klingen, aber für Christian hörte es sich nicht so an. »Schickt ihr mir noch die Präsentation?«

»Der letzte Stand ist vorhin an deine Assistentin rausgegangen, die druckt es dir aus«, sagte Fabian, als sie sich bereits der Stadt näherten und die Alpengipfel in der Ferne im Wintersonnenlicht funkelten.

»Okay. Danke.« Hagen beendete das Gespräch.

»Mist, verdammt«, fluchte Fabian. »Hagen kommt auch zum Meeting.«

Katharina verzog das Gesicht. Sie wusste nur zu gut, was das bedeutete: Hagen musste vorher noch »auf Flughöhe« gebracht werden, damit er wusste, was er im Kundenmeeting sagen sollte. Denn in den Niederungen der Projektarbeit steckte so ein Mann natürlich nicht.

»Hoffe, ihr habt ein bisschen vorgeschlafen die letzten Nächte.« Fabian klappte seinen Laptop zu und bezahlte den Fahrer, nachdem das Taxi vor dem ECC-Büro Zürich gehalten hatte. »Könnte eine lange, ungemütliche Nacht werden.«

5.

Samstag.

Frank Deckhard war gerade in Hannover angekommen. Sein Vater hatte ihn begrüßt. Später würden sie gemeinsam zu Abend essen, zuerst aber wollte Frank seinen jüngeren Bruder Lukas sehen.

In Lukas' Zimmer beugte er sich zu ihm hinunter und umarmte ihn. »Na, Bruderherz. Was hast du so alles Rebellisches gemacht in der Zwischenzeit?«

Lukas schaute mürrisch an seinem Rollstuhl hinunter. »Was soll *ich* schon Rebellisches gemacht haben? Vielleicht einen Coffee to go im Sitzen trinken? Hahaha. Und einen guten Grund, die Bude zu verlassen, sehe ich heute auch nicht.«

Deckhard nickte bloß und schaute aus dem Fenster auf das milchig gelbe Licht der Straßenlaternen in Laatzen bei Hannover. Einer dieser Orte, wo immer Sonntagnachmittag 16 Uhr ist. Die Dunkelheit hatte sich an diesem diesigen, trüben, deprimierenden Wintertag schon früh herabgesenkt.

Diesig, dachte Deckhard. *Trüb. Deprimierend. Wenn diese Worte für einen Ort der Welt erfunden worden sind, dann für diesen Vorort von Hannover.*

Bräsige Langeweile, die tristen Gebäude nichts als Stein gewordene Eintönigkeit, die grauen Straßen so trostlos und verlassen, dass es Deckhard nicht gewundert hätte, wäre der Verkauf von Rasierklingen und Schlaftabletten hier illegal gewesen, damit sich nicht zu viele Leute wegen der allgegenwärtigen Tristesse selbst aus dem Leben katapultierten. Er konnte sich denken, was die Einheimischen hinter den grauen Gardinen und den trüben Fenstern dachten: *Warum vegetiere ich eigentlich hier in diesem grauen Filz vor mich hin und werde mit jedem Tag schwermütiger?*

Aber vielleicht war Deckhard auch der Einzige, der die Welt so schwarz sah. Vor allem sein Bruder Lukas, der viel mehr Grund zum Klagen hätte, kam offenbar ganz gut mit dieser Welt zurecht. Besser jedenfalls als er. Zumindest kam es ihm so vor.

Lukas. Früher fanden alle den Namen seines Bruders uncool. Doch spätestens seit *Star Wars* war er der Held. Denn die Jungs in der Schule, die ein bisschen helle waren – und das waren sogar in Laatzen mehr, als der junge Frank Deckhard anfangs gedacht hatte –, diese Jungs wussten, dass Luke Skywalker genau genommen Lukas hieß. Und dann noch der Regisseur: George Lucas! Eine wahre Lukas-Invasion. Man könnte sagen, durch *Star Wars* hatte Lukas ein Image-Upgrade erlebt.

Ungefähr zwei Jahre lang.

Bis zu dem Tag, als Lukas Deckhard den verhängnisvollen Kopfsprung machte.

»Was war denn bei dir so los?«, fragte Lukas nun.

»Ach, der übliche Mist. Wobei es diese Woche schon extrem heftig war.«

»Was denn?«

»Willst du wirklich, dass ich es dir erzähle?«

»Kannst ja mal anfangen«, sagte Lukas. »Wenn es zu schlimm wird, melde ich mich. Aber ein bisschen was kann ich ab.«

Er zeigte auf die Regale mit den DVDs an den Wänden. An einer etwas versteckten Ecke befanden sich die harten Fälle des Horrorgenres: *Texas Chainsaw Massacre*, alte und neue Version, *SAW*, sämtliche Teile, *Hostel* eins, zwei und drei.

»Ich hab die alle gesehen«, fuhr Lukas fort, »aber mir geht

dieser Splatterkram immer mehr auf den Geist. Ich glaube, ich bin einer, der die Klassiker liebt, so was wie *Spiel mir das Lied vom Tod.* Die Sache mit dem Pazifik, weißt du?«

»Na klar«, sagte Deckhard. »Willst du dir die Szene noch mal angucken? Mit dem Eisenbahnbaron, der das Meer sehen will?« *So wie du*, fügte er in Gedanken hinzu.

»Nein, verdammt.« Lukas stemmte sich in seinem Rollstuhl hoch. »Ich will lieber wissen, was bei dir so heftig war diese Woche.«

Deckhard erzählte ihm die Geschichte von dem Zuhälter, den seine Mörder tot auf die Straße gelegt hatten und der dann ein paar Kilometer von einem Auto mitgeschleift worden war.

Lukas verzog das Gesicht. »Oh Mann«, sagte er. »Wie sah der denn aus?«

»Als käme er geradewegs aus der Hölle.« Deckhard erschauderte, als er daran dachte. »An Teilen des Körpers, im Gesicht, an Knien und Fußspitzen fehlte die Haut, sodass die blanken Knochen zu sehen waren. Was von Lederjacke und Jeans noch übrig war, hing in Fetzen.«

»Wusstet ihr denn sofort, was los war?«

»Nein.« Deckhard schüttelte den Kopf. »Ich habe selten einen Toten gesehen, der so viele, so schwere und so unterschiedliche Verletzungen auf einmal aufwies. Der arme Kerl. Dass es ein Mann war, haben wir an den Kleidungsresten und den noch vorhandenen Genitalien erkannt. Sophie, meine Kollegin, hat das ganz richtig zusammengefasst. Auf den ersten Blick, sagte sie, hätte man meinen können, jemand hätte den Typen mit einer Trennscheibe, einer Kreissäge und einem Hobel bearbeitet und ihn gleichzeitig in Brand gesetzt.« Deckhard machte eine kurze Pause.

»Und weiter?«, fragte sein Bruder.

»Besonders schlimm sahen Gesicht und Hals aus. Wo Kehlkopf und Wangen gewesen sind, waren nur noch zwei schwarze Löcher. Rachen, Speiseröhre, Luftröhre, alles offen. Unterkiefer war fast wegradiert. Sogar die Zähne waren an einigen Stellen bis auf die Zahnwurzeln abgeschliffen.« Deckhard schluckte. »Ein grauenhaftes Gemisch aus Fleisch, Knochen und Asphalt.«

Lukas verzog das Gesicht. »Ich glaube, ich habe genug gehört. Aber wieso war der Mann verbrannt?«

»Reibung erzeugt Wärme. Erst recht bei mehr als hundert Sachen auf der Autobahn.«

»Weshalb hat der Fahrer nichts gemerkt? Das fällt doch auf, wenn man einen Toten kilometerweit mitschleift.«

»Diesem Fahrer offenbar nicht.«

»Vielleicht war er betrunken oder zugedröhnt.«

»Vielleicht.«

»Habt ihr ihn erwischt?«

»Nein. Ich fürchte, der ist weg. Es sei denn, irgendeine Werkstatt oder Waschanlage meldet uns einen auffällig schmutzigen und blutigen Wagen, denn einiges wird schon haften geblieben sein.« Er schauderte, als er über die tiefere Bedeutung des Wortpaares »haften geblieben« nachdachte.

Lukas starrte eine Zeit lang vor sich hin. Man hätte beinahe »andächtig« sagen können.

»Und ihr wusstet gleich, dass der Typ vorher schon tot war?«, fragte er dann.

»Hätte ein Auto die Schädelverletzungen verursacht, wäre Blut von der Fraktur eine Etage tiefer in den Nasen-Rachenraum gelaufen. Wenn das Opfer noch atmet, geht das von selbst in die Luftröhre. Wir hätten dann Blut in den Lungen finden müssen. Haben wir aber nicht. Aber das kann Sophie dir viel besser erklären.«

»Die ist ja nie hier.«

»Stimmt auch wieder.«

»Läuft da eigentlich was zwischen euch?«, fragte Lukas.

»Nee.«

»Ist doch komisch.«

»Wieso?«

Lukas ruckte ein wenig verlegen in seinem Rollstuhl hin und her. »Na ja, ich finde, sie ist die einzige Frau, die zu dir passen würde.«

»Danke. Ich nehme an, das war kein Kompliment.«

»War eher nett gemeint, du kennst mich doch.« Lukas lächelte.

»Jedenfalls«, sagte Deckhard und lehnte sich zurück, »haben wir kein eingeatmetes Blut gefunden. Der Mann war bereits tot, als das Auto ihn überfahren hat.«

»Wie ist er gestorben?«

»Wurde mit einem Totschläger erschlagen.«

»Besser als der Tod durch Mitschleifen.«

Deckhard nickte. »Da hast du recht.«

»Ist dann ja eigentlich ganz gut gelaufen für den Typen«, stellte Lukas lapidar fest. »Stell dir vor, der hätte noch gelebt, als das Auto kam.«

»Stimmt. So hab ich das noch gar nicht gesehen. Wir sollten den Kerlen, die ihn erschlagen haben, einen Orden verleihen. Vielleicht gibt's für so was sogar den Bambi.«

6.

Das Kundenmeeting hatte bis 18 Uhr gedauert, das Abendessen, bei dem Carl Hagen natürlich auch dabei war, bis 23 Uhr. Hagen hatte dem Kunden ein paar Geschichten über ECC erzählt, die auch Christian noch nicht gehört hatte. Dass ECC von William Sommerset 1960 in New York gegründet worden war, wusste jeder. Und dass ECC, anders als die meisten Beratungen, nicht den Namen des Gründers trug, weil Sommerset wollte, dass die Partner vorne stehen und nicht der Gründer, war ebenfalls bekannt. Doch dass der Co-Gründer von ECC, Thomas McMullan, fünf Jahre später MRT gründete, McMullan, Reynold & Thomson, der schließlich zum schärfsten Konkurrenten von ECC aufstieg, war selbst in der Wirtschaftswelt nicht allen geläufig.

Um das Ganze noch ein bisschen komplizierter zu machen, gab es bei ECC einen Seniorpartner, der ebenfalls Thomas McMullan hieß, kurz Tom, ein Mann, der sich für die Firma sehr verdient gemacht hatte. Vor einigen Jahrzehnten hatte er die asiatischen ECC-Büros in Peking, Shanghai, Seoul, Tokyo und Singapur eröffnet. Um die beiden McMullans zu unterscheiden, sprach man im inneren Führungskreis der ECC immer vom »guten Tom« und vom »bösen Tom« – *good Tom and evil Tom.*

Nach dem Abendessen saß Christian zu nächtlicher Stunde im ECC-Büro in Zürich vor seinem Rechner und versuchte, sich trotz seiner Müdigkeit in das Excel Sheet einzuarbeiten. Er hatte mit Jonathan telefoniert, der ihm vom Frankfurter Büro aus ein paar Tipps gegeben hatte. Aber viel schlauer schien er mit dem Excel auch nicht zu sein. Was daran liegen konnte, dass Jonathan es ebenfalls von einem Vorgänger übernommen hatte. Offenbar wurde die Excel-Tabelle wie eine heiße Kartoffel von Berater zu Berater weitergereicht.

Vor der Tür des Büros standen Carl Hagen und Fabian und unterhielten sich. Christian hörte mit einem Ohr zu.

»Ich versteh nicht, wo das Problem liegt«, sagte Hagen. »Ihr müsst doch nur mit dem Kunden sprechen und ihm zeigen, was wir anders machen.«

»Ist nicht mehr so einfach«, sagte Fabian. »Die Zeiten haben sich geändert. Du weißt doch, der Einkauf hat mittlerweile überall den Daumen drauf. Selbst ein Premiumprodukt wie Beratung wird mittlerweile von den gleichen Leuten eingekauft, die sonst die Bleistifte, das Klopapier und die Kekse für die Konferenzräume bestellen. Einfach mit dem Kunden Golfen gehen wie früher geht nicht mehr. Frag Lars.«

»Weiß ich, weiß ich. Aber trotzdem. Der Bank geht es schlecht. Die müssen handeln!«

»Ja«, sagte Fabian. »Kann aber sein, dass die sich arm rechnen. Das machen die Kunden ja sowieso gern. Umso mehr, wenn es ihnen wirtschaftlich mies geht. Früher wurde man als große Strategieberatung mit echtem Interesse vom Vorstand empfangen, heute ist das Ganze eher wie ein Casting, bei dem die Berater als Bittsteller auftreten, als würden sie an der Tür Knöpfe verkaufen.«

»Stimmt schon. Was bei uns früher die Abschlusspräsentationen waren, sind heute die Proposals, die man braucht, um überhaupt einen Fuß in die Tür zu bekommen.« Hagen zog den aktuellen *Spiegel* aus der Tasche seines Sakkos. »Haste gesehen, was hier über die BWG steht? Hier in der Schweiz hat das offenbar noch nicht jeder gelesen, und ich wollte es dem Kunden vorhin nicht unter die Nase reiben, aber …«

Hagen und Fabian verschwanden von der Tür, sodass Christian die Gesprächsfetzen nicht mehr hören konnte. Er klickte sofort auf *Spiegel Online*. Dort fand sich ein kurzer Artikel über die BWG, der auf den längeren Artikel im *Spiegel* verwies. Der Bank schien es in der Tat nicht so gut zu gehen. Vor ein paar Jahren noch vor Kraft strotzend, war die BWG offenbar in ernsthafte Schwierigkeiten geraten. Die Finanzkrise hatte das Kreditportfolio mit Milliardenabschreibungen belastet, ein Teil des US-Geschäfts musste 2010 viel zu günstig verkauft werden, und der Versicherungsarm der Bank hatte sich mit griechischen Staatsanleihen verspekuliert und wurde seitdem von der Aufsicht kritisch beäugt. Und das Filialgeschäft, einst die Visitenkarte der Bank in Deutschland, verödete. »Denen laufen die Kunden weg, das Wasser steht ihnen bis zum Hals«, zitierte der Autor Frankfurter Bankenkreise.

Der neue Strategieschwenk, den der Vorstand auf der nächsten Hauptversammlung verkünden wollte, wurde von Beobachtern als letzte Chance betrachtet, die Bank vor der drohenden Abwicklung zu retten. Und wer war zuständig für den Strategieschwenk? ECC. Und Christian. Manchmal konnte Verantwortung richtig wehtun.

7.

»Lass uns noch mal die Szene von damals anschauen«, sagte Lukas und schaltete den DVD-Player ein.

Es war sein Lieblingsfilm, Sergio Leones *Spiel mir das Lied vom Tod*. Als Kinder hatten sie den Film heimlich geschaut und die Filmfiguren nachgespielt. Deckhard war Cheyenne, der Gangsterboss, der aber irgendwie auch einer der Guten war. Lukas war »Mundharmonika«, die Rolle, die Charles Bronson berühmt gemacht hatte. Lukas hatte damals sogar eine Mundharmonika gehabt und oft darauf gespielt. Bis der Unfall geschah. Seitdem spielte er nicht mehr.

Er spulte zur Eingangsszene, in der Charles Bronson alias Mundharmonika an einem Bahnhof auf drei Gangster in Staubmänteln trifft und sie erschießt.

»Ich hab schon mal drei von diesen Mänteln gesehen«, sagt Mundharmonika in einer anderen Szene des Films über die Schießerei. »In den Mänteln waren drei Männer, und in den Männern drei Kugeln.«

Lukas lachte in sich hinein. Über diese Sprüche konnte er sich nach Jahren noch amüsieren.

Deckhard war froh, dass es für seinen Bruder überhaupt etwas zu lachen gab.

Die Tür ging auf, und ihr Vater kam ins Zimmer.

»Ich habe euch was zu essen gemacht. Kommt ihr?«

Deckhard stand auf und schob seinen Bruder im Rollstuhl durch die Tür. »Aber klar. Gibt es auch Kaffee?«

Sein Vater schaute ihn verdutzt an. »Ja, sicher, ihr könnt Kaffee haben.«

»Du machst bestimmt 'nen guten Kaffee«, sagte Deckhard.

Lukas kicherte, denn genau diesen Satz sagte auch Claudia Cardinale in *Spiel mir das Lied vom Tod*, als Cheyenne und seine Bande Kaffee von ihr wollten. »Erst wollt ihr Kaffee, und dann werdet ihr alle über mich herfallen. Aber das wird mir nichts ausmachen. Ich werde danach ein heißes Bad nehmen, und alles wird sein wie immer. Schlechte Erfahrungen können einen im Leben nur weiterbringen.« Worauf Cheyenne erwiderte: »Du machst bestimmt 'nen guten Kaffee.«

Deckhard schob seinen Bruder in die Küche.

Schlechte Erfahrungen können einen im Leben nur weiterbringen.

Stimmte das wirklich? Oder war es nur der Versuch, eine feindliche Welt schönzureden, damit man nicht daran verzweifelte?

8.

Mittlerweile war es fast Mitternacht, und Christian brütete noch immer an dem Excel-Dokument. Carl Hagen hatte nach dem Gespräch mit Fabian noch auf dem Flur mit Lars telefoniert und war dann Richtung Hotel verschwunden. Jetzt saßen Christian, Katharina und Fabian in einem Teamraum im Zürcher Büro von ECC, als Christians Handy klingelte.

»König«, meldete er sich.

»Hast du meine Nummer nicht gespeichert?« Christian kannte die Stimme nur zu gut.

»Sorry, Nicole. Doch, natürlich. Habe nur nicht drauf geschaut, wer anruft. Hätte auch ein Kunde sein können.«

»Die rufen euch so spät noch an?«

»Kann vorkommen.«

Nicole, Christians Freundin, die er bald heiraten wollte und mit der er seit einem Jahr zusammenlebte, zeigte immer weniger Verständnis für die Höhen und Tiefen des Berater-Daseins. Die Höhen – Business-Class, Fünfsternehotels, hohes Gehalt – fand sie zwar völlig in Ordnung, aber das meiste davon betraf ja eher Christian als sie, mit Ausnahme des Gehalts vielleicht. Die Tiefen – Meetings um 23:00 Uhr, Wochenendarbeit und ständige Verfügbarkeit – schienen ihr mehr und mehr auf die Nerven zu gehen. Was dazu führte, dass Christian ein doppelt schlechtes Gewissen hatte: wenn er arbeitete, dass er sich zu wenig um Nicole kümmerte, und wenn er bei Nicole war, dass er die Arbeit bei ECC schleifen ließ. Was er auch tat, es war verkehrt.

»Das ist echt verrückt bei euch …« Nicole machte eine

Pause. »Aber je höher man auf der Karriereleiter steigt, desto besser wird es, oder?«

»Glaub ich nicht.«

»Und dieser alte Typ, der immer da ist und nervt?«

Christian senkte die Stimme. »Du meinst Carl Hagen? Wenn man so weit ist wie der, hat man's geschafft. Der war aber damals Gründungsmitglied. Das ist schwer zu wiederholen.«

»Ich gehe jetzt gleich schlafen«, sagte Nicole. »Wollen wir vorher noch in Ruhe telefonieren? Bist du schon im Hotel?«

»Nein, noch im Büro.«

»Aber du machst gleich Feierabend?«

Christian gähnte. Er fühlte die Müdigkeit wie ein bleiernes Gewicht. »Ich fürchte nein. Wir haben hier noch einiges zu tun.«

»Aber es ist Mitternacht!«

»Tja, morgen müssen die Folien fertig sein. Wir machen jetzt die Analysen, schreiben die Slides auf und schicken dann alles an Visual Service.«

Christian hatte als Erstes gelernt, dass es eine Instanz gab, die sich Visual Service nannte. Sie konnte Leben retten. Oder Schlaf. Denn statt die vielen Power-Point-Folien selbst zu zeichnen, reichte es, die Graphen und Zahlen auf DIN-A4-Blätter zu schreiben und diese als PDF oder FAX an Visual Service zu schicken. Am nächsten Morgen hatte man das Ganze dann in Power Point. Es gab für die Nacht sogar ein Visual-Service-Team in Auckland, Neuseeland, in dem alle Deutsch sprachen. Denn mit dem Auslagern von Grafikaufträgen nach Indien oder Indonesien hatte man nicht immer gute Erfahrungen gemacht.

»Visual Service?«, fragte Nicole. »Was ist das?«

»Die Abteilung, in der Grafikdesigner landen, die es nicht geschafft haben, kreativ zu sein«, entgegnete Christian trocken.

Und so war es ja auch. Diese »Kreativen« mussten die Kritzeleien der Berater in attraktive Folien verwandeln.

»Du bist noch lange im Büro und kannst in der nächsten halben Stunde nicht sprechen, stimmt's?«

»Ich fürchte ja.«

»Okay, dann hören wir uns morgen früh. Nacht.«

Christian hörte das leise Rauschen im Hörer, nachdem Nicole aufgelegt hatte. Es hörte sich beinahe schmerzhaft an.

Die ist beleidigt. Na gut, dann ist es halt so. Ich muss hier nun mal ran. Von nichts kommt nichts. Wäre ich Hartz-IV-Empfänger, wäre es ihr auch nicht recht.

Christian blickte ein paar Sekunden auf sein Handy, ehe er sich wieder dem Excel-Dokument widmete. Er schaute auf die unterschiedlichen Folder:

Profit and Loss, Balance Sheet, Risk Weighted Assets, Savings Products, Investment Banking Products.

Neben ihm lag ein voluminöses Buch mit dem Titel *The Excel Bible*. Natürlich von einem amerikanischen Verlag.

Excel-Bibel, überlegte er. *Auf so etwas kommen auch nur die Amis.*

Er ging zur Kaffeemaschine, holte sich einen doppelten Espresso und ging ein paar Schritte durch die Flure. In den meisten Räumen war das Licht erloschen, nur hier und da saßen noch Berater an ihren Computern.

0:10 Uhr.

Zurück am Schreibtisch, kämpfte Christian sich weiter durch das Excel-Dokument. Seine Augen brannten, seine Schläfen pochten.

Nachdem Katharina sich gegen 0:30 Uhr ins Hotel verabschiedet hatte, packte auch Fabian seine Sachen um 1:15 Uhr. Es schien ihm unangenehm zu sein, dass er noch vor Christian ging.

»Okay, mein Freund«, sagte er. »Was wir für morgen nur

noch brauchen, sind die RWAs und die Risikoszenarien. Ökonomisches Umfeld, Zinsumfeld, Finanzkrise, Preisdruck, Margenverfall. Vor allem dieser Activist Investor macht denen die Hölle heiß. Da wollen sie gewappnet sein. Und wir auch.«

»Activist Investor?« Christian hatte noch nie davon gehört. Der Begriff klang jedenfalls seltsam.

Fabian winkte ab. »Erklär ich dir morgen. Sollten jedenfalls so etwa zehn bis fünfzehn Folien sein. Schreib die Nummern in die Slides, und dann ab damit zum Visual Service. Mach dir damit keine Arbeit, klar?«

»Klar«, sagte Christian und blickte kurz auf die Uhr an seinem Rechner rechts oben.

1:20 Uhr.

»Das muss dann morgen früh an Albers in Frankfurt«, sagte Fabian, als er sich zum Gehen wandte. »Der muss es absegnen, dann können wir es dem Vorstand in London präsentieren.«

Christian kannte Albers vom Hörensagen. Der Mann war Chef des Kapitalmarktgeschäfts der BWG in Deutschland, auch Corporates & Markets genannt. Manchmal auch zynisch »Coma« genannt, wegen der Gefahr, durch einen falschen Deal die ganze Bank in Schieflage zu bringen.

Dann war Fabian verschwunden.

Christian war allein.

Die erste Nacht am Galgen ist die schlimmste, hatte ihm mal irgendwer gesagt.

Wahrscheinlich war es diese Nacht.

Jetzt. Heute.

Draußen auf dem Gang kam ein Kollege vorbei. »Na, lange Nacht?«, erkundigte er sich.

Christian hob den Blick. »Fürchte schon.«

Der Mann kam näher. Blonde Haare, blauer Pullover, Hemd in gleicher Farbe. Offenbar hatte er heute keine Kundenbesuche gehabt. »Ich bin Klaus«, stellte er sich vor.

»Hi. Ich bin Christian.« Er versuchte, ein bisschen Konversation zu machen. Nur nicht zu lange, denn sein Excel-Diagramm wartete schon ungeduldig auf ihn. »An welcher Sache arbeitest du?«

»Große Schweizer Versicherung«, sagte Klaus. »Wir entwerfen Szenarien für die nächsten zwanzig Jahre. Interessante Sache, aber wir hocken hier ständig bis drei Uhr morgens.«

»Meine Güte, wie hältst du das denn aus?«

Klaus lächelte. »Meist mit Kaffee. Und wenn es gar nicht anders geht, mit einer speziellen Form von Kaffeeweißern.«

»Kaffeeweißer?«

Klaus grinste. »Man könnte es auch als Wachmacher bezeichnen.«

Christian hielt die Hand vor den Mund, als er gähnte. »Ist das legales Zeug?«

Klaus zuckte die Schultern. »Glaub schon. Ich nehme es auch nur, wenn es gar nicht anders geht. Aber an deiner Stelle ...« Er schaute sich um. »Du stehst noch am Anfang deiner Karriere. Und der Start hier ist extrem wichtig. Da solltest du schon hellwach sein.«

Christian überlegte ein paar Sekunden. »Hast du noch ein paar von diesen Kaffeeweißern?«

Klaus schob die Hand in die Tasche. »Einen oder zwei kann ich dir geben.«

Christian nahm die Pillen in Empfang. Ganz kurz fragte er sich, ob es klug war. Ob es sich bei den »Kaffeeweißern« nicht sogar um Drogen handelte. Möglicherweise illegales Zeug. Vielleicht stimmten ja die Gerüchte, dass nicht nur in Investmentbanken irgendwelcher illegaler Stoff konsumiert wurde.

Aber Klaus hatte sicher recht. Heute Nacht musste er »performen«, koste es, was es wolle.

»Ich lass dir mal die zwei hier«, sagte Klaus und wandte sich zum Gehen. »Kannst es dir ja noch überlegen. Frohes Schaffen noch.«

Weg war er.

Und Christian saß da.

Mit den zwei Pillen.

Er spürte die Müdigkeit wie Blei in Kopf und Körper.

Was kann schon so schlimm an dem Zeug sein, überlegte er.

Klaus hatte recht: Was er jetzt zu Anfang hinbekam, das zählte. Und er musste unbedingt beweisen, dass er es besser konnte als Jonathan.

Und schon hatte er die Pille mit einem Schluck Wasser geschluckt. Sie hinterließ einen bitteren Geschmack auf der Zunge.

Tatsächlich spürte er nach einer Weile, wie er wacher wurde. Dinge anders wahrnahm. Bezüge in dem Excel sah, die ihm vorher nicht aufgefallen waren.

Er machte sich wieder an die Arbeit.

Und es machte ihm sogar Spaß, obwohl es auf 2 Uhr früh zuging.

Bis plötzlich die Mail in seiner Inbox auftauchte.

Betreff: Sei bereit!

Eine Mail um diese Zeit war bei ECC nichts Ungewöhnliches. Ungewöhnlich war nur, von wem sie kam.

Absender: Christian König.

Christian zuckte zusammen. War noch wacher als ohnehin schon.

Was ist das für eine Mail?

Er schaute noch einmal in sein Outlook.

Die Mail war verschwunden.

Das konnte nicht sein. Er hatte sie doch eben noch gesehen!

Noch ein Blick. Nein, die Mail war tatsächlich verschwunden.

Was war das für ein Mist? Oder lag es an dieser Pille?

Zum Teufel mit der Mail, mach weiter, trieb er sich an. Er war längst noch nicht fertig. Die Zahlen mussten gecheckt werden, und die Daten aus dem Meeting vom Nachmittag mussten noch rein.

Dann alles aktualisieren.

Dann in die Folien für Visual Service.

Zwei bis drei Stunden würde es sicher noch dauern, selbst wenn er sich beeilte.

Er hoffte nur, dass die Pille lange genug wirkte.

Das Excel und ich, dachte Christian. *Das wäre mal ein schöner Buchtitel.*

Kurz darauf war er wieder so sehr in seine Arbeit vertieft, dass er die seltsame Mail von eben fast schon vergessen hatte.

9.

Sie hatten zu Abend gegessen. Deckhards Vater hatte für seine beiden Söhne das Gericht zubereitet, was er am besten hinbekam: Spinat mit Kartoffelbrei, Würstchen und Spiegeleiern.

Es schien, als wäre seit ihrer Kindheit keine Zeit vergangen. Und so war es tatsächlich, wie Deckhard sich eingestehen musste. Menschen veränderten sich nicht mehr. Sie wurden nur älter. Und was Lukas anging – der lebte seit seiner Kindheit in diesem Haus. Ihre Mutter war seit acht Jahren tot. Das Haus war behindertengerecht eingerichtet. Seit dem Tag, an dem Lukas nicht mehr Mundharmonika spielen wollte.

Er hatte als Kind einen Kopfsprung in unbekanntes Wasser gemacht. War es eine Mutprobe gewesen oder nur Leichtsinn? Was auch immer, es hatte sein Leben unwiederbringlich verändert. Lukas hatte sich bei dem Sprung eine Fraktur der tiefen Halswirbelsäule und der oberen Brustwirbelsäule zugezogen, eine Rückenmarksquetschung, wie die Ärzte es bezeichnet hatten. Solche Unfälle gab es damals häufiger, sodass seit den Achtzigerjahren an sämtlichen Badestegen *Kopfsprung verboten* stand.

Trotz der Behinderung hatte Lukas Informatik studiert und machte ein paar Jobs von zu Hause aus, manchmal auch von einem Büro. Soweit es ging jedenfalls, denn er musste häufig zur Physiotherapie, sonst verkürzten sich die Muskeln, und das konnte extrem schmerzhaft werden.

Nach dem Abendessen saßen sie vor dem Fernseher. Des langweiligen Programms wegen endeten sie schließlich wieder bei Lukas' DVDs und schauten sich, wie so oft, die letzte Szene in *Spiel mir das Lied vom Tod* an. Der große Showdown zwischen Mundharmonika und dem Erzbösewicht. Frank hieß er, genau wie Deckhard.

Gebannt verfolgten sie die Szene. Charles Bronson erschoss Henry Fonda alias Frank und drückte ihm die Mundharmonika zwischen die Lippen. So wie bereits an früherer Stelle im Film, als ein jüngerer Fonda einem jüngeren Bronson die Mundharmonika zwischen die Kiefer presste, kurz bevor er in die Knie brach und seinen Vater, den er auf den Schultern balancierte, mit einer Schlinge um den Hals, in den Tod riss – ein teuflisches Werk Franks, für das er nun bezahlte.

»Komm, spiel mir das Lied vom Tod«, sagte Bronson.

Und Frank spielte.

Aber nicht mehr lange.

Dann das Ende des Films. Claudia Cardinale fragt Bronson, ob er nicht in Sweetwater bleiben wollte. *»I hope, you come back some day«*, sagt sie zum Schluss, worauf Charles Bronson antwortet: *»Some day.«* Und verschwand. Wie es sich für einen einsamen Cowboy gehörte.

In der deutschen Fassung hatte man den Dialog anders übersetzt. »Sweetwater wartet auf dich«, sagt Claudia Cardinale, und Bronson erwidert: »Irgendjemand wartet immer.«

Nur nicht auf mich, überlegte Deckhard, trübsinnig wie eh und je. *Auf mich wartet keiner. Ich bin allein. Aber das sind wir ja alle. Nur manchmal teilen wir das Alleinsein mit anderen.*

Mittendrin tauchte immer wieder der gelähmte Eisenbahnbaron auf, der an Knochentuberkulose litt. Was ihn am Leben hielt, war die Hoffnung, das Meer zu sehen, den Pazifik, wenn seine Eisenbahnlinie endlich bis dorthin führte. Genauso wollte auch Lukas einmal den Pazifik sehen, mehr als alles andere.

Der Eisenbahnbaron starb im Film in einer Pfütze.

Deckhard hoffte, dass es Lukas nicht irgendwann genauso erging, war doch der Tümpel, in den er gesprungen war, viel zu seicht gewesen.

Ein im Grunde ironischer, beinahe lächerlicher Vergleich, doch als die Szene kam, sah er Tränen in den Augen seines Bruders.

10.

Es war 8:30 Uhr, als Christian wieder im Büro saß. Nach ungefähr dreieinhalb Stunden Schlaf.

Und es war genau so, wie er befürchtet hatte: Gestern Nacht war er wach gewesen, jetzt war er umso müder. Die zweite Pille hatte er heute Morgen genommen, aber es hatte kaum etwas gebracht. Sein Kopf dröhnte, und in seinem Mund war der Geschmack von schwarzem Kaffee und zerkautem Paracetamol.

Die seltsame Mail von gestern war Christian an diesem Morgen als Erstes wieder eingefallen. Die Erinnerung daran war wie ein Nebel, der sich langsam in seinem Kopf auflöste.

Hatte er die Mail tatsächlich erhalten, oder war das nur Einbildung, zurückzuführen auf die lange Nacht? Hatte ihm sein Gehirn einen Streich gespielt? Oder war es die Wirkung dieser Wachmacher-Pillen?

Nein, es konnte unmöglich ein Trugbild gewesen sein. Er sah den Text wieder vor sich.

Sei bereit …

Aber wer hatte die Mail geschickt? Und wie? Und was hatte diese Aufforderung zu bedeuten?

Egal, jetzt waren erst einmal andere Dinge wichtig.

Fabian saß hinter ihm, schaute mit Adleraugen abwechselnd auf die Power-Point-Folien und auf das Excel auf Christians Rechner.

»Bilanz passt«, sagte er. »Geh mal zu Gewinn und Verlust … okay. Hast du es so hingekriegt, dass es keine Circular Reference gab?«

Fabian bezog sich auf die Gefahr eines so genannten Zirkelverweises, bei dem sich in einer Reihe von Verweisen der letzte auf den ersten bezog und so eine Endlosschleife bildete.

»Ja, kann man mit einem Trick einstellen.« Christian lächelte erschöpft. »War nicht so einfach, aber irgendwann bin ich draufgekommen.«

»Hätte ich dir auch sagen können, sorry. Hättest mich auch anrufen können im Hotel.« Fabian blickte wieder auf die Folien. »Hier«, er zeigte auf zwei Folien und eine Stelle im Excel-Programm. »Die Filialkosten. Bau da bitte noch eine Variable ein, sodass wir die Anzahl der Filialen variieren können.«

»Variieren wozu?«

»Kein Kunde geht mehr in eine Filiale«, sagte Fabian, »jedenfalls nicht in Deutschland. Wozu gibt es Online-Banking? Und nach den schlechten Erfahrungen mit Fonds und Zertifikaten nach dem Crash der New-Economy-Blase 2001 und der letzten Finanzkrise verspürt kein Kunde mehr das Bedürfnis nach langen Beratungsgesprächen bei miesen Öffnungszeiten mit kostspieligen Depotumschichtungen.«

»Heißt?«

»Wir brauchen irgendein Tool, mit dem wir die Filialenzahl per Knopfdruck reduzieren können. Jedenfalls in der Simulation. Zusammen mit der gesamten Infrastruktur – Geldautomaten, Personalkosten, Mieten und so weiter. Das könnte ein großer Kostenblock sein, den wir dem Kunden ersparen.«

»Und das bedeutet dann, der Kunde schließt Filialen?«

»Ihm wird nichts anderes übrig bleiben. Wir müssen Cash befreien, das in die Expansion nach Asien investiert werden kann. Und in profitablere Geschäftsfelder. Das Filialgeschäft in Deutschland gehört nicht dazu.«

»Und die Mitarbeiter?«

»Fliegen raus.« Fabian zuckte die Schultern.

Christian hielt einen Moment inne. Das war genau das, was

den Beratungsfirmen immer vorgeworfen wurde: am Reißbrett Organisationsbausteine zu verschieben und Mitarbeiter zu feuern.

»Wir schmeißen niemanden raus«, hatte ein Seniorpartner beim Einführungstraining zu den Neulingen gesagt. »Auch wenn die Presse es immer behauptet. Das Management des Unternehmens *entlässt* Mitarbeiter. Und das auch nur, wenn es nicht anders geht. Stellenstreichungen müssen die letzte Option sein, nachdem alle anderen Möglichkeiten ausgeschöpft sind.«

Das war offenbar eine Sonntagsrede, überlegte Christian. Hier, in der harten Berufspraxis, sah die Sache um einiges anders aus.

»Wie geht es denn jetzt überhaupt weiter?«, wollte er wissen.

»Jetzt machst du die Änderungen. Haben wir die bis zehn Uhr?« Es klang nicht wie eine Frage, sondern wie eine Aufforderung.

Christian blickte auf die Uhr. Zum Glück hatte er gestern Nacht ordentlich vorgearbeitet. Er nickte.

»Gut«, sagte Fabian. »Dann schaue ich mir das alles noch einmal an. Anschließend geht es an Lars. Der bespricht es mit Carl, und dann geht es an Dr. Röpke.«

»Röpke ...?« Christian dachte einen Moment nach. »Wer ist das noch mal?«

»Der Deutschlandchef der BWG-Bank.« Fabian schnaufte. »Geh mal auf den Teamfolder. Da ist ein Organigramm der Bank. Du solltest die wichtigsten Leute vom Namen her kennen. Schau auch im Internet nach, was die so gemacht haben. Aber komm nicht auf die Idee, die alle sofort bei Xing oder LinkedIn zu adden, klar? Das wäre unprofessionell.«

»Was wäre unprofessionell?« Katharina kam gerade mit ihrer Tasche und dem Rollkoffer ins Büro, in der Hand einen Becher Kaffee.

»Kunden Freundschaftsanfragen zu senden, ohne sie zu kennen«, sagte Fabian. »Und selbst wenn man sie kennt, ist es nicht besonders clever. Es gibt nämlich Kollegen, die posten bei Xing ihre Sauffotos vom Wochenende. Das macht sich natürlich besonders gut, wenn diese Kollegen an einem Projekt arbeiten, wo beim Kunden Stellen gestrichen werden. Wenn das an die Presse geht, haben wir ein Riesenproblem.«

»Ich hab doch gar nicht vor, jemanden zu adden«, sagte Christian.

»Dann ist es ja gut. Also, Röpke schaut sich das an. Und dann ist Lenkungsausschuss in Frankfurt als Vorbereitung der Vorstandssitzung in London in der Woche darauf.«

»Und dann?«

»Auf der Vorstandssitzung wird die neue Strategie beschlossen, die auf der Hauptversammlung kommuniziert wird.«

»Und das ist alles?«

»Nicht ganz.« Fabian verzog das Gesicht. »Ich hatte gestern noch eine Telko mit Carl und Lars. Es gibt noch ein paar dunkle Wolken am Horizont. Da könnte nächste Woche weitere Arbeit auf uns zukommen. Aber eins nach dem anderen. Also.« Er schnippte mit den Fingern. »Excel aktualisieren, Slides zu Ende pinseln und an mich schicken. Anschließend kannst du erst mal einen Kaffee trinken.«

»Was ist eigentlich mit Jonathan?« Christian schaute sich um.

»Der ...« Fabian zögerte. »Der macht jetzt was anderes.«

11.

Der Tag, von dem Christian geglaubt hatte, er würde ihn niemals erleben, war nun doch gekommen.

Freitag.

Endlich!

Noch dazu ein Freitag mit einer großen Party von ECC, um die Newies zu begrüßen und die Beförderung einiger verdienter Mitarbeiter zum Partner und Geschäftsführer zu feiern.

Christian hatte in der langen Nacht des Excel-Dokuments kaum geschlafen. Aber der Kunde, Herr Albers, hatte alles bekommen und für gut befunden, und nur das zählte. Die durchgemachte Nacht hatte sich doch für alle gelohnt, auch für Christian.

»Stramme Leistung«, sagte Fabian am Abend der Party zu ihm, als er mit Nicole, ein Glas Bier in der Hand, vor dem Mediaspree stand, der Party-Location, wo von Kreuzberger Alteingesessenen gern gegen die Gentrifizierung demonstriert wurde, besonders gegen Leute wie von ECC, die hier gerade im Rudel standen und es sich gut gehen ließen. Nicole jedoch war sichtlich stolz auf ihren Christian.

Die Spree, von Eisschollen durchsetzt, kroch in einiger Entfernung durch die Winternacht, die Sterne funkelten am klaren Himmel, und die Wärme der Heizpilze milderte den Frost, während man im Innern des Clubs eine eigenwillige Deko-Mischung aus Lounge, Disco und silbernen Adventsgestecken bewundern konnte.

»Du warst super. Besser als Jonathan. Aber …«, Fabian beugte sich zu Christian vor, als wollte er ihm gönnerhaft eine geheime Information anvertrauen, »das habe ich nicht anders erwartet.« Er trank einen Schluck Bier und zog an seiner Davidoff-Zigarette. »Wie hast du das eigentlich mit diesen Variablen im Kreditportfolio gemacht? Du weißt schon ... Dass man bei Excel die Zinsen und die Ausfallwahrscheinlichkeit mit diesem Schieberegler verändern konnte.«

Nicole stand bei ihnen, sagte aber nichts. Christian betrachtete sie verstohlen. Mit den blonden, hochgesteckten Haaren und ihrem modischen Etuikleid sah sie ausgesprochen attraktiv aus. Allerdings um den Preis, dass sie hier draußen sichtlich fror, trotz der Heizpilze, die wie die Bäume eines bizarren Waldes in den Himmel ragten.

»Stand in der Bibel.« Christian grinste. Und fügte dann hinzu: »Die Excel-Bibel. Habe ich mir gleich zu Hause als Buch und CD-ROM gekauft. Die entsprechende PDF-Datei hab ich immer auf meinem Rechner. Da steht so was drin.«

»Perfekt!« Fabian schien zufrieden. »Hilf dir selbst, dann hilft dir Gott. Jonathan ist nie auf so etwas gekommen. Der ist immer sofort zu allen hingelaufen und wollte Hilfe, statt erst einmal selbst nachzudenken.«

Eigenständiges Handeln war eine wichtige Verhaltensregel bei ECC, wie Christian wusste. Natürlich ließ bei ECC niemand den anderen allein; alle hatten die Pflicht, jede Mail, die von einem Kollegen kam, innerhalb von 24 Stunden zu beantworten, egal, wo sein Platz in der Hierarchie war, ob Praktikant, Associate oder Partner. Dennoch war es verpönt, die Kollegen, die unter extremem Stress standen, ständig mit Fragen zu nerven, die man mit ein wenig Nachdenken selbst beantworten konnte.

Sie blickten im Licht des Sternenhimmels und der Lounge-Beleuchtung, die aus dem Club nach draußen fiel, auf die Spree. Leise drangen Wortfetzen vom anderen Ufer zu ihnen herüber. Auch dort hatten sich Leute im Freien versammelt, und auch dort standen Heizpilze.

Soundfetzen drangen aus dem Club, vermischt mit Hunderten von Stimmen, dem Klirren der Gläser und dem Klappern des Geschirrs, auf dem der Catering-Service die Häppchen servierte. Der gesamte Club war von ECC für diesen Abend gemietet worden. Wenn es eine »New Hires and Promotion Party« gab, ließ ECC sich diesen Spaß jedes Mal einen fünfstelligen Betrag kosten.

Christian sah sich um. »Wo ist eigentlich Jonathan?«

Fabian zuckte die Achseln. »Nicht da, wie's aussieht.«

»Wollte er denn nicht kommen? Der ist doch auch im Berliner Büro, oder?«

Wieder zuckte Fabian die Schultern.

»Ist er überhaupt noch bei ECC?« Christian ließ nicht locker.

Fabian tat unwissend. »Ich glaube schon. An unserem Fall arbeitet er aber nicht mehr. Das Excel Sheet musste *rock solid* sein, und das hat er nun mal nicht hinbekommen.« Er klopfte Christian noch einmal auf die Schulter. »Aber das ist ja jetzt bei dir in besten Händen.« Er zog an seiner Zigarette. »Katharina ist übrigens auch nicht hier. Das aber nur, weil sie aus dem Frankfurter Büro kommt. Sie ist noch an dem Fall und wird es auch bleiben. Ihr seid schließlich das Traumpaar der BWG-Bank.« Er blickte Nicole an. »Wo habt ihr euch eigentlich kennengelernt?«

»Über ECC«, antwortete sie.

»Tatsächlich?« Fabian hob die Augenbrauen. »Christian und du?«

»Ja.« Nicole lächelte. »Er hat doch vor zwei Jahren ein Praktikum bei euch gemacht. Und dann gab es da so eine Veranstaltung von ECC für neue Mitarbeiter an der Humboldt-Uni.«

»Ein Recruiting Event?«, fragte Fabian.

»Ja, stimmt, so nennt ihr das. Jedenfalls war Christian auch mit dabei und hat ECC bei den Studenten vorgestellt, obwohl er zu der Zeit nur Praktikant war.«

»Was heißt hier *nur?*«, warf Fabian ein. »Praktikant wird bei uns nicht jeder. Und alle müssen mit ran. Wie hat es dir denn gefallen?«

»Um ehrlich zu sein«, antwortete sie, »einige Leute fand ich ziemlich großkotzig. Christian gehörte übrigens auch dazu.«

»Ach ja?« Fabian grinste.

»Aber irgendwie mochte ich ihn auch. Ich wollte wissen, was hinter der Fassade steckt.«

»Und? Alles gefunden?«

»Ich suche noch heute. Aber ich finde immer mehr. Ich habe den Eindruck, als würde bei ECC beides stärker, die guten und die schlechten Eigenschaften.«

»Tja, dich haben wir zwar nicht gekriegt, Nicole, aber dafür ist Christian zu uns zurückgekommen.« Fabian drückte die Zigarette aus. »Was hast du eigentlich studiert?«

»Politikwissenschaften.«

»Und? Immer noch keine Lust auf Beratung?« Fabian ließ nicht locker.

Christian wusste, dass Projektleiter Provision bekamen, wenn sie neue Mitarbeiter für die Firma anwarben, die erfolgreich die harten Eignungsverfahren durchliefen und eingestellt wurden.

»Nein, ich arbeite beim Bundestag. Ich glaube, das gefällt mir besser.«

Nicoles Ring blitzte im Licht der Partybeleuchtung.

»Hübscher Ring«, sagte Fabian. »Seid ihr verlobt?«

Christian fiel auf, dass Fabian ohne Begleitung da war. Entweder hielt er seine Freundin unter Verschluss, oder er war nicht liiert und baggerte hemmungslos sämtliche Frauen an, die mehr oder weniger seinem Geschmack entsprachen. Jedenfalls, solange sie keine Kolleginnen waren, denn so etwas konnte schnell nach hinten losgehen.

»Verlobt? Nein, noch nicht«, antwortete Nicole. Sie schien sich ein bisschen zu ärgern, dass Christian in dieser Richtung noch nicht aktiv geworden und mit einem Ring von Tiffany vor ihr auf die Knie gesunken war. »Das ist der Verlobungsring meiner Mutter, die leider sehr früh verstorben ist.« Sie schaute Christian an. »Wenn du mir auch noch einen gibst, habe ich zwei.« Sie gab ihm einen Kuss.

Von drinnen drang jetzt keine Musik mehr heraus.

»Ich glaube, jetzt ist die Begrüßung der Newies«, sagte Christian. »Wir sollten reingehen.«

»Machen wir.« Fabian stellte sein Bierglas auf einen Tisch, und sie betraten die Halle.

* * *

Als alle Newies vorgestellt waren – einige hatten auf der Bühne mehr oder weniger dumme Spielchen und Faxen machen müssen, um auf diese Weise ihre Hobbys und Besonderheiten kundzutun –, wurden die drei beförderten Partner vorgestellt. Zwei von ihnen gehörten zur Banken-Praxisgruppe; Christian glaubte sich erinnern zu können, sie letzte Woche im Frankfurter Büro ab und zu auf dem Flur gesehen zu haben. Nur dass sie zu dem Zeitpunkt noch Principals gewesen waren. Jetzt waren sie Partner und Geschäftsführer.

Nach der Vorstellung der neuen Partner ging das Event in die eigentliche Party über.

Christian lächelte. Jetzt gehörte er dazu. Er hatte es tatsächlich geschafft!

Er stand da, hielt Nicoles Hand, nippte an seinem Cocktail und war stolz und glücklich. Fabian war mit dem Excel und seiner Arbeit zufrieden. Auch Lars, der Managing Partner bei dem Projekt, hatte ihn vorhin per Voicemail beglückwünscht, dass er bei diesem für ECC so wichtigen Kunden in so kurzer Zeit so viel erreicht hatte.

Viel Spaß bei der Newie-Party, hatte er ihm gewünscht. Lass es krachen und schönes Wochenende.

Und das alles nur, weil Jonathan mit dem Excel nicht zurechtgekommen ist ...

Die Sache ging Christian nicht aus dem Kopf. Jonathan arbeitete nicht mehr an dem BWG-Auftrag. War er überhaupt noch bei ECC? Wo landete einer, der keinen Fall mehr bearbeitete? In einer anderen Abteilung?

Oder war Jonathan weg vom Fenster?

Ob er sauer auf mich ist? Neidisch? Wäre kein Wunder. Vielleicht hasst er mich sogar. Schließlich habe ich geschafft, woran er gescheitert ist, und das könnte ihn Kopf und Kragen gekostet haben.

Hatte Jonathan die rätselhafte Mail geschrieben, die kurz darauf wieder verschwunden war?

Sei bereit ...

»Bist du Christian König?« Eine Stimme schreckte ihn aus seinen Gedanken. Er hatte den Mann Ende zwanzig, der ihm soeben diese Frage gestellt hatte, heute ein paarmal im Berliner Büro gesehen.

»Ja, der bin ich.«

»Ich bin Holger. Holger Jannowitz. Ich arbeite viel im Bereich Consumer Goods, deshalb haben wir uns wohl noch nicht gesehen.«

Christian wusste nicht recht, was er darauf antworten sollte. »Ja, kann schon sein«, brachte er schließlich hervor.

»Ist dein Vater nicht Chef der Kanzlei König & Partner am Kudamm?«

Es war eine Frage, die Christian so nicht erwartet hatte. »Ja«, antwortete er. »Wieso?«

»Wow.« Holger Jannowitz schien beeindruckt. »Du bist der Sohn von Wolfhart König, dem diese Kanzlei gehört?«

»Ganz recht«, antwortete Christian. Was für blöde Fragen wollte dieser Holger ihm denn noch stellen? Vielleicht fragte er gleich, wie sein Daddy ihn gezeugt hatte. Oder ob der Klapperstorch ihn gebracht hatte. Doch Jannowitz sagte: »Krasse Kanzlei. Krass. Ich habe selbst Jura studiert, weißt du. An der Bucerius in Hamburg.« Holger hatte offenbar schon das eine oder andere Bier getrunken. »Aber was König und Partner so macht, ist echt krass.«

Mit diesen Worten ließ er den verwirrten Christian stehen und ging schwankenden Schrittes von dannen.

12.

Es war Sonntag, als es klingelte. Genauer gesagt, der erste Advent.

Christian betätigte den Türöffner. Kurz darauf stand sein Vater vor ihm, Dr. Wolfhart König, Inhaber der Kanzlei König & Partner. Er trug einen dunkelblauen Anzug und eine kornblumenblaue Krawatte, die perfekt mit seinen makellos gescheitelten grauen Haaren harmonierte. Er war leicht untersetzt, aber keineswegs behäbig. Vielmehr strahlte er unterschwellige Aggressivität aus; es schien so, als wäre er ständig zum Sprung geduckt und würde nur darauf warten, auf einen Gegner loszuschnellen. Seine Augen, einerseits ruhig und fokussiert, waren zugleich erfüllt von einer Anspannung, die an Nervosität grenzte, als lebte er ständig mit der Angst, irgendetwas zu verpassen.

»Arbeitest du heute?«, fragte Christian.

»Ja, ein wichtiger Mandantenbesuch«, antwortete König beiläufig. »Haben unsere Jobs ja so an sich, dass man auch am Wochenende mal ranmuss.« Er blickte auf den Küchentisch, wo Christians Laptop aufgeklappt stand. »Du hast offenbar auch zu tun.«

»Stimmt leider.« Das Excel-Programm hatte ihn auch an diesem Sonntag nicht losgelassen. Es entwickelte sich zu einer Plage – Lob von Fabian hin oder her.

»Wo ist Nicole?« Sein Vater sah sich um, während er gemächlich die Krawatte abnahm und sie über den Stuhl im Esszimmer hängte.

»Ist noch beim Sport. Spinning-Kurs.«

»Spinning-Kurs?«

»Da fährt man auf Fahrrädern durch die Gegend und hört laute Musik.«

»Bei der Kälte?«

»Nein, drinnen. Die Fahrräder sind am Boden befestigt, aber man tritt trotzdem in die Pedale.«

»Man tritt, ohne vorwärtszukommen?« Sein Vater stieß ein raues Lachen aus. »Ist ja fast wie im richtigen Leben. Nach unten treten, nach oben buckeln, und es bringt trotzdem nichts.«

Toller Scherz, dachte Christian. »Vielleicht ist es auch Zumba-Fitness oder Hot Yoga.«

»Tja, also, das sagt mir alles nichts.« Wolfhart schaute noch einmal in die Küche. »Willst du nicht den Laptop wegschließen? Da sind doch vertrauliche Dinge drauf.«

»Meinst du, uns räumt jemand die Bude leer, während wir bei euch Kaffeetrinken sind?«

»Nein, nein. Aber man muss solche Dinge ja nicht offen herumstehen lassen. Würde das bei uns in der Kanzlei einer machen, würde ich ihm die Ohren lang ziehen.«

Na klar, dachte Christian, *seine Kanzlei. Er tut schon wieder so, als wäre er mein Boss.*

Doch er bekam sein Gehalt nicht von König & Partner, sondern von ECC, auch wenn das seinem Vater nicht zu passen schien. Und auch wenn sein alter Herr einen gewissen berechtigten Stolz hatte, dass sein Sohn es immerhin zu ECC geschafft hatte, so ließ er es ihn doch unterschwellig wissen, dass er den Beruf des »Unternehmensberaters« nicht für einen richtigen Beruf hielt. »Die Berufsbezeichnung ist ja nicht einmal geschützt«, hatte er einmal gesagt. »Jeder kann sich Unternehmensberater nennen. Ein Anwalt aber braucht eine Zulassung.«

Ja, wie fünfzig Millionen Autos auch, hatte Christian gedacht, aber nicht laut ausgesprochen. *Außerdem kann man die Straße von hier bis Sibirien mit Jura-Absolventen pflastern, mit ECC-Leuten aber nicht.*

»Mein Wagen steht unten«, sagte sein Vater. »Hast du alles?«

Christian tastete sein Sakko ab. Portemonnaie, Schlüssel ... Es schien alles da zu sein.

Schneidende Kälte empfing sie draußen. Doch die S-Klasse seines Vaters war noch warm von der Fahrt eben. Wolfhart König warf die Tasche auf den Rücksitz und setzte sich ans Steuer, während Christian sich auf der Beifahrerseite in den tiefen Ledersitz sinken ließ.

»Deine Mutter hat Apfelkuchen gebacken«, sagte Wolfhart, als er den Wagen die Kastanienallee entlang Richtung Rosenthaler Platz lenkte. »Den mochtest du früher doch immer so gerne.«

Früher. Jetzt bin nicht mehr ganz so scharf drauf, dachte Christian.

»Was macht diese Bank, für die du dich zurzeit in der Firma abrackerst?«

»Der geht's nicht so gut.« Christian wusste, dass er mit Dritten eigentlich nicht über den Fall reden durfte. Aber bei seinem Vater ging das wohl in Ordnung. Oder vielleicht *gerade* nicht?

»Wundert mich nicht«, sagte Wolfhart. »Dieses Filialgeschäft funktioniert einfach nicht mehr.« Er bog rechts in die Fehrbelliner Straße ein, wobei er einem Tross Fußgängern auswich, die blind über die Straße zockelten, ohne einen Blick nach rechts oder links zu werfen. »Wer geht denn heutzutage noch in eine Filiale? Die jungen Leute überhaupt nicht mehr. Die gehen lieber zum Zahnarzt als in die Bankfiliale. Filialbesuche machen nur noch begriffsstutzige Omas, die zu verkalkt fürs Online-Banking sind.«

»Ist Justus eigentlich noch bei dieser Bank?«, fragte Christian.

Justus Peters, seines Zeichens Anlageberater, war ein entfernter Verwandter der Familie. Zehn Jahre älter als Christian, war Justus ihm früher stets als das große Vorbild verkauft worden, der es »in der Bank zu etwas gebracht hatte«. Mittlerweile hockte er seit einem Jahrzehnt in der gleichen Position und der gleichen Filiale am gleichen Schreibtisch und drehte neunzigjährigen Mütterchen geschlossene Schiffsfonds, Rainbow-Barriere-Zertifikate und ähnlichen Mist an. So war die Bewunderung für Justus merklich abgeflaut – was auch langsam Zeit wurde, wie Christian fand.

Sein Vater nickte. »Ja, noch immer. Der hat mehrere alte Damen mit dicken Depots am Haken. Die kommen zu ihm, laden ihren Kram ab und schimpfen über ihre Kinder und Enkel, die nie anrufen. Währenddessen schichtet Justus das Depot um. Mal zwanzigtausend, mal fünfzigtausend. Und immer werden fünf Prozent Ausgabeaufschlag fällig.«

Christian rechnete im Kopf. »Bei fünfzigtausend sind das immerhin zweieinhalbtausend Euro.«

»Allerdings. Eine halbe Stunde Smalltalk für zweieinhalb Riesen. Das ist teurer, als zur Gesprächstherapie zu gehen. Teurer sogar als ein Psychiater.« Wolfhart König lächelte bitter. »Aber wie sagte Woody Allen: Ein Anlageberater ist jemand, der Ihr Geld so lange anlegt, bis es weg ist.«

»Verdammt!«, rief Christian und durchwühlte seine Taschen.

Sie hatten das Berliner Westend erreicht, nahe der Königin-Elisabeth-Straße, wo die elterliche Villa stand.

»Was ist?«, fragte Wolfhart.

»Ich hab mein Handy vergessen.«

»Kann doch gar nicht sein.«

»Ist aber so.« Christian wühlte noch einmal in seinen Taschen. »Ich muss es ... zu Hause ... Hast du es gesehen?«

Sein Vater hob die Schultern. »Kann sein, dass es auf dem Küchentisch bei deinem Rechner lag.«

»Aber den habe ich doch eingepackt!«

»Dann ist es vielleicht in deiner Laptop-Tasche.«

»Kann eigentlich nicht sein. Ich vergesse doch nicht einfach mein Handy.«

»Hast du offenbar doch.«

Christian dachte ein paar Sekunden nach. »Wir müssen umkehren.«

»Umkehren?« Sein Vater schaute auf die Uhr. »Der Kaffee ist fertig. Deine Mutter wartet schon auf uns.«

»Dann fahr ich mit dem Taxi zurück.«

»Papperlapapp!« Wolfhart stoppte vor der Einfahrt und stieg aus. »Ich weiß, in unserem Job muss man immer erreichbar sein, aber wenn du am Sonntag mal zwei Stunden nicht ans Handy gehst, geht die Welt ja wohl nicht unter.«

Das sah Christian allerdings anders. *Mein Handy. Auf dem »ECC« und mein Name eingraviert sind! Es darf nicht weg sein!*

Dann stieg aber er doch aus. Vielleicht hatte sein Vater ja recht. Trotzdem: Wo war das Handy? Wo hatte er es liegen lassen? So etwas war ihm früher nicht passiert.

Beide gingen ins Haus.

Das heimelige Licht aus dem Wohnzimmer, wo der gedeckte Kaffeetisch stand, spiegelte sich unter einem schwarzblauen Winterhimmel auf dem strahlend weißen Schnee draußen im Garten.

13.

Sie saßen um den Kaffeetisch herum. Wolfhart König am Ende der Tafel, Christian rechts von ihm, daneben Nicole, die gerade vom Sport kam und direkt zu Christians Eltern gefahren war.

Lydia König, Christians Mutter, setzte sich nur hin und wieder kurz dazu; sie war die meiste Zeit damit beschäftigt, Kuchen zu zerteilen, Kaffee nachzuschenken und in entlegenen Teilen des riesigen Wohnzimmers Kerzen anzuzünden, die sie vorhin vergessen hatte. Ab und zu machte sie einen Abstecher zum Kamin, in dem ein behagliches Feuer knisterte, um Holz nachzulegen. Ein großer Adventskranz hing in dem Torbogen, durch den man auf den Flur gelangte, ein weiterer Kranz stand auf dem Kaffeetisch. Die erste Kerze brannte.

»Diese ganzen neuen Regularien werden der Finanzindustrie noch den Hals brechen«, sagte Wolfhart König, nippte an seinem Kaffee und schüttelte den Kopf. »Bei den vielen Dokumentationspflichten, wer will da noch ins Filialgeschäft?«

»Nun ja, unsere Bank«, murmelte Christian.

»Noch«, sagte sein Vater. »Wenn die nicht total verrückt sind, gehen die ins Investmentbanking. Und zwar nicht in Deutschland, sondern in London.«

»Da sind sie ja schon.«

Wolfhart verschränkte die Arme. »Umso besser. Oder gleich nach Asien. Oder nach Afrika, wenn sie sich was trauen.«

»Wir haben Nicole noch gar nicht gefragt, wie es ihr geht«, sagte Christians Mutter und schenkte ihr Tee nach. Kaffee mochte sie nicht.

»Ja, wie geht's dir?«, fragte Christian.

»Blödmann.« Nicole steckte sich verlegen eine Haarsträhne hinter das Ohr. »Mir geht's gut. Schließlich komme ich gerade vom Spinning.«

»Und wie läuft es im Job?«, erkundigte sich Wolfhart. Nicole arbeitete beim Bundestag als Assistentin eines Abgeordneten.

»Bin zufrieden. Mein neuer Abgeordneter ist ganz manierlich.«

»Wie heißt er denn?«, fragte Wolfhart.

»Jochen Bergfürst.«

»Klingt beinahe adelig«, sagte Christian zwischen zwei Bissen Kuchen. Er versuchte, das Gespräch gar nicht erst in eine politische Richtung zu lenken. Politische Diskussionen mit seinem Vater konnten sehr ermüdend sein.

»Ist er tatsächlich«, sagte Nicole, »das habe ich dir doch erzählt. Sein Großvater hatte wohl mal eine Burg im Münsterland.«

»Gibt es im Münsterland Burgen?« Das war Christians Vater. »Du meinst sicher ein Schloss.«

»Oder so was, ja.«

»Ein Mandant sagte mir, dass Bergfürst sich gerne in die Regionalpolitik einmischt.«

Nicole nickte resigniert. »Das stimmt leider. Obwohl es gar nicht sein Ressort ist. Vielleicht liegt es daran, dass er in Kreuzberg wohnt, obwohl er es dort blöd findet.«

»Wieso wohnt er da, wenn er es blöd findet?«, fragte Christian.

Seine Mutter schenkte unterdessen wieder reihum Kaffee ein.

»Keine Ahnung.« Nicole zuckte die Schultern. »Ich musste ihm jedenfalls diverse Positionspapiere schreiben. Zum Beispiel zur Eigenbedarfsgrenze von Cannabis. Die möchte er gerne auf null herabsetzen, gerade in sensiblen Brennpunkten wie dem Görlitzer Park. Dann muss die Polizei nicht mehr tatenlos zusehen, wie neue Drogenumschlagplätze entstehen.«

»Da hat er ja nicht ganz unrecht«, ließ sich Christians Mutter vernehmen. Sie war mit ihrer Einschenktour fertig, setzte sich zur Linken ihres Mannes und ließ den Blick stumm von einem zum anderen schweifen. Mit zwei Redebeiträgen schien ihr Pensum erfüllt zu sein.

»Und wie ist es sonst so?«, fragte Wolfhart und blickte Nicole forsch an. »Wenn der Mann nie zu Hause ist?«

»Das kannst du genauso gut mich fragen«, seufzte seine Frau.

»Ich frage aber Nicole.«

»Nun ja.« Nicole druckste herum. »Es ist nicht so einfach. Vor allem ist Christian ja auch unter der Woche nie da und schläft in Hotels in fremden Städten. Da vermisse ich ihn schon.«

»Besser, du vermisst ihn, als wenn du dich freust, dass er nicht da ist«, versuchte Wolfhart einen Scherz, der aber nicht ganz gelang. »Aber eure Wohnung ist wirklich schön geworden!«, versuchte er das Ganze zu retten.

»Wenn er schon nie da ist«, Nicole streichelte Christian über den Kopf, »will ich wenigstens ein schönes Zuhause haben.«

* * *

Gegen 21 Uhr waren sie wieder zu Hause. Als beide über den Korridor gingen und das Neon-Deckenlicht, das sie gerade eingeschaltet hatten, zuckend aufflammte, war es Christian bereits aus den Augenwinkeln aufgefallen. Doch ein Teil von ihm hatte es verdrängt, hatte nicht wahrhaben wollen, dass es tatsächlich passiert war.

Aber es *war* passiert.

Die Wohnungstür stand offen.

»Scheiße!«, stieß er hervor. »Guck dir das an!«

»Meinst du, es wurde eingebrochen?« Nicole wich von der Tür zurück, als läge ein böser Fluch darauf.

»Was denn sonst?«

»Ihr wart doch vorhin noch hier. Bist du sicher, dass ihr die Tür nicht aufgelassen habt?«

Christian wurde sauer. »Glaubst du, wir gehen hier weg und lassen in aller Seelenruhe die Tür auf?«, fuhr er sie an. »Und keiner von uns beiden merkt was?« Er schaute sich die Tür genauer an. »Verdammt, das darf doch nicht wahr sein!«

»Schrei mich nicht an!«, giftete Nicole zurück. »*Ihr* wart zuletzt in der Wohnung! Ich bin direkt vom Sport zu deinen Eltern gekommen.«

Christian verharrte einen Moment vor der offenen Tür. »Wollen wir reingehen?«

Nicole sah ihn an und zuckte die Schultern. »Sollten wir nicht erst die Polizei rufen?«

»Du hast recht. Erst die Polizei rufen. Ich ... Mist!« Er griff in seine Tasche; erst dann fiel ihm ein, dass sein Blackberry nicht mehr da war. »Ich hab vorhin mein Handy vergessen.«

»Ich weiß. Hast deswegen ja genug Theater gemacht bei deinen Eltern.«

»Vielleicht ist es auch gestohlen ...«

»Eins nach dem anderen.« Nicole tippte auf ihrem eigenen Handy bereits eine Nummer ein. »Ich rufe jetzt die Polizei, dann erstatten wir Anzeige. Und dann schauen wir, ob dein Blackberry noch da ist. Okay?«

»Okay.« Christian nickte resigniert. »*Du* solltest Beraterin werden.«

Nicole lachte. »Wie sagst du so gern? Hasta la vista, Baby!«

* * *

Nach 30 Minuten war die Anzeige erstattet und die Polizei wieder verschwunden. Einer der Beamten hatte ihnen beinahe stolz mitgeteilt, die Aufklärungswahrscheinlichkeit bei Einbrüchen betrage leider nur 16 Prozent. »Bei den ganzen Einbrecherbanden aus Osteuropa kommen wir nicht mehr hinterher«, fügte er hinzu. »Deshalb ist die Wahrscheinlichkeit hoch, dass Ihre Anzeige zu nichts führt.« Gleichzeitig empfahl er Christian und Nicole, eine Inventarliste anzufertigen und sie zusammen mit der Anzeige an die Hausratversicherung zu schicken. Und unbedingt ein besseres Schloss einbauen zu lassen.

Gerade war ein Notdienst damit beschäftigt, die offene Tür für die Nacht notdürftig zu reparieren, mit einem zweiten Schloss abzusichern und danach eine gigantische Rechnung zu schicken.

Die Diebe hatten die Tür geschickt geöffnet, ohne allzu großen Schaden anzurichten. Und offenbar auch, ohne allzu großen Lärm zu machen, denn keiner der Nachbarn hatte etwas gehört.

Ein Mini-Fernseher war aus dem Schlafzimmer gestohlen worden. Außerdem eine uralte Spielekonsole, von der Christian nicht wusste, ob sie überhaupt noch funktionierte. Wer klaute so einen Mist? Außerdem fehlten ein Paar schwarze italienische Lederhandschuhe, ein Geschenk von Nicole.

Vor allem aber fehlte sein Blackberry.

Christian suchte ihn überall. Nichts. Er rief sich selbst auf der Nummer an. Und hörte … nichts!

Das durfte nicht wahr sein, sein Blackberry war weg! Vor zwei Wochen erst hatte er ihn von ECC bekommen, und schon war er verschwunden. Verdammt, wie sah das aus? *Neuer Kollege ist zu dämlich, um auf seinen Blackberry aufzupassen.*

Hatte sein Vater ihn nicht davor gewarnt, Dinge offen liegen zu lassen? Hatte er etwa vorhergesehen, dass eingebrochen wurde?

Wenigstens war Christians Arbeitslaptop noch da. Er hatte es vorhin in seiner Laptoptasche verstaut und die Tasche in die Garderobe gestellt. Da hatten die Diebe offenbar nicht nachgeschaut.

»So ein Mist!«, schimpfte Christian, als er kurz darauf hastig seinen Koffer für die kommende Woche packte. »In sechs Stunden klingelt schon wieder der Wecker. Und ich muss Fabian und dem Team noch eine Mail schreiben, dass sie mich vorerst nur über meine alte Nummer erreichen. Ich muss …« Er blickte Nicole an. »Wo ist überhaupt mein altes Handy?«

»In deiner Schreibtischschublade, nehme ich an.«

Er schaute nach. Da lag es tatsächlich. Allerdings war der Akku leer.

»Wo ist das Ladekabel?«

»Habe ich zuletzt in der unteren Schublade der Kommode gesehen.« Nicole lächelte.

»Gut, dass du immer weißt, wo meine Sachen sind.«

»Ich räume ja auch immer hinter dir her.«

Genervt nahm Christian sein Nokia-Handy aus der Schublade, schloss den Akku an und lud ihn auf. Er hatte das Nokia nicht mehr angerührt, nachdem er den schicken neuen Blackberry von ECC bekommen hatte. Das alte Handy hatte er gleichsam verstoßen wie eine Exfrau, nachdem man etwas Besseres gefunden hatte. Oder wie ein Haustier, das die Kinder leid geworden waren. Christian erinnerte sich noch an den Freitag, als er das Nokia mit zu ECC genommen hatte, um in der IT-Abteilung die Kontakte auf sein neues Blackberry übertragen zu lassen. Danach war das Nokia in der Schublade verschwunden.

Nun doch nicht für immer.

Er klappte sein Laptop auf, wählte sich ins WLAN ein, öffnete Outlook und schrieb die Mails an Fabian, Katharina und Lars. Gab ihnen die Nummer, unter der sie ihn ab jetzt erreichen konnten. Mit seiner neuen oder besser alten Nummer. Jedenfalls so lange, bis er sein Firmenhandy ersetzt hatte.

Sollte er noch mehr Kollegen anschreiben? Nein, das musste reichen. Schon morgen würde er bestimmt das neue Handy haben. Er schickte die Mails ab, wobei seine Blicke hektisch über die E-Mails in der Inbox huschten. Nichts Wichtiges. Nur eine kleine Sache, die er noch erledigen musste.

Jetzt gleich?, fragte er sich. *Oder morgen auf dem Flug?*

Wenn er es sofort erledigte, kam er um seinen Schlaf. Wenn er es morgen erledigte, konnte er im Flieger nicht schlafen.

Nur dass es hier zu Hause viel bequemer war ...

»So ein Mist«, maulte er. »Ich könnte mich jetzt auch noch zwei Stunden hinsetzen und arbeiten.«

»Jetzt noch? Es ist bald Mitternacht!« Nicole sah ihn entgeistert an.

Er schüttelte den Kopf. »Du hast recht. Dann wird halt wieder mal nichts fertig. Und ich bin wieder mal zu nichts gekommen.«

»Es ist ja auch Wochenende.«

»Trotzdem.«

»Nun komm schon, mein kleiner Brummbär.« Nicole nahm ihn in die Arme und küsste ihn. »Es war ein wunderschöner Tag. Den werden wir uns von so was doch nicht kaputt machen lassen. Wir kuscheln uns aneinander und werden prima schlafen. Okay?«

Er musste lächeln. »Okay.«

Er liebte sie dafür, dass sie ihm immer wieder zeigte, dass das Leben lebenswert war. Besonders mit ihr.

14.

6:30 Uhr. Christian saß im Taxi, das sich durch die vorweihnachtliche Dunkelheit Berlins schob. In einigen Fenstern funkelten Sterne, in anderen sah er aggressiv blinkende Kränze und funkelnde Lichterketten, bei denen er sich wunderte, dass die Bewohner keine epileptischen Anfälle bekamen.

Er war ganz froh, dass er ein paar Nächte im Hotel übernachten konnte statt in einer Wohnung, in der gerade eingebrochen worden war. Ein Einbruch war keine schöne Erfahrung, und er beneidete Nicole nicht darum, dass sie nun auch noch allein in der Wohnung schlafen musste. Aber heute würde ein Schlosser ein zweites Schloss und ein Querriegelschloss einbauen. Zwar kostete der Spaß an die tausend Euro, aber was blieb ihnen anderes übrig?

Da er nichts zu tun hatte während der langweiligen Taxifahrt – und nachdem er dem Fahrer höflich, aber bestimmt mitgeteilt hatte, er möge doch sein nervtötendes Radioprogramm abstellen –, rief Christian die Hotline von American Express an. Mit seinem alten Nokia-Handy. Seinen neuen Blackberry würde er nachher im Frankfurter ECC-Büro bekommen. Vielleicht würde ihn das Telefonat mit American Express ein wenig aufheitern. Es ging um eine Kreditkarte. American Express *Centurion*. Auf der Party am Freitag hatte er vom Kollegen Benjamin aus dem Berliner Büro erfahren, dass die schwarze Amex Centurion die exklusivste Kreditkarte der Welt sei. Offenbar war die Centurion genauso *krass*, wie Holger Jannowitz kurz zuvor die Kanzlei König & Partner eingeschätzt hatte.

Die Amex Centurion war nicht nur eine Kreditkarte. Sie

war nicht nur aus Titan handgefertigt. Sie war nicht nur ein Statussymbol. Sie war noch viel mehr. Denn die Amex-Leute kümmerten sich um alles. Das Neujahrskonzert ist ausverkauft? Amex findet schon noch einen guten Platz. Sie kommen nicht von einem afrikanischen Provinzflughafen weg? Amex hilft. Sie brauchen im Ausland dringend einen guten Arzt, und zwar sofort? Call Amex! Dafür kostete die Karte eine Jahresgebühr von 2000 Euro. Doch wer sie einmal hatte, durfte sie für immer behalten.

Was würde Nicole dazu sagen, fragte er sich, *dass ich jetzt nichts Besseres zu tun habe, als mich um überteuerte Kreditkarten zu kümmern?*

Er würde allmählich zu einem Snob mutieren, sagte sie oft. Würde immer abgehobener.

Hatte der Lifestyle der großen Beraterfirmen schon Besitz von ihm ergriffen?

Ach was!

Christian wählte die Nummer, und eine Dame in der Hotline meldete sich. Es war wohl eines dieser Call-Center, die rund um die Uhr geöffnet hatten. Wahrscheinlich auch an Weihnachten.

»Ich würde gerne die Amex Centurion beantragen«, begann Christian. »Auf Ihrer Website habe ich leider nichts dazu gefunden.«

»Wir bewerben die Karte nicht auf unserer Website«, sagte die Stimme am anderen Ende. Und dann, als Christian nichts erwiderte: »Haben Sie bereits eine andere Amex-Karte?«

»Nein.«

»Dann darf ich Ihnen empfehlen, dass Sie sich zunächst eine andere Amex-Karte zulegen.«

»Und dann?«

»Dann sollten Sie mit dieser Karte erst einmal einen sechsstelligen Jahresumsatz erzielen.«

»Sechsstellig? Das heißt ...«

»Mindestens hunderttausend Euro.«

»Aha. Und dann?«

»Werden Sie unter Umständen eingeladen, Amex-Centurion-Mitglied zu werden.«

»Beantragen kann ich die Karte nicht?«

»Leider nicht.«

Stille.

Dann: »Haben Sie noch weitere Fragen?«

Hatte er nicht. Er beendete das Gespräch. Und ärgerte über sich selbst. Verdammt, bei ihm war eingebrochen worden, und ihm fiel nichts Besseres ein, als morgens um 6:30 Uhr die Amex-Hotline anzurufen, um sich irgendeine Snobkarte zuzulegen, die er dann sowieso nicht bekam.

100 000 Euro Jahresumsatz mit einer Kreditkarte. Verdammt, wie soll ich das schaffen?

»Welches Gate?«

War es der Job, der ihn plötzlich jede Bodenhaftung verlieren ließ? Oder war er schon immer so gewesen, und der Job bei ECC hatte das alles endgültig an die Oberfläche gespült?

»Junger Mann, zu welchem Gate müssen Sie denn?«

Jetzt erst merkte Christian, dass der Taxifahrer mit ihm sprach.

»Äh ... keine Ahnung.«

»Na, das hätten Sie vorhin schon sagen sollen. Dann hätten wir auf die Tafel schauen können.«

»Warten Sie.« Christian wollte nach seinem Blackberry greifen, als ihm einfiel, dass ihm der Blackberry geklaut worden war. Zusammen mit der schönen Gravur. *Verdammter Mist.*

»Setzen Sie mich hier bei A1 ab«, sagte er. »Das wird schon passen.«

Der Fahrer hielt und drückte an seinem Taxameter herum. »Das macht dann 21,50 Euro.«

»Geben Sie mir eine Quittung über 25.«

Christian zückte zwei Scheine, einen Zwanziger und einen Fünfer. Die Scheine wanderten nach vorne, die Quittung kam zurück. Wie ein Tauschgeschäft.

»Danke schön.«

Immerhin bedankt er sich für das Trinkgeld.

Christian stieg aus und atmete weiße Wölkchen in die kalte Morgenluft, während der Fahrer den Kofferraum öffnete und den Rollkoffer herausholte.

»Schönen Tach noch, mein Herr!« Der Fahrer stieg wieder ins Taxi.

»Ihnen auch.«

Christian ging durch die Tür ins Flughafeninnere.

* * *

Tegel wimmelte bereits wie ein Ameisenhaufen. Wie an jedem Montagmorgen, wenn die globalen Consulting-Häuser ihre Berater auf die Lufthansaflüge und die Hiltons und Sheratons dieser Welt verteilten.

Christian gähnte. Die Müdigkeit lag wie ein Stein in seinem Kopf, und seine Augen brannten. Vor ihm Werbeplakate von Air Berlin, der Telekom und Amex. Einzig der Ärger darüber, wie er von der Amex-Dame abgewatscht worden war, ließ Adrenalin in seine Adern fließen.

Aber sollte er sich wirklich darüber ärgern? Glücklich, wer keine anderen Probleme hatte. Das würde jedenfalls Nicole sagen.

Dann wollen wir mal unseren Blackberry befragen, wann der Flug geht, sagte er sich – bis ihm wieder einfiel, dass er kein solches Gerät mehr besaß. *Verdammt, verdammt, verdammt!* Ohne sein Blackberry kam er sich wie eine Schildkröte ohne Panzer vor.

Er zückte seine Miles & More Karte und ging zielstrebig zum Business-Class-Schalter der Lufthansa.

Eine Durchsage machte darauf aufmerksam, man solle Gepäck nicht unbeaufsichtigt stehen lassen und dass das Rauchen im gesamten Terminalbereich verboten sei.

Lassen Sie Ihr Gepäck nicht unbeaufsichtigt, wiederholte er die Durchsage im Kopf. *Was für eine blöde Umschreibung. Sollen sie doch gleich ehrlich sein. Sollen sie doch sagen: Vorsicht, hier gibt es Diebe.*

Ja, dachte er, *und die klauen nun mal.*

Nicht nur Koffer, auch Blackberrys.

Christian legte seine Miles & More Karte auf die Ablage.

»Könnten Sie mir bitte mein Ticket noch einmal ausstellen?«, erkundigte er sich.

»Sie fliegen Business-Class?«

Christian kam es so vor, als wäre er gerade gefragt worden, ob er seine Socken essen wollte. Sah er etwa nicht so aus wie jemand, der Business-Class fliegt?

»Natürlich!«

»Augenblick, ich schau mal nach.« Die Dame tippte in ihren Computer. Dann: »Ich kann hier leider keinen Flug finden, Herr König.«

»Was?«

»Hier ist kein Flug gebucht.«

Christian spürte einen Stich in der Herzgegend.

»Ich ...«, setzte er an.

Sein Handy klingelte. Nicole.

»Ich ruf dich gleich zurück, Nicole!«

Ist gut, hörte er am anderen Ende. Ein bisschen beleidigt.

»Ist auf dem Flug um sieben Uhr dreißig denn noch was frei?«, fragte er die Dame am Schalter.

»Augenblick, bitte.« Die Dame schaute in den Computer. »Ja, 4C. Gangplatz. Wollen Sie den nehmen?«

»Ja, bitte.«

Wie konnte das passieren? Wie konnte ich vergessen, meinen Flug zu buchen?

Er hörte eine Stimme, als wäre sie in Watte gepackt.

»... wenn Sie bitte hier unterschreiben könnten?« Die Dame schob ihm die Rechnung hin.

»Bitte? Ach so. Ja, sicher.«

Sie reichte ihm das Ticket über den Counter. »Boarding beginnt in fünfzehn Minuten. A3.«

Er steckte das Ticket ein, nahm Rollkoffer und Tasche und ging ein wenig verloren in Richtung Gate. Legte seinen Laptop und sein altes Nokia-Handy (*verdammt, du wolltest doch Nicole zurückrufen!*) auf das Förderband, holte die Tüte mit den Flüssigkeiten aus seinem Koffer *(was hat Fabian noch mal gesagt? Steck die immer separat in die Außentasche, dann geht es schneller. Aber steck sie in eine Extratüte, falls mal was ausläuft)* und legte Geld, Uhr und sonstiges Metallisches ebenfalls in die Plastikschale auf das Band, wobei er sich erneut an Fabians Ermahnungen erinnerte: *Nimm die Uhr ab und steck sie mitsamt Schlüssel, Münzen und anderem Metallzeug in die Sakkotasche. Am besten, während du in der Schlange wartest. Dann musst du einfach nur das Sakko in die Plastikschale legen. Geht viel schneller. Und stell dich bloß nicht in die Schlange hinter irgendwelche Rentner, Urlauber oder begriffsstutzige Schulklassen, die zum ersten Mal fliegen. Die brauchen ewig. Und auch keine Typen mit Turban oder Bärten. Nimm Leute, die ähnlich aussehen wie du. Jung, Anzug, Laptoptasche. Bei denen geht's schnell. Denn die wissen, wie's läuft.*

Als die Sicherheitskontrolle hinter ihm lag – nachdem der Metalldetektor aus unerfindlichen Gründen gepiept hatte und er von einem fetten Kerl mit Bart ausgiebig befummelt worden war –, nahm er sich zwei Zeitungen, das *Handelsblatt* und die *FAZ*, vom Zeitungsständer und atmete tief durch. Was war nur los mit ihm? Die Wohnung nicht richtig gesichert, das Handy gestohlen, vergessen, den Flug zu buchen *(was, wenn er ausgebucht gewesen wäre?).*

War das der Stress im Job, oder stimmte etwas nicht mit ihm? Waren es vielleicht die Nachwirkungen von diesen Pillen?

Dann blitzte die Mail noch einmal vor seinen Augen auf.

Sei bereit!

Die Worte auf der Party.

Krass, was die Kanzlei deines Vaters so macht.

Christian schloss die Augen. Sein Schädel dröhnte.

15.

Am Ende war alles doch noch halbwegs gut gegangen.

Fabian, Katharina und Christian saßen nach einer stressigen Woche im ICE zurück nach Berlin. Die Lufthansa streikte mal wieder, sodass sie auf den Zug ausgewichen waren. Allein das ewige Enteisen der Flugzeuge auf den Landebahnen hätte mindestens noch einmal 25 Minuten extra gekostet. Da war die Bahn auch nicht viel langsamer. Vor allem, wenn man den ICE Sprinter aus Frankfurt nahm.

Immerhin streikten Lokführer und Piloten nicht im Duett.

Trotzdem bedauerte Christian, auf den Flug verzichten zu müssen, denn er sammelte eifrig Meilen. Eben hatte er mit Nicole telefoniert, hatte ihr von dem Business-Class-Saver erzählt, ein spezieller Tarif, den die Swiss anbot und mit dem man bei längeren privaten Flügen leicht in die Business-Class hochstufen konnte. »Damit können wir dann ganz komfortabel in Urlaub fliegen«, hatte Christian stolz berichtet.

»Na toll«, hatte Nicole am Telefon gesagt. »Ich krieg dich so selten zu Gesicht, dass ich kaum noch weiß, wie du aussiehst, aber wir können in die Business-Class aufstocken. Was will man mehr?«

»Und das für nur hundertfünfzig Franken«, hatte Christian ergänzt, dem die Ironie entgangen zu sein schien.

»Super«, hatte Nicole erwidert. »Ich schlag gleich Salto vor Freude!«

Wahrscheinlich musste er wirklich aufpassen, dass er nicht zu abgehoben wurde.

Sie hatten dann noch über den Einbruch geredet. Ein

neues Schloss war an der Tür, die Versicherung wusste auch Bescheid.

Und Christian war mittlerweile glücklicher Besitzer eines neuen Blackberrys.

Er, Fabian und Katharina waren gerade im Speisewagen gewesen und machten sich nun mit ihren Laptop-Taschen auf den Rückweg ins Abteil, das Fabians Sekretärin für sie reserviert hatte. Der ICE jagte soeben durch Wolfsburg; die riesigen Silhouetten des Volkswagenwerks, die noch immer größte Fabrikationsstätte dieses Unternehmens weltweit, hoben sich düster gegen den schwarzen Winterhimmel ab. *Hoffentlich stimmen wenigstens hier die Abgaswerte*, dachte Christian, als er die riesigen Schlote sah. Draußen herrschte schneidende Kälte, aber im Abteil war es angenehm warm.

»Ab morgen, spätestens nächste Woche kommt noch mal ein Arsch voll Arbeit auf uns zu«, eröffnete Fabian das Gespräch. Er hatte vorhin länger mit Lars telefoniert und angekündigt, das Team nach dem Essen zu briefen.

Ein Arsch voll Arbeit, dachte Christian. Eigentlich musste so etwas bei ECC nicht angekündigt werden, denn das gehörte zur Stellenbeschreibung. Es war ungefähr so, als würde jemand in der Sahara sagen: »Morgen kommt ein trockener, heißer Tag auf uns zu.«

»Die BWG verliert ihre Banklizenz?«, witzelte Katharina.

Fabian lächelte. »Dann wären wir alle Probleme los. Den Kunden allerdings auch. Nein, die Bank bekommt etwas. Und zwar einen Activist Investor. Hatte ich in Zürich ja schon von erzählt. War da aber noch nicht akut, ist jetzt allerdings Prio 1 geworden.«

»Activist?«, warf Christian ein. »Das ist vermutlich keiner von diesen Kapitalismuskritikern, die bei Blockupy gegen Banken demonstrieren und vor der EZB zelten?«

»Demonstrieren tut so einer auch«, sagte Fabian, »aber der,

um den es geht, ist mit Sicherheit kein Kapitalismuskritiker. Und im Zelt schläft der auch nicht.«

»Eher das Gegenteil«, sagte Katharina.

»Und was macht so ein Activist Investor?«, fragte Christian.

»Dieser hier«, begann Fabian, »heißt Corvinus Capital und ist einer von den ganz harten Hunden. Sitzt in New York und mit einigen steuerbegünstigten Unterabteilungen sicher auch auf den Cayman Islands, den Virgin Islands und überall sonst, wo man Steuern spart. Diese Activist Investors sind Leute, die ganz normal Aktien eines börsengehandelten Unternehmens kaufen. Genau wie Lieschen Müller es tun kann. Lieschen kauft die Aktien aber nur, weil sie auf Kursgewinne und Dividendenzahlungen hofft. In die Unternehmensführung mischt sie sich normalerweise nicht ein.«

»Kann sie ja auch gar nicht«, sagte Christian.

»Kann sie schon, wenn sie auf die Hauptversammlung geht und mit abstimmt. Aber wer geht schon auf Hauptversammlungen von AGs? Meistens Rentner, die die Zeit dafür haben und sich auf die heißen Würstchen, den Kartoffelsalat und die Give Aways freuen. Activist Investors hingegen *wollen* sich in die Unternehmensstrategie einmischen. Und zwar ordentlich!«

»Sie investieren meistens auch mehr Geld als Lieschen Müller«, sagte Katharina.

»Das ist der Punkt. Und wenn sie kräftig investieren, gehören ihnen irgendwann fünf Prozent oder mehr der jeweiligen Firma. Und dann fangen sie an, dem Management richtig Dampf zu machen, damit es die Strategie ändert. Habt ihr *Wall Street* gesehen? Mit Michael Douglas?«

Katharina und Christian schüttelten den Kopf.

»Pflicht!«, sagte Fabian. »Unbedingt schauen! Michael Douglas spielt in dem Film einen von diesen Investoren. Aber ihr kennt sicher *Pretty Woman*?«

»Klar«, sagte Katharina. »Mit Julia Roberts.«

»Und Richard Gere«, ergänzte Fabian. »Und der spielt einen Activist Investor.«

»Sex kaufen die sich also auch?« Das war Katharina.

»Für die ist alles käuflich.«

»Und was wollen die?«

»Geld, was sonst«, sagte Fabian. »Carl Icahn zum Beispiel ist einer von den Typen. Der ist bei Apple eingestiegen und hat so lange Druck gemacht, bis Apple Geld an die Aktionäre ausgeschüttet hat. Was bei Steve Jobs total verpönt war. Und Jobs hatte recht. Warum sollte ich einem Unternehmen Geld geben, wenn es mir die Kohle nur eins zu eins zurückgibt, selbst wenn es damit innovative Dinge anstellt? Da kann ich es gleich zur Sparkasse bringen. Tim Cook, der neue Apple-Chef, hat dann eingelenkt und um die neunzig Milliarden ausgeschüttet, soviel ich weiß. An die Aktionäre und an Carl Icahn. Für den hat sich das Rumnerven gelohnt.«

»Und die BWG hat jetzt auch so einen Investor?«

Fabian nickte. »Richtig. Corvinus Capital eben. Die Firma gehört Douglas Wynn, einer der ganz großen Haie. Der steigt überall ein und schickt dann seine Kettenhunde von Anwälten los. Er klagt gegen alles und jeden. Banken, Unternehmen, Staaten.«

»Staaten?« Christian hob den Kopf.

»Ja, er kauft billig die Anleihen von Staaten ein, die kurz vor der Pleite stehen. Und dann klagt er auf Rückzahlung. Hat er bei Griechenland auch so gemacht und damit Milliarden kassiert.«

»Und was soll die BWG-Bank seiner Ansicht nach tun?«

»Lars konnte anscheinend nur einen kurzen Blick in die Präsentation werfen, die Corvinus Capital dem Management der BWG geschickt hat. Aber die wollen offenbar, dass das Filialgeschäft in Deutschland dichtgemacht oder abgespalten wird, dass mehr Geld ausgeschüttet wird und dass der Verschuldungsgrad erhöht wird. Und dass die BWG-Bank mit einer größeren Bank fusioniert.«

»Will das Management der BWG das denn auch?«

»Natürlich nicht. Und da kommen wir ins Spiel.« Fabian blickte beide an. »Wir müssen die Präsentation der Bank-Strategie für die Hauptversammlung so gut hinkriegen, dass die anderen Aktionäre gar nicht erst auf die Idee kommen, dem Vorschlag von Corvinus zuzustimmen.«

»Hört sich nach Arbeit an.« Katharina seufzte.

»Hört sich nicht nur so an. Du«, Fabian blickte Katharina an, »gehst die Präsentation durch und schaust nach Optimierungspotenzialen, was wir da noch besser machen können. Du«, er wandte sich an Christian, »machst dich morgen schlau in Richtung Activist Investors und welche medialen Maßnahmen ein Unternehmen ergreifen kann, um die Vorschläge solcher Leute abzuschmettern. Geh in die Datenbank, falls du heute Abend Langeweile hast. Vor einiger Zeit sind in der *Fortune* und im *Economist* Berichte über diese Investoren erschienen. Und verschaff dir einen gründlichen Überblick über Corvinus Capital. Alles Weitere dann morgen.«

Katharina blickte auf. »Sind wir schon da?«

»So gut wie.« Fabian stand auf und packte seine Sachen zusammen. »Spandau. Hier muss ich raus.«

»Ich auch.« Katharina erhob sich. »Wir sehen uns morgen im Office. Schönen Abend noch.«

Kurz darauf saß Christian allein im Abteil und schaute geistesabwesend aus dem Fenster, während sich der Zug durch Charlottenburg, den Savignyplatz, am Kanzleramt vorbei und schließlich durch Berlin Mitte schlängelte.

Am Hauptbahnhof stieg Christian aus. Er wollte gerade zum Ausgang und sich ein Taxi nehmen, als das Vibrieren und Piepen seines neuen Blackberrys ihm eine SMS ankündigte. Er reagierte wie ein Pawlowscher Hund, der auf solche Signale konditioniert war, zog das Handy aus der Anzugtasche und blickte aufs Display, während er den Rollkoffer mit der Laptoptasche, die oben auf der Ablage des Koffers befestigt war, weiter hinter sich herzog, an den Buchläden und Fressbuden vorbei, die damit beschäftigt waren, für heute zu schließen.

Die SMS kam von einer ihm unbekannten Nummer. So, als wäre sie von einem Internetprovider aus gesendet worden.

Schau in deine Manteltasche.

Was sollte das denn? Christian wusste nicht, ob er sich fürchten oder lachen sollte. War das ein Scherz? Ein Test? Beobachtete ihn jemand? Welche Manteltasche war überhaupt gemeint?

In diesem Moment piepte das Handy erneut.

Die innere Manteltasche. Rechts.

Was war das für ein Blödsinn? Was sollte in seiner Manteltasche sein? Rechts innen! Die benutzte er nie, weil er Rechtshänder war. Und alle wichtigen Sachen hatte er ohnehin in seinem Sakko. Er hatte schon öfter den Fehler gemacht, wichtige Dinge in seine Manteltaschen zu stecken und den Mantel dann irgendwo abzugeben – mit der Folge, dass die Dinge dann entweder ein paar Stunden weg oder gleich gestohlen waren. Also musste die rechte Tasche leer sein.

Er ertappte sich dabei, wie er den Koffer abstellte und mit der freien Hand in die rechte Innentasche griff.

Ihn traf fast der Schlag.

In seiner Hand lag ein Schlüssel.

Schwer. Glänzend.

Auf dem Schlüssel eine Nummer.

237.

Wie, zum Teufel, kommt dieser Schlüssel in die Manteltasche? Und wer immer mir die SMS geschickt hat – woher wusste er, dass der Schlüssel in meiner Tasche ist? Ich hab es ja selbst bis gerade nicht gewusst.

Und dann auch noch 237 ... Christian hatte *Shining* von Stephen King gelesen. War das nicht die Nummer von dem Hotelzimmer, das man nie betreten sollte? Das Zimmer, in dem die lebende Wasserleiche in der Badewanne lag?

Jetzt bekam er wirklich Angst. Er schaute sich um wie ein gehetztes Tier, das nach seinen Jägern Ausschau hält. Wurde er beobachtet? Von irgendeinem Verrückten, der ein krankes Spiel mit ihm trieb? Er sah Passanten, vor allem Geschäftsreisende, die zu den Taxis eilten oder nach oben zu den S-Bahnen. Andere kauften im Blumenladen noch rasch ein Sträußchen (*er wollte Nicole doch auch Blumen mitbringen, oder?*), wieder andere holten sich auf die Schnelle eine Currywurst, besorgten sich eine Zeitschrift oder ein Taschenbuch. Reinigungswagen mit dem Service-Logo der Deutschen Bahn fuhren bereits über den steinernen Boden im Hauptbahnhof und hinterließen eine feuchte Spur aus Wasser und Reinigungsmitteln, sodass es aussah, als wäre dort eine gigantische Schnecke entlanggekrochen.

Sonst sah er niemanden.

Nichts Verdächtiges jedenfalls.

Er atmete ein wenig auf.

In diesem Moment piepte das Handy erneut.

Eine dritte SMS:

Bei den Schließfächern.

Sein Magen krampfte sich zusammen.

237 ist die Nummer eines Schließfachs!

Er wusste, dass es hier Schließfächer gab. Er hatte selbst schon einmal sein Gepäck dort zwischengelagert und war anschließend mit Nicole einkaufen gewesen.

Wollte ihn jemand zu den Schließfächern locken? Aber was sollte darin sein? Was könnte dort auf ihn warten? Würde ihm jemand auflauern?

Christian schaute sich um. Sah Security-Leute der Bahn, die dafür sorgten, dass die Obdachlosen den Bahnhof verließen, sofern sich hier überhaupt welche aufhielten.

Eigentlich, versuchte er sich zu beruhigen, *bin ich hier sicher.*

Hier konnte ihm doch gar nichts passieren. Warum hatte er dann Angst? Warum sollte er überhaupt in das verdammte Schließfach schauen? Er hatte noch viel zu tun an diesem Abend.

Sieh zu, dass du nach Hause kommst. Wegen dem ausgefallenen Flug bist du ohnehin viel zu spät dran.

Warum sollte er den SMS von irgendwelchen schrägen Vögeln folgen, die ihn zu einem Schließfach dirigierten, dessen Inhalt ihn genau genommen einen Dreck interessierte?

Aber...

Aber ihn würde die Frage, was sich in dem Schließfach befand, nicht mehr loslassen. Vielleicht würde es ihm eine Antwort darauf geben, wer ihm die SMS geschickt hatte, und was es zu bedeuten hatte.

Vielleicht, überlegte er, *hängt es ja auch mit der rätselhaften Mail zusammen, die ich bekommen habe.*

Widerstrebend machte er sich auf den Weg zu den Schließfächern.

Ihm war, als würde er durch einen Tunnel laufen.

Rechts und links von ihm Passanten.

Um ihn herum die Stahlträger des neuen Hauptbahnhofs.
Über ihm das grelle Neonlicht.
Unter ihm das Rumpeln der Züge und S-Bahnen.
Vor ihm die Schließfächer.
Und in ihrer Mitte ein ganz besonderes Fach.
Mit einer ganz besonderen Nummer.
237.

Er sah es nun direkt vor sich. Ihm war, als würde nicht er sich dem Schließfach nähern, sondern als würde das Schließfach langsam auf ihn zuschweben. Und der Schlüssel, den er in seiner zitternden Hand hielt *(und der vorhin in der Manteltasche gesteckt hatte, der rechten inneren Manteltasche!)* würde die Klappe dieses Schließfachs öffnen, und dann würde es seine Geheimnisse mit ihm teilen, was immer es für Geheimnisse waren.

Dann stand er vor dem Schließfach.

Stellte den Koffer ab. Seine Hände zitterten so heftig, dass er das Gewicht der Laptoptasche auf der Oberseite des Koffers falsch einschätzte und der Koffer mitsamt Laptoptasche polternd zu Boden fiel.

»Scheiße«, fluchte er und hob beides auf.
Lehnte den Koffer an die Schließfachwand.
Hob den Schlüssel mit zitternden Fingern.
Drehte ihn im Schloss.
Ob er passt?

Er atmete schnell und stoßweise, hoffte die ganze Zeit, dass der Schlüssel nicht passen würde, schaute immer wieder auf die Nummer. *(Ist es die richtige?)* Ja, es war die richtige.

Der Schlüssel passte. Er drehte sich, und die Klappe schwang nach außen. Beinahe wie von selbst, als würde Christians Hand nur einen minimalen Aufwand betreiben müssen, um sie zu bewegen.

In dem Schließfach war Schwärze.

Und noch etwas.

Irgendetwas lag da, ein Stück weiter hinten. Irgendetwas, das ihn an … ja, an was erinnerte? Ein Stück Leder? Einen Handschuh?

Er nahm seinen Blackberry und schaltete die Taschenlampen-App ein.

Leuchtete ins Schließfach.

Was ist das?

Er beleuchtete das seltsame Objekt von allen Seiten.

Hautfalten?

Irgendwas Organisches?

Daneben zwei einzelne … Fingernägel?

Er leuchtete noch einmal.

Und mit einem Mal fügte sich, was er eben noch in Bilderfetzen gesehen hatte, zu einem Gesamtbild.

Ein Gesamtbild, so bizarr und grauenhaft, dass er laut aufschrie.

Mit einem letzten instinktiven Kraftakt schlug Christian die Klappe zu, schloss mit fliegenden Fingern das Schließfach ab, ergriff hastig seinen Koffer und die Tasche und rannte los. Kehrte noch einmal um, schaute noch einmal, ob das Schließfach wirklich zu war *(ja, es ist zu!)*, steckte den Schlüssel in die Manteltasche *(die innere Manteltasche! Rechts!)* und rannte wie ein Besessener zum Ausgang.

16.

Er stürzte in die Wohnung.

»Nicole?«

Stille.

Oh Gott, wo steckt sie? Warum ist sie noch nicht zurück?

Das Herz schlug ihm bis zum Hals. Die wildesten Szenarien geisterten durch seinen Verstand. War Nicole entführt worden? Vielleicht von dem, der den Schlüssel in seine Manteltasche bugsiert hatte? Von dem, der dieses … *Ding* ins Schließfach gelegt hatte? Und der ihn jetzt erpressen wollte?

In diesem Moment hörte er das Geräusch eines Schlüssels im Türschloss.

Die Tür öffnete sich.

Er blickte in Nicoles Gesicht.

Gott sei Dank!

»Dir ist nichts passiert?«, fragte er statt einer Begrüßung.

Nicole sah ihn entgeistert an. »Was soll mir denn passiert sein?« Sie musterte ihn von oben nach unten. »Du siehst ganz schön fertig aus.« Sie ging zur Küche. »Willst du einen Kaffee? Einen Espresso?«

»Nein. Meinem Magen ging es schon mal besser, und hellwach bin ich inzwischen auch wieder.« Christian blickte sich um und ging dann zu dem Regal, auf dem die harten Getränke standen, neben einem dekorativen Eiswürfelbehälter, den er mal betrunken aus einem Luxushotel gestohlen hatte. Nicole hatte ihm deswegen heftige Vorwürfe gemacht, aber der Eiswürfelbehälter passte perfekt zur Inneneinrichtung.

»Christian, du trinkst zu viel. Vor allem Whiskey.«

Sie sah ihn strafend an, während er trank und den würzigen Scotch genoss, der seinen Magen wärmte und seine Sinne beruhigte.

»Wieso kommst du jetzt erst?«, fragte er dann, ohne auf ihren Vorwurf einzugehen. »Ich habe mir große Sorgen gemacht.«

»Ich hab dir doch vorhin gesagt, dass ich im Büro noch einiges erledigen musste, weil Bergfürst morgen die Rede in seinem Wahlkreis hält. Und du wolltest ja sowieso später kommen, weil die Lufthansa streikt und ihr mit der Bahn gefahren seid. Vor allem«, sie stellte ihre Tasche auf den Tisch und hängte ihren Mantel auf, »bist du ja wohl der Letzte, der sich beschweren kann, wenn ich mal länger arbeite.«

»Du hast recht, entschuldige.« Er nahm sie in die Arme und lehnte seine Wange an ihre, die noch kalt war von der Winterluft. Sie trat einen Schritt zurück, schaute ihn an. »Was ist los mit dir? Du siehst schlecht aus. Dein Job ...«

»Es ist nicht der Job.« Christian trank den letzten Schluck Whiskey. »Ich habe am Hauptbahnhof etwas gesehen. In einem Schließfach. Da war dieser Schlüssel in meiner Tasche, und dann war in dem Schließfach auf einmal ...«

Er merkte, wie er den Faden verlor.

Kein Wunder. Du musst erst mal ein bisschen runterkommen, musst dir das alles durch den Kopf gehen lassen, musst nachdenken, bevor du anderen davon erzählst.

Doch Nicole war völlig aus dem Häuschen. »Meine Güte, das wird ja immer schlimmer mit dir!« Sie musterte ihn besorgt. »Ich kann versuchen, dir zu helfen. Aber ich muss wissen, was du gesehen hast.«

»Ich muss erst mal den Kopf freikriegen.«

Er drängte sich an ihr vorbei auf die Gästetoilette. Öffnete den Toilettendeckel, denn ihm war leicht übel, und er glaubte, sich übergeben zu müssen. Er würgte, aber es kam nichts. Vielleicht wäre es besser gewesen. Vielleicht würde es die Anspannung von ihm nehmen. Sollte er sich den Finger in den Hals stecken? Nein, zu ekelhaft.

Er schloss den Toilettendeckel und setzte sich darauf. Starrte an die Wand. Dann gab er sich einen Ruck, stand auf und blickte in den Spiegel. Dachte an den Spruch, den er früher nach durchzechten Uni-Partys oft gehört hatte. *Du siehst aus, wie ich mich fühle.*

Er atmete tief durch, strich sich übers Haar, straffte sich und trat wieder auf den Flur.

»Hör mal, Nicole, ich gehe noch eine Runde spazieren, okay?«

»Jetzt? Um elf Uhr abends?« Sie blickte demonstrativ auf ihre Armbanduhr, ebenfalls ein Erbstück von ihrer Mutter, wie der Verlobungsring.

»Ich muss den Kopf freibekommen. Ich erzähle dir nachher alles.«

Er schnappte sich seinen Mantel und fand sich zwei Minuten später auf der kalten, von gelbem Licht beschienenen nächtlichen Straße wieder.

Verdammt, dachte er. *Nicole muss dich für verrückt halten.*

Aber wie hätte er das Ganze erklären sollen? Er konnte es nicht erklären – noch nicht. Wie denn auch? Er wusste ja selbst nicht, was Sache war. Erst musste er eine Zeit lang allein sein, ungestört, ohne mit Fragen behelligt zu werden.

Fragen über das, was er in dem Schließfach gesehen hatte.

Die Haut.

Die Fingernägel.

Die Haut von einer Hand.

Oder das, was davon übrig war.

Oh Gott, ich verliere den Verstand.

Er musste erst nachdenken. Allein sein.

Allein mit seiner Angst.

* * *

Die Bilder erschienen immer wieder vor seinen Augen wie dämonische Schnappschüsse, die ihn auf brutale Weise daran erinnerten, was er am Bahnhof gesehen hatte.

War es menschliche Haut gewesen? Ja, vielleicht. Abgezogene Haut. So, als wäre es einmal eine Hand gewesen, auch wenn sie eher wie ein Handschuh ausgesehen hatte. Daneben die ausgerissenen Fingernägel.

Er schüttelte sich.

Er hatte Geschichten von Freunden bei der Bundeswehr gehört, die in Bosnien und Afghanistan stationiert gewesen waren. Man hatte ihnen Bilder von Islamisten gezeigt, die ihren Geiseln mit einem Taschenmesser den Kopf abschnitten. Damit wollte man den jungen Soldaten klarmachen, mit welchen Feinden sie es zu tun hatten.

Oder waren es nur Attrappen gewesen?

War das hier ein mieser Scherz?

Nein, für einen Scherz ging das zu weit, viel zu weit, ob Attrappen oder nicht. Hier wurde eine Grenze überschritten. Also war es ernst.

Aber wenn es ernst war, hatte er ein Problem.

Denn die Haut von dieser Hand, oder was immer es war, hatte verdammt echt ausgesehen.

Christian ertappte sich dabei, wie er die Straßenseite wechselte, als zwei schattenhafte Gestalten dicht vor ihm um eine Ecke bogen und auf ihn zukamen. Er hörte sie, wie sie auf der anderen Straßenseite an ihm vorbeigingen. Lachend, scherzend. Sie kannten ihn nicht. Interessierten sich nicht für ihn. Beachteten ihn gar nicht. Waren völlig ungefährlich.

Und was ist mit denen, die mir diesen miesen Streich gespielt haben? Die mir eine Heidenangst einjagen? Die vielleicht sogar hinter mir her sind? Beobachten sie mich? Auch jetzt, in diesem Augenblick?

Er war von dem Schließfach geflüchtet. Sollte er wieder zurück? Ausgeschlossen! Was, wenn die Polizei dorthin kam? Vielleicht hatte ihn jemand beobachtet. Und gesehen, was er gesehen hatte.

Aber wer sollte die Polizei gerufen haben? Er war der Einzige, der dort gewesen war.

Wollte jemand ihn in irgendetwas hineinziehen?

Dann fiel es ihm siedend heiß ein.

Das Schloss. Das Schloss vom Schließfach ... Er hatte es doch wieder abgeschlossen? Oder nicht? Er war doch extra noch einmal zurückgelaufen. Oder?

Er musste sich eingestehen, dass er es nicht mehr wusste.

Oh Gott! Geht das schon wieder los! Was ist mit mir, verdammt noch mal?

Hatte er Handschuhe getragen? Nein. Obwohl es tiefster Winter war, hatte er keine Handschuhe angehabt. Sie waren in seinem Koffer gewesen. Und er hatte es für unnötig gehalten, für den kurzen Weg zum Taxi Handschuhe anzuziehen.

Was hieß das? Verdammt, es hieß, dass seine Fingerabdrücke auf dem Schloss und an dem Schließfach waren.

Ihm wurde heiß und kalt.

Er schaute die Straße hinunter, sah die Kerzen in den Fenstern, die Weihnachtsdekoration. Und fühlte sich so wenig nach Weihnachten wie noch nie.

Wie kann man nur so dumm sein. Meine Fingerabdrücke an einem Schließfach, in dem so ein ... Ding liegt, das bestimmt mit einem Verbrechen zu tun hat, und dann könnte man mich mit diesem Verbrechen in Verbindung bringen. Und wenn das in meinem Führungszeugnis auftaucht, kann ich mich gleich bei McDonald's bewerben, aber als Hamburger.

Er würde achtkantig bei ECC rausfliegen. Und das wär's dann mit der Karriere.

Sollte er zur Polizei gehen? Aber was sollte er denen sagen? Vielleicht war die Spurensicherung bereits im Bahnhof, genau jetzt, und nahm Fingerabdrücke. Was sollte er sagen, wenn sie eh schon alles wussten?

Warum meine Fingerabdrücke auf dem Schließfach sind, wollen Sie wissen? Tja, ich hatte plötzlich einen Schlüssel in der Tasche, und der passte zufällig zum Schloss des Schließfachs Nummer 237. Die gleiche Nummer wie das Zimmer in Stephen Kings *Shining!* Ja, genau das Schließfach, in dem diese seltsame Haut lag oder was immer es war. Menschliche Haut, die doch bestimmt ein *(du darfst es nicht sagen!)* ein Leichenteil *(jetzt hast du es doch gesagt!)* ist. Woher ich von dem Schließfach weiß? Ich habe eine SMS bekommen. Von wem? Keine Ahnung.

Er griff instinktiv nach seinem Handy, um noch einmal auf die SMS zu schauen. Doch er hatte seinen Blackberry auf dem Esszimmertisch liegen gelassen. Verdammt, ständig vergaß er irgendwas! Jetzt lag das Handy zu Hause. Was würde Nicole denken, wenn sie die SMS las? Würde sie eine Affäre vermuten? Sich Sorgen machen?

Quatsch, beruhigte er sich. Sie hatte nicht den Zugangscode, konnte ihn nicht haben, das Handy war ja neu.

Trotzdem, er musste sofort zurück nach Hause. Christian wusste nicht, was er tun sollte, als er die Eingangstür zum Treppenhaus öffnete und mit dem Außenaufzug in den vierten Stock fuhr. Er wusste nur, dass er auch in dieser Nacht kaum schlafen würde.

* * *

»Da bist du ja endlich«, sagte Nicole vorwurfsvoll. »Dein Handy hat die ganze Zeit geklingelt.«

Christian spürte, wie sein Magen sich zusammenkrampfte. Er konnte nur hoffen, dass Nicole sein Gesicht im Halbdunkel des Flures nicht gesehen hatte.

»Willst du mir nicht endlich sagen, was los ist?« Sie ließ nicht locker.

»Gleich.« Er schaute auf seinen Blackberry. Drei Anrufe in Abwesenheit. Alle drei von Fabian.

Aus, schoss es ihm durch den Kopf. *Alles aus.* Man hatte ihn gesehen. Beim Schließfach. Dann hatten sie die Polizei gerufen. Und jetzt wollten sie wissen, was er mit dem grässlichen Inhalt des Schließfachs zu tun hatte.

Besser, er brachte es schnell hinter sich.

Christian drückte mit zitternden Fingern auf die Nummer von Fabian.

»Hallo, Chris«, meldete sich Fabian beim zweiten Klingeln.

»Hi. Sorry, dass ich nicht erreichbar gewesen bin. War noch kurz im Spätkauf was besorgen«, log Christian, um dem Ganzen den Anschein des Normalen zu geben.

»Mach ich auch manchmal. Ein kaltes Bier schadet nicht, wenn man über Power Point sitzt. Hör mal ...« Fabian räusperte sich.

Jetzt kommt's, dachte Christian. *Jetzt kommt die Konfrontation. Die Frage, was in dem Schließfach ist. Der Rausschmiss. Und dann der Haftbefehl.*

»Hör mal«, fuhr Fabian fort, »ich dachte mir, ich sag's dir direkt, bevor du per Flurfunk davon erfährst. Ihr habt ja schließlich zusammengearbeitet ...«

Was soll das jetzt heißen? Gehört die Haut im Schließfach jemandem, den ich kenne?

»Jonathan ist raus bei ECC. Er hat ja bei der Banksache

schon ziemlich versagt. Seine Leistungen sind im fünften Quintil. Jetzt ist er in Career Transition. Er wird das Unternehmen verlassen.«

»Im fünften Quintil« hieß, Jonathan gehörte zu den Schlechtesten. Das Weiterkommen war bei ECC in fünf Kategorien unterteilt. Im ersten Quintil waren die sehr Guten, im zweiten die Guten, im dritten die Mittelprächtigen, im vierten diejenigen, bei denen es auf der Kippe stand, und im fünften die Kandidaten für »Career Transition«. Der Begriff stand für den Zeitraum, den man bei ECC per Aufhebungsvertrag freigestellt wurde, um sich einen neuen Job zu suchen. Das Büro und alle Annehmlichkeiten konnte man in dieser Zeit weiter nutzen, nur an Fällen arbeitete man nicht mehr, und nach ein paar Monaten war man auf der Straße.

Wobei es Kollegen gab, die partout nicht gehen wollten. Für die gab es das so genannte »Sterbezimmer«, wo es nicht einmal ein Telefon gab. Keine Aufträge, keine Anrufe, kein Internet, kein gar nichts. Man war einfach nur noch da, aber völlig unwichtig. Das machten die meisten Alphatierchen, die zu ECC kamen, nicht lange mit, denn sie wollten gebraucht werden, wollten wichtig sein. Irgendwann war dann sogar das Sterbezimmer wieder leer.

»Äh ... okay«, sagte Christian. »Danke für die Info.«

»Kein Problem. Häng es bitte nicht an die große Glocke. Aber im Projektteam wissen es alle. Habe auch gerade mit Katharina gesprochen. Lars rief mich vorhin an und bat mich, es euch zu sagen.« Er machte eine Pause. »So ist nun mal das Leben bei ECC. *Up or out.* Oder wie es bei uns heißt: *Grow or go.* Wer besser ist, soll auch den Job machen. Und du hast einen Topjob mit dem Excel gemacht. Soll ich dir auch von Lars ausrichten.«

»Danke.«

»Gerne. Ich will dir nicht den Rest des Abends klauen. Wir sehen uns dann morgen im Büro. *Ciao.*«

Die Verbindung endete.

Jonathan, dachte Christian. *Man hat ihn gefeuert. Weil er Mist gebaut hat mit dem Excel. Und weil ich gezeigt habe, wie man es besser macht ...*

Plötzlich keimte ein schrecklicher Verdacht in ihm auf.

War es Jonathan, der ihn zu dem Schließfach geführt hatte? War er es, der sich an ihm rächen wollte?

Christian schaute auf seinen Blackberry und klickte noch einmal auf die drei SMS.

Schau in deine Manteltasche.

Die innere Manteltasche. Rechts.

Bei den Schließfächern.

Er ging zum Mantel. Schaute auf den Schlüssel, der in der Manteltasche gewesen war und mit dem er das Schließfach geöffnet hatte. Wie kam der Schlüssel eigentlich in seine Tasche, verdammt noch mal? Sollte er ihn nicht sofort verschwinden lassen? Und vorher alle Fingerabdrücke beseitigen? Aber wie? Und war es nicht so, dass solche Dinge die Eigenart hatten, gefunden zu werden? So wie der Ring der Macht in *Herr der Ringe?*

Christian blickte auf den Schlüssel, der im Schein des Deckenstrahlers schimmerte.

Er hätte nie gedacht, dass man vor toten Gegenständen Angst haben konnte.

Bis jetzt.

17.

Es war das Jahr 2000. Ein neues Millennium hatte begonnen. Darum feierten sie. In der elterlichen Villa, wobei die Eltern nichts davon wussten. Aber das passte zum neuen Jahrtausend und dem Taumel einer neuen Zeit. Die Internetblase war noch nicht geplatzt, in Hannover begann die Expo, die UMTS-Lizenzen wurden vom Staat für Unsummen an die Telefonkonzerne versteigert. Es war, als wäre alles privatisiert worden, einschließlich der Atemluft.

Vieles passierte. Aber hier war Party. Das war das Wichtigste!

Zwei der jugendlichen Gäste sprachen miteinander.

»Na, Argon, gefällt dir die Party?«, fragte einer, der sich Ventor nannte, den anderen, der sich Argon nannte und in dessen Haus die Party stattfand. Doch Ventor fühlte sich eher so, als wäre es seine Party.

»Klar, alles super.« Argon trank von seinem Bier, zog an seinem Joint und reichte die Tüte weiter. Auch Ventor nahm einen Zug.

»Hail the Emperor«, sagte Argon.

»Death to Chaos!«, entgegnete Ventor. »Hasta la vista, Baby!«

Beide lebten in ihrer Warhammer-40K-Fantasiewelt. Die Regale in Argons großem Zimmer waren voll mit Zinn- und Plastikminiaturen aus der Science-Fiction-Welt. Imperiale Truppen, Space Marines, Baneblade-Panzer, Gunships und Eldar-Armeen.

Ventor hatte längst nicht so viele Figuren, weil seine Eltern nicht so viel Geld hatten. Dafür hatte er die Death Guard des

Pestilenz-Gottes Nurgle, die World-Eater-Armeen des Kriegsgottes Khorne, die Space Orks und dazu noch weitere Mächte des Chaos.

Ventor blickte sich um. Es waren vielleicht 30 Leute auf der Party, 23 Jungen und sieben Mädchen. Okay, vielleicht waren es acht Mädchen, aber der Nerd-Überschuss war unverkennbar, das musste Ventor zugeben. Da sich aber die Extrem-Nerds, die auf dieser Party bestimmt 60 Prozent ausmachten, nicht sonderlich für Mädchen interessierten, fühlten die sich nicht belästigt und saßen alle vor dem großen Fernseher im Wohnzimmer, wo eine der ersten Folgen von *Sex and the City* lief.

Argon, so hatte Ventor beobachtet, hatte sich an eines der Mädels heranzumachen versucht, war damit aber gescheitert, obwohl er sicher zu sein schien, einen Heimvorteil zu haben, wo diese geile Party doch im Haus seiner Eltern stattfand.

Ventor drehte die Anlage lauter. »Ashes to Ashes« von Rammstein dröhnte durchs Wohnzimmer und war sicher im Umkreis von 50 Metern in der Nachbarschaft zu hören.

»Ey, mach leiser, wir wollen den Film sehen«, schimpfte eines der Mädchen. Es war Franzi, die Kleine, die von Argon nichts hatte wissen wollen.

»Da lädt man die Hühner ein, und was passiert? Die klemmen sich vor die Glotze.« Ventor lehnte sich frustriert zurück und versuchte, einen weiteren Zug vom Joint zu nehmen, ohne sich die Finger zu verbrennen, denn die Tüte war schon ziemlich aufgeraucht.

»Man müsste irgendwas Verrücktes tun«, meinte Argon. »Im Namen des Imperators.«

Ventor schaute am Fernseher vorbei durchs Wohnzimmerfenster nach draußen.

»Fragt sich nur was«, sagte er.

18.

Montagvormittag.

Christian und Fabian waren mit dem »Rote-Augen-Flieger«, auch »Pyjama-Bomber« genannt, um 6:45 Uhr aus Berlin nach Frankfurt gekommen. Katharina hatte ja den Vorteil, dass sie in Frankfurt wohnte.

Nun saßen sie alle mit Lars, dem Managing Partner bei diesem Projekt, im großen Konferenzraum des Frankfurter ECC-Büros, der einen fantastischen Ausblick auf den Opernplatz und die Frankfurter Oper bot. Seltsamerweise waren alle kleinen Konferenzräume besetzt gewesen, sodass ihnen nur noch der »Große Konfi« geblieben war, wie er intern genannt wurde. Was die vier nun abhielten, war ein so genanntes »CTM«, ein »Case Team Meeting«. Lars brachte Neuigkeiten vom Kunden mit und ließ sich von Fabian über den Projektfortschritt informieren. Kommende Woche stand die Hauptversammlung in London an; vorher gab es noch einige Abstimmungen in Frankfurt und London. Dann war dieser lästige Activist Investor, der ihnen allen am meisten Kopfzerbrechen bereitete, hoffentlich ein für alle Mal abgewehrt.

»Unser Excel-Held«, hatte Lars Christian begrüßt und noch einmal kurz davon gesprochen, dass Jonathan das Unternehmen verlassen werde, zeigte sich dann aber ein wenig säuerlich, dass es noch nicht so viele Informationen zur Abwehr von Activist Investors gab, wie er sich erhofft hatte.

Christian hatte ein übles Wochenende hinter sich. Der seltsame Fund aus dem Schließfach hatte ihn wie ein schwarzer Schatten verfolgt. Obendrein wurde Nicole zunehmend sauer, weil er mit irgendetwas schwanger ging, was er offensichtlich nicht teilen wollte. Aus Nicoles Sicht durchaus verständlich, nur was sollte er ihr sagen? *Ich habe in einem Schließfach die abgezogene Haut einer Hand gefunden? Und Fingernägel, die einzeln daneben lagen?* Noch immer quälte ihn die Frage, was man mit der Hand gemacht hatte, als sie noch eine Hand gewesen war, die zu einem Körper gehört hatte.

»Ich habe gerade mit Jack Andrews telefoniert«, sagte Lars. Jack Andrews war der weltweite Chef der BWG-Bank. Auch wenn die BWG eine deutsche Bank war, hatte sie sich einen amerikanischen Chef zugelegt, um möglichst international zu wirken. »Dieser Douglas Wynn ist in Großbritannien kein Unbekannter, auch wenn er bisher sein Unwesen vor allem in den USA getrieben hat. Aber er fokussiert sich jetzt zunehmend auf Europa, zunächst allerdings auf London.«

»Ich habe gelesen, er steht in einer Reihe mit großen Raidern wie Nelson Peltz, Carl Icahn und Guy Wyser Pratt«, sagte Christian, um etwas Schlaues beizutragen. Ein Raider war ein Investor, der Firmen billig aufkaufte, zerschlug und die Einzelteile dann teurer verkaufte, als sie vorher zusammen wert gewesen waren. Einer der bekanntesten Raider, wenn auch eine fiktive Figur, war Gordon Gekko aus dem Film *Wall Street*, den Fabian bereits im Zug erwähnt hatte. Ein leibhaftiger Raider hingegen war Albert Dunlap, der seiner rüden Methode wegen auch Al »Chainsaw« Dunlap genannt wurde, die »Kettensäge«, wahrscheinlich, weil er so viele Jobs abgesägt hatte.

»Ja«, sagte Lars. »Wynn hat Andrews vorhin in einer Mail seinen alten Lieblingsspruch um die Ohren gehauen.«

Fabian hob den Kopf. »Wacht auf und riecht das Napalm.«

Lars lächelte gequält. »Genau. So begrüßt er immer das Management eines Unternehmens, bei dem er gerade eingestiegen ist. Wynn ist ein Ex-Marine.«

»In einem Bericht über ihn steht«, warf Christian ein, »dass er sich bei der Suche nach Zielen auch an der Gefechtstaktik der Marines orientiert. Das Element der Überraschung, die richtige Verteilung der Kräfte, Bündnisse eingehen und Waffen kombiniert einsetzen. Wenn die Chefs sich wehren – was in der Regel der Fall ist –, erhöht Wynn den Druck, beispielsweise auf der Hauptversammlung, aber auch über die Presse. Sein Ziel ist, eine Mehrheit gegen den Vorstand zu organisieren, um ihn aus dem Amt zu drängen. Und genau davor haben Andrews & Co berechtigte Angst. Sie fürchten, dass Wynn seine Waffen einsetzt: die Presse, die sozialen Medien, die anderen Aktionäre und wen sonst noch alles.«

»Alles das, was die Vorstände meist nicht so gut beherrschen.« Lars kniff die Lippen zusammen. Seine Aktentasche stand neben ihm, daneben ein kleiner Koffer mit dem HON-Anhänger der Lufthansa. Das bedeutete, er würde heute noch weiterfliegen, wahrscheinlich nach London. Das war ein Vorteil, weil die Nacht von Montag auf Dienstag dann nicht so kurz werden würde, als wenn Lars im Büro wäre und haufenweise Aufträge verteilte. Wobei er das aber auch telefonisch ganz gut konnte.

»Ich habe euch letzten Freitag die Präsentation geschickt, die Wynn an die BWG-Bank weitergeleitet hat«, fuhr Lars fort. »Habt ihr schon reinschauen können?« Das war natürlich keine Frage, sondern eine Aufforderung, den Inhalt der Präsentation zusammenzufassen. Diese Präsentation, in diesem Fall ein hundertseitiges Power-Point-Dokument, schickten die Activist Investors immer als Erstes an einen Vorstand, sobald sie bei dessen Unternehmen eingestiegen waren. In diesem Dokument war aufgeführt, was sich zu ändern hatte, und zwar am besten heute noch.

Fabian ergriff das Wort, während er die Präsentation durchblätterte. »Zunächst mal das übliche Gemotze über den Firmenjet …« Er blickte Lars kurz an. »Die BWG hat einen Firmenjet, oder?«

Lars lächelte. »Ja. Bin letzte Woche damit nach London geflogen, mit Thomas zusammen.«

»Da kannst du aber keine Meilen sammeln.«

»Tja, einen Tod muss man nun mal sterben.«

Firmenjet, dachte Christian. *Ob es an den Privatflughäfen auch Schließfächer gibt? Und ob man darin auch solch grässliche Dinge finden kann? Oder bin ich der Einzige, für den Schließfächer keine Schließfächer mehr sind, sondern Särge? Allerdings nicht für Menschen, sondern für Gliedmaßen.*

»Chris!« Fabians Stimme klang, als hätte er schon mehrmals Christians Namen gerufen.

Christian merkte erst jetzt, dass er für kurze Zeit abwesend gewesen war.

»Das liegt am frühen Flieger«, sagte Katharina lachend.

»Sorry.« Christian schaute Fabian an, als wollte er sagen: *Wiederhol bitte, was du gesagt hast.*

»Also, Chris, was sind die Kernforderungen?«

»Äh …« Christian blickte mit zitternden Händen in die Präsentation. »Ja, also … zuerst mal das Gemotze mit dem Firmenjet.«

»Wissen wir«, sagte Lars knapp. »Was noch?«

»Sie wollen, äh … dass die faulen Kredite ausgelagert werden. Dann wollen sie mehr Geld für die Digitalisierung, Einstieg in Wachstumsfelder wie Islamic Banking und mehr Ausschüttungen an die Aktionäre.«

»Und wie soll das alles bezahlt werden?«, fragte Lars.

»Durch … ähm, Halbierung des Privatkundengeschäfts in Deutschland. Dreihundert Filialen sollen geschlossen werden.«

»Das sind die typischen Forderungen von Activist Investors«, sagte Fabian. »Mehr Geld an die Aktionäre, den Verschuldungsgrad erhöhen, verlustreiche Geschäfte dichtmachen und fusionieren auf Teufel komm raus.«

Lars klickte auf einen YouTube-Link auf seinem Rechner. »Hier, das ist er. Douglas Wynn.« Auf dem Bildschirm war ein grauhaariger Herr zu sehen, der eigentlich ganz sympathisch aussah. Bis er anfing, eine emotionsgeladene Rede zu halten und dabei mit einem Aluminiumlineal herumzufuchteln.

»Dieses Lineal ist sein Markenzeichen«, sagte Lars. »Das hat er immer dabei. Wie einen Säbel. Es hat unterschiedliche Skalen in Millionen und Milliarden von eins bis hundert. Daran zeigt er jedes Mal, was die Firmen an Geld verlieren und was sie gewinnen können, wenn sie auf ihn hören.«

»Wow«, sagte Fabian, »das Video hat 500 000 Klicks.«

»Ja«, bestätigte Lars. »Diese Jungs sind super in der Außendarstellung. Activist Investors arbeiten mit den besten Analyse- und Beratungsunternehmen der Welt. Die beraten Investmentgesellschaften, Versicherungen und andere institutionelle Anleger, wie sie auf der Hauptversammlung abstimmen sollen. Leute wie Wynn gehen da ein und aus. Die Vorstände lernen diese Unternehmen erst kennen, wenn es zu spät ist. Und Top-Anwaltskanzleien haben die auch.«

»Und unsere Bank?«

»Hat natürlich auch solche Agenturen, aber nicht so gute.«

»Und was kostet so was?« Das war Katharina.

Lars grinste. »Fast so viel wie wir. Wenn nicht mehr.«

»Es gibt Gerüchte«, sagte Katharina, »dass Douglas Wynn von den Vorständen, die wegen ihm gegangen sind, künstliche Skalps nachbilden lässt, die den Eingangsflur seines New Yorker Penthouses zieren.«

Skalps, dachte Christian. *Haut. Haut von einem Kopf. Haut von einer Hand …*

»Er hat doch auch diese Supervilla in den Hamptons«, sagte Fabian. »Hängt da auch so was?«

»Da hängt höchstens der Haussegen schief«, erwiderte Lars. »Da hat seine Frau nämlich das Sagen, und die würde das nicht mitmachen.«

Katharina lachte auf.

»Wie auch immer.« Lars klatschte in die Hände. »Unser Kunde erwartet, dass wir die Forderungen von Wynn und Corvinus Capital auf ihre Validität prüfen und Gegenvorschläge erarbeiten. Sobald wir die haben, müssen wir eine Kommunikationsagentur suchen, die die Vorstände für die Hauptversammlung in London fit macht. Oder wir müssen das selbst übernehmen. Und da bleibt uns dann nicht mehr viel Zeit.« Er stand auf. »Fabian, du managest das hier *on the ground*, und wir telefonieren nachher, okay?«

Fabian nickte. »Machen wir.«

Lars nahm seine Taschen auf und ging.

Fabian ergriff wieder das Wort.

»Okay, teilen wir die Sachen auf. Katharina, du schaust dir mal das Potenzial von diesem Islamic Banking an. Und die Digitalisierungsgeschichte. Alle reden ja derzeit von Finanztechnologie und solchen Dingen. Mach mal eine Renditerechnung, was für die BWG dabei rauskommen könnte.«

Katharina kritzelte eilig Notizen in ihr Heft.

»Und du, Chris«, fuhr Fabian fort, »schaust noch mal in dein Excel, wie die Kreditrisiken aussehen und mit welchem Abschlag man die verkaufen könnte. Auch das bringt Geld und befreit Kapital. Es muss nur hieb- und stichfest sein, und wir müssen bessere Analysen haben als diese Aasgeier von Corvinus Capital. Außerdem brauchen wir mehr Infos zu diesem Wynn. Das war eben noch ein bisschen dünn.«

»Alles klar«, sagte Christian, »wird gemacht.«

»Gut.« Fabian packte seine Tasche zusammen. »Ich habe gleich einen Termin mit Albers. Wenn ihr Lust habt, treffen wir uns um vierzehn Uhr zum Lunch.«

Lunch, dachte Christian. Er hatte kaum etwas gegessen seit letztem Donnerstagabend. Sein Erlebnis mit dem Schließfach hatte ihm gründlich den Appetit verdorben.

* * *

Es war Abend geworden. Christian hatte mehr als zwei Stunden lang über dem Kreditportfolio der BWG-Bank gebrütet. Die BWG war in der gleichen miesen Situation wie viele andere Banken, die von der Finanzkrise durchgeschüttelt worden waren, weil sie »giftige« Papiere gekauft hatte, die nun massiv an Wert verloren hatten.

Eine Menge Kredite waren während der Krise ausgefallen. Damit Banken weitere Kredite ausgeben konnten, um dafür die Zinsen einzustreichen, mussten diese Hypothekenkredite irgendwie aus der Bilanz herausgeholt werden. Wie das ging, hatte als Erster in den 80er-Jahren John Gutfreund von Salomon Brothers gezeigt, der Hypothekenkredite zu Anleihen zusammenschweißte und an Großinvestoren weiterverkaufte, ohne sich allzu sehr darum zu kümmern, ob die Anleger an diesen Papieren ihre Freude hatten oder nicht. Man bündelte die Schrott-Kredite in kompliziert klingende Namen wie *Collateralized Debts Obligations*, bekam dadurch die Bilanz wieder frei und verkaufte diese CDOs dann an jeden, der nicht bei drei auf den Bäumen war.

Leider hatte die BWG nicht nur solche Papiere vertickt, sondern im Rahmen der »Diversifizierung«, wie man es damals nannte, auch massenhaft eingekauft. Als dann die Kredite ausfielen, war die Bank gezwungen, weitere, wenn auch profitable Fremdfinanzierungen zu streichen. Was dennoch blieb, war ein riesiger Wasserkopf an Krediten, von denen niemand wusste, ob sie irgendwann einmal zurückgezahlt würden. Insgesamt machte dieses Portfolio, so hatte es

Christian gerade errechnet, einen Wert von fast 100 Milliarden aus.

Aber was hieß »Wert«? Wert hatte es nur, wenn man es verkaufen konnte. Da hatte Douglas Wynn, der Activist Investor, schon recht. Es wäre schlau, wenn man all die faulen Kredite loswürde. Die Frage war nur, welchen Verlust man mit dem Verkauf machte.

Christian hob den Blick. Katherina saß konzentriert an ihrem Tisch und hackte irgendetwas in eine Power-Point-Präsentation.

»Ich brauche einen Kaffee«, sagte er. »Soll ich dir einen mitbringen?«

Sie schüttelte den Kopf. »Danke, nein.«

Christian ging ein paar Schritte den Flur entlang, um sich die Beine zu vertreten, holte sich einen Kaffee, trank ihn hastig und setzte sich dann wieder an den Schreibtisch. Doch es war spät geworden, und er konnte sich nicht mehr konzentrieren. Nervös klickte er durch verschiedene Internetseiten und ertappte sich dabei, wie er Suchbegriffe eingab wie »Hand abhacken« und »Amputation«. Er sah mittelalterliche Darstellungen von Dieben, denen die Hand abgeschlagen wurde und dubiose Artikel über Stellenangebote in Saudi-Arabien, wo neue Henker eingestellt werden sollten, die Todesurteile und Amputationen vollstreckten. Auf irgendwelchen verborgenen Servern entdeckte er grausige Bilder von Menschen, die sich auf Bahngleise gelegt und alle Gliedmaßen verloren hatten, oder die sich erhängt und dabei aufgrund ihres Körpergewichts und der Fallhöhe selbst geköpft hatten. Ihm fiel gar nicht auf, dass es sein Firmenrechner war, mit dem er sich all diese Gräuel anschaute. Genau der Rechner, auf dem er sich so etwas am allerwenigsten anschauen sollte. Zum Glück saß er mit dem Rücken zum Fenster, sodass vom Flur aus niemand durch die Glastür auf seinen Monitor schauen konnte.

Auch Katharina schien nichts bemerkt zu haben, einzig ihr rhythmisches Tippen war zu hören. Sie hatte sich im Schneidersitz auf den Bürostuhl gesetzt; ihre Schuhe – die Carla-Bruni-Treter – standen neben ihrer Tasche.

Christian klickte weiter, suchte auf der Webseite des LKA in Berlin und des Bundeskriminalamts in Wiesbaden nach irgendwelchen »Amputationsmördern«. Aber da war nichts.

Er stand auf.

»Ich mache im Hotel weiter«, sagte er. »Muss mal einen Tapetenwechsel haben.«

Katharina zog einen Schmollmund. »Hab schon verstanden. Dir geht es ohne mich besser, stimmt's?«

Christian lächelte. »Nein, so war das nicht gemeint.«

»Heute glaube ich's noch«, sagte sie und lächelte ebenfalls. »Wir sehen uns dann morgen.«

19.

Er schaute auf seinen Blackberry, als er sein Zimmer im Arabella Sheraton an der Konstablerwache betrat. Eine Mail kam von einem Meilenoptimierer, dessen Newsletter Christian abonniert hatte:

Meilen sammeln in Minuten!

British Airways hat den kürzesten planmäßigen Linienflug der Welt. Er verbindet die beiden nordwestlichsten Inseln der Orkneys und dauert planmäßig 2 Minuten. Im Auftrag von British Airways wird diese Route mehrmals wöchentlich von Loganair geflogen und bringt 500 Prämienmeilen für nur 1,6 Kilometer. Schneller haben Sie noch nie Meilen gesammelt!

Christian schüttelte den Kopf, während er sein Gepäck aufs Bett warf. Man konnte es auch übertreiben. Wahrscheinlich gab es tatsächlich Knallköpfe, die sich x-mal in diesen Flieger setzten und auf diese Weise ihr Meilenkontingent vollstopften.

Er legte den Koffer auf die Ablage und öffnete ihn. Seine Hemden ließ er gleich darin liegen, ebenso seine anderen Kleidungsstücke. Wenn er sie in den Schrank packte, lag die Wahrscheinlichkeit bei fast hundert Prozent, dass er die Sachen liegen ließ und den Hotelservice anrufen musste, nachdem ihm zu Hause aufgefallen war, dass die Hälfte seiner Klamotten fehlte. Seinen Kulturbeutel allerdings legte er ins Badezimmer. Das war aus dem Koffer heraus dann doch etwas umständlich.

Er öffnete die Laptoptasche und setzte sich erschöpft an den Schreibtisch. Ein paar Dinge würde er noch erledigen müssen, bevor er sich einen Sandwich und ein Glas Wein unten in der Bar genehmigen konnte, wo jetzt in der Vorweihnachtszeit der riesige Weihnachtsbaum mit den künstlichen Geschenken und den dicken Schleifen stand.

Er öffnete Outlook und stellte mit der UMTS-Karte die Internetverbindung her. Gerade waren noch ein paar E-Mails gekommen. Eine von Global Services, in der er aufgefordert wurde, alle Abrechnungen soweit möglich noch vor Weihnachten einzuschicken, ebenso alle Stunden und Tagespauschalen. Dann eine Mail von Lars' Sekretärin an das Team, in der die nächsten Termine aufgeführt waren, dazu ein Kommentar von Fabian, was das Ganze an konkreten »To Dos« bedeutete. Eine weitere Mail von einem Kumpel über einen albernen Film.

Und …

Er stutzte.

Eine Mail aus seinem eigenen Postfach.

Schon wieder.

FROM: CHRISTIAN KÖNIG
MONDAY, DECEMBER 8, 21:38
SUBJECT: enjoy …

Doch diese Mail blieb.

Sie verschwand nicht wie die Mail vor ein paar Tagen.

Sie war real. Kein böser Traum.

SUBJECT: enjoy …

Was sollte das? Eine Mail von ihm selbst an ihn selbst mit *enjoy* als Betreff? *Genieße?*

Und was?

Wer konnte die Mail geschickt haben?

Wieder dachte er als Erstes an Jonathan. Vielleicht aus Neid, aus Rache, aus Hass.

Christian klickte in die Mail. Auf der Seite gab es nur einen einzigen Link, irgendeine Download-Plattform mit einem ewig langen Rattenschwanz von Verknüpfungen.

Konnte er riskieren, auf diesen Link zu klicken? Was verbarg sich dahinter? Schon wieder irgendeine bodenlose Finsternis, ähnlich wie im Schließfach am Bahnhof, das sich wie ein fauliger Rachen vor ihm geöffnet hatte?

Du musst es wissen!

Kurz entschlossen klickte er auf den Link. Eine Streamingdatei öffnete sich. Ein Video, das von selbst startete.

Lange Zeit geschah nichts.

Verkrampft vor Anspannung saß Christian auf der Stuhlkante und starrte auf den Bildschirm, während sich sein Magen wie ein brennender Golfball anfühlte, genau so schmerzhaft und genau so klein.

Dann begann der Film.

Schwarz.

Blau.

Rauschen.

Irgendetwas Konturloses war zu sehen, das ihn auf schreckliche Weise an das *Ding* im Schließfach erinnerte. Ein Schemen, der auf den ersten Blick keine Struktur besaß. Es war ein Erkennen, das auf grausame Weise ein Wiedererkennen war.

Blau und schwarz. Und irgendwelche Flocken, die durch die Dunkelheit schwebten wie amorphe Himmelskörper in einem verwesenden Universum.

Dann wurde ihm klar, was er da sah.

Den verwesten Kopf einer Leiche.

Das Gesicht. Grün und rosa marmoriert. Die Augen halb geschlossen, dahinter murmelartige, braunweiße Kugeln, die kaum mehr Kontur besaßen. Die Lippen weggefault. Die Zähne, die ihn lippenlos und mit zerfressenem Zahnfleisch angrinsten. Und dann das Fleisch. Grün. Rot. Grau. Löcher im Oberkörper und in der Haut. Löcher, aus denen sich langsam Teile lösten und zusammen mit den Flocken träge weiterschwebten durch die Schwärze des ... ja, was eigentlich?

Es sah aus, als schwebte der Körper in der Luft.

Dann erkannte er es.

Eine Wasserleiche.

Christian merkte, wie er stoßweise atmete. *Oh Gott, ich klapp gleich zusammen.*

Er unterdrückte den Ekel, starrte weiter. Musste weiter starren. Ja, es konnte nicht anders sein. So musste eine Leiche aussehen, die längere Zeit unter Wasser getrieben hatte. Gewebeteile schwebten durch die trübe Flüssigkeit, bewegten sich träge um den Kopf der Leiche herum wie menschenleere Raumschiffe, die einen verwesten, fauligen Stern umkreisten.

Ist das eine echte Leiche?, fragte er sich. *Und wer ist der Tote?*

Doch der Zustand der Leiche ließ ein Erkennen nicht mehr zu. Außerdem war das Bild verschwommen, weil die Kamera durch das Wasser hindurch filmte, sodass kaum Konturen auszumachen waren. Nur dass es der verwesende Körper eines Menschen war.

Christian sprang auf. Ihm wurde schwarz vor Augen. Er konnte sich gerade noch am Beistelltisch festhalten, auf dem der Fernseher stand, ehe er in die Knie ging und sich genau auf Höhe der Minibar wiederfand. Mit zitternder Hand öffnete er die Tür. Griff sich eine der winzigen Flaschen Johnny Walker Red Label. Und leerte sie in einem Zug.

20.

Delete.

Noch immer zitternd vor Angst und Wut löschte Christian die Zahlenkolonne, die er soeben in seine Excel-Tabelle eingegeben hatte. Er konnte sich nicht konzentrieren und deshalb unmöglich arbeiten.

Die Mail, die kurz aufgeblitzt und dann verschwunden war. Die Haut im Schließfach. Und jetzt diese grässliche Mail mit der Wasserleiche. Sie hatte das Fass endgültig zum Überlaufen gebracht.

Heute Abend würde er zur Polizei gehen und die Sache melden. Er hatte bisher niemandem etwas erzählt. Seinem Vater nicht, und auch Nicole nicht. Ihr hatte er nur gesagt, er fühle sich bedroht und überlege, zur Polizei zu gehen. Sie war auch so schon voller Angst und Unruhe und würde als Nächstes wahrscheinlich von ihm verlangen, seinen Job bei ECC zu kündigen.

Aber war es wirklich klug, zur Polizei zu gehen? Die Mail mit dem Link, der zu dem Video mit der Wasserleiche führte, war von seinem eigenen Account abgeschickt worden.

Wie kann das sein, verdammt?

Hatte sich jemand an seinem Rechner zu schaffen gemacht?

Aber wie? Und wann?

Moment mal. Habe ich mir am Montagabend nicht einen Kaffee geholt und war mir die Füße vertreten, als ich mit Katharina im Büro saß?

»Katharina?«, fragte er.

Sie zog die Ohrstöpsel ihres Walkmans aus den Ohren. »Ja, hier, bei der Arbeit.«

»War am Montagabend jemand hier im Büro? Außer uns beiden, meine ich?«

»Nein, niemand.«

»Und an meinem Rechner war auch niemand?«

»Na hör mal. Würde sich jemand an deinem Rechner zu schaffen machen, der bekäme es mit mir zu tun.«

»Okay, danke.«

»Kein Ding.« Sie warf ihm einen seltsamen Blick zu, ehe sie die Ohrstöpsel wieder in die Ohren steckte.

Jetzt hält sie mich für völlig durchgeknallt. Christian schaute verlegen weg. *Soll ich heute Abend trotzdem zur Polizei gehen? Und wenn ich mit meiner Story fertig bin, was werden die mir sagen? »Tja, Herr König, die Mail ist von Ihrem Account abgeschickt worden. Und Ihre Fingerabdrücke sind an dem Schließfach. Was sagt uns das?«*

Er hatte drei Möglichkeiten.

Zur Polizei gehen und die Wahrheit sagen.

Nicht zur Polizei gehen und das Ganze offensiv bekämpfen *(fragt sich nur wie).*

Oder die Sache ignorieren *(und warten, bis irgendein neuer Schock kommt?).*

Keine der drei Möglichkeiten schien ein gutes Ende für ihn bereitzuhalten.

Hätte es diesen verdammten Abend am Hauptbahnhof mit dem Schließfach doch nie gegeben!

Christian blickte auf die Delete-Taste auf seinem Computer, schaute dann auf das leere Excel-Blatt auf dem Bildschirm und suchte vergebens nach einer Löschtaste in seinem Verstand.

Also gut, sagte er sich. *Ich gehe zur Polizei.*

* * *

Die Maschine aus Frankfurt war vor 20 Minuten gelandet. Christian war gar nicht erst zu Hause vorbeigefahren, sondern saß jetzt im Taxi auf dem Weg zum Revier des LKA 1 in der Keithstraße.

Er hatte im Internet recherchiert, welches Revier das richtige für ihn sein könnte, und sofort war ihm das LKA 1 aufgefallen, »Delikte am Menschen«. Nun schaute er sich auf seinem Blackberry noch einmal die verschiedenen Ressorts an:

LKA 11: Tötungsdelikte, Entführungen, erpresserischer Menschenraub, ärztliche Kunstfehler mit Todesfolge. LKA 12: Brandstiftung, Misshandlung und Vernachlässigung von Schutzbefohlenen, Kindestötung. LKA 13: Sexualdelikte, Bekämpfung von Kinder- und Jugendpornografie.

Meine Güte, und mit denen wollte er gleich sprechen? Er fühlte sich selbst beinahe schon wie ein Verbrecher.

Christian versuchte, das Trommelfeuer an Belanglosigkeiten, das der offenbar autistische Taxifahrer rücksichtslos auf ihn abfeuerte, so gut es ging zu ignorieren. Stattdessen versuchte er sich auf die Website und das Verhör zu konzentrieren, das ihn vermutlich erwartete, doch es gelang ihm nicht. Vor seinem inneren Auge sah er noch immer die Wasserleiche in dem Video.

Soll ich auch davon erzählen? Macht mich das nicht viel zu verdächtig?

Wenn er sich doch konzentrieren könnte! Aber das war unmöglich. Der Taxifahrer redete ununterbrochen. Erst hatte er ihm dreimal erzählt, er sei ein »echter Deutscher«, keiner von diesen Türken oder Indern, die ihre Fahrgäste immer übers Ohr hauen und dann auf einmal kein Deutsch mehr können. Christian zog es vor zu schweigen. Er war oft mit türkischen Taxifahrern unterwegs, und betrogen hatte ihn noch keiner.

Auf der Website tauchte eine neue Information auf. *SPREE*

hieß eine Einheit beim LKA 13: *Sexualstraftäter Prävention (bei) Rückfallgefahr (durch) Eingriffsmaßnahmen und Ermittlungen.*

Christian verzog das Gesicht. Manche verstanden es gut, aus Abkürzungen eine Bedeutung zu machen, andere weniger. Die beim LKA 1 offenbar weniger.

Der Taxifahrer schimpfte währenddessen über die hohen Preise, die gierigen Konzerne und das Verbrechen in Berlin.

»Eines Tages wird diese Stadt an den kriminellen Gangs aus Neukölln ersticken, an diesem ganzen Dreck, der da hochkriecht. Und wissen Sie, wie die Regierung das sieht?«

Warum, zum Teufel, dachte Christian, *sagst du ihm nicht einfach, er soll sein verdammtes Maul halten?*

Er rieb sich die Schläfen. Sein Blackberry blinkte und zeigte 20 ungelesene E-Mails an. Nach dem Gespräch bei der Polizei würde er einiges zu tun haben.

Sie fuhren an einer Statue vorbei, die auf ein historisches Ereignis hinwies, das niemanden einen Scheiß interessierte.

Der Taxifahrer sprach unverdrossen weiter. »Die Regierung findet das geil. Sie glaubt, wenn sie dem Abschaum alles erlaubt, dann wählt der Abschaum sie auch. Aber die Idioten da oben im Reichstag wissen nicht, dass dieses ganze Dreckspack, wenn es etwas ändern will, ganz anders wählt. Nicht so ...«, er malte mit den Zeigefinger ein Kreuz in die Luft, wie auf einem Stimmzettel, »sondern so.« Er legte Zeige- und Mittelfinger an die Schläfe und drückte auf einen unsichtbaren Abzug. »Verstehen Sie?«

Christian verstand sehr gut. Ihm standen wieder die Bilder des Schließfachs und der Wasserleiche vor Augen. Er hatte nämlich offenbar gerade mit Leuten zu tun, die genau so wählten.

21.

Es war Donnerstag gegen 22:00 Uhr im LKA 1 in der Keithstraße. Letzte Woche hatte es eine kleine Nikolausfeier gegeben mit Glühwein, Keksen und Kerzen. Der Dicke aus der IT hatte dann doch zu viel getrunken und sich aus dem Fenster erbrochen, und die Kollegen von der Drogenfahndung, die zu Besuch gekommen waren, hatten diesmal ausnahmsweise nicht »Leise rieselt der Schnee« gesungen, sondern »Vom Himmel hoch, da komm ich her«.

Deckhard unterhielt sich mit Sophie, die gerade in der Gesa, der Gefangenensammelstelle der Keithstraße, bei einem Beschuldigten so genannte »Penisabstriche« für das Dezernat 13 genommen hatte. Dem Mann wurde vorgeworfen, eine junge Frau nach einer Betriebsfeier vergewaltigt zu haben, was der Beschuldigte natürlich vehement bestritt; er behauptete sogar, das Opfer nie im Leben gesehen zu haben.

Allerdings hatten Zeugen auf der Feier beobachtet, wie er gemeinsam mit der Frau die Bar verlassen hatte. Die DNS-Abstriche vom Opfer und vom Penis des Mannes würden zeigen, wer recht hatte. Penisabstriche waren sicher nicht der Traumjob einer Frau, die beschlossen hatte, zur Polizei zu gehen, aber manche Dinge mussten nun mal getan werden.

Zuvor hatte Deckhard eine Menge Papierkram erledigt und mit seinem Bruder geskyped. Außerdem war heute das 50-jährige Jubiläum eines Wirtschaftsclubs gefeiert worden. Aus diesem Anlass hatte es eine große Veranstaltung im Naturkundemuseum gegeben, gemeinsam mit der Bundeskanzlerin und dem Innenminister. Darunter ging es bei diesem Wirtschaftsclub wohl nicht. Natürlich hatte es vorher die obligatorische Bombendrohung gegeben, die Deckhard gemeinsam mit dem Sprengstoffkommando des LKA klären musste. Am Ende gab es keine Bombe, dafür aber einen dicken Patzer bei der Security: Der Club hatte seine Mitgliederversammlung in einem Nebenraum des Museums abgehalten; anschließend waren alle Mitglieder, todschick gekleidet, in die große Halle geschlendert, wo die Bundeskanzlerin sprach, ohne dass jemand kontrolliert worden wäre.

Ein verdammt nerviger, stressiger Tag. Deckhard war froh, dass er gleich vorbei war.

Lisa war ebenfalls im Büro. Deckhard fühlte sich bei ihr und Sophie wie der Hahn im Korb. Lisa war die rechte Hand von Erwin Stahlhut, Kriminaldirektor im LKA 1, und eine leidenschaftliche Passwort-Knackerin. Sie war früher Hacker-Aktivistin gewesen, bis ihr das BKA auf die Schliche gekommen war. In Wiesbaden schlug man ihr einen Deal vor: *Entweder Sie wandern für lange Zeit in den Knast, oder Sie arbeiten ab sofort für die Gegenseite.* Lisa akzeptierte das Angebot. Da sie früher schon Datennetzangriffe auf Pädophilen-Plattformen unternommen hatte, war die Arbeit beim LKA 1 kein Verstoß gegen ihre Hacker-Ethik, sondern ein interessanter neuer Teil ihres Lebens. So bestand eine Besonderheit im Berliner LKA gegenüber den LKAs der übrigen Bundesländer auch darin, dass die Bekämpfung von Kinder- und Jugendpornographie in Berlin zum Bereich Sexualdelikte gehörte und somit direkt an ein Dezernat des LKA 1 angehängt war. Die anderen Länder hatten diese Verbrechenskategorie dem Bereich Cybercrime zugeordnet.

»Unglaublich«, sagte Lisa, die mit Deckhard beim Wirtschaftsclub gewesen war. »Da laufen die Bundeskanzlerin und der Innenminister fünf Meter an den Leuten vorbei, aber weil es eine Art geschlossene Gesellschaft ist, gibt es vorher keine

Sicherheitskontrollen. Jeder hätte eine Pistole mit reinschmuggeln können, und das wär's dann gewesen.«

»Eine Pistole braucht man gar nicht«, sagte Deckhard, der Hobby-Karatekämpfer. »Es gibt auch tödliche Schläge. Wer die schnell genug platziert, kann jeden um die Ecke bringen. Jedenfalls dann, wenn es ihm egal ist, was danach mit ihm selbst passiert.«

»Es muss nicht mal Karate sein«, meinte Sophie. »Eine Nagelschere reicht. Oder eine Nagelfeile. Die hat jede Frau in der Handtasche. Hier«, sie zeigte auf eine Stelle am Hals, »einfach rein, und dann ...«

»... dann verbluten die Menschen schneller, als man bis drei zählen kann«, vermutete Lisa.

»Nicht nur das. Da die Halsvenen sehr groß sind, kann durch die Öffnung Luft angesaugt werden, was oft zu einer Lungenembolie führt. Dann schlägt das Herz zwar noch, aber es pumpt kein Blut mehr, sondern ein Blut-Luft-Gemisch.«

»Das heißt, die Halsvene ist offen, aber man stirbt nicht durch Verbluten?«

»Genau. Nur wenn auch die Arterie verletzt ist, kann obendrein die Blutversorgung des Gehirns extrem beeinträchtigt werden, was zu sofortiger geistiger Behinderung führen kann, auch wenn der Betreffende überlebt.«

»Das Risiko mit der geistigen Behinderung sehe ich bei Politikern als gering an«, sagte Deckhard. »Man kann ja nicht werden, was man schon ist.«

Sophie verdrehte die Augen. »Verbluten können sie trotzdem. Vor allem, weil man bei einem tiefen Stich meist auch die Arterie erwischt, die ist nämlich ganz in der Nähe der Vene. Dann kommt es zu einer so genannten spritzenden Blutung, die man selbst im OP kaum stoppen kann.«

Deckhard schaute Sophie bewundernd an. Auch wenn sie eine eher zierliche Frau war und etwas Püppchenhaftes besaß, hatte sie doch schon tief in die finstersten Abgründe der menschlichen Seele geleuchtet, was daran lag, dass sie ihren Facharzt nicht nur in der Rechtsmedizin hatte, sondern auch in der forensischen Psychiatrie. Für Deckhard, der zu faul war, Fortbildungen in Angriff zu nehmen, die ihn in Richtung nächste Beförderung und nächste Gehaltserhöhung schieben würden, war so viel Elan ein Rätsel.

Sophie hatte damals eines der Gutachten beim Prozess gegen den Österreicher Josef Fritzl geschrieben. Fritzl, der seine Tochter fast 25 Jahre lang im Keller gefangen hielt, sie missbrauchte und sieben Kinder mit ihr zeugte, die er in den gleichen Keller sperrte, wurde in Ermittlerkreisen »das Monster« genannt, und zwar international, denn der Fall hatte hohe Wellen geschlagen. In England hieß Fritzl dann auch »The Monster«, in den USA ebenfalls. Er saß nun schon seit Jahren in Haft – in einer 12-Quadratmeter-Doppelzelle, die er sich mit einem anderen Gewalttäter teilen muss. Klo, Mini-TV, Doppelstockbett, Radio, Topfpflanze. Ein Luxusurlaub war das nicht, aber die Räumlichkeit war immer noch größer als der Keller, in dem er seine Tochter und seine Enkelkinder – oder wie immer man sie nennen wollte – aufbewahrt hatte.

»Der freundliche Nachbar und seine Kellerkinder«, hatte eine Zeitung damals getitelt. Das fand selbst Deckhard, der wegen seiner nicht vorhandenen *Political Correctness* öfters aneckte, gelinde gesagt geschmacklos.

Noch geschmackloser allerdings war eine Psychologin, die vor Gericht erklärte: »Kinder können auch in Gefangenschaft gedeihen.« Sie hatte es so gesagt, als spräche sie von Meerschweinchen oder idealen Aufzuchtbedingungen für Pflanzen. »Das Gehirn hat bis ins hohe Alter die Fähigkeit, sich zu entfalten«, hatte die Dame mit dem Tigerenten-Anhänger noch einen draufgesetzt. »In Gefangenschaft aufzuwachsen ist nicht so schlimm. Prügelnde Eltern sind schlimmer. Schlimm ist nur, dass es wegen des fehlenden Tageslichts zum Vitamin-D-Mangel kommen könnte.«

In solchen Augenblicken war Deckhard nicht sicher, ob er tatsächlich für immer ausschließen konnte, eine Frau zu schlagen.

Er heftete das letzte Formular ab und klappte mit lautem Knall den Ordner zu.

»So, alles erledigt. Haben wir noch was?«

Lisa schüttelte den Kopf. Sophie ebenfalls.

»Mensch«, sagte Deckhard, »die Schicht ist noch nicht vorbei, und es gibt nichts mehr zu tun!«

»Freu dich doch, dass es mal ruhig ist«, meinte Sophie, »und genieße es, solange es noch dauert. Lange dauert es nämlich nie.«

22.

Christian wurde im Foyer des LKA 1 von einer desinteressierten Pförtnerin empfangen, eine Dame mit osteuropäischem Akzent und den in Berlin obligatorisch rot gefärbten Haaren. »Nuttenfunzel«, sagte sein Vater immer zu dieser Art von Frisur, wenn er einen Wein zu viel getrunken hatte. Er hatte Christian schon vorsorglich mit Enterben gedroht, falls er jemals eine solche Trutsche mit rot gefärbten Haaren nach Hause bringen sollte. Zum Glück fiel Nicole nicht in diese Kategorie.

Als Christian der Dame erklärte, er habe einen möglichen Mord zu melden, nahm sie seine Personaldaten auf, griff zum Telefon und rief oben im Abschnitt an.

»Ein Beamter von der Mordkommission wird sich darum kümmern«, verkündete sie sodann. »Ein Kollege holt Sie gleich ab.« Sie wies auf eine Holzbank am Ende der prachtvollen Treppe aus der Gründerzeit, die in den ersten Stock führte. »Nehmen Sie doch kurz Platz.«

Christian setzte sich. Die Plastikstühle waren ein bisschen anders als die Ledersessel bei ECC, musste er zugeben. Es wunderte ihn, dass alles, was der Staat sich leistete – und was ihn repräsentierte –, trotz Steuereinnahmen in dreistelliger Milliardenhöhe immer irgendwie schäbig aussah, vom Kanzleramt, Reichstag, Paul-Löbe-Haus, Schloss Bellevue und der ganzen Spitzenpolitik einmal abgesehen. Wobei das Gebäude in der Keithstraße an und für sich durchaus elegant daherkam, besonders, seit es liebevoll von Denkmalschützern restauriert worden war. Im Inneren jedoch stand das typische schmucklose, beinahe schäbige Behördenmobiliar, was in dieser stilvollen architektonischen Umgebung umso armseliger wirkte. Aber so war es ja auch an den öffentlichen Schulen in Berlin, wo die Kinder morgens beim Frühstück zu Hause extra wenig tranken, damit sie nicht auf die verdreckten Toiletten mussten.

Christian hörte die Stimme der Empfangsdame mit dem osteuropäischen Akzent: »Ja, der Herr möchte einen Mord melden ...«

»Einen möglichen Mord«, rief Christian dazwischen.

Die Dame nickte genervt und redete unbeirrt weiter in den Hörer. »Ja, gut, ich sage ihm Bescheid.« Sie wandte sich an Christian. »Polizeikommissar Hielscher kommt Sie gleich abholen, Herr König.«

Wenige Minuten später tauchte ein kleiner drahtiger Mann in Jeans, T-Shirt und Turnschuhen auf und stellte sich als Hielscher vor. Er brachte Christian in einen Raum im dritten Stock, wo ein langes Protokoll aufgenommen wurde. Name, Anschrift, Beruf, Personalausweis – Hielscher gab alles in einen ziemlich altmodischen Computer ein, während ein bärbeißiger, leicht übergewichtiger Mann mit weißem Hemd und offener Krawatte, der sich als Kriminaldirektor Stahlhut vorstellte, kurz den Kopf ins Zimmer steckte.

»Mit wem soll er sprechen?«, fragte Hielscher und blickte den Dicken an.

»Deckhard«, sagte der. »Der ist gerade mit den Protokollen durch und dürfte noch 'ne Stunde hier sein.«

* * *

»Guten Abend, Herr König«, sagte kurz darauf Hauptkommissar Deckhard, während er seine Unterlagen ordnete, ein Bein über das andere schlug und Christian mit durchdringenden Blicken musterte. Es waren die Augen eines Raubtiers, fand Christian, und er war froh, dass Deckhard auf der richtigen Seite des Gesetzes stand. »Sie sind eben erst aus Frankfurt gekommen?«

»So ist es.« Christian nickte.

»Und Sie haben einen Link bekommen, der einen Film zeigt, wenn man ihn anklickt?«

Christian nickte wieder. »Ganz recht.«

Deckhard kritzelte ein paar Sätze auf ein Blatt Papier. »Und in dem Film war eine Leiche zu sehen?«

»Ja. Sie sah aus wie eine Wasserleiche.«

»Haben Sie denn schon mal eine Wasserleiche gesehen?«

»Nein. Aber ich vermute, dass eine Wasserleiche so aussieht.«

»Wie sah sie denn aus?«

»Verfault. Aufgedunsen. Irgendwie ... mürbe. Teile von ihr trieben im Wasser.« Christian schüttelte sich noch immer, wenn er an den Film dachte. Er hatte sich das Video seitdem nicht mehr angeschaut.

»Sie war noch im Wasser?« Deckhard hob die Augenbrauen.

»Sah so aus.«

»Wann haben Sie den Link erhalten?«

»Montagabend.«

»Und warum kommen Sie damit erst heute zu uns?«

»Ich war beruflich in Frankfurt und konnte nicht so schnell weg. Außerdem hielt ich es zuerst für einen makabren Scherz.«

»Jetzt nicht mehr?«

»Nein.«

»Würden Sie mir den Link bitte zeigen?«

»Ich ... äh, ich würde Ihnen den Link gerne schicken. Ich möchte diesen Film nicht noch einmal auf meinem Firmen-Laptop öffnen.«

»Okay, können wir machen.« Deckhard griff zum Telefon. »Eine Sekunde bitte.« Er drückte drei Tasten. »Lisa, kommst du mal kurz mit dem Speziallaptop?«

Fünf Sekunden später flog die Tür auf, und eine schlanke, dunkelhaarige Frau mit tätowierten Händen und Nasenpiercing kam ins Büro.

»Das ist Lisa Wolters, unsere IT-Expertin«, stellte Deckhard sie vor.

Lisa nickte Christian kurz zu.

Typ Lisbeth Salander, ging es ihm durch den Kopf. *Jedenfalls könnte sie in den Verfilmungen gut mitspielen.*

»Lisa«, sagte Deckhard, »dieser junge Mann hier wird uns gleich einen Link schicken, der möglicherweise mit einem Mord zu tun hat.«

»Nehmen Sie diese Mailadresse.« Lisa reichte ihm einen Zettel.

Christian öffnete seinen Laptop. Er hatte den Link gespeichert, kopierte ihn nun in eine Mail in seinem privaten Mail-Account und schickte ihn an die Adresse, die er von Lisa bekommen hatte. Er achtete darauf, dass er die Mail von Montagabend nicht erwähnte oder gar zeigte. Schließlich war sie von seiner eigenen Mailadresse abgeschickt worden; das würde nur zu unnötigen Fragen und Verdächtigungen führen. Er erwähnte auch nicht die Mail in Zürich, die nach kurzer Zeit von selbst wieder verschwunden war.

»Wer hat Ihnen den Link geschickt?«, wollte Deckhard wissen.

Da war sie schon, die Frage, die Christian befürchtet hatte.

»Keine Ahnung. Eine unbekannte Adresse. Nie von ihr gehört.«

»Wissen Sie die Adresse noch?«

»Nein.«

»Können Sie uns die Mail zeigen?«

»Ich fürchte, die habe ich in einer ersten Panikreaktion gelöscht.«

»Wir könnten Sie recovern«, sagte Lisa. »Sie haben doch Outlook?«

»Ja, aber ich brauche meinen Rechner heute Abend noch. Sie können den ja nicht einfach beschlagnahmen.«

»Haben wir auch nicht vor«, erklärte Deckhard. »Am besten, Sie suchen die Mail und bringen dann mal Ihren Laptop vorbei.«

»Ist die Mail schon draußen?«, fragte Lisa.

Christian nickte. »Ja, gerade rausgeschickt.«

»Okay«, sagte Deckhard. »Möchten Sie uns sonst noch etwas mitteilen?«

Christian hatte beschlossen, auf keinen Fall von dem Schließfach und der Haut zu erzählen. Diese Sache war viel länger her als die mit dem Film. Es wäre verdächtig, wenn er jetzt erst davon anfing. Vor allem waren seine Fingerabdrücke an dem Schließfach, und das würde ihn in Erklärungsnot bringen. Zumal dieses abscheuliche *Ding* wahrscheinlich immer noch darin lag. In diesem Zusammenhang musste er an einen Ausspruch seines Vaters denken: »Wenn du mit einem Corpus Delicti erwischt wirst oder nur davon redest, bist du verdächtig. Dann hängst du mit drin. Sobald etwas Greifbares da ist, etwas, was man anfassen kann, hast du ein Problem. Wenn du nur von abstrakten Taten redest, bist du auf der sicheren Seite.«

Der Link, den Christian bekommen hatte, *war* abstrakt. Er hatte nicht die geringste Ahnung, wer die Leiche in dem Video war, und es gab keinerlei reale Verbindung zwischen ihm und dem Toten. Es war nur ein Link zu einem Film, der in seinem E-Mail-Postfach gelandet war, aus welchem Grund auch immer.

Anders sah es natürlich mit der abgezogenen Haut im Schließfach am Bahnhof aus. Die war nur zu real gewesen …

Christian schüttelte den Kopf. »Ich wüsste nicht, was ich Ihnen sonst noch sagen könnte. Ich habe die Mail bekommen, aber die Adresse weiß ich nicht mehr. Und die Mail habe ich leider gelöscht. Dann kam dieser Film, von dem ich Ihnen gerade den Link geschickt habe. Was in diesem Film zu sehen ist, sieht nach einer Leiche aus. Deshalb bin ich zu Ihnen gekommen.«

»Und das wissen wir zu schätzen.« Deckhard stand auf und klopfte ihm auf die Schulter. Dann fragte er Lisa: »Hast du die Mail?«

»Ja.« Sie starrte auf den Bildschirm ihres Speziallaptops. Offenbar eines von den Geräten, die immun gegen alle möglichen Viren waren. So wie der BND sie angeblich auch hatte.

»Muss ich etwas unterschreiben?«, fragte Christian.

Deckhard schüttelte den Kopf. »Nein. Falls Gefahr im Verzug ist, muss sofort gehandelt werden. Es besteht aber die Möglichkeit, dass Sie später als Zeuge zu diesem Vorfall vernommen werden. Wir nehmen das alles gleich ins Protokoll auf, das den Wortlaut Ihrer Aussage wiedergibt. Das müssen Sie sich anschauen und unterschreiben, wenn alles stimmt. Möchten Sie draußen warten, bis wir so weit sind?«

»Ja.« Christian stand auf und blickte dabei auf seinen Blackberry. Schon wieder zehn neue Mails.

Als er die Tür schloss, konnte er noch einen kurzen letzten Blick auf Deckhard werfen, der sich soeben an Lisa wandte. »Schon was gesehen?«

»Allerdings«, sagte sie. »Sieht echt übel aus.«

23.

Deckhard, Sophie und Lisa schauten sich das Video an.

»Ist die echt?«, fragte Lisa.

»Sieht jedenfalls so aus«, meinte Sophie. »Wäre ein ziemlicher Aufwand, eine Wasserleiche nachzubilden. Und die nächste Frage: War das ein Mord, ein Unfall oder ein Suizid? Und vor allem: Ist es ein Mann oder eine Frau? Ist nicht mehr zu erkennen.«

»Komisch, dass dieser Typ diese Nachricht hier bekommen hat, dieser ... wie hieß er noch?«

»König«, sagte Deckhard. »Christian König.«

»Genau. Dass er die Nachricht bekommen hat und nicht weiß, von wem. Seltsam. Und gelöscht hat er die Mail natürlich auch.«

»Wir könnten seinen Laptop beschlagnahmen, auch wenn wir ihm etwas anderes versprochen haben.« Deckhard zog die Augenbrauen hoch.

»Könnten wir, aber das würde über Stahlhut gehen, und der hat genauso wenig Bock auf Ärger wie wir.« Lisa schaute die Akte durch. »Weißt du, wer der Vater von dem Burschen ist?«

»Ja.« Deckhard verzog das Gesicht. »Wolfhart König, genannt Pitbull. Wenn der sich an einem Fall festbeißt, lässt er nicht mehr los.« Er rieb sich über die Narbe am Kinn, die er sich vor langer Zeit zugezogen hatte. »Wenn König mit uns fertig ist, passen wir in eine Kugelschreibermine. Das sollten wir uns nur antun, wenn es gar nicht anders geht.«

»Also schön«, sagte Sophie. »Um wieder zur Sache zu kommen, das scheint tatsächlich eine Wasserleiche zu sein. Aber wo ist sie?«

»Wer weiß«, meinte Lisa. »Das Video kann ewig alt sein. Und wer kann schon sagen, wo es aufgenommen wurde. Vielleicht ist die Leiche längst unter der Erde. Und damit ist noch lange nicht gesagt, dass sie hier in Berlin liegt.«

»Stimmt genau«, gab Deckhard ihr recht. »Aber wir müssen trotzdem alles daransetzen, um das herauszufinden.« Er rückte näher an den Monitor. »Schaut mal hier. Das ist doch irgendein Rand ... eine Begrenzung, oder?«

Sophie nickte. »Sieht aus wie die Abdeckung eines Swimmingpools.«

»Wurde die Leiche in einem Swimmingpool entsorgt, oder wurde das Opfer darin ertränkt?« Doch wenn es ein Verbrechen war, hatte auch der Swimmingpool eine Bedeutung, denn bei jedem Verbrechen gab der Täter oder die Täterin ungewollt Informationen über sich preis: durch die Art des Delikts, die Wahl des Tatorts, durch seine Fähigkeit oder Unfähigkeit, mit Stress umzugehen, durch die Tatzeit und durch die Vorbereitung und Ausrichtung der Flucht.

Wo aber befand sich dieser Swimmingpool? War es der Pool des Opfers? Des Täters? Oder war es am Ende gar kein Swimmingpool, auch wenn es so aussah?

»Ich werde mal ein paar Überstunden machen und herumtelefonieren, wo es solche Abdeckungen gibt«, sagte Lisa.

* * *

Nach zwei Stunden hatten sie erste Antworten. Auch Stahlhut, der heute Nachtschicht hatte, stand mit seinem dicken Bauch und gelockerter Krawatte neben Deckhard, als Lisa die Ergebnisse vortrug. Das Hemd des Kriminaldirektors spannte sich so sehr über seiner Wampe, dass Deckhard ihn am liebsten gefragt hätte, ob es denn nun ein Junge oder ein Mädchen werden würde. Aber so viel Dreistigkeit konnte selbst er sich nicht leisten; Stahlhut war nun mal der Boss.

»Das ist eine Abdeckung von Aquilon«, verkündete Lisa. »Luxusausstattung. Kommt im Winter auf Swimmingpools, oder auch im Herbst, damit keine Blätter ins Wasser fallen.«

»Was bedeutet Luxusausstattung?«, fragte Stahlhut.

»Kostet mindestens viertausend Euro. Manchmal auch zehntausend und mehr. Je nach Größe.«

»Wo sitzt diese Firma?«, fragte Deckhard.

»In Baden-Württemberg, wo sonst. Schwäbische Wertarbeit. Man kann die Abdeckungen dort bestellen, und die schicken ihre Leute für die Montage.«

Deckhard stand auf. »Dann müssen wir nur herausfinden, an welche Haushalte die Firma diese Pool-Überdachungen verkauft hat. Suchen wir erst mal hier in Berlin. Sobald wir die Kundendaten haben, fahren wir an die jeweilige Adresse und schauen uns die Sache an.«

»Die Idee hatte ich auch schon«, erklärte Lisa. »Nur ist beim Kundenservice jetzt keiner mehr da. Die Kollegen sollten es gleich morgen früh versuchen.«

Deckhard schaute auf die Uhr. 00:15 Uhr. Kein Wunder, dass niemand mehr ans Telefon ging. »Wenn es vorbei ist, ist es vorbei«, sagte er. »Da wir heute nichts mehr tun können, schlage ich vor, wir machen Feierabend.«

Stahlhut zuckte die Schultern und zog den Bauch ein wenig ein. »Okay, haut ab. Ihr macht ja sowieso, was ihr wollt.«

24.

Samstagabend.

Christian saß mit Nicole in der Oper, doch abschalten konnte er nicht.

»Es wäre gut, wenn Sie erreichbar sind, auch am Wochenende«, hatte Deckhard zu ihm gesagt. Und von ECC hatte er einen Berg Arbeit bekommen. Schließlich war nächste Woche die Hauptversammlung in London, und vorher musste die Strategiepräsentation fertig sein.

Sie saßen im Schillertheater, wo die Berliner Staatsoper seit fünf Jahren übergangsweise gastierte. 2017 sollte sie laut Plan wieder in die Staatsoper Unter den Linden zurückkehren. Was in Berlin so viel hieß wie 2030. Wenn überhaupt.

Nicole hatte er nichts erzählt. Weder von der abgezogenen Haut im Schließfach noch von dem Film noch von seinem Besuch bei der Polizei. Deshalb hatte er darauf bestanden, dass die Polizei ihn nur auf dem Handy anrief, unter keinen Umständen auf dem Festnetz zu Hause.

Sie besuchten eine Aufführung der Oper *L'Orfeo* von Claudio Monteverdi, die als erste und älteste Oper der Welt gilt. Christian las ungeduldig die Erklärungen im Begleitheft, während Nicole andächtig der Musik lauschte. Sie konnte nie verstehen, weshalb Christian sich nicht auf die Musik konzentrieren konnte, sondern immer auch den Text mitlesen musste. Doch er wollte nun mal wissen, was da gesagt und gesungen wurde, und nicht nur zuhören.

Außerdem hatte er diesmal kaum ein Ohr für die Musik, zu sehr kreisten seine Gedanken um das, was geschehen war und was vielleicht noch folgen würde. Aber der Gesang, das musste er zugeben, war wundervoll.

Ecco pur ch'a voi ritorno
Care selve e piagge amate,
Da quel sol fatte beate
Per cui sol mie notti han giorno.

Seht, ich kehre zu euch zurück,
Geliebte Wälder, teure Hügel,
Von der einen Sonne beglückt,
Durch die allein meine Nächte taghell werden.

Wann werden meine *Nächte wieder taghell?*, fragte sich Christian. Ein wenig fühlte er sich an die Handlung der Oper erinnert. *L'Orfeo* handelte von dem Pärchen Orfeo und Euridice. Euridice starb an einem Schlangenbiss, und Orfeo folgte ihr aus Liebe in die Unterwelt. Charon, der Wächter am Höllentor, ließ sich allerdings nicht von Orfeos Gesang herumkriegen wie so viele andere und weigerte sich, ihn durchzulassen. Doch irgendwann schlief er dann doch ein; ob es an Orfeos Gesang lag, wird niemand je erfahren. Orfeo schlich sich an ihm vorbei und ging einen Deal mit Pluto ein, dem Gott der Unterwelt. Der entließ Euridice aus seinem Reich, allerdings mit der Auflage, dass Orfeo sich auf dem Weg nach oben nicht umdrehen dürfe. Es war der alte Trick, der schon im biblischen Sodom und Gomorrha nicht funktioniert hatte. Denn auch Orfeo machte den Fehler, sich umzudrehen – so wie Lots Frau in der Bibel, bevor sie zur Salzsäule erstarrte –, wodurch er Euridice dazu verdammte, für immer in der Unterwelt zu bleiben. Orfeo war verständlicherweise am Boden zerstört. Da kam Apollo des Weges, sein Vater, und bot ihm an, in den Himmel aufzusteigen. Er, Orfeo, werde Euridice zwar nie wieder begegnen, aber in der Sonne und den Sternen könne er eine Schönheit sehen, die der von Euridice gleichkäme.

Ein schwacher Trost, dachte Christian und hielt die Hand Nicoles, die verträumt den Klängen der alten Renaissance-Instrumente lauschte, auf denen das Orchester spielte.

In der Pause, auf dem Weg ins Foyer, ließ Christian nervös den Blick schweifen. Männer im Smoking, Frauen im Abendkleid. Manche allerdings auch in schäbigen Freizeitklamotten, als wollten sie nicht in die Oper, sondern ihre Wohnungen putzen. So war es in fast jeder Oper und in jedem Theater in Berlin, wie Christian wusste.

Er schaute auf seinen Blackberry. Kein Anruf von der Polizei. Zwei E-Mails von Katharina, die ihm irgendeinen Zwischenstand schickte. Sonst nichts.

Funkstille.

Es war diese Stille, die ihm am meisten Sorgen machte.

Wer hatte ihm den Film geschickt? Würde die Polizei ihn vor dem oder den Verrückten schützen können? Wer hatte die Haut ins Schließfach gelegt? Würde dort demnächst die abgezogene Haut seiner eigenen Hände liegen?

»Stell dich mal hier an«, sagte Nicole. »Ich stell mich da drüben an. Mal sehen, wo es schneller geht.«

»Anstellen?«

Sie schaute ihn an, als wäre er grenzdebil. »Willst du nichts trinken?«

»Doch, sicher. Gute Idee mit dem Anstellen. Ich versuch es hier.«

Dann stand er in der Schlange, zählte sein Geld ab und blickte sich wieder unruhig um. Es war Wochenende, auf das er sich die ganze verdammte, anstrengende Woche hindurch gefreut hatte, aber entspannen konnte er sich nicht. Jeder Schatten in irgendeiner Ecke barg eine mögliche Bedrohung. Jeder

Besucher hier, der ihn länger als eine Zehntelsekunde anschaute, machte ihn nervös. Jeder Lichtreflex von draußen wurde zum Laserpointer eines Scharfschützengewehrs, das auf ihn gerichtet war.

Was würde nächste Woche passieren? Was würde die Polizei sagen? Was würde noch alles auf ihn warten? Wenn man kurz davor stand, vor Angst wahnsinnig zu werden, war alles und jeder bedrohlich.

Dabei hätte er glücklich sein müssen. Er hatte seinen Traumjob bekommen und verdiente in einem Jahr mehr Geld, als einige seiner Verwandten am Ende ihres gesamten Berufslebens verdienten. Er wurde gebraucht, flog um die Welt, sprach mit Vorständen. Und er hatte eine wunderbare Freundin, die bald seine Frau werden würde. Aber das alles nützte einem wenig, wenn man vor Angst den Verstand zu verlieren drohte.

»Was ist eigentlich los mit dir?«, fragte Nicole, als sie ihm ein Glas Weißwein reichte. Natürlich hatte sie sich die Schlange ausgesucht, in der es schneller ging; Christian war nur ein paar Schritte vorwärtsgekommen.

»Nichts. Was soll mit mir sein?«

»Na komm, irgendwas stimmt nicht mit dir. Es ist dein verdammter Job, der dich fertigmacht, oder?«

»Nicht nur«, murmelte er so leise, dass Nicole nichts verstand.

»Was?«

»Nichts.«

»Verdammt, ich bin gar nicht mehr Teil deines Lebens!«, schimpfte sie.

»Da ist doch gar nicht wahr«, widersprach Christian. »Hör zu, wir sollten in Ruhe reden. Ich finde …«

»Hier, halt das mal«, fiel sie ihm ins Wort. »Ich muss zur Toilette.«

Sie ließ ihn mit den zwei Gläsern stehen, inmitten der vielen Operngäste und dennoch isoliert. In Gesellschaft und dennoch einsam.

Du fühlst dich also nicht mehr als Teil meines Lebens?, ging es Christian durch den Kopf, als er ihr hinterherschaute. *Sei froh. Von dem Leben, das ich die letzten Wochen hatte, willst du bestimmt kein Teil sein.*

Er stürzte den Weißwein hinunter und bestellte sich gleich einen neuen. Diesmal ging es viel schneller. Als Nicole wiederkam, sah es so aus, als hätte er nur einen kleinen Schluck vom Wein getrunken, während er die ganze Zeit nervös die Umgebung im Auge behielt.

25.

»Wir haben die Adressen«, rief Lisa, die soeben ein Telefonat beendet hatte. »Es gibt drei Swimmingpools in Berlin, deren Eigentümer diese Abdeckungen von Aquilon nutzen. Der Kundendienst hat uns gerade die Adressen gegeben. Erst wollten sie mit den Daten nicht rausrücken, aber als ich dann ein bisschen deutlicher geworden bin, von wegen Behinderung der Ermittlungen und so weiter, ging es auf einmal ganz schnell.«

»Und?« Deckhard, der gerade in einem Ordner blätterte, hob den Blick.

»Zehlendorf, Mariendorf und Westend.«

»Wohin zuerst?« Deckhard sah Sophie und Lisa an.

»Z zuerst. Zehlendorf.« Das war Sophie.

»Versuchen wir's.« Deckhard stand auf und band sich seinen Schal um.

Im fraglichen Haus in Zehlendorf wohnte eine gutbürgerliche Familie. Ein abgedeckter Swimmingpool, ein gut erzogener Labrador und keine Leiche im Pool. Heile Welt, also weiter über teils winterlich glatte Straßen nach Westend. Die Villa in der Schlossstraße, nahe der Deutschen Oper, befand sich ganz in der Nähe des Reviers. Deckhard ärgerte sich, dass sie nicht als Erstes hierhergefahren waren – vorbei an der Leibnitzstraße, dann rechts in die Kaiser-Friedrich-Straße, links in die Bismarckstraße und wieder rechts in die Schlossstraße.

Sie konnten direkt vor dem Gebäude parken, stiegen aus Deckhards ramponiertem Dienstwagen, einem alten Audi 80, und blickten auf eine pseudo-klassizistische Villa mit gepflegtem Garten. Man konnte den Swimmingpool und die überfrorene Abdeckung von der Straße aus sehen.

Sie schauten auf das Klingelschild.

Richter, stand dort.

»Der Richter und sein Henker«, sagte Deckhard. »Ist das nicht ein Stück von Dürrenmatt?«

»Auf alle Fälle ist es ein geschmackvoller Kommentar von dir«, gab Sophie zurück.

»Erst mal höflich klingeln.« Deckhard drückte auf den Klingelknopf.

Nichts.

Er klingelte noch einmal.

Immer noch keine Reaktion. Kein Hundegebell, keine Schritte.

Er blickte Sophie an. »Was jetzt? Ohne Hausdurchsuchungsbefehl …«

»Na und?« Sophie zuckte die Achseln. »Der Swimmingpool ist nicht im Haus.«

»Und Gartendurchsuchungsbefehle gibt es nicht.« Deckhard kletterte bereits über den Zaun. Sophie tat es ihm nach.

Augenblicke später standen beide auf dem überfrorenen Rasen des ausgedehnten Gartens. »Einen Hund hast du auch nicht gehört?« Deckhard sah sich zu Sophie um.

»Nein. Ansonsten haben wir ja ebenfalls Hunde, die beißen können.«

»Stimmt.« Deckhard dachte an die Sig Sauer in seinem Holster.

Er blieb vor dem Pool stehen, über dem in der frostigen Luft ein dünner Nebelschleier schwebte, und versuchte, unter der trüben Wasseroberfläche irgendetwas zu erkennen.

»Hier. Dieselbe Abdeckung.« Er beugte sich über den Pool, so weit er konnte, ohne nach vorne zu kippen, was nicht so einfach war, denn durch die Abdeckung war kaum etwas zu sehen. Sophie schritt derweil langsam den Pool ab.

»Siehst du was?«, fragte Deckhard.

»Nein.«

Die Wasseroberfläche war nicht gefroren, was bedeutete, dass es irgendeine Heizvorrichtung geben musste. Deckhard balancierte vorsichtig am glatten Beckenrand und beugte sich immer wieder über die Begrenzung, doch es war nichts zu sehen. »Meinst du, dieser Christian König hat das alles selbst inszeniert, um sich wichtigzumachen?«

»Wäre eine seltsame Methode, sich wichtigzumachen, aber man weiß ja nie.« Sophie zuckte die Schultern. »Er scheint berufsbedingt ziemlich im Stress zu sein. Warum sollte er sich dann noch so etwas aufhalsen?«

»Warum sollte man mit einem Flugzeug in einen Wolkenkratzer fliegen, weil nach dem Tod angeblich etwas Tolles auf einen wartet?« Deckhard blies in seine Hände. »Vieles, was Menschen tun, ist nicht logisch. Müsste dir als Forensik-Expertin doch einleuchten.«

Sie lächelte kurz. »Nicht ganz verkehrt.«

Beide blickten eine Zeit lang in den fast unbewegten Pool. Auch in der Villa blieb es still.

»Moment mal!« Sophie beugte sich nach vorne. »Da ist irgendwas!«

»Weiter unten?«

»Ja.«

»Das kann sonst was sein. Die Leiche in dem Video schwamm viel weiter oben.«

»Das stimmt«, sagte Sophie, »das wäre aber nicht untypisch für Wasserleichen.«

»Wieso?«

»Die Leiche sinkt erst einmal ab, weil Leichen ja nicht schwimmen können. Nach einigen Tagen aber taucht die Leiche wieder auf, weil die Fäulnisgase sie aufblähen, sodass sie wieder leichter wird. Das in dem Video könnte durchaus eine Wasserleiche in diesem Stadium sein. Vielleicht hat der Mörder oder wer auch immer sie gefilmt und dann mit Gewichten beschwert, damit sie ab dann nicht mehr sichtbar ist?« Sophie beugte sich nach vorne. »Ich kann es aber nicht genau erkennen.«

»Sehr appetitlich«, kommentierte Deckhard.

»Ich würde ungern reinsteigen«, sagte Sophie, »aber schau doch selbst.«

Deckhard trat neben sie und blickte in die filzige Tiefe.

»Verdammt«, murmelte er.

Sophie hatte recht. An dieser Stelle des Pools war irgendetwas. Irgendein dunkler Schemen schwebte da unten. Doch es waren nur Konturen zu erkennen, kein im Wasser wogendes Haar, keine gebleckten Zähne, keine Details, denn das Wasser war zu trüb.

Aber irgendetwas war da.

Deckhard blickte sich um.

»Eine Kamera scheint es hier nicht zu geben.«

»Das muss nicht unbedingt etwas heißen«, meinte Sophie. »Vielleicht hat der Täter sie nur vorübergehend benutzt – falls es einen Täter gibt.«

Deckhard beugte sich noch einmal nach vorne.

»Also, Miss Sophie«, sagte er. »Falls da keine Leiche ist, könnten wir eigentlich wieder gehen. Falls doch – beziehungsweise falls wir glauben, dass da eine ist –, müssen wir jetzt Stahlhut anrufen, und den Bereitschaftsrichter, und wahrscheinlich auch die Feuerwehr und deine Kollegen aus der Rechtsmedizin. Und wenn es dann doch keine Leiche ist, sondern irgendein Gummitier vom letzten Sommer, aus dem die Luft raus ist, kriegen wir eine Menge Ärger. Wollen doch mal sehen …«

Deckhard blickte sich suchend um. Dann sah er die Stange mit dem kleinen Korb zum Abschöpfen der Blätter von der Wasseroberfläche, die unter einer Plane hervorragte.

Sophie folgte seinem Blick. »Gute Idee«, sagte sie. »Dann stocher mal schön.«

Deckhard kam mit dem Bodenkescher zurück, schob das korblose Ende langsam bis zu dem Schemen unter Wasser und stieß ihn leicht an. Das dunkle Etwas trieb träge zur Seite.

»Das Ding ist ganz schön schwer ...«

»Und was ist es?«

»Hey!«, rief Deckhard statt einer Antwort. »Siehst du das auch?«

»Ja. Ist das ein Betonklotz?«, fragte Sophie. »Oder eine ... Steinplatte?«

»Eine Platte. Genau neben diesem Schatten. Offensichtlich wurde, was immer das ist, mit der Platte beschwert.«

»Und da man keine Gummitiere vom letzten Sommer mit Platten beschwert, ist das da unten ...«

»Vermutlich eine Leiche. Ich glaube, den Weg nach Mariendorf können wir uns sparen«, sagte Deckhard. »Ruf die Spurensicherung her. Lass vorsichtshalber aber trotzdem einen Wagen an die Adresse in Mariendorf schicken.«

26.

Montag, 7:30 Uhr.

»Wie war das Wochenende?«, erkundigte sich Fabian, als sie sich in der Maschine in die Sitze fallen ließen. An diesem Montagmorgen ging es nach London in eine stressige Woche. Am Mittwoch stand die Hauptversammlung an, bis dahin war noch einiges zu tun.

»Ging so«, sagte Christian. »Hab immer noch Stress mit Nicole.«

»Weil du zu viel arbeitest?«

»Ja, wahrscheinlich.« Dass sein Verhältnis zu Nicole belastet war, weil sie das Gefühl hatte, er würde ihr etwas verschweigen, erwähnte er nicht.

»Musst dir eine von unseren Assistentinnen bei ECC anlachen. Die sind es gewohnt, Anweisungen zu befolgen, sehen gut aus und zicken kaum rum.« Fabian schnallte sich an und verdrehte genervt die Augen, als einer der Flugbegleiter über die Lautsprecher seinen Sicherheitssermon von sich gab. »Haben zwar nicht alle studiert, aber dafür sind sie handzahm. Lars hat sich ja auch eine von denen geangelt.«

Christian wusste, dass Lars, der Managing Partner bei diesem Projekt, vor zwei Jahren eine frühere Assistentin geheiratet hatte.

»Ein erfolgreicher Mann braucht eine pflegeleichte Frau«, setzte Fabian noch einen drauf. »Wenn man mit der auch noch ewig diskutieren muss, wird alles zu kompliziert.«

»Sprichst du aus Erfahrung?«, fragte Christian mit einem Lächeln. Irgendwie passte das, was Fabian sagte, nicht so recht zu all den *Frauen in Führungspositionen* und Diversity-Bekenntnissen, die auch ECC immer wieder von sich gab. Er wollte gerade fragen, wie Fabians Beziehung aussah und ob es überhaupt eine gab, denn auf der ECC-Party am Freitag vor einer Woche hatte er keine Begleitung gesehen. Aber das musste er auf später verschieben, denn Fabian wechselte abrupt das Thema.

»Hast du dir die Unterlagen angeschaut?«, wollte er wissen.

»Ja.« Christian hatte sich gestern Abend noch die Unterlagen zu Douglas Wynn durchgelesen. Was schon wieder zum Streit mit Nicole geführt hatte, die sich gemeinsam mit ihm eine Fernsehserie anschauen wollte, ohne dass er ständig den Laptop auf dem Schoß hatte. »Verdammt beeindruckend, was dieser Wynn und Corvinus Capital so abziehen. Dass die sogar mit Staaten herumzocken.«

»Oh ja.« Fabian nickte. »Corvinus Capital hat erst kürzlich argentinische Anleihen gekauft, zu einem geringeren Kurs. Um genau zu sein, für 48 Prozent des Wertes. Jetzt wollen sie die Anleihen von der argentinischen Regierung zum Nominalwert zurückfordern. Zu hundert Prozent.«

Christian nickte. Er hatte den Bericht über Corvinus Capital mit einer Mischung aus Faszination und Abscheu gelesen. Diese Leute schreckten offenbar vor nichts zurück. Um ihren Forderungen Nachdruck zu verleihen, hatten sie bereits ein argentinisches Segelschulschiff im afrikanischen Ghana festsetzen lassen. Als Pfand. Und es gab Gerüchte, dass die Anwälte prüften, ob sie die argentinischen Saurierskelette im bayerischen Rosenheim-Museum beschlagnahmen lassen könnten. Wenn es darum ging, sein Geld zu bekommen und obendrein fetten Gewinn zu machen, war Douglas Wynn offenbar von staunenswerter Kreativität. Er hatte sich auch schon mit Peru und dem Kongo angelegt, um an Geld zu kommen. Staaten, Firmen – alle, die er in die Finger bekam, hatten mit einem Mal gewaltigen Stress, wurden von Wynns Anwaltstruppe belagert und mit Prozessen überzogen. Eine Anwaltstruppe, die in Finanzkreisen den Spitznamen »Abteilung Stress« trug.

Jetzt saß Wynn der BWG-Bank im Nacken. Und von ECC wurde offenbar erwartet, diesen Angriff abzuwehren. Besser gesagt, es wurde vom ECC-Team erwartet, das aus fünf Leuten bestand: Christian, Katharina, Fabian, Lars und Carl Hagen. Sofern man Lars und Hagen überhaupt dazurechnen konnte. Und Jonathan war gar nicht mehr dabei.

Wo steckt der eigentlich?, fragte sich Christian.

Er öffnete den Mund, um Fabian zu fragen, aber der redete bereits weiter. »Ist schon heftig, was Wynn macht. Lange Zeit war Staatsvermögen immun. Eine Regierung, die ihre Schulden nicht bezahlen wollte, konnte man nicht vor ein ausländisches Gericht zerren. Das hat sich Anfang der Neunziger geändert. Seitdem dürfen Staaten, die ihre Staatsanleihen nach US-Recht und in Dollar ausgegeben haben, auch vor einem amerikanischen Gericht verurteilt werden.«

»Ist das auch bei Argentinien so?«, fragte Christian.

Fabian nickte. »Und bei Griechenland. Da hat Wynn natürlich auch investiert. Er kauft billig ein, was die dummen Deutschen verscherbeln, um es später teuer an die dummen Deutschen zurückzuverkaufen.«

»*Buy low, sell high*, sagt mein Vater immer«, sagte Christian.

Fabian nickte. »Dein Vater ist ja auch nicht ohne, was man so hört. Fast so ein Kaliber wie Douglas Wynn, wenn nur die Hälfte von dem stimmt, was man über deinen Dad erzählt.«

Christian horchte auf. Was wusste Fabian über seinen Vater? Das war jetzt schon das zweite Mal, dass jemand das zur Sprache brachte. »Wieso?«, fragte er. »Was ist denn mit meinem Vater?«

Fabian zögerte kurz. »Ach, nichts weiter. Hab da mal eine Story gehört. Bin nicht sicher, ob sie überhaupt stimmt. Aber wenn ...«

»Was für eine Story?«

»Ich hab mal gehört, dass dein Vater für einen großen Konzern bei Tarifverhandlungen die Arbeitgeberinteressen vertreten hat und irgendeine Möglichkeit finden musste, die Gewerkschaften mundtot zu machen. War leider nicht die Deutsche Bahn oder die Lufthansa, sonst würden die vielleicht weniger streiken.«

»Und was hat er gemacht?«

»Hey«, sagte Fabian, »vielleicht stimmt das ja gar nicht. Ein früherer Studienkollege, der jetzt bei Freshfields arbeitet, hat mir mal davon erzählt. Angeblich hat dein Vater dem Gewerkschaftschef die Karriere ruiniert. Er hatte herausgefunden, dass der Typ latent pädophil war. Da hat er ihm über Umwege eine minderjährige Stricherin geschickt. Das Ganze wurde gefilmt. Der Film wurde dem Gewerkschafter von anonymer Seite gezeigt. Und dann hat man ihn vor die Wahl gestellt: Entweder, du schickst den unterschriebenen Tarifvertrag an den Vorstand, oder jemand schickt dieses Video an alle großen Zeitungen und Nachrichtenmagazine. Damit war der Fall erledigt.«

Christian schüttelte nur den Kopf. Er wusste nicht, was er sagen sollte; die Geschichte war ein Schock für ihn. Er wusste, dass sein Vater ein harter Hund war, aber so etwas hätte er nicht erwartet.

Aber vielleicht, überlegte er, *stimmt die Geschichte ja gar nicht.*

Fabian schien sein Unwohlsein zu bemerken und klopfte ihm auf die Schulter. »Sorry, hätte ich dir nicht sagen sollen. Hab das auch nur von einem anderen gehört. Wer weiß, wo der das aufgeschnappt hat. Ich fand die Story nur heftig. Das nenne ich Hardball spielen.«

»Hardball, ja«, murmelte Christian. »Wo wir gerade dabei sind ... was ist eigentlich mit Jonathan?«

Fabian kniff die Lippen zusammen. »Das Übliche. Der erhält jetzt einen Aufhebungsvertrag und hat dann ein wenig Zeit, sich einen neuen Job zu suchen. Bis dahin kann er das Büro und die Infrastruktur von ECC weiter nutzen. ECC hilft ihm bei der Jobsuche.«

Der Flugbegleiter war inzwischen längst mit seiner Predigt über die Schwimmwesten, Sauerstoffmasken und Notausgänge auf Deutsch und Englisch fertig. Die Maschine nahm Fahrt auf und jagte die Startbahn entlang. Beide Männer schwiegen, als das Flugzeug abhob und kurz darauf die Wolken durchstieß.

Es war Morgen, aber draußen war noch pechschwarze Nacht. Kalter Regen schlug gegen die Scheibe. Nur im Osten, wo bald die Sonne aufgehen würde, schimmerte der Himmel rötlich. Es war ein beeindruckendes Bild, doch Christians Gedanken waren ganz woanders. Er dachte an den grässlichen Fund im Schließfach, an den seltsamen Film, an die Story über seinen Vater, an den Einbruch und an Jonathan, dem er in gewisser Weise den Job weggenommen hatte und der jetzt vielleicht Rache nahm.

Was geschieht mit mir?, fragte er sich. *Und warum passiert das alles gerade jetzt?*

27.

Offenbar hatte Werner Richter, der Bewohner der Villa in Westend, allein in dem großen Haus gewohnt. Angehörige in Berlin gab es keine; die wohnten allesamt im Rheinland, wie Lisa schnell herausgefunden hatte.

Da niemand erreichbar war, mussten die Einsatzkräfte einen Teil des Wassers aus dem Swimmingpool ablassen, um an die Leiche zu kommen. Deckhard schaute den Einsatzkräften zu, wie sie den Toten mit Stangen an die Oberfläche zogen. Dabei kam ein Strick zum Vorschein, den man dem Toten um den Bauch gebunden hatte; an dem Strick war tatsächlich eine schwere Gehwegplatte befestigt.

»Wieso hat der Mörder die Leiche beschwert?«, sagte Deckhard.

»Ich nehme an, der wollte verhindern, dass die Leiche wegen der Fäulnisgase zu lange an der Oberfläche treibt, nachdem er seinen Film gedreht hatte.«

»Warum hat er sie nicht entsorgt?«

»Vor allem, weil es erstens nicht einfach und zweitens auch alles andere als angenehm ist, eine Wasserleiche irgendwohin zu entsorgen. Das wäre die Antwort für Polizei-Anfänger.«

Deckhard verzog das Gesicht. »Und die Antwort für Profis?«

»Weil der Tote gefunden werden sollte, vermutlich. Aber frag mich das am besten erst, wenn wir den Täter haben.«

Der Tote, den die Kriminaltechniker, gemeinsam mit zwei Feuerwehrleuten, auf den gefrorenen Rasen des Gartens zerrten, sah derart widerlich aus, dass selbst Deckhard einen

Brechreiz nur schwer überwinden konnte, zumal der Gestank so bestialisch war, dass allen die Augen tränten. Abgefaulte Hautfetzen, die sich bei der Bergung des Toten gelöst hatte, trieben auf der Wasseroberfläche. Was Deckhard sofort auffiel, war der Bart des Mannes, ein kurzer, gespaltener Oberlippenbart, der die Hautpartie direkt unter der Nase freiließ. Wahrscheinlich, damit es nicht wie ein Hitlerbärtchen aussah. Auch wenn dies zur Folge hatte, dass es von Weitem so aussah, als würde dem Mann schwarzer Rotz aus den Nasenlöchern laufen. Was dem Ganzen angesichts des Verfallszustandes, in dem sich das Gesicht des Toten befand, einen besonders bizarren Anblick verlieh.

»Ein Glas Wasser brauchen wir hier schon mal nicht«, sagte Sophie und hielt sich ein Taschentuch vor die Nase. Es war ein Insider-Witz: Hatte man in früheren Zeiten feststellen wollen, ob tatsächlich der Tod eingetreten war oder nur eine Bewusstlosigkeit vorlag, hatte man dem Betreffenden ein mit Wasser gefülltes Glas auf den Brustkorb gestellt, um an Bewegungen des Wasserspiegels etwaige Atembewegungen zu erkennen. Oder man benutzte einen Spiegel, den man dem Betreffenden vor den Mund hielt.

Deckhard wandte sich an die Kollegen im Einsatzwagen. »Schaut mal ins Melderegister, ob der echte Werner Richter auch so einen komischen Bart hat. Dann könnte es nämlich sein, dass wir hier gerade den Hausherrn aus dem Pool gefischt haben.«

»Hier ist noch etwas«, sagte einer der Polizisten, der die Sträucher um den Pool herum abgesucht hatte.

»Und was?«

»Kameras, wie es aussieht.«

»Kameras?« Deckhard war sofort zur Stelle. »Lass sehen.«

Da lagen tatsächlich vier kleine Kameras. Daneben ein UMTS-Modem.

»Das muss sofort ins Labor«, sagte Deckhard, obwohl der Kriminaltechniker sich ohnehin schon danach bückte und alles in durchsichtigen Plastikbeuteln verschwinden ließ.

»Haben Sie eine Ahnung, wie die Kameras hier postiert waren?«

»Wie es aussieht, auf der Abdeckung des Pools, sodass man die Wasseroberfläche filmen konnte und alles, was darauf schwimmt«, sagte der Kriminaltechniker. »Dieses Plexiglas ist so stabil, dass man sogar darauf herumlaufen kann. Ich würde es jetzt nicht ausprobieren wollen, vor allem, wenn ich diese Brühe da unten sehe, aber ich wette, es ist stabil genug.«

»Warum überhaupt diese Kameras?«, fragte Deckhard. »Um das hier zu filmen?«

»Keine Ahnung.« Der Kriminaltechniker zuckte die Schultern.

»Zur Dokumentation, würde ich sagen«, erklärte Sophie, die zu ihnen trat. »Wie in dem Film, den Christian König uns gezeigt hat.«

»Der war aber nur sehr kurz«, meinte Deckhard.

»Vielleicht hat der Mörder noch etwas für seinen persönlichen Gebrauch gefilmt. Vielleicht wollte er den Verwesungsprozess dokumentieren.«

»Wozu das denn? Was sollte er damit anfangen?«

»Wer weiß. Vielleicht ist er krank. Vielleicht interessiert es ihn einfach. Vielleicht wollte er auch Wissenschaftler spielen. So wie diese abgedrehten Wissenschaftler auf diesen Body Farms.«

»Body Farms?«, fragte Deckhard. »Klingt wie Body Shop.«

»Ist aber was ganz anderes«, sagte Sophie. »Da werden Leichen unter unterschiedlichen Bedingungen in einem geschützten Gelände abgelegt. Dann wird der Verwesungsprozess zu Forschungszwecken dokumentiert. Alle sechs Stunden werden die Leichen von Digitalkameras fotografiert. Gleichzeitig werden die Randbedingungen wie Lufttemperatur oder Luftfeuchtigkeit aufgezeichnet.«

»Ein echter Traumberuf«, sagte Deckhard.

Ein zweiter Mann von der Spurensicherung kam nach draußen.

»Wie sieht's aus?«, fragte Sophie. »Habt ihr drinnen was gefunden?«

»Das Übliche. Fingerabdrücke, Haare, Gewebereste. Die meisten stammen wahrscheinlich vom Toten, schließlich hat er zu Lebzeiten in der Villa gewohnt. Das heißt, wenn es sich bei der Leiche um Richter handelt.«

»Wenn der Bewohner so einen seltsamen Bart hat, dann ist er es wohl«, sagte Deckhard.

»Da haben Sie wahrscheinlich recht, aber genau abgleichen können wir das kaum noch. Bei einem solchen Verwesungsgrad ist es obendrein schwierig, brauchbare Fingerabdrücke zu nehmen. Aber wir können die Identität der Leiche über den Zahnstatus und die DNS feststellen. Wir sind zwar noch nicht mit der DNS-Analyse durch, aber wir haben die Gewebeproben drinnen schon mal mit denen der Wasserleiche abgeglichen.«

»Und? Wer ist der Tote?«

»Der Mann, dessen Name auf dem Klingelknopf steht. Werner Richter. Um genau zu sein, Professor Werner Richter, ein Hochschullehrer im Ruhestand.«

»Sind das die einzigen DNS-Spuren?«, fragte Deckhard.

»Nein, da sind noch andere, aber die sind in keiner Datenbank zu finden. Wir haben das bereits quergecheckt.«

»Dann hat Richter vielleicht unerfreulichen Besuch gehabt, der ihn in eine Wasserleiche verwandelt hat?«

»Kann schon sein.«

»Vielleicht hilft die Obduktion uns weiter«, warf Sophie ein.

»Hoffen wir's«, sagte Deckhard.

28.

Sie hatten Katharina in Heathrow aufgegabelt und waren dann mit dem Heathrow Express zur Paddington Station nach Zentral-London gefahren. Auch wenn Berater eigentlich gerne Taxi fuhren, kein Taxi war so schnell wie der Heathrow Express. Von Paddington ging es dann allerdings per Taxi weiter in die City.

Das europäische Hauptquartier der BWG-Bank befand sich in der Old Broad Street, einer Abzweigung der Threadneedle Street, zwischen dem alten Hauptquartier der Großbank Barclays und der Bank of England, der Zentralbank des Vereinigten Königreichs. Mitten in der City, auch genannt *The Square Mile,* lag der eine Quadratkilometer, an dem sich die wichtigsten Banken reihten. Jedenfalls die, die noch nicht Quartier im neuen Viertel Canary Wharf in Greenwich genommen hatten.

Sie saßen seit 20 Minuten beim Meeting im großen Konferenzraum. Das ECC-Team Katharina, Fabian und Christian, dazu Lars und Carl Hagen. Außerdem Klaus Röpke, Deutschlandchef der BWG, Jack Andrews, CEO der Gesamtbank, sowie mehrere Vorstandsmitglieder. Und schließlich James Carrington, Chef des Aufsichtsrats der BWG und früherer Direktor der Bank of England. Vor drei Monaten hatte die Queen ihn zum Ritter geschlagen. Das hatte »Sir James« in der Vorstellungsrunde natürlich allen, auch Christian, als Allererstes erzählt.

Nun schauten sie sich die erste Version der Strategieunterlagen für die Hauptversammlung am Mittwoch an. Es war klar, dass noch einiges zu tun blieb. Insbesondere, um diesem Aasgeier Douglas Wynn und Corvinus Capital den Wind aus den Segeln zu nehmen.

»Dieser Wynn ist ein übler Kerl«, sagte Carrington, der mit seinen grau melierten Haaren, dem Nadelstreifenanzug und dem blauen Hemd mit weißem Kragen und Manschetten wie ein High-Street-Banker aussah. »Er hat gerade sehr erfolgreich mit griechischen Anleihen ein weiteres Vermögen gemacht und sitzt auf einer vollen Kriegskasse.«

»Gilt bei Staatsanleihen nicht das Spekulationsverbot?«, fragte Jack Andrews.

»Ist aufgehoben«, warf Lars ein. »Wir haben das mit den Anwälten geklärt. Früher war es so, dass niemand Staatsanleihen mit dem Ziel kaufen durfte, Staaten zu verklagen, so wie Corvinus Capital es tut. Dieses Gesetz hat in den USA allerdings seine Rechtskraft verloren.«

»Und Corvinus Capital und Douglas Wynn agieren nach amerikanischem Recht«, fügte Carl Hagen hinzu, der einen blauen Anzug mit orangefarbener Krawatte und einem dazu passenden Einstecktuch trug. »Da sie in New York sitzen, können sie fast jeden vor ein amerikanisches Gericht zerren. Der Dollar ist so etwas wie die Weltwährung, was so viel heißt, dass fast jede internationale Transaktion zu irgendeinem Zeitpunkt über eine amerikanische Bank läuft. Und das bedeutet, dass amerikanische Gerichte sich mit dem Fall befassen können. Und das wiederum heißt, wer nicht zahlen will, hat keine Chance. Die Staaten *müssen* bezahlen. Auch wenn Corvinus damit nur Geld machen will. Sowohl in Griechenland als auch in Argentinien. Beide Anleihen haben sie zu dreißig Prozent gekauft. Jetzt fordern sie ihr Geld zu hundert Prozent zurück.«

Das ECC-Team hatte Carl Hagen vorher eine Stunde lang gebrieft und ihm die Unterlagen gezeigt. Auch wenn Lars bei dem Fall operativ »den Hut aufhatte«, wie man es in der Beraterbranche nannte, war es doch immer gut, jemanden mit der Autorität und Erfahrung eines Carl Hagen dabeizuhaben, wenn es ernst wurde – auch wenn ein Mann wie er den normalen Projektfortschritt manchmal gehörig behindern konnte.

Christian blickte aus dem Fenster. Die Aussicht von hier oben war gigantisch. Ein strahlend blauer Dezemberhimmel bei klirrender Kälte. Seinem Ruf als verregnete Großstadt machte London an diesem Wintertag keine Ehre. Bei dieser Aussicht auf die winterliche Stadt, die zugleich romantisch und futuristisch wirkte, war es Christian, als könnte er alles vergessen, das Schließfach, die Haut, den Film.

Er wusste nicht, ob er davon Alpträume bekommen hatte. Er wusste nur, *dass* er irgendetwas geträumt hatte, was ihn letzte Nacht mehrmals aus dem Schlaf gerissen hatte, ohne dass er sich erinnern konnte, was es gewesen war. Einmal hatte er Nicole unter der Bettdecke getreten, die natürlich sofort aufgewacht und nach der verschlafenen Frage *Mein Gott, was ist nur los mit dir?* brummelnd wieder eingeschlafen war.

Christian jedoch hatte dagelegen und nachgedacht. Über das, was er gesehen hatte. Die Haut im Schließfach, die im Dunkeln gelegen hatte, die darin gelauert hatte wie eine überdimensionale Spinne. Wahrscheinlich lag sie immer noch im fernen Berlin im Hauptbahnhof, Schließfach Nummer 237. Oder war jemand auf die Idee gekommen, das Fach zu öffnen? Jemand, der ihn vielleicht beobachtet hatte? Er wusste es nicht.

Dann der seltsame Link, den er bekommen hatte. Die Leiche im Film. Deckhards Frage: *Wer hat Ihnen diesen Link geschickt?* Eine Frage, die Christian nicht beantworten konnte und wollte. Schließlich war die Mail von ihm selbst gekommen …

Sollte er noch einmal zu den IT-Leuten von ECC? Ihnen alles erzählen? Dann aber fielen ihm die Worte seines Vaters wieder ein: *Je mehr du preisgibst, desto mehr hängst du mit drin.* Wobei sein Dad ja auch nicht alles wusste. Genauer gesagt: Er wusste von alldem noch gar nichts.

Allerdings schien er geahnt zu haben, dass bei Christian eingebrochen wurde. Schließlich hatte er ihn aufgefordert, den Laptop vom Küchentisch zu nehmen. Seltsam. Hatte er irgendetwas gewusst? Oder war es purer Zufall gewesen?

Christian lehnte sich zurück. Die Geräusche und Diskussionen des Meetings waren nur noch ein Hintergrundrauschen, als säße er in einem Zug, betrachtete die Landschaft, hörte das Rattern der Räder auf den Schienen und das Brummen der Motoren, das irgendwie dazugehörte, ohne dass man ihm Aufmerksamkeit schenkte. Die schenkte er den Bildern, die vor seinen Augen vorüberzogen ... die abgezogene Haut, der Film, das Verhör bei der Polizei. Denn es war ihm wirklich wie ein Verhör vorgekommen, auch wenn er nichts verbrochen hatte.

Oder war er vielleicht *doch* schuldig? Hatte er irgendwann irgendwelche Dinge getan, an die er sich nicht erinnern konnte? Schließlich war er nervös in letzter Zeit, durcheinander, vergesslich. Lag das vielleicht an den Pillen, die er in Zürich genommen hatte?

Und von der Polizei hatte er auch noch nichts gehört. War das ein gutes oder ein schlechtes Zeichen?

Er schaute verstohlen auf sein Handy. Niemand hatte angerufen. Oder war das Handy vielleicht schon von der Polizei gesperrt worden, und er wusste es nur nicht?

»Siebzig Prozent Gewinn«, sagte Jack Andrews soeben. »Dann können die ja ein ganzes Heer von Beratern und Anwälten bezahlen!«

»Tun sie ja auch«, sagte Lars.

»Ich habe noch eine Frage.« Jack Andrews blätterte wie bei einem Daumenkino durch die 200 Seiten dicke Präsentation. »Ich verstehe ja, dass wir eine Abwehrstrategie für die Hauptversammlung hier in London brauchen. Aber warum auch für die Investorenkonferenz in Frankfurt?«

»Sind sie nicht auch in Frankfurt gelistet?«, fragte Lars zurück.

»Ja. Und was hat das mit Corvinus Capital zu tun?«

»Christian«, sagte Lars, »würdest du uns erläutern, warum das eine Rolle spielt?«

»Äh ... ja, also, Corvinus Capital ...«, stammelte der überrumpelte Christian und versuchte verzweifelt, seine Gedanken zu ordnen. »Also ... Es ist nun mal leider so, dass Corvinus Capital die Stimmrechtsberater in der Hand hat. Sie haben ein sehr gutes Verhältnis zu allen großen Playern. Es gibt Gerüchte, dass sogar inoffiziell Gelder fließen.«

»Stimmrechtsberater« nannte man Agenturen, die Investoren berieten, wie sie auf der Hauptversammlung abstimmen sollten.

»Du meine Güte«, sagte Jack Andrews und blickte Christian säuerlich an, »das wissen wir selbst. In den USA ist das gang und gäbe. Die Pensionsfonds hängen an den Lippen dieser Stimmrechtsberater. Passt ein neuer Aufsichtsrat zur Corporate Governance des jeweiligen Pensionsfonds? Waren die Aufsichtsratsmitglieder oft genug in den Sitzungen? Und so weiter. Aber in Deutschland?«

»Nun, unsere Analysen haben ergeben, dass mehr als fünfzig Prozent der DAX-Unternehmen in amerikanischer Hand sind«, erklärte Christian. Allmählich fing er sich wieder. »Die Deutschen sind kein Volk von Aktienkäufern. Und die US-Investoren nehmen Stimmrechtsberater in Anspruch. Die perfekte Überwachung jedes DAX-Konzerns. Und die hat Corvinus Capital alle im Sack.«

Lars nickte ihm zufrieden zu.

Sogar Jack Andrews' Blicke waren diesmal viel versöhnlicher.

29.

Deckhard und Sophie standen im Obduktionssaal der Rechtsmedizin in Moabit. Die Wasserleiche war nun eindeutig identifiziert. Der Tote war Professor Werner Richter.

Mittlerweile war die Leiche wieder im Kühlraum verschwunden. Allein schon wegen des Gestanks war niemand allzu traurig darüber.

»Liquid Ecstasy?«, fragte Deckhard.

»Liquid Ecstasy.« Sophie nickte und hielt das Röhrchen mit dem Venenblut in die Höhe.

»Hat das was mit Ecstasy zu tun? Diesen Pillen?«

»MDMA, meinst du? Überhaupt nicht. In einer Dosierung, wie sie hier vorliegt, macht es nicht high, sondern tot. In der Medizin wird das Zeug als intravenöses Narkotikum verwendet. Aber auch, wenn man es in geringerer Dosierung einnimmt und nicht spritzt, ist man ziemlich schnell handlungsunfähig. Da es obendrein geruchs- und fast geschmacklos ist, wird es oft als so genannte *rape drug* verwendet. Also um Opfer für eine Vergewaltigung gefügig zu machen.«

»Aber der hier wurde wohl nur betäubt, nicht vergewaltigt«, meinte Deckhard.

»Sehe ich auch so, können wir aber nicht mehr feststellen«, erwiderte Sophie. »Fakt ist jedenfalls, dass Männer eher selten vergewaltigt werden.«

»Also hat der Professor das eingeflößt bekommen, und dann ab in den Swimmingpool?«

Sophie nickte. »Möglich wäre es. Tödlich wäre es in jedem Fall.«

»Wie lange war die Leiche im Pool?«

»Wie es aussieht, ungefähr zwei Wochen.«

»Und keiner hat etwas bemerkt?«

»Sieht so aus.«

»Seltsam.« Deckhard schüttelte den Kopf. »Warum macht jemand so etwas?«

»Tja«, sagte Sophie, »mit der Motivation ist es immer so eine Sache. Wichtig ist hier, welche Merkmale für die Begehung des Delikts unbedingt notwendig sind und welche über die reine Tatbegehung hinweg typisch für das Täterhandeln sind.«

Deckhard schien verwirrt. »Was meinst du denn damit?«

»Bei einer Vergewaltigung zum Beispiel ist die vaginale Penetration notwendig. Dinge, die darüber hinausgehen, sind beispielweise aufwändige Fesselungen des Opfers.«

»Und hier?«

»Notwendig ist die Vergiftung, wenn es das Ziel war, diesen Mann zu töten. Ob die ganze Geschichte mit dem Wasser und den Kameras notwendig ist, ist eine andere Frage. Das kann eventuell symbolische Bedeutung haben.«

Die Tür ging auf, und Lisa kam herein.

»Hätte nicht gedacht, dass ich deinen knochigen Hintern heute noch mal zu sehen kriege«, zog Deckhard sie auf.

»Und ich hab dich nicht lange suchen müssen«, erwiderte Lisa. »Ich wusste nämlich gleich, dass ich dich dort finde, wo die Stimmung mies ist.« Sie blickte sich im Sektionssaal um. »Abgesehen von schlechten Scherzen – ich habe einiges zu Werner Richter gefunden.«

»Lass hören«, forderte Deckhard sie auf.

»Erstens«, sagte Lisa. »Richter war Professor an der Uni Witten Herdecke. Philosophie.«

Deckhard nickte. »Von der Villa her sah das auch nicht gerade nach Kassierer im Ein-Euro-Shop aus.«

»Zweitens haben wir auf seinem Rechner einige abstruse

Adressen im Kiez gefunden. Wir haben auch mit ein paar Leuten gesprochen. Richter hat sich offenbar im Rotlichtmilieu und in der S&M-Szene herumgetrieben. Wahrscheinlich auch in der Schwulenszene.« Sie blickte zu dem Tisch, auf dem die Leiche gelegen hatte. »Da hat er offenbar die falschen Leute kennengelernt.«

»Du meinst, Richter war schwul?«, fragte Sophie.

Lisa zuckte die Schultern. »Er fühlte sich wohl zu Strichern und Callgirls hingezogen.«

»Stricher *und* Callgirls?« Deckhard hob die Augenbrauen. »Männer und Frauen?«

Lisa nickte. »Ich habe die Adressen auf dem Rechner. Wir können diese Leute allesamt verhören. Drittens: Unser Freund Christian König hat ebenfalls in Witten Herdecke studiert. Und dort geht das Gerücht, dass Richter mal eine Doktorarbeit abgelehnt hat, die König bei ihm schreiben wollte.«

»Ist das ein Motiv, den Mann zu töten?«

Lisa zuckte die Schultern. »Das wäre schon sehr krimineller akademischer Ehrgeiz. Etwas anders, als seine Dissertation bei Wikipedia abzuschreiben. Aber unmöglich ist es nicht.«

Deckhards Handy klingelte. Er nahm den Anruf entgegen. »Ja? Volker, grüß dich. Was? In Marzahn? Da, wo die leben, die mit allem abgeschlossen haben …?« Plötzlich wurde er ernst. »Was sagst du da? Wo? In der … Ja, klar, schauen wir uns an. Schick mir die Adresse.« Deckhard ließ das Handy sinken und fluchte laut und kräftig: »Verdammt!«

Sophie und Lisa sahen ihn an.

»Schon wieder ein Toter. In Marzahn. In einer Badewanne. Wir müssen hin.«

»Jetzt gleich?«

»Ja. Stahlhut will, dass wir sofort hinfahren. Weil wir jetzt kurz hintereinander zwei Wasserleichen haben. Und das mitten im Winter.«

Lisa verdrehte die Augen. »Berlin hat dreieinhalb Millionen Einwohner. Da kann so was schon mal passieren, ohne dass gleich alle miteinander verwandt sind. Hat denn der eine Mord etwas mit dem anderen zu tun?«

Deckhard zuckte die Schultern. »Keine Ahnung. Stahlhut sieht da wohl einen Zusammenhang. Wobei ich bis auf die Badewannen und Swimmingpools erst einmal keinen sehe.« Er zog seinen Autoschlüssel aus der Tasche. »Werden wir erst wissen, wenn wir hinfahren. Ich mach mich auf den Weg nach Marzahn. Was habt ihr vor?«

»Ich fahre zurück ins Revier und schau mir noch die IT-Ergebnisse an«, sagte Lisa. »Die Sache mit diesem Christian König kommt mir irgendwie seltsam vor. Ich hab da so ein Gefühl. Außerdem muss ich ja nicht dauernd mit euch rumhängen, steht nicht in meinem Arbeitsvertrag.«

»In unserem zum Glück auch nicht.« Deckhard grinste. »Und verheiratet sind wir erst recht nicht.«

»Wenn du mein Mann wärst«, sagte Lisa, »würde ich dir Liquid Ecstasy geben, allein schon wegen deiner schlechten Scherze.«

»Und wenn du meine Frau wärst, würde ich es trinken.«

Lisa zeigte ihm den Mittelfinger.

30.

Mittwochabend.

Die »Waterfront« war der Pub der Student's Union am King's College in London. Katharina, die eine Zeit lang am King's College studiert hatte, hatte vorgeschlagen, dort einzukehren. Fabian und Christian hatten sofort zugestimmt.

»Ich kann erst mal keine Anzugträger mehr sehen«, sagte Katharina, nachdem sie Fabian und Christian zielsicher an einen Platz am Fenster geführt hatte, von wo man einen guten Blick auf die Themse genießen konnte. Aus den Lautsprechern erklang ein alter Song von Blur. Man fühlte sich beinahe wie Ende der Neunziger.

Eine wichtige Etappe des Projekts war erreicht, denn nach zwei Nachtschichten am Montag und Dienstag war die Hauptversammlung im London Palladium halbwegs gut über die Bühne gegangen. Jedenfalls war es dem Management gelungen, die Strategie von Douglas Wynn und Corvinus Capital abzuschmettern und stattdessen den Restrukturierungsvorschlag des Vorstands durchzupauken.

»Wenn das nächste Woche in Frankfurt ähnlich über die Bühne geht, sind alle glücklich«, sagte Fabian, als die Pints Bier serviert worden waren und alle drei geräuschvoll angestoßen hatten. »Aber du, Chris, musst ein bisschen mehr aufpassen. Ich hab den Eindruck, dass du manchmal vor dich hin träumst.« Fabian klopfte ihm auf die Schulter. »Du hattest einen Superstart bei ECC, mach dir das nicht kaputt. Wenn du bei den Partnern einen guten Ruf hast, kommst du leichter an die großen Projekte und wirst schneller befördert. Diese Woche London, nächste Woche Frankfurt. Und wenn alles gut geht, fliegen wir die Woche danach alle nach New York. Kann aber auch sein, dass wir das erst im neuen Jahr schaffen. Da ist schließlich noch eine Analystenkonferenz. Lars versucht gerade, ein Folgeprojekt zu verkaufen, das würde dann bedeuten, dass wir auch dem amerikanischen Zweig der BWG-Bank helfen. Deshalb müssen wir jetzt Gas geben, auch wenn es anstrengend ist.« Er trank von seinem Bier.

New York, dachte Christian, *das klingt jetzt wirklich nach Big Business!*

»Müde sind wir alle irgendwann, nur träumen dürfen wir nicht«, sagte Fabian.

»Nur vom großen Geld.«

Katharina lächelte. »Da sind wir ja in New York gut aufgehoben. *If you make it there, you can make it everywhere.*«

Fabian schüttelte den Kopf. »Nicht ganz. Dann hätten wir Investmentbanker werden müssen.« Er schaute sich um und ließ den Blick über die vielen Studenten schweifen, die beim Bier saßen, einige über Hefte, Bücher und Laptops gebeugt, als wäre eine laute Kneipe der perfekte Studienort. »Mann, ich fühle mich gleich zehn Jahre jünger. Was waren das für schöne Zeiten, als wir noch studiert haben.«

Du hattest einen Superstart bei ECC, rief Christian sich Fabians Worte ins Gedächtnis. Und jetzt lief er offenbar Gefahr, sich das alles kaputt zu machen. Aber er träumte doch nicht! Er war doch kein paranoider Psycho! Das war doch alles real! Das Schließfach und der Film. Sollte er es den Kollegen sagen? Er war doch auch bei der Polizei gewesen. Aber was würden sie dann von ihm denken? Dass er ein kranker Irrer sei, den sie versehentlich eingestellt hatten, vermutlich. Und so einen würde man in einem Laden wie ECC sofort vor die Tür setzen.

Sein Handy klingelte. Es war die Nummer von Nicole.

»Deine Freundin, nehme ich an«, sagte Fabian. »Nun geh schon ran. Der Familienfrieden ist wichtig.« Christian hatte Fabian im Flugzeug ja von den Spannungen zwischen Nicole und ihm erzählt.

»Entschuldigt mich einen Moment.« Er nahm das Handy und verschwand nach draußen auf den Gang.

»Hi, Schatz«, begrüßte er Nicole.

»Chris, geht's dir gut? Du meldest dich ja überhaupt nicht.«

»Wir hatten tierisch viel zu tun.«

»Auch nachts?«

»Ja, leider.« Das war nicht einmal gelogen.

»Bist du noch in London?«

»Ja. Morgen Nachmittag fliegen wir nach Frankfurt, haben da noch Meetings, und dann geht es vielleicht zurück nach Berlin. Wahrscheinlich aber erst am Freitag.«

»Wieso erst Freitag?«

»Na ja ... vielleicht schaffe ich es auch bis Donnerstagabend. Nein, bestimmt sogar.« Er wusste, dass es eine Lüge war, ein Versprechen, das er nicht halten konnte. Aber wenigstens hatte er jetzt erst einmal Ruhe.

»Das hast du ja auch versprochen.«

»Ja, aber wenn der Kunde ...«

»Geht es bei euch immer nur um den Kunden?«

»Meistens ja. Der bezahlt uns schließlich.«

»Ach?« Nicoles Stimme wurde schärfer. »Und unsere Beziehung fällt dabei völlig hinten rüber, was? Du solltest arbeiten, um zu leben, nicht leben, um zu arbeiten.«

»Das ist hier leider ...«, begann Christian, doch Nicole sprach einfach weiter. »Ich will dir mal was sagen. Ich habe auch einen Job, fulltime sogar, und kümmere mich obendrein um die Einkäufe und darum, dass es wenigstens ein bisschen weihnachtlich in der Wohnung aussieht. Von dir brauche ich das ja gar nicht zu erwarten, du bist ja nie da! Aber wenn du da bist, dann habe *ich* Zeit für dich. *Ich* hocke nicht das ganze Wochenende vor dem Laptop! Obwohl ich genauso arbeite wie du!«

Aber nur acht Stunden am Tag, hätte Christian gerne erwidert.

»Ich hab doch gesagt, es klappt wahrscheinlich am Donnerstag. Hör mal, ich ruf dich nachher zurück. Hier ist es gerade sehr laut.«

»Wo seid ihr denn?«

»Äh ... in einem Pub.«

»Ach? Mit mir telefonieren geht nicht, dafür hast du zu viel zu tun, aber im Pub rumhängen, das geht? Trotz der vielen Arbeit?«

»Manchmal muss man ausspannen. Ich werde ja wohl mit den Kollegen mal ein Bier trinken dürfen.«

»Dann melde dich nachher. Oder auch nicht. Ich gehe jedenfalls um elf Uhr schlafen, und dann ist das Handy aus.«

Um elf Uhr machen die Pubs hier sowieso zu, wollte Christian erwidern, doch Nicole hatte bereits aufgelegt.

Wie ein geprügelter Hund schlich er zurück in den Schankraum, das Handy in der Hand.

* * *

Es waren dann doch zwei Pints geworden, und er hatte Nicole nicht mehr angerufen. Kurz vor Mitternacht hielt das Taxi vor dem Knightsbridge, in dem Christian und das Team abgestiegen waren. In London waren die meisten Hotels wegen irgendeiner Messe ausgebucht, deshalb hatten sie das ECC-Team in einem Apartmenthotel untergebracht, dem Knightsbridge Residence.

Fabian und Katharina verabschiedeten sich von Christian und steuerten die Aufzüge zu ihren Zimmern an. Das Knightsbridge Residence war eine Art betreutes Wohnen für junge Aufsteiger, die viel Geld und wenig Zeit hatten. Mit neoklassizistischer Fassade, getönten Fenstern und einem Blick auf den Hyde Park erinnerte das Gebäude eher an ein Hotel als an ein herkömmliches Wohngebäude, das es auch keineswegs war. Portier, Concierge, Zimmerservice, Putzfrau, Tiefgarage, Fitnessräume, Solarium, Bar, Wäscheservice – das alles gehörte zum Service. Doch nutzen konnte Christian nichts davon, und morgen ging es wohl schon wieder nach Frankfurt und am selben Abend oder einen Tag später nach Berlin. Er sah nur die sehr hohe Rechnung, die er jetzt schon beglich, damit er sich morgen früh nicht damit herumärgern musste. *Wenn du im Hotel eincheckst*, hatte Fabian ihm eingetrichtert, *check am besten gleich wieder aus und bezahle sofort. Wenn du später was aus der Minibar hast, zahlst du es halt nicht. Wenn du im Restaurant isst, zahlst du mit Kreditkarte. Lass es nicht aufs Zimmer buchen. Hier geht es um Zeit, nicht um Geld. Und wir haben nun mal nicht die Zeit, uns morgens mit den Urlaubsrentnern in der Schlange zum Auschecken anzustellen.*

Der Portier nickte Christian zu, als er an ihm vorbeiging. Zwei Minuten später war er in seiner Wohnung. Er würde vielleicht noch ein Bier aus dem Kühlschrank trinken, um runterzukommen. Das war hier inklusive. Er hatte zwar im Pub schon zwei Pints getrunken, war aber noch immer so aufgedreht, dass er kaum einschlafen würde. Er hatte die Wahl: Schlaftabletten oder Bier. Und Bier schmeckte nun mal besser.

Christian ging ins Schlafzimmer, um schon mal die wichtigsten Sachen in den Koffer zu packen, als das Telefon klingelte. Er fuhr so heftig zusammen, als hätte eine Bombensirene losgeheult.

Auf dem Display stand eine Berliner Nummer. Es war nicht

Nicole. Es waren auch nicht seine Eltern. Kurz entschlossen nahm er das Gespräch an.

»Hier ist Hauptkommissar Deckhard«, sagte die Stimme des Anrufers.

Christian schnürte es beinahe die Kehle zu.

»Guten Abend«, sagte er.

»Störe ich?«

»Nein, geht so.«

»Hören Sie«, sagte Deckhard, »Sie hatten uns ja den Film mit dieser Leiche geschickt …«

»Ja.«

»Haben Sie eine Idee, wer der Tote sein könnte?«

»Nein, keine Ahnung. Vielleicht war der Film auch nur ein perverser Scherz.«

»Leider nicht.« Deckhard machte eine Pause. »Wir haben die Leiche in Berlin gefunden.«

Berlin. Nicht irgendwo in weiter Ferne. Direkt vor seiner Haustür …

Christian fühlte, wie die Angst ihn endgültig packte. Im Meeting in der Bank hatte er noch an das Schließfach gedacht. Daran, was die Polizei tun würde. Ob sie sich bei ihm melden würde. Und wenn ja, wann. Jetzt war der Anruf gekommen. Und Christians Hirn, das Panikzentrum, jene Instanz in unserem Kopf, die uns seit Jahrtausenden das Überleben gesichert hat, weil sie Gefahr *erspüren* kann, arbeitete auf Hochtouren. Hatte die Polizei etwas gefunden, von dem er nichts wusste, aber wissen müsste? Konnte alles, was er jetzt sagte, gefährlich für ihn sein? Würde er die Geistesgegenwart haben, die richtigen Antworten zu geben, oder würde er sich um Kopf und Kragen reden und damit nur noch verdächtiger erscheinen?

Fest stand: Das Grauen kam näher. Erst das Schließfach. Dann das Video. Dann die Leiche. Und dann? Was kam als Nächstes? War er als Nächster an der Reihe? Würde ein Stück von ihm in einem Schließfach enden? Oder würde man ihn als Wasserleiche finden?

»Ich mache es kurz«, sagte Deckhard, »es handelt sich um die Leiche von Professor Werner Richter.«

Stille.

»Sind Sie noch dran?«

»Ja.« Christian versuchte, sich nicht anhören zu lassen, dass sein Atem schneller ging.

Werner Richter. Professor für Philosophie an seiner alten Uni. Christian sah die Szene vor sich, als hätte sie sich vor drei Wochen zugetragen. Das Exposé, das er für seine Dissertation abgegeben hatte. Das skeptische Gesicht Richters in seiner Sprechstunde. Richter an seinem Schreibtisch auf dem hellbraunen, abgewetzten Ledersessel. Die Bücherregale hinter ihm, dazwischen Stapel von Zeitschriften und Papieren. Rechts an der Wand das Gemälde von Kandinsky. Oder war es Mondrian? Christian verwechselte die beiden immer. Am stärksten aber waren ihm die Bemerkungen Richters in Erinnerung geblieben: *Das ist aber etwas dünn, Herr König. So wie Sie das hier machen, reicht das nicht einmal für eine Magisterarbeit …*

»Schon mal von ihm gehört?«, riss Deckhards Stimme ihn aus seinen Gedanken.

»Nein«, antwortete Christian, ohne nachzudenken.

»Das wundert mich. Werner Richter war bis zu seiner Emeritierung Professor an der Universität Witten Herdecke.«

Verdammt, er weiß Bescheid. Weiß er auch, dass ich Richter kannte? Und dass ich ihn, Deckhard, soeben angelogen habe? Hat er vielleicht genau das erwartet und deshalb diese Frage gestellt?

Nach einer kurzen Pause, die wahrscheinlich Absicht war, sagte Deckhard: »Witten Herdecke ist die Uni, an der Sie studiert haben, wenn mich nicht alles täuscht.«

»Äh … ja. Stimmt.«

»Denken Sie doch mal darüber nach, ob es eine Bedeutung hat, dass gerade *Sie* diesen Film bekommen haben.«

Stille.

Diesen Film, dachte Christian. *Den Film, der Werner Richter zeigt. Als Leiche.*

Wieder hörte er die Worte Richters: *Das ist aber ein bisschen dünn, Herr König …*

Wenn Deckhard wusste, dass Richter Professor in Witten Herdecke gewesen war und dass er, Christian, dort studiert hatte, konnte er auch von der Sache mit der Doktorarbeit wissen. Und dann könnte er auf den Gedanken kommen, dass der Mord an Richter eine späte Rache war, weil er Christians Dissertation nicht hatte betreuen wollen, obwohl er wusste, dass die großen Strategieberatungen für Bewerber mit Doktortitel beim Gehalt einiges drauflegten.

Und dafür, würde Deckhard möglicherweise schlussfolgern, musste Richter mit dem Leben bezahlen.

Das wäre dann doch ein Motiv?

»Sie denken mal darüber nach, in Ordnung?«, fragte Deckhard noch einmal, diesmal etwas lauter.

Christian atmete tief ein. »Worauf wollen Sie eigentlich hinaus, Herr Deckhard?«

»Ich möchte nur Verbindungen herstellen. Das ist alles. Einen schönen Abend noch.«

Deckhard legte auf.

Verbindungen herstellen … abgelehntes Exposé … keine Dissertation … nur das normale Einstiegsgehalt bei ECC, kein Premium wie beim Doktortitel oder MBA … ein toter Professor …

Waren das die Verbindungen? Für wie krank musste ihn Deckhard dann halten?

Christian saß wie gelähmt auf der Couch. Sein Handy, das er

noch in der Hand hielt, rutschte nach unten und blieb irgendwo zwischen Ohr und Schulter stecken.

Das Piepsen, als Deckhard auflegte, und die Stille danach schmerzten in Christians Ohren.

31.

Die Woche nahm kein Ende. Jetzt war für Freitag tatsächlich noch ein großes Meeting mit dem deutschen Management-Team der BWG-Bank anberaumt, und auch dafür musste natürlich eine Präsentation zusammengezimmert werden. Christian fluchte in sich hinein. Das hieß, dass auch diese Nacht eher kurz werden würde. Und es hieß auch, dass er erst am Freitagabend zu Hause in Berlin sein würde, was garantiert wieder zu Diskussionen mit Nicole führte. Spätestens dann würde sein gebrochenes Versprechen auffliegen.

Fabian war wieder irgendwo im Büro unterwegs oder sprach mit Lars. Katharina hatte ihre Kopfhörer aufgesetzt, die Carla-Bruni-Treter ausgezogen und die Füße Richtung Heizkörper ausgestreckt. So saß sie da und tippte in ihren Laptop. Draußen schwebten Schneeflocken gegen die Scheibe und verwandelten sich in Tropfen, die am Glas hinunterkrochen.

Gelangweilt klickte Christian von Power Point zu Excel, von Excel zu Outlook, von Outlook zum Internet Explorer und von dort zu Facebook. Alle sozialen Netzwerke waren bei ECC erlaubt, es gab so gut wie keine Sperren. Hauptsache, die Berater machten ihre Arbeit.

Nichts Besonderes auf Facebook.

Zurück nach Outlook und …

… da war eine Mail.

Er atmete scharf ein.

Absender: Christian König.

Schon wieder eine Mail von seinem eigenen Account.

Er spürte, wie die Angst ihm als eisig kalter Schauer über den Rücken kroch.

Was geht hier ab?

In der Mail nur ein einziger Link.

Ein Link zu Facebook.

Ohne zu überlegen, klickte er darauf.

Facebook öffnete sich.

Gleichzeitig griff er zum Telefon. Wählte die Nummer der IT-Hotline. Augenblicke später meldete sich ein Mitarbeiter.

»Christian König hier, Berliner Büro«, sagte Christian. »Könnt ihr bitte meine Mail-Zugangsdaten und die Passwörter zurücksetzen?«

»Klar, können wir machen. Hast du sie vergessen?«

»So in etwa.« Er konnte ja schlecht sagen, dass offenbar jemand anders seine Zugangsdaten hatte.

Drei Minuten später waren die neuen Daten in seiner Inbox.

Christian ging ins Internet, setzte die Passwörter zurück und gab das neue Passwort ein.

Lehnte sich zurück.

Und wartete.

Zehn Sekunden. Zwanzig.

Nichts.

Keine neuen Mails mit seinem eigenen Absender.

Er schaute zu Katharina.

Sie hatte nichts gesehen, nichts gemerkt. Sie machte ihre Arbeit. So, wie er es eigentlich auch hätte tun sollen.

Er blickte wieder auf den Monitor. Da war noch immer die Facebook-Seite, auf die ihn der Link aus der Mail geführt hatte.

Auf der Facebook-Seite ein Posting. »Please watch« stand da. Darunter ein weiterer Link.

Christian klickte ihn an, nachdem er den Lautstärkeregler an seinem Rechner auf null gestellt hatte.

Das Bild baute sich langsam auf.

Wieder eine Internetseite im Nirgendwo, wieder eine Videodatei. Nicht YouTube, sondern eine andere Plattform, von der er noch nie gehört hatte.

Er klickte auf den Film.

Und zuckte heftig zusammen.

Oh Gott!

Wieder ein dunkles Wasserbecken.

Wieder ein abscheuliches, verwesendes Gesicht.

Diesmal aber war alles viel besser zu erkennen, denn die Verwesung war noch nicht weit fortgeschritten. Noch hatte das Gesicht Konturen.

Neben dem Videofenster war ein seltsamer Regler zu sehen. So ähnlich, wie Christian ihn in sein Excel-Diagramm installiert hatte.

Er schaute sich hastig um. Blickte hinter sich nach draußen, ob der Rechner sich im Fenster spiegelte.

Verdammt, ja!

Also musste er sich direkt davorsetzen. Dann war von draußen nur die Rückseite seines Stuhles zu sehen. Dann gab es keine Spiegelung im Fenster, niemand konnte vom Flur aus etwas erkennen …

Nachdem er den Stuhl ein Stück herumgerückt hatte, führte Christian mit zitternden Fingern den Pfeil der Maus auf den Regler.

Und plötzlich veränderte sich etwas in dem Film.

Die Leiche.

Sie verweste.

Christian blickte mit weit aufgerissenen Augen auf den Bildschirm und versuchte, sein plötzliches Zittern in den Griff zu bekommen.

Die Leiche verweste im Zeitraffer, verlor ihre Konturen.

Irgendwann war sie nicht mehr hautfarben, sondern grünlich. Flocken und Fleischstücke huschten durchs Wasser.

Christian schnappte so heftig nach Luft, dass er husten musste. Er keuchte ein paarmal, schluckte.

Katharina blickte auf.

»Alles in Ordnung?«

»Ich ... ja. Hab mich am Kaffee verschluckt.«

Wieder wurde Christians Blick auf beinahe perverse Weise zum Bildschirm gezogen. Er betätigte den Regler noch einmal. Erneut veränderte sich die Leiche. Die Augen verschwanden, die Haare fielen aus.

Christian lehnte sich nach vorne. Er hatte das beängstigende Gefühl, sein Kopf würde jeden Augenblick im Bildschirm verschwinden, so wie in den Freddie-Krüger-Filmen, die er sich als Teenager angeschaut hatte und in denen auch immer Leute im Fernseher verschwanden.

Was schaute er sich hier eigentlich an? Und überhaupt, warum schaute er es sich mit einer solch morbiden Faszination an? War er nicht mehr normal? War die Polizei zu recht hinter ihm her? Tat er Dinge, von denen er gar nichts wusste? Kannte er Leute, die er vergessen hatte? Leute, die ihm jetzt diese Links und Mails und Bilder schickten?

Noch ein letzter Blick auf den Film.

Langsam traten die Knochen aus der Leiche hervor, während das Wasser immer trüber wurde, voll von widerlichen, weißlichen Flocken, die einmal die Haut dieses Menschen gewesen waren.

Was für eine perfide, perverse Idee, dachte Christian und kämpfte gegen einen Würgereiz an. Wer, zum Teufel, drehte solche Filme? Offenbar hatte die Kamera tagelang die Leiche unter Wasser gefilmt. Und nun konnte ein Zuschauer mit dem Regler die Geschwindigkeit der Verwesung einstellen.

»Die Sache mit den Krediten ist so weit klar. Hab eben mit Lars gesprochen. Wir …« Fabian rauschte in den Raum, einen Satz Power-Point-Ausdrucke in der Hand, und war im Begriff, sich auf dem Stuhl neben Christian fallen zu lassen, um ein paar Dinge zu besprechen. Christian war so sehr in die perfide Dramatik des Zeitraffer-Verwesens vertieft, dass er Fabian erst bemerkte, als der fast schon neben ihm saß. Auch Katharina blickte auf.

Blitzschnell übernahmen Christians Instinkte sein Handeln und Denken. Mit einem Auge hatte er Fabian im Blick, mit dem anderen die Website mit dem Film und die Facebook-Seite. Ein kurzer Klick, und die Website war geschlossen. Noch ein Klick auf die Facebook-Seite.

Doch manchmal war schnell eben nicht schnell genug.

Denn Christian hatte die Facebook-Seite nicht geschlossen. Nicht sofort.

Er hatte vorher versehentlich auf »gefällt mir« geklickt. Es war ihm erst aufgefallen, als das Gespräch mit Fabian beendet war. Dann hatte er noch einmal auf die Facebook-Seite geschaut. Natürlich hatte er sofort »gefällt mir nicht mehr« geklickt, aber da war es schon zu spät gewesen.

Im Büro von ECC war das Chaos ausgebrochen. Und nicht nur im Büro, auch bei seinen Facebook-Kontakten. All seine Freunde und Kollegen hatten gesehen, was er da »geliked« hatte. Sie hatten wahrscheinlich auch den Film gesehen; vielleicht nicht bis zum Ende, aber ein kurzer Blick genügte schon. Die Kommentare waren dementsprechend.

Was bist du denn für ein kranker Typ?

Krass!

So was gefällt dir?

Not like!

Ist das echt?

Kennst du den?

Wo hast du das denn her?

Durch das »gefällt mir« wurde der Link mit dem Video auch gleich an Christians Pinnwand bei Facebook angezeigt. Und dann schien der Mediaplayer auch noch eine perfide Funktion zu haben, die das »gefällt mir« obendrein auf seinem Twitter-Account postete. Mit anderen Worten: Jeder, der es nicht wissen sollte, wusste nun, was Christian König da geklickt hatte. Selbst einer der Trainees bei der BWG-Bank, also jemand auf Kundenseite, der Christian letzte Woche ein paar Daten geliefert hatte, schrieb einen kurzen Kommentar.

Wow, heftig!

Was immer das heißen mochte.

Christian blickte zu Katharina. Sie schaute ihn skeptisch an, sagte aber nichts.

In diesem Moment klingelte sein Festnetztelefon. Eine interne Nummer.

»König.«

»Christian, hier Lars. Kommst du mal zu mir?«

Christian rutschte das Herz in die Hose.

Das war's. Ich bin der Nächste, der gefeuert wird.

* * *

Kurz darauf saß er Lars in dessen Partner-Büro an einem kleinen Konferenztisch gegenüber.

»Warum bekommst du so ein Video?«, fragte Lars.

Christian sagte die Wahrheit, auch wenn sie reichlich hohl klang: »Ich habe keine Ahnung.«

»Und wer hat es dir geschickt?«

»Jemand, den ich nicht kenne.«

»So etwas ist extrem imageschädigend. Es könnten Kunden mitlesen. Was das für einen Eindruck machen würde, brauche ich dir ja wohl nicht zu sagen.«

Offenbar hatte Lars nicht gesehen, dass Jochen Hatting, der Trainee von der BWG, das Ganze nicht nur gesehen, sondern auch kommentiert hatte.

»Hast du der IT Bescheid gesagt?«

»Ja, sicher.« Das war nicht einmal gelogen.

Lars schaute aus dem Fenster und lockerte seine Krawatte. Offenbar war er gerade bei einem Kundentermin gewesen, denn sein Schreibtisch war voll mit neuen Visitenkarten, die seine Sekretärin morgen früh sicher als Erstes in das Kontaktverzeichnis eintippen musste.

»Es gibt noch eine Sache, die mir wirklich Kopfzerbrechen bereitet.« Er ließ seinen Worten ein paar Sekunden eisigen Schweigens folgen. Wenn es eine Einschüchterungstaktik war, funktionierte sie ausgezeichnet. Dann schaute er Christian an. »Ist das eine echte Leiche?«

Christian zuckte die Schultern. »Ich habe keine Ahnung. Es sieht jedenfalls verdammt echt aus. Auch wenn ich noch nie eine Leiche gesehen habe«, beeilte er sich hinzuzufügen.

Lars schien seine Worte sorgfältig zu wählen. »Eine Frage stellt sich mir dabei ganz besonders.« Er sah Christian durchdringend an. Christian senkte den Blick und fixierte die Kleenex-Box auf dem Tisch, eher er Lars wieder ansah. »Gibt es einen Grund, warum gerade du so etwas bekommst?«

Christian schüttelte den Kopf. »Keine Ahnung. Wirklich.«

Lars stand auf, ein Zeichen, dass er das Gespräch als beendet betrachtete. Auch Christian erhob sich. »An deiner Stelle würde ich zur Polizei gehen. Das ist nicht mehr witzig. Okay?«

Christian nickte. »Mache ich gleich morgen in Berlin, wenn ich es noch schaffe.«

»Die Polizeireviere haben auch am Wochenende auf«, sagte Lars. Irgendwie fand Christian diesen Pragmatismus in der jetzigen Situation fehl am Platz.

Dass er immer noch glaubte, der gefeuerte Jonathan stecke hinter der ganzen Sache, sagte er nicht. Auch wenn er Lars gern nach seiner Meinung dazu gefragt hätte. Er verschwieg auch, dass er wegen eines ähnlichen Videos bereits einmal bei der Polizei gewesen war. Wahrscheinlich war es nur eine Frage der Zeit, bis alle alles über ihn wussten. Und dann wurde er gefeuert. Genau wie Jonathan. Aber anders als Jonathan würde er im Gefängnis landen. Und dann wäre alles aus und vorbei.

»Ich halte dich auf dem Laufenden«, sagte Christian. Und fragte sich in der nächsten Sekunde, warum er gerade so etwas Dummes gesagt hat. *Ich halte dich auf dem Laufenden.* Wollte er Lars jeden weiteren Film zeigen, der bei ihm in der Mailbox landete?

»Tu das«, sagte Lars und versuchte, gutmütig dreinzublicken, was ihm aber nicht gelang. »Und melde dich, wenn du Hilfe brauchst.«

Christian nickte, schloss die Tür zu Lars' Büro und schlich wie ein geprügelter Hund den Flur hinunter zu seinem Büro zurück. Vor seinen Augen blitzten ab und zu die Bilder der Wasserleiche und des Zeitraffer-Reglers auf wie Schnappschüsse aus einer fremden Welt.

Draußen an den Fenstern wirbelten die Schneeflocken vor einem Hintergrund aus Schwärze. Wie Hautfetzen in einem schwarzen Tümpel.

32.

»Keine Ahnung, von wem diese verdammte Mail kommt«, sagte Christian.

Er hatte nun doch beschlossen, wenigstens mit Katharina über die Sache zu reden. Sie standen an der Espressomaschine in der Kaffeezone. Zwei Berater saßen in einer Sitzecke und diskutierten; verschiedene Zeitungen lagen vor ihnen, während der Kickertisch verwaist in der Ecke stand.

Katharina runzelte die Stirn. Sie hatte den Link ja ebenfalls bei Facebook gesehen.

Christian nahm allen Mut zusammen. »Meinst du, es war Jonathan?«

»Jonathan?« Katharina schüttelte den Kopf. »Kann ich mir nicht vorstellen. Den habe ich tagelang nicht gesehen. Sonst wäre er ja hier im Büro.« Sie blickte nach draußen. »Aber ich kann dir vielleicht helfen herauszufinden, was dahintersteckt. Ich würde unserer IT auch nicht alles anvertrauen.«

»Was schlägst du vor?«

»Ich habe früher hier in Frankfurt mit so einem IT-Nerd in einer WG gewohnt. Moonshot.«

»Moonshot?«

»Ja, so nennt er sich. Moonshot.«

»Und der wohnt noch hier?«

»Glaub schon.«

Christian blickte auf die Uhr. »Ist es nicht ein bisschen spät?«

* * *

Christian hatte das Gefühl, als würde er sich mit einem Geheimdienstvertreter treffen. Dabei suchte er nur die frühere WG von Katharina in Bornheim. Aber das war nicht so einfach wie gedacht. Erst einmal war die Hausnummer vom Taxi aus nicht zu erkennen, was nicht nur am dichten Schnee lag, der in dicken Flocken fiel, sondern auch daran, dass die Wohnung in einem Hinterhof lag. Außerdem schien das Klingelschild zu fehlen. Dafür, dass es die gleiche WG war, in der Moonshot damals mit Katharina gewohnt hatte, war die Beschreibung äußerst ungenau.

Nachdem Christian ergebnislos an zwei Haustüren geklingelt hatte, tat sich auch an der dritten, zu der ihn ein Nachbar gelotst hatte *(»Ich glaube, der wohnt eine Etage weiter oben rechts«)* erst einmal nichts.

Nach einer gefühlten Ewigkeit wandte sich Christian zum Gehen. *Wahrscheinlich*, sagte er sich, *ist es sowieso das Beste.* Wie sollte ihm ein seltsamer Hacker in einem Fall helfen, in dem er eigentlich die Polizei rufen sollte?

In diesem Moment hörte er die Schritte.

Augenblicke später öffnete ein hagerer, blonder Bursche mit blassem Gesicht und strähnigen, abstehenden Haaren, der mit einem blauen Bademantel bekleidet war. Christian konnte nicht auf den ersten Blick sagen, ob er den Bademantel *wieder* oder *noch* trug – zugetraut hätte er ihm beides.

»Bist du der Typ, der Ärger mit Mails hat?«, fragte der Mann statt einer Begrüßung. »Der Kollege von Katharina?«

Christian nickte. »Der bin ich. Ich heiße Christian.«

»Ich bin Moonshot. Dann komm mal rein.« Der Mann öffnete die Tür, und sie durchquerten einen langen Flur. Rechts eine Garderobe, die vollgehängt war mit Jacken und Mänteln. Daneben ein Podest mit einem Telefon und mehreren WLAN-Routern, darunter ein großer Stapel ungeöffneter Briefe und Zeitschriften. Der Bewohner dieser WG hielt sich offenbar mehr in der digitalen als in der analogen Welt auf.

»Ja, Katharina hat auch mal hier gewohnt«, sagte Moonshot, halb zu Christian, halb zu sich selbst. »Jetzt wohne ich hier mit Kalle, aber der ist jetzt nicht ansprechbar.« Er zeigte auf ein Zimmer, wo die Tür einen Spaltbreit geöffnet war. Martialische Musik und Schüsse hallten bis auf den Flur. Christian sah einen dunkelhaarigen Typen mit Brille vor einer Xbox und einem großen Monitor sitzen.

»Call of Duty«, sagte Moonshot. »Black Ops.«

Christian lächelte. »Man hört's am Geballer.«

»Ich hol uns rasch zwei Bier.«

Christian nickte abwesend. Er hatte auch mal überlegt, sich eine Xbox zuzulegen, weil man damit gut abschalten konnte, wie man sagte. Aber zum einen hatte er kaum Zeit dafür, zum anderen waren die Spiele oft schwerer zu bewältigen als das richtige Leben.

Moonshot kam zurück.

»Danke.« Christian nahm sein Bier entgegen. »Was bedeutet eigentlich Moonshot?«

»Das Wort kommt aus dem Silicon Valley«, erklärte der Hacker. »Da steht dieser Begriff für eine bahnbrechende, revolutionäre Erfindung, die alles Dagewesene in den Schatten stellt. Die Google-Suchfunktion zum Beispiel war so ein Moonshot.«

»Verstehe.«

Sie gingen mit den Bieren in Moonshots Zimmer. An den Wänden diverse Regale mit DVDs und Büchern, dazu Poster von Fantasyfilmen, die Christian nie gesehen hatte, eine Pinnwand mit Teilnehmerkarten von irgendwelchen Hacker-Events und Conventions des Chaos Computer Clubs und natürlich diverse Computer. An der Fensterbank stand eine obskure Pflanze, die irgendwie nach Cannabis aussah.

»Also, Katharina sagt, du hast Ärger mit E-Mails?«, fragte Moonshot und stellte das Bier auf einem kleinen Tisch vor einer fleckigen Couch ab.

»Kann man so sagen.« Christian konnte sich eine Frage nicht verkneifen: »Sie sind also ein richtiger Hacker?«

Moonshot setzte sich an seinen großen Schreibtisch, bei dem es sich offenbar um eine alte Resopaltür handelte, die auf zwei Ziegelsteinstapeln stand. Die behelfsmäßige Tischplatte war über und über mit Schrauben, Platinen, flüchtig mit Edding beschrifteten CDs und DVDs, Laufwerken, Festplatten, Computerzeitschriften, USB-Sticks und Kabeln übersät. Christian fragte sich, wie man in diesem Chaos arbeiten konnte, aber das Chaos gehörte in einer ansonsten allzu vorhersehbaren Welt, die nur aus Einsen und Nullen bestand, vermutlich dazu oder war als Auflockerung geradezu notwendig.

»Kannst ruhig Du sagen.« Moonshot kratzte sich an der Nase. »Ob ich ein Hacker bin? Ja und nein. Ich bin ein White Hat, einer von den Guten. Die Bösen sind die Black Hats. Schwarzer Hut gleich böse, weißer Hut gleich gut. Hast du den Rechner dabei?«

»Klar.« Moonshot schien gerne schnell zur Sache zu kommen.

Christian klappte seinen Laptop auf und gab die Zugangsdaten ein. »Das hier ist die Mail.«

Moonshot schaute blinzelnd in das Mail-Postfach. Gerade ploppten drei weitere Mails von Fabian in die Inbox.

»Das ist die Mail?«, fragte er.

Christian nickte.

»Und der Name, Absender und das alles, das stimmt?«

»Ja.«

»Tja ...« Moonshot rieb sich das Kinn. »Könnte mir vorstellen, dass das eine Botnet-Attacke ist.«

»Eine was?« Botnet-Attacke ... Hatte die gepiercte Kommissarin auf dem Revier nicht ein ähnliches Wort benutzt?

»Botnet. Eine Art Roboternetz. Da werden von Hackern fremde Computer geknackt und gekapert. Die Hacker verschicken dann im Namen des Computers Mails an andere. Meistens läuft das so, dass Tausende von Computern Tausende von Mails an irgendeine Website senden, bis der Server zusammenbricht und die Website eine Zeit lang nicht am Netz ist.«

»Wie kommen die gerade auf meinen Rechner?« Natürlich hatte Christian die Hacker-Attacken von Anonymous und anderen Kollektiven verfolgt, die Regierungen, Firmen und Geheimdienste angriffen, aber warum gerade ihn? Oder galt die Attacke gar nicht ihm, sondern ECC? Aber warum dann die Fotos von Leichen? Von Menschen, die er zu Lebzeiten gekannt hatte?

»Tja, vielleicht taugt die Firewall nichts, wobei ich das für unwahrscheinlich halte.« Moonshot zupfte seine spärlichen Haare zurecht. »Es gibt aber auch andere Möglichkeiten, die sehr viel leichter sind.«

»Welche denn?«

»Leichter ist es, ein Handy über SS7-Technologie zu knacken. Wenn das Handy ein Smartphone ist, kommt man auch an die Mails und kann sie vom Server ab manipulieren. Dann müsste man gar nicht auf deinen Rechner, sondern macht das übers Handy.«

»Verdammt! Mein Handy wurde mir vor zwei Wochen gestohlen.« Er starrte Moonshot entsetzt an. »Kann jemand damit noch irgendwas anstellen?«

Moonshot schüttelte den Kopf. »Keine Bange, da kann nichts passieren. Du hast ja die Server-Passwörter geändert. Da kommt jetzt auch keiner mehr über die Cloud rein.«

»Wie ist es dann gelaufen? Hast du irgendeine Erklärung?«

Moonshot schwieg eine Weile. Aus dem Nebenzimmer ertönte das Rattern von Maschinengewehren und explodierenden Granaten, untermalt von heroischer Musik.

»Kann sein, dass da jemand vom Server aus operiert hat«,

sagte er schließlich und blickte Christian an. »Die Passwörter hast du erneuert?«

»Klar, gerade eben.«

»Und die gelten auch für das E-Mail-Konto auf dem Blackberry?«

»Ja, sicher.«

Moonshot nickte. »Dann sollte es erst mal gut sein. Mehr können wir nicht machen. Ich vermute, der Angriff lief nicht über die Firewall des Rechners, sondern über das gestohlene Handy.« Moonshot reichte ihm einen Zettel. »Hier ist mein Skype-Name. Wenn was ist, schick mir 'ne kurze Nachricht, und wir reden. Katharinas Freunde sind auch meine Freunde. Alte Hackerehre.« Er grinste. »White-Hat-Hacker-Ehre.«

Christian gähnte.

»Müde?«

»Kann man wohl sagen. Ich kipp gleich aus den Latschen.«

»Viel zu tun gerade, was?«

»Brutal viel.«

»Tja ...« Moonshot kratzte sich am Kopf. »Katharina hat mir schon gesagt, dass eure Firma eine richtige Knochenmühle ist, wo ihr immer bis in die Nacht irgendwelche Power-Point-Folien schrubben müsst.«

»Power Point und Excel.«

Moonshot verzog das Gesicht. »Macht beides keinen Spaß. Viel zu gewöhnlich. Tor-Server, Darknet, versteckte Proxys, so was macht Laune. Aber doch kein Power Point. Da gibt es coolere Programme, sich die Nacht um die Ohren zu schlagen.« Er grinste. »Oder gleich Call of Duty.« Dabei hob er den Finger. »Black Ops, versteht sich.«

Christian nickte müde. »Black Ops. Klar. Würde ich jetzt sogar mit euch spielen, wenn ich nicht zu kaputt wäre.« Er gähnte noch einmal. »Und morgen ist wieder so ein Monster-Meeting. Ich hab noch tierisch viel zu tun.«

»Dem Manne«, sagte Moonshot und wühlte in einer Schublade, »kann geholfen werden.« Er förderte eine kleine Schatulle zutage, in der mehrere Pillen lagen.

»Hier«, sagte er, »nimm gleich nach dem Aufstehen morgen zwei davon. Dann bist du hellwach. Sollte man nicht immer tun, aber wenn's sein muss, muss es eben sein.«

Christian betrachtete die Pillen misstrauisch. »Sind das Drogen?«

»Quatsch«, sagte Moonshot, »das sind Wachmacher. Amphetamine. Waren früher völlig legal, sind jetzt aber verschreibungspflichtig. Aber wenn du morgen performen musst, zieh sie dir rein. Ich nehme die Dinger auch immer, wenn ich die Nacht durchprogrammiere, weil irgendwas fertig werden muss.«

Schon wieder solche Pillen. Vielleicht sind es sogar die gleichen, die dieser Klaus mir im Zürcher Büro gegeben hat. Die waren ja ganz hilfreich …

»Okay.« Christian steckte die Pillen ein. Er war sich allerdings sicher, dass er die Finger davon lassen würde. Ein- oder zweimal war genug; er wollte sich schließlich nicht an das Zeug gewöhnen. Aber vielleicht war es ganz gut, sie dabeizuhaben, der psychologischen Wirkung wegen. Er konnte sich dann immer sagen: Wenn es gar nicht mehr geht, schluckst du die Dinger.

»Was bekommst du dafür?«, fragte er.

»Nichts.« Moonshot grinste. »Vielleicht kriege ich ja mal kostenlose Beratung von dir, wenn ich ein Startup gründe.«

»Klar doch.«

Sie gaben sich die Hand, und Moonshot ging mit bis ins Treppenhaus. Er nickte Christian zu, als der die Treppe hinunterstieg. »Viel Erfolg morgen.«

Sekunden später schlug Moonshot oben die Tür zu.

Christian wankte durch den Schnee zum Taxistand.

»Airport Sheraton, bitte«, sagte er.

Gleich, da war er sicher, würde er wie ein Toter schlafen.

33.

Hätte Dante für sein *Inferno* ein modernes Vorbild gebraucht, wäre die Plattenbausiedlung in Marzahn unweit der Landsberger Allee sicher eines der bevorzugten Objekte gewesen. Schon zu DDR-Zeiten war diese Ansammlung trostloser Bauten die beeindruckendste Großsiedlung des sozialistischen Deutschlands.

Die Ermittlerfahrzeuge hielten auf dem Parkplatz. Deckhard, Sophie und die Einsatzbeamten verschafften sich Einlass ins Treppenhaus. Drinnen herrschte trübes, filziges Licht. Lampen flimmerten, als stünde man hier permanent vor einem Stromausfall. Dazu herrschte ein ausgesprochen penetranter Geruch, der offenbar aus der dritten Etage kam.

Die dritte Etage. Dort, wo sie hinwollten. Die Treppen dorthin waren mit Duftbäumen behängt, die den furchtbaren Gestank aber nur wenig übertünchten; im Gegenteil bildeten sie mit dem üblen Geruch zusammen eine umso bizarrere Mischung.

Einige der Kollegen hatten bereits die Nachbarn gefragt, ob sie sich bei dem grässlichen Gestank nicht irgendetwas gedacht hätten, aber die Leute schüttelten nur den Kopf und erklärten, so etwas sei hier fast alltäglich. »Hier wohnen sowieso nur Leute, die sich um nichts mehr kümmern. Und stinken tut es doch immer«, hatte eine alte Dame mit rot gefärbten Haaren, unter denen das Grau hervorschimmerte, gesagt und dann die Tür hinter sich zugezogen.

Die Statistik gab ihr recht: Man fand hier immer wieder Lebewesen, die sich um nichts mehr kümmerten, weil sie es nicht mehr konnten. Mal waren es tote Rentner, die niemand vermisste. Mal tote Haustiere. Mal Personen, die bereits seit Wochen tot auf dem Boden ihrer Wohnung lagen und in der Zwischenzeit von ihrem Hund angeknabbert worden waren, bis schließlich auch der tot war. Wo dann Tauben durchs offene Fenster geflogen kamen, ebenfalls an den Leichen pickten und sie mit Vogelkot bedeckten, bis man nicht wusste, ob die Szene, die man als Ermittler vor sich sah, noch grauenvoll oder ein morbides Kunstwerk war. Tote Pflanzen, tote Tiere, tote Menschen.

Und irgendwann roch es dann so furchtbar, dass jemand die Polizei rief. Es kam aber auch vor, dass niemand sich meldete. Denn für manche Nachbarn war es offenbar einfacher, Duftbäume ins Treppenhaus zu hängen, als mal kurz beim Nachbarn zu klingeln.

So schien es auch hier gewesen zu sein, denn die Leiche musste schon seit längerer Zeit verwesen und stank daher so penetrant, dass man den Gestank sogar hier unten roch, trotz all der Duftbäume.

Die Ermittler, Deckhard und Sophie voran, bahnten sich einen Weg durch die dreckstarrende Wohnung, in der eine seltsam drückende Stille herrschte, die sie unwillkürlich schaudern ließ. Nur das leise Tropfen eines Wasserhahns war zu hören. Taschentücher, Papier und Plastiktüten lagen auf dem Boden, daneben angeschimmelte Kartons und mit Brandlöchern gespickte Teppichreste. Abgewetzte, von schwärzlichen, nass glänzenden Pilzen überwucherte Tapeten hingen von den Wänden. Der widerwärtige Geruch machte sogar diesem abgehärteten Team zu schaffen.

»Meine Güte«, sagte Deckhart, »was stinkt es hier bestialisch!«

»Die Kartons hier sind alle mit irgendwelchem Kram gefüllt«, sagte einer der Polizisten.

»Ich sehe schon.« Deckhard nickte.

Der Gestank kam aus dem Badezimmer.

Vorher verschafften die Beamten sich einen raschen Überblick. Es wäre nicht das erste Mal gewesen, dass irgendwo inmitten des Gestanks ein durchgeknallter Angehöriger saß, der sich noch von dem ernährte, was übrig war und der jeden, der die Wohnung betrat, mit Gegenständen bewarf, weil er ihn als Eindringling betrachtete. Oder der mit Zähnen und Klauen auf die Beamten losging. Der vielleicht sogar bewaffnet war.

»Niemand im Wohnzimmer«, sagte einer der Beamten.

Wohnzimmer ist gut, dachte Deckhard. *Hier kann man alles, aber nicht wohnen.*

»Niemand in der Küche«, kam es aus der anderen Ecke der Wohnung.

Ein Schlafzimmer gab es nicht. Dafür stand im Wohnzimmer eine stockfleckige Couch inmitten zahlreicher Kartons, die wahrscheinlich mit Unrat, Diebesgut oder Hehlerware gefüllt waren.

Blieb nur das Badezimmer.

Sie öffneten die Tür.

Der Gestank überrollte sie wie ein Güterzug.

An der Wand die Badewanne.

Darin die Leiche.

»Du lieber Gott!«, stieß einer der Polizisten hervor.

»Ich glaube, Gott hat mit dieser Sache hier nichts zu tun«, sagte Deckhard.

Der Körper war verwest. Schwarz und weiß und grau. Die Haut abgelöst.

Oben an der Wand, nahe dem Duschkopf, ragten Schrauben aus der Wand.

»Vielleicht hing da in früheren Zeiten ein Vorhang«, meinte Deckhard.

»Oder eine Kamera«, sagte Sophie.

Deckhard blickte sie an. »Meinst du, hier ist wieder gefilmt worden?«

»Eher unwahrscheinlich, aber so viele Wasserleichen haben wir in Berlin normalerweise nicht. Vor allem liegen die meist in einem See und nicht in Swimmingpools oder Badewannen. Könnte schon sein, dass es hier einen Zusammenhang gibt. Lass uns das mal genauer anschauen.«

Beide knieten sich nieder, um die Leiche besser in Augenschein nehmen zu können.

Sophie betrachtete eingehend die rechte Hand, die auf dem Wannenrand ruhte.

»Diese Hand ...«, murmelte sie.

»Was ist damit?«

»Es sieht so aus, als ob ...« Sophie schaute genauer hin, betrachtete die Knochen, die fauligen Sehnen und die Fleischlappen, die um die Hand herum flatterten wie zerrissene Segel um einen vom Meerwasser angefaulten Mast. »Als hätte jemand ihm die Haut abgezogen.«

Deckhard stutzte. »Bei lebendigem Leib?«

Sophie kniff die Lippen zusammen. »Kann ich nicht mehr feststellen. Aber ich schätze eher post mortem.« Sie blickte sich um. »Jedenfalls ist die Haut verschwunden. Das kann aber auch täuschen. Vielleicht ist sie nur weggefault.«

»Nehmen wir mal an, der Täter hat die Haut abgezogen. Warum tut er so was?«

Sophie zuckte die Schultern. »Keine Ahnung. Manche Killer nehmen Trophäen mit. Wäre nicht das erste Mal.«

»Und was stellt er damit an?«

»Das wissen wir erst, wenn wir das Täterprofil kennen. Und das haben wir erst, wenn wir den Täter besser eingrenzen können.«

Deckhards Handy klingelte. »Ja.«

»Hier Lisa. Dem Polizeibericht zufolge ist vor einiger Zeit in Richters Wohnung eingebrochen worden.«

»Interessant.« Deckhard ging mit dem Handy in den Raum, den man noch am ehesten als Wohnzimmer bezeichnen konnte – den Raum, in dem die vielen Kartons herumstanden. »Ob das wohl mit der Sache hier zusammenhängt? Hier stehen 'ne Menge Kartons mit irgendwelchem Krempel. Könnte Diebesgut sein.«

»Erscheint mir eher unwahrscheinlich«, sagte Lisa. »Was habt ihr denn da vor Ort?«

Deckhard streifte einen Handschuh über und öffnete einen der Kartons. Elektronikschrott, Handys, Steuerkonsolen für Playstations und ähnlicher Kram. Er berichtete Lisa, was er gesehen hatte.

»Nein«, sagte sie, »so etwas wurde hier nicht gestohlen. Die Versicherung listet einen großen LCD-Fernseher auf und mehrere teure Weinflaschen.«

»Einen Fernseher sehe ich nicht«, sagte Deckhard. »Und selbst für billige Bierdosen ist diese Bude zu schäbig, geschweige denn für teure Weine.«

»Eine Sache gibt es noch«, sagte Lisa. »Wir wissen jetzt, wer in der Wohnung in Marzahn gemeldet ist.«

»Und wer?« Deckhard war hellhörig geworden. Sophie, die soeben zu ihm kam, spitzte die Ohren.

»Warte mal 'ne Sekunde, Lisa«, sagte Deckhard. »Ich stell mein Handy auf laut, dann kann Sophie mithören ... okay, erzähl.«

»Ein gewisser Markus Neumann, Dieb, Hehler und Drogendealer. Aber eher im gehobenen Segment. Koks, LSD, Crystal Meth. Manchmal vertickt er auch Waffen. Gibt auch eine Akte über ihn. Diverse Delikte, hat auch mal gesessen. Ist seit einiger Zeit abgetaucht. Hat vermutlich Probleme im Drogenmilieu. Aber wir wissen es nicht.« Lisa machte eine Pause. »Habt ihr eine Ahnung, wer dieses zweite Opfer ist?«

»Nicht die geringste.« Deckhard blickte noch einmal ins

Badezimmer. »So wie die Leiche aussieht, brauchen wir erst einmal den Zahnstatus. Und dann müssen wir die DNS abgleichen. Aber wer weiß, ob der überhaupt erfasst ist.«

»Und«, fügte Sophie hinzu, »ob dieser Markus Neumann notwendigerweise der Mörder von dem Mann hier in der Wanne ist. Es mag Neumanns Wohnung sein, aber das muss ja nicht heißen, dass er diesen Mann umgebracht hat. Wie denn auch, wenn er seit längerer Zeit von der Bildfläche verschwunden ist.«

»Hast du gehört?«, fragte Deckhard ins Handy.

»Laut und klar. Ihr meldet euch, wenn ihr noch weitere Infos braucht, ja?«

»Aber sicher.« Deckhard beendete das Gespräch.

Badewannen, dachte er. Das kam eigentlich selten vor. Es sei denn, jemand legte sich in die Wanne und schnitt sich die Pulsadern durch. Meist waren es Frauen, die so etwas taten. Deckhard musste an eine Geschichte denken, die ein Rechtsmediziner aus London ihm erzählt hatte, als er vor zwei Jahren im Rahmen seiner Ausbildung zum Hauptkommissar in Großbritannien hospitiert hatte. Auch Sophie war damals dort gewesen. Der Mediziner hatte ihnen von einem Trickbetrüger erzählt, der sich an reiche Damen herangemacht hatte. Am Ende waren sie so intim, dass manche Frauen den vermeintlichen Gigolo in der Badewanne erwarteten, wo der Mann dann seine Chance ergriff – allerdings nicht beim Schopf, sondern bei den Füßen: Er brachte sich in eine stabile Stellung, packte die Füße der Frau und zog die Beine mit einem Ruck nach oben, sodass der Kopf unter Wasser geriet. Jetzt musste er sein Opfer nur noch so lange an den Füßen oben halten, wie es dauerte. Den Rest erledigte das Wasser. Zum Schluss ließ er die Leiche zurück in die Wanne gleiten. Für einen Außenstehenden sah es so aus, als wäre die Frau versehentlich ertrunken. Keine Gewalt, keine Abdrücke, nichts. Und dann nahm er sich die Wertsachen in der Wohnung vor.

Nur, hier war keine Frau. Deckhard schaute noch einmal in die Badewanne. Hier war nichts, das irgendeinen Aufschluss hätte geben können.

Okay. Nachher, in der Rechtsmedizin, wissen wir mehr.

Viel interessanter war ohnehin die Haut. Sie war abgezogen, aber warum? Und dann der Film, den dieser Christian König ihnen gezeigt hatte. Hatte er etwas damit zu tun? Und wenn ja, auf welche Weise? Und warum?

Deckhard blickte sich um. Die vor Dreck stehende Wohnung, die Toilette, die vollkommen verkeimt war, die Dusche, die nur aus Kalk bestand ...

Den Killer in London hatten sie am Ende gefasst. Denn eine seiner Angewohnheiten war, sich den Fingernagel der rechten Hand lang wachsen zu lassen. Bei einem seiner Morde hatte sich dieser Nagel ins Fleisch am Fuß des Opfers gegraben, als er es an den Knöcheln im Wasser hielt. Blut war aus der Wunde getreten; unter dem Nagel des Mannes waren noch einen Tag später winzige Reste dieses Blutes entdeckt worden – genug, um eine Untersuchung vorzunehmen, die positiv ausfiel. Die Wunde am Knöchel, das Blut unter dem Nagel – alles hatte gepasst.

Es waren bekanntlich die kleinen Dinge, die zählten. Was aber waren hier die kleinen Dinge?

34.

Gleich wirst du gut schlafen, war es Christian durch den Kopf gegangen, als er Moonshots Wohnung in Bornheim verlassen hatte.

Von wegen!

Er lag schlaflos im Bett in seinem Hotelzimmer.

Das Frankfurt Airport Sheraton am Rhein-Main-Flughafen war ein gigantischer Klotz von einem Hotel, das derart lange Flure und verästelte Etagen hatte, dass man ein Hotel dieser Art eher in China oder den USA erwartet hätte. Was in jedem Fall beeindruckend war an diesem Betonmonster, waren die Fenster. Obwohl Autobahnen das Hotel von allen Seiten einschnürten und im Sekundentakt Flugzeuge darüber hinwegdonnerten, konnte man im Inneren der Zimmer nichts hören bis auf das Surren der Klimaanlage, die im Winter zur Heizung wurde.

Doch Christian wälzte sich im Bett hin und her, ohne dass sich der Schlaf einstellen wollte. Zu viele Dinge schwirrten in seinem Kopf herum. Der seltsame Link, das Gespräch mit Lars, der Besuch bei diesem schrägen Hacker Moonshot.

Er hatte vorhin noch ungefähr eine Stunde am Laptop gearbeitet und die endgültige Fassung der Präsentation an Lars verschickt, der daraus dann das so genannte »Master-Dokument« zusammenstellte, das morgen im Meeting gezeigt wurde. Erst die Version für Frankfurt, später die für New York, wo es noch einmal richtig ernst wurde.

Alle würden sich morgen hier im Sheraton Airport treffen, da die Briten ebenfalls direkt aus Heathrow hier landeten.

Fabians Assistentin würde mit einem Taxi zum Flughafen kommen, die Ausdrucke aus dem Büro abgeben, und wieder zurückfahren. Vermutlich sprachen manche Taxifahrer jeden Tag ein Dankgebet, dass es Unternehmensberatungen gab.

Zum Schluss siegte dann aber doch die Müdigkeit.

Trotz der wirren Gedanken und der erschreckenden Szenarien, die ihm durch den Kopf geisterten, fiel Christian in einen unruhigen Schlaf.

* * *

Am nächsten Morgen fühlte er sich wie gerädert.

Starrte auf die Pillen.

Er war so hundemüde, dass er im Lenkungsausschuss garantiert einschlafen würde. Es konnte gar nicht anders sein. Und das würde sich vor Lars und den Kunden gar nicht gut machen. So weit durfte es auf keinen Fall kommen. Er war ohnehin schon angezählt. Aber wenn er in diesem verdammten Meeting wach und jederzeit präsent sein wollte, musste er die Pillen jetzt nehmen, jetzt sofort, damit sie in einer bis zwei Stunden wirken konnten.

Ein Blick auf die Uhr: halb acht.

Um 9:30 Uhr begann das Meeting; vorher, um neun, traf sich das Team zur Schlussbesprechung.

»Scheiß drauf«, murmelte Christian, nahm eine der Pillen, steckte sie sich in den Mund und spülte mit einem Schluck Mineralwasser nach, das zusammen mit einer Willkommensnotiz des Airport Sheraton auf dem Beistelltisch stand.

Nachdem er geduscht und sich angezogen hatte, schlurfte er durch den Frühstücksraum des Hotels in der Hoffnung, dass ihm weder Fabian noch Katharina über den Weg liefen. Er brauchte jetzt ein wenig Ruhe und Stille. Wenigstens einmal in der Woche wollte er einen ungestörten Blick in die Zeitung werfen.

Aber da hörte er schon Fabians Stimme hinter sich. »Na, Kollege, gut geschlafen?«

Christian drehte sich um.

Da war niemand.

Er schaute nach rechts, nach links. Niemand. Nur die üblichen Besucher am Buffet, aber so weit weg, dass er ihre Stimmen kaum so laut gehört haben konnte. Außerdem kannte er keinen von ihnen. Warum also sollte jemand ihn als »Kollegen« bezeichnen? Niemand beachtete ihn, niemand blickte ihn an.

Aber er hatte doch eben die Stimme gehört! Waren das Wahnvorstellungen? Halluzinationen?

Oh Gott, drehe ich jetzt völlig durch? Mach einfach weiter, als wäre nichts gewesen. Du bist übermüdet, das ist alles. In letzter Zeit war es einfach zu viel …

Er sammelte sich am Buffet seinen Frühstücks-Baukasten zusammen und fragte sich dabei, ob ein Buffet wirklich so eine tolle Idee ist, wenn man am Ende doch alles selbst machen muss und sein Essen von einer riesigen Platte bekommt, auf die vorher Dutzende von Gästen gehustet und geniest hatten, nachdem sie die Speisen mit ihren dreckigen Pfoten begrabbeln durften. Auch nach dem Kaffee musste er mehrmals betteln, bis eine der Bediensteten auf den Gedanken kam, dass es vielleicht doch nicht so ungewöhnlich sei, wenn Gäste morgens in einem Hotel Kaffee wünschten.

»Herr König?«

Christian fuhr erschrocken herum.

Da stand der Kellner.

»Ihr Kaffee.«

»Woher wissen Sie meinen Namen?« Offenbar starrte er den Kellner voller Panik an, ohne dass es ihm bewusst war, denn der Mann wich einen Schritt zurück.

»Von Ihrer Zimmernummer. Die haben Sie uns doch am

Eingangspult zum Frühstücksraum gegeben. Wir sprechen unsere Gäste immer mit Namen an.«

»Danke«, sagte Christian nur, nahm den Kaffee entgegen, gab Milch und Süßstoff hinein und trank in kleinen Schlucken. Dabei ließ er den Blick durch den Raum schweifen, über die großen Vorhänge an den Fenstern hinweg. Ein leichter Wind schien zu gehen, denn die Vorhänge bewegten sich.

Die Vorhänge? Sie bewegen sich?

Er kniff die Augen zusammen. Schaute noch einmal hin.

Die Vorhänge hingen schlaff herunter.

Er schaute in die Gesichter der anderen Gäste. Sie saßen da, tranken Kaffee, kauten auf ihren Pfannkuchen und lasen Zeitung. Einige aßen und telefonierten dabei mit Ohrhörern oder Bluetooth-Kopfhörern.

War wohl nur Einbildung.

Christian schaute rasch auf seinen Blackberry. Hatte er vergessen, ihn auf laut zu stellen? Nein, hatte er nicht. Anrufe? Keine Anrufe. Er klickte in die Mails. Noch keine Mails. Doch, eine. Von den Kunden aus England an das Team mit der Info, dass sie jetzt in London Heathrow boarden würden. War aber auch schon eine Stunde her. Dann wären sie bald hier.

In diesem Moment sah er aus dem Augenwinkel den riesigen huschenden Schatten.

Draußen vor dem Fenster.

Beinahe hätte er seinen Blackberry fallen lassen.

Er schaute noch einmal hin.

Der Schatten war verschwunden.

Mit einem Mal war Christian hellwach, die Müdigkeit wie weggeblasen.

Was, zum Teufel, geschah hier? Erst das Phantom, das ihn als »Kollegen« bezeichnete, dann die Vorhänge im Wind, und jetzt dieser riesige schwarze Schatten …

Das Herz schlug ihm plötzlich bis zum Hals.

Reiß dich zusammen! Das ist bloß Einbildung. Die verdammte Müdigkeit macht dich fertig.

Aber was zur Hölle war das für ein Schatten gewesen? War da etwa ein Flugzeug im Tiefflug über das Hotel hinweggejagt? Würde das verdammte Ding abstürzen? Konnte doch sein, er war er hier im Airport Sheraton, da mussten doch auch ... das mussten Flugzeuge in der Nähe sein und ... die konnten nun mal abstürzen, und ... vielleicht saßen die Kollegen aus London in der Maschine, und dann ... dann würde das Meeting heute ausfallen, und er ... er hatte den Rest des Tages frei.

Irre. Das ist irre. Ich bin irre.

Christian lachte auf, doch es klang eher wie ein Schluchzen.

Mit einem Mal wurde er ernst, ließ den Blick noch einmal durch den Raum schweifen. Alle saßen da, frühstückten, lasen, unterhielten sich. Kein Anzeichen von Unruhe oder Hast oder gar Panik. Offenbar sah niemand bedrohliche Schatten oder hörte irgendwelche Stimmen oder sah, wie der Wind die Vorhänge blähte oder wie ein heranrasendes Flugzeug den Himmel verdunkelte.

Trotzdem zitterten Christians Knie, als er sich an den Tisch setzte, mit bebenden Fingern die Zeitung aufschlug und den Kaffee trank, wobei die Tasse auf der Untertasse klapperte, so heftig zitterten seine Hände.

Noch einmal schaute er sich um.

Keine Schatten. Kein Wind. Keine Phantom-Kollegen.

Die Nachwirkungen der fast schlaflosen Nacht, was denn sonst, beruhigte er sich.

Wobei er jetzt wach war. Hellwach. Wahrscheinlich die Pillen von diesem Moonshot. Dann hatte sich der abendliche Besuch bei dem Hacker ja doch gelohnt.

Christian lehnte sich zurück, schlug ein Bein über das andere und atmete tief durch.

Alles klar. Alles bestens. Wirklich, das Leben könnte schlimmer sein. Heute Abend ist dieses blöde Meeting hier in Frankfurt zu Ende, und dann geht es nach Berlin, und dann ist Wochenende, nächsten Montag dann die Analystenkonferenz hier in Frankfurt, die hoffentlich gut über die Bühne geht, danach eventuell nach New York, und dann ist bald Weihnachten ...

»Morgen, Kollege!«

Christian zuckte so heftig zusammen, dass er beinahe den Kaffee verschüttet hätte.

Er fuhr herum, auf alles gefasst.

»Mann, bist du schreckhaft.« Katharina stand hinter ihm, ihre Laptoptasche über der Schulter. »Bin gerade eben gekommen.«

»Tut ... tut mir leid, war in Gedanken«, sagte Christian und versuchte, ruhig zu atmen, obwohl ihm das Herz bis zum Hals schlug und er vor Aufregung kaum Luft bekam.

»Ich hol mir mal einen Kaffee«, sagte Katharina. »Das wird ja wohl gehen, oder? Auch wenn ich hier nicht übernachte. War schon schwer, überhaupt in diesen Frühstücksraum zu kommen ohne Zimmernummer.« Katharina, die ja in Frankfurt wohnte, hatte nicht im Hotel übernachtet.

Christian nickte. »Glaub schon.«

* * *

9:30 Uhr. Das Meeting hatte pünktlich begonnen.

»Also dann, lassen wir das mal Revue passieren«, begann Lars. »Jack Andrews hat einen sehr guten Job gemacht in London. Das sollte Ihnen, lieber Dr. Röpke, nächste Woche ebenfalls gelingen. Sie müssen nicht nur die Köpfe, sondern auch die Herzen der Aktionäre gewinnen. Das passt vielleicht nicht ganz zu den knallharten Fakten, aber so arbeitet die Gegenseite auch.«

»Gut sein reicht heute nicht mehr«, ergänzte Fabian und rührte in seinem Kaffee. »Schauen Sie sich Coca Cola und deren neue Website an. Content Marketing nennt man das. Die Leute wollen nicht nur Fakten und Produkte, die wollen auch Storys hören, mit denen sie sich identifizieren können. Und das wollen die Aktionäre ebenfalls.«

»So ein Quatsch«, entgegnete Röpke. »Wir liefern Fakten, Zahlen und Profite, aber keine Storys.«

»Profite ... schön wär's«, murmelte Lars, aber Röpke hörte ihn zum Glück nicht, fuhr stattdessen fort: »Außerdem sind wir hier in Deutschland. In England mag das ja funktionieren, aber nicht hier. Außerdem verkaufen wir Bankprodukte und keine Limonade.«

»Dann erst recht.« Lars ließ sich nicht beirren. »Was verkaufen Sie denn als Bank? Produkte, mit denen Sie auf die Zukunft setzen. Und Sie verkaufen Sicherheit. Und wie bringen Sie das rüber? Durch Ihre Leute. Und auf der Analystenkonferenz durch die Manager. Also durch Sie persönlich. Und wie? Durch Kommunikation. Aber wenn diese Kommunikation langweilig ist und nichts hängen bleibt – und das ist leider häufig so –, hört niemand zu. Das ist genau so, als hätte man gar nichts gesagt.«

»Ich weiß nicht ...«, murmelte Röpke. Er hatte offenbar keine Lust, sich übers Wochenende in pointierter Kommunikation coachen zu lassen. Dass er lieber auf den Golfplatz wollte, war bei dem Winterwetter zwar unwahrscheinlich, aber er konnte sich bestimmt Besseres vorstellen, als sein Persönlichkeitsbild und dessen Darstellung zu optimieren.

Christian lehnte sich zurück. Er hatte das Gefühl, dass es ihm langsam besser ging, aber jedes Mal, wenn er zu den Fenstern im Konferenzraum schaute, musste er wieder an den Schatten vorhin im Frühstücksraum denken. An die Vorhänge, die sich im Wind bewegt hatten. War das wirklich so gewesen?

Oder nur ein Traum? Jedenfalls ging es so nicht weiter. Er musste unbedingt …

»Christian!«, hörte er Lars' harsche Stimme. »Ich habe dir eine Frage gestellt!«

Verdammt, er hatte wieder nicht zugehört.

»Tut mir leid, ich hatte dich nicht verstanden.«

»Wie hält Douglas Wynn es mit dem Storytelling?«

Zum Glück erinnerte Christian sich aus dem Vorgespräch daran, worauf diese Frage abzielte.

»Wynn … erzählt gern Storys, auch wenn die manchmal gar nicht stimmen. Aber man glaubt diese Geschichten, weil sie glaubhaft klingen. So wie es auch … äh, Steve Jobs gemacht hat. Der hat ständig Apple als den kleinen David und … äh, Microsoft und IBM als die großen bösen Goliaths dargestellt. Das ist die klassische Underdog-Story. Das weckt Sympathie. Und es funktioniert.«

»Allerdings.« Lars schien einigermaßen zufrieden zu sein mit der Antwort, obwohl man ihm ansehen konnte, wie sehr er sich darüber ärgerte, dass er Christian wieder im Halbschlaf erwischt hatte.

Verdammt, das muss ich irgendwie in den Griff bekommen, sonst bin ich wirklich bald meinen Job los.

Lars sprach bereits weiter. »Mittlerweile ist Apple von der Marktkapitalisierung größer als Microsoft und IBM zusammen. Die Leute glauben die Underdog-Geschichte trotzdem. Die bei Apple sind längst keine Rebellen mehr, sondern Mainstream, aber sie erzählen noch immer die alte Story.«

»Und ich soll jetzt auch irgendwelche Märchen erzählen?« Röpke war noch nicht überzeugt.

Christian blickte in die Gesichter der anderen: Röpke, Lars, Fabian, Katharina. *Die anderen.* Ein Gesicht neben dem anderen. Katharina und … *Katharina?* Er zuckte zusammen. Sah er die Gesichter jetzt doppelt? Dann war ihm, als würden sie zerfließen, ineinander übergehen, viele Gesichter zu einem verschmelzen ... So ging es ihm manchmal, wenn er viel zu viel getrunken hatte. Aber heute? Oder gestern? Er hatte gestern nur ein Bier getrunken. Waren das etwa Nebenwirkungen von diesen verdammten Pillen? *Das sind nur Amphetamine*, hatte dieser Moonshot gesagt, *die konnte man früher sogar ohne Rezept bekommen ...*

»Nein, verflixt, Sie sollen authentisch sein«, sagte Lars zu Röpke. »Und das können Sie nur, wenn Sie als *Person* im Mittelpunkt stehen, nicht nur irgendwelche Daten und Fakten. Wenn die Analysten Ihnen glauben, dann glauben sie auch Ihrer Strategie.«

Wieder hatte Christian alle Mühe, sich auf das Gespräch zu konzentrieren und nicht in einen seltsamen Dämmerzustand zu versinken.

»Passt das denn zu Bankern?«, hörte er Röpke fragen. Wahrscheinlich dachte Röpke an die knochentrockenen Controller in seinem Team, die er allesamt von seinem neuen Kommunikationsansatz überzeugen musste.

»Natürlich«, antwortete Lars. »Das passt zu jedem. Der Mensch ist ein geborener Storyteller. Er erzählt gerne Geschichten, und genauso gerne hört er sich Geschichten an. Was das angeht, haben wir uns mal mit Experten unterhalten. Fabian?«

Fabian fuhr fort: »Seit es die Sprache gibt, haben Menschen sich ihre Realität anhand von Geschichten erklärt. Wie man das Mammut jagt und den Säbelzahntiger. Mit Storys, nicht anhand von Fakten und Schlagwörtern. Von Geschichten und den Erfolgsrezepten, die wir daraus abgeleitet haben, hing unser Überleben ab. Deshalb sortiert der Türsteher im Gehirn«, er tippte sich an den Kopf, »alles aus, was nicht nach Geschichte klingt.«

Wieder ließ Christian den Blick schweifen, schaute zu

den Fenstern, zu den Vorhängen, die sich im Wind blähten …

Die Vorhänge! Sie bewegen sich auch hier!

Christian ertappte sich dabei, dass er beinahe aufgesprungen wäre. Er musste das Fenster zumachen! Irgendein Fenster stand offen, deshalb der Wind, und deshalb wurde es hier so bitterkalt. Merkten die anderen denn nicht, dass eisige Kälte in den Raum kroch? Wollten sie es nicht wahrhaben, oder konnten sie …

Fabian blickte ihn irritiert an. »Alles okay?«

Erst jetzt wurde Christian bewusste, dass er tatsächlich aufgesprungen war.

Röpke, Thomas und Lars starrten ihn entgeistert an.

»Verzeihung!« Hastig setzte er sich wieder. *Verdammt, verdammt, verdammt. Was ist mit mir? Oh Gott, was ist los mit mir?*

Fabian sprach unbeirrt weiter. Seine Strategie lief wahrscheinlich darauf hinaus, die Agenda knallhart durchzuziehen und damit von Christians merkwürdigem Verhalten abzulenken, so gut es ging.

»Deshalb schlafen so viele Leute bei Power-Point-Präsentationen ein«, fuhr er fort. »Doch wenn Sie dem Kunden eine Geschichte über Ihr Business erzählen, können Sie ihm auf diese Weise zeigen, dass Sie mehr verstanden haben als die anderen, die nur trockene Fakten bringen. Auch Douglas Wynn benutzt solche Storys. Schauen Sie sich mal seinen YouTube-Kanal an. Da müssen Sie mit etwas Gleichwertigem gegensteuern.«

Der Vorhang!

Er wehte tatsächlich!

Kam auf ihn zu wie ein riesiges Ungetüm mit gigantischen Flügeln …

Nein, das war kein Trugbild. Hier stimmte etwas nicht, ganz

und gar nicht. Hier war etwas faul! Nicht mit ihm, sondern mit diesem Raum. War er denn der Einzige, der es sah?

Christian merkte, wie Angst ihn packte. Eisige Angst und Übelkeit. Wenn er nicht sofort hier rauskam, würde er sich übergeben, würde vielleicht vor aller Augen durchdrehen, und wer konnte schon sagen, was dann passierte …

Er sprang auf.

»Entschuldigen Sie mich bitte!« Er stürmte aus dem Raum, rannte auf die Toilette. Die Gesichter, die ihm fassungslos hinterherblickten, sah er nicht mehr.

Auf dem Herren-WC schaute er in den Spiegel. Sah sein Gesicht, glänzend vor kaltem Schweiß. Die Augen blutrot und tief in den Höhlen.

Diese beschissenen Pillen! Was ist das für ein halluzinogener Dreck?

Er riss eine der Toilettentüren auf.

Nein, übergeben musste er sich nicht. Zum Glück. Das hätte noch gefehlt, wenn er sich das weiße Hemd vollkotzen würde und dann, nach Erbrochenem stinkend, zurück in den Meeting-Raum gekommen wäre. Der Auftritt eben war schon bizarr genug und würde ihm garantiert ein großes Fragezeichen in seiner »Career Development«-Akte einbringen.

Er ließ sich auf den Klodeckel fallen. Nein, kotzen, das fehlte gerade noch. Wahrscheinlich war er ohnehin schon so gut wie gefeuert. Sich vor dem Kunden peinlich zu verhalten. Dazu die Sache gestern mit dem Film und mit Facebook. Und dann auch noch die Pillen und diese Trugbilder, oder wie immer man es nennen wollte.

Es musste jemand dahinterstecken. Jemand, der dafür sorgte, dass er, Christian, überhaupt erst in all diese Situationen geriet. Und das konnte nur Jonathan sein. Er zog aus dem Dunkel die Fäden. Er ließ sich nie im Büro blicken, um aus dem Unsichtbaren zuzuschlagen …

Ja, so muss es sein.

Christian starrte eine Zeit lang dumpf auf die Toilettentür. Er wusste nicht, ob zehn Sekunden oder zehn Minuten vergangen waren, als zwei Männer zu den Pissoirs gingen und ihr Geschäft verrichteten, wobei sie sich auf Englisch mit unterschiedlichen Akzenten unterhielten. Dann wuschen sie sich die Hände und verschwanden wieder.

Ich muss zurück in den Konferenzraum.

Christian setzte sich auf, trocknete sich noch einmal die schweißnasse Stirn ab und machte sich mit schweren Schritten auf den Weg zum Besprechungsraum.

Lars und Fabian schauten ihn missmutig an, als er sich setzte.

»Also gar keine Fakten?«, fragte Röpke nach einem kurzen, unwilligen Blick auf Christian. Das Storytelling-Thema war offenbar noch nicht erschöpft.

Christian ertappte sich dabei, wie er auf die Vorhänge starrte. Sie hingen ruhig und glatt herunter. So wie immer. So wie es sein sollte. Jedenfalls in einem geordneten Universum und nicht in einer Albtraumwelt. Doch ein kleiner Teil von ihm hoffte auf perverse Art und Weise, dass die Vorhänge sich wieder bewegten. *Existieren sie überhaupt?* Wieder wollte er aufspringen, hielt sich aber im letzten Moment zurück.

»Doch, natürlich auch Fakten«, sagte Fabian soeben. »Aber nur, wenn Sie diese Fakten in eine Story einbetten, bleiben sie auch hängen.«

»Dann brauche ich also einen Helden, einen Bösewicht ...« Röpke blickte auf. »Und wer soll das sein? Douglas Wynn?«

Jonathan! Jonathan ist der Bösewicht! Er stand hinter mir, gerade eben, im Frühstücksraum. Der Hurensohn hat mit mir gesprochen, aber er ist unsichtbar! Er bringt all diese Leute um und zieht ihnen die Haut ab! Er ist wie ein Schatten! Keiner kann ihn sehen, nicht mal ich!

»Oder seine Strategie«, fuhr Lars seelenruhig fort. »Oder

auch der Wettbewerb, der Regulator, die Zeit, das Kapital. Studien haben ergeben, dass Unternehmen, die in ihrer eigenen Unternehmensstory den Wettbewerber als Bösewicht darstellen und somit ein klares Feindbild haben, besser und motivierter sind als andere.«

Röpke seufzte. »Das könnten wir in der Tat gut gebrauchen.«

Christian schüttelte den Kopf. Die Bilder waren wieder da. Die Vorhänge, wogend in einem gespenstischen Wind. Gleich würde wieder jemand zu ihm sprechen. *Hallo, Kollege.* Vor seinem Inneren blitzten Bilder aus dem Film auf. Die Wasserleiche. Der Regler, mit dem man die Geschwindigkeit der Verwesung einstellen konnte. Er sah Moonshot, der ihn angrinste, mit verrottendem Gesicht. *Nimm das*, sagte er, *das gibt geiles Kopfkino!*

Christian merkte nicht, dass Röpke und Lars ihn fassungslos anstarrten, denn er schüttelte noch immer den Kopf, ohne dass jemand mit ihm gesprochen hätte.

»Anfang und Ende sind genau so wichtig«, ergänzte Fabian, der versuchte, Christians offenkundige Ausraster so gut es ging zu überspielen. »Anfang und Ende. In der Buchbranche sagt man, dass der Anfang darüber bestimmt, ob man das Buch kauft. Das Ende aber, ob man das nächste Buch vom selben Autor kauft. Durch einen guten Anfang gewinnen Sie Aufmerksamkeit in der Präsentation. Durch ein gutes Ende erhalten Sie die Zustimmung der Analysten und Aktionäre in Frankfurt.«

Das gibt geiles Kopfkino!, schrie Moonshots fleischloser Mund. *Das gibt schöne fette Wasserleichen!*

Christian würgte, stemmte sich hoch, taumelte nach vorne zur Leinwand. Er war schweißgebadet, sein Mund knochentrocken. Er zeigte auf die Charts, die an die Wand geworfen wurden.

»Und wenn Sie das machen«, lallte er, »ist der Bösewicht erledigt, und dann ... dann ...«

Alle starrten ihn entgeistert an.

»... flattern die Vorhänge nicht mehr.«

Nach diesen Worten brach er zusammen.

* * *

Christian saß im Flieger nach Berlin.

Der Notarzt hatte ihn aufgepäppelt, aber es war nicht so schlimm, dass er stationär in Frankfurt bleiben musste. Dafür hatte der Arzt ihm eine ordentliche Dosis Diazepam und Haloperidol eingetrichtert und ihm noch einiges davon mit nach Hause gegeben, falls die Symptome wieder auftreten sollten. Christian wusste, dass die Medikamente Mittel gegen Angstzustände, Psychosen und Halluzinationen waren und hoffte nun, dass Lars und Fabian keinen Schimmer davon hatten, dass er eventuell etwas eingeworfen hatte, was man gemeinhin als »Drogen« bezeichnete.

Du gehst jetzt nach Hause, hatte Lars gesagt, *und wir reden, wenn es dir wieder besser geht. Vielleicht nächste Woche.*

Und was ist mit dem Meeting in New York?, hatte er gefragt.

Darüber sprechen wir nächste Woche, hatte Lars geantwortet. *Aber mal ehrlich, du willst ja wohl nicht in so einem Zustand nach New York fliegen?*

Oh Gott, das hörte sich an, als würden sie seinen Aufhebungsvertrag verhandeln.

Jetzt saß er auf Platz 2A am Fenster und beobachtete, wie der Flieger sich in das Schneegestöber erhob.

Waren es wirklich die Drogen gewesen? Oder war er endgültig auf dem Weg in den Wahnsinn?

* * *

Christian saß in Berlin im Taxi, als er endlich Gelegenheit bekam, bei Wikipedia nachzulesen, was er sich möglicherweise eingeworfen hatte. Er hatte es die ganze Zeit schon vorgehabt, nur gab es im Flugzeug kein Internet, und der Arzt hatte ihm nichts Brauchbares erzählt. Hatte ihm nur eine Spritze gegeben.

Er klickte mit seinem Blackberry durch verschiedene Seiten über Drogen und Halluzinationen. Es gab einen speziellen Drogentest, ein kombinierter Urintest mit Testzonen für Methadon, Benzodiazepine, Kokain, Barbiturate, Opiate, Antidepressiva und Amphetamine.

Hatte Moonshot nicht etwas von Amphetaminen gesagt? Aber sollte er so einen Test machen? Was würde das ändern? Seinen Job war er doch bestimmt los, so oder so.

Er suchte weiter, während der Taxifahrer an seinem Navi fummelte, während das Radio dünne, winselnde Musik von sich gab.

... kann Metamphetamin direkt toxisch auf zentrale Dopamin und Serotonin produzierende Neuronen wirken. Dazu kann es zu anhaltenden paranoiden Psychosen kommen.

Paranoide Psychosen?

... gehört zu den Psychostimulantien wie Amphetamin, Methamphetamin, Coffein, Ephedrin, Kokain ...

»Wie zahlen Sie?«

Kokain? Verdammt, war das irgendein illegales Mistzeug? Irgendein Verschnitt? Aber Moonshot nahm es doch auch. Und der schien ihm doch ganz in Ordnung zu sein. Der war doch ein guter Freund von Katharina. Und die war doch auch in Ordnung. Oder? Oder wurde sie auch von Jonathan gesteuert? Und Moonshot ebenfalls?

»Junger Mann, wie zahlen Sie?«

Erst jetzt hörte er die Stimme des Taxifahrers.

»Bar«, sagte Christian und schaute auf das Taxameter: 22,50 Euro. »Machen Sie eine Quittung über 25.«

»Danke!«

Christian stieg aus, nahm Koffer und Laptoptasche, schlurfte zur Tür, schloss auf und fuhr mit dem Lift nach oben. Erschöpft öffnete er die Wohnungstür, ließ Tasche und Koffer auf den Boden fallen, zog sich Schuhe, Mantel und Sakko aus, legte sich auf die Couch und versuchte, alles zu vergessen. Er war sicher, dass er jetzt endlich schlafen konnte.

Und vielleicht vergessen.

Wenigstens eine Zeit lang.

Er rollte sich auf der Couch ein wie ein Fötus im Mutterleib.

Schloss die Augen.

Die Ohren.

Und das Herz.

35.

Deckhard saß an seinem Schreibtisch, tackerte mit lustlosen mechanischen Bewegungen Akten zusammen, lochte sie und heftete sie ab. Sophie war zu ihm gekommen, um ihm die Ergebnisse der Sektion der Wasserleiche aus Marzahn mitzuteilen.

»Es handelt sich nicht um ein zweites Opfer von Markus Neumann«, sagte sie.

»Nein?«

»Nein.«

»Wer ist es dann?«

»Markus Neumann.«

»Was!« Das hatte Deckhard dann doch nicht erwartet. »Das ist er selbst in der Wanne?«

»Ja. Das hat der Abgleich des Zahnstatus und der DNS eindeutig ergeben. Es gibt da aber noch eine Überraschung.«

»Nämlich?«

»Neumann kann Richter nicht umgebracht haben.«

»Wieso nicht?«

»Weil er schon viel länger tot ist als Richter. Es sei denn, er war als Zombie unterwegs.«

Deckhard kaute auf der Unterlippe. »Hm.« Er überlegte einen Moment. »Die Fingerabdrücke …«

»Stammen vom Einbruch, nicht vom Mord«, sagte Sophie.

Deckhard seufzte. »Das heißt, wir stehen wieder ganz am Anfang.«

»Mit dem einzigen Unterschied, dass wir jetzt zwei Morde aufklären müssen.« Sophie schien einen Moment zu überlegen, ehe sie fragte: »Erinnerst du dich an die Leiche in London, die uns dieser Blake in St. Thomas gezeigt hat? Dieser Suizid in der Badewanne?«

»Ich bin nicht sicher«, antwortete Deckhard. »Doch, ja, ich glaube, ich kriege es noch zusammen. Das war so eine Mischung von Braun- und Schwarztönen, dazwischen helle menschliche Haut. Was hatte der Kerl noch gemacht?«

»Er hat sich in die Wanne gelegt und einen Fön hineingeschmissen. Blake hatte uns die thermischen Veränderungen und Plastikeinschmelzungen der Hautanteile unterhalb der Wasseroberfläche gezeigt. Strom kann Verbrennungen fünften Grades und mehr hervorrufen.«

»Kamen daher nicht die unterschiedlichen Farben?«, fragte Deckhard.

»Ja.« Sophie nickte. »Blake sprach von linearer Begrenzung der Verbrennungen korrespondierend zum Wasserspiegel. Alles unterhalb der Wasseroberfläche ist verbrannt, alles über der Wasseroberfläche nicht.«

»Ja, richtig.«

»Er hat aber noch etwas Interessantes gesagt. Er sagte, man sieht in unserem Beruf eigentlich nie etwas Neues. Alles war in irgendeiner Form schon mal da. Wenn uns etwas auffällt, dann nur, weil wir es schon einmal gesehen haben. Weil dann irgendetwas im Gehirn klick macht.« Sophie sah ihn stolz an. »Er hat Aristoteles zitiert.«

»Und was hat der jetzt wieder gesagt?«

»Erkennen ist immer Wiedererkennen.«

»Erkennen ist immer Wiedererkennen ...« Deckhard merkte, wie es in seinem Kopf arbeitete, bis es tatsächlich klick machte.

Sophie nickte. »Und deshalb ...«, setzte sie an.

Aber da war Deckhard schon unterwegs.

* * *

Erkennen ist immer Wiedererkennen.

Ein Zitat von Aristoteles. Das Sophie ihm gerade aufgetischt hatte. Das heißt, eigentlich hatte es ihm Doktor Blake in London erzählt, aber das hatte er längst vergessen. Sie hatten über viele Dinge gesprochen, aber dieser Satz war hängen geblieben.

Und nun hatte es für Deckhard kein Halten gegeben.

Erkennen ist immer Wiedererkennen.

Daran dachte Hauptkommissar Frank Deckhard, als er mit seinem alten Audi 80 noch einmal durch die Nacht nach Marzahn fuhr.

Man erkennt nur Dinge, die man schon einmal gesehen hat.

Was hatten sie schon einmal gesehen? Was hatten sie möglicherweise übersehen?

Dann hatte er die riesigen, trostlosen Plattenbauten erreicht, parkte auf dem verdreckten Parkplatz und schloss die Tür zum Treppenhaus auf, die diesmal sogar verschlossen war und nicht sperrangelweit offen stand. Er spurtete durch den Flur, der voll war mit aufgerissenen Briefkästen, aufgeweichten Kartons, zerfetzten Plastiktüten, voll von verfaultem Müll und Gestank und Hoffnungslosigkeit, vorbei an schmierigen Graffitis an den nassen, pilzverseuchten Wänden. Er rannte die Treppen hinauf, schlüpfte unter dem Absperrband hindurch und fand sich in der Wohnung wieder.

Der Gestank war auch ohne Leiche noch da, eine Mischung aus muffiger, abgestandener Luft, verfaultem Essen, Staub und Schimmel.

Er sah die vielen Kartons, die dort standen und die die Kollegen morgen mit dem Transporter abholen wollten. Voll mit Gerümpel. Voll mit Dingen, die offenbar niemandem etwas bedeuteten.

Er dachte an die Geschichte *Der entwendete Brief* von

Edgar Allan Poe. In dieser Geschichte sagte Poes Meisterdetektiv Auguste Dupin, die wirklich gut versteckten Dinge seien so offensichtlich, dass niemand sie entdeckte. So war es auch bei Worten und Schriften. Wenn man auf einer Landkarte der Vereinigten Staaten New York suchte, fand man den Namen ziemlich schnell. Suchte man jedoch »The United States of America«, war das schon schwieriger, weil sich dieser Schriftzug über die gesamte Karte hinzog und wegen seiner Größe und Ausdehnung fast unsichtbar war. Es sei denn, man hatte den Schriftzug vorher schon einmal gesehen, dann fand man ihn immer wieder. Es war wie bei einem Dieb im Supermarkt. Wer einen weiten Mantel trug und sich nervös umschaute, war von vornherein verdächtig. Aber derjenige, der mit der geklauten Ware wie selbstverständlich an der Kasse vorbeiging, so, als hätte er nichts gekauft oder als hätte er die Ware schon vorher gehabt, war völlig unverdächtig.

Deckhard streifte die Handschuhe über, breitete eine Zeitung auf dem staubigen Boden aus, setzte sich darauf und machte sich an den ersten Karton. Handys, Hehlerware, Elektronikschrott, Spielkonsolen für Xbox und Playstation, Joysticks, noch mehr Handys, alte und neue. iPhone 4, iPhone 5 s, iPhone 6 klein und groß, Samsung Galaxy. Alles, was das Herz begehrte. Aber noch war er nicht fündig geworden.

Sollte Aristoteles unrecht haben?

Erkennen ist immer Wiedererkennen.

Er hörte Geräusche auf dem Flur draußen, das Poltern schwerer Stiefel. Geschrei aus einer anderen Wohnung. Streit von oben, Gekeife, ein höllisch lauter Fernseher von der rechten Seite. Hundegebell von der linken Seite. Wer hier wohnte und nicht wahnsinnig wurde, war entweder stocktaub oder mausetot.

Er nahm sich den zweiten Karton vor. Der gleiche Unrat. Die gleichen Handys. Viele davon ohne SIM-Karte. Einige

Kreditkarten, manche davon allerdings durchgeschnitten. Und auf dem Boden des Kartons ein paar Pornohefte. Deckhard musste grinsen. Pornohefte. Dass es so etwas im Zeitalter des Internets noch gab …

Der dritte Karton.

Das gleiche Spiel.

Der gleiche Inhalt.

Noch mehr Handys. Elektronikschrott, Geschenkgutscheine von iTunes. Ein paar Kindle Reader.

Frustriert schloss er den dritten Karton, schob ihn zur Seite.

Dann sah er etwas am Boden. So, als hätte es dort auf ihn gewartet.

Ein Blackberry.

Wie neu.

Auf der Rückseite eine Gravur.

Ein Firmenname.

Und ein Name.

Vorname und Nachname.

Zwei Namen, die ihm sehr bekannt vorkamen.

36.

Ventor beobachtete seinen Freund Argon.

»So 'ne Kacke«, sagte der, als die beiden in seinem Zimmer vor dem Regal standen. »Die Hühner wollen alle nicht so richtig.« Auch Ventor hatte sich von der Party mehr erhofft, wenigstens ein paar Knutschereien, aber nicht einmal dazu war es bisher gekommen.

»Ja, leider. Null Bock auf Bumsen, die Hühner.«

»Kalt wie die Arktis. Lungern im Wohnzimmer rum und glotzen die ganze Zeit diese neue Serie, *Sex and the City.*«

»Sollten mal die City weglassen, die Trullas«, sagte Ventor, merkte allerdings, dass er im Moment nicht so recht bei der Sache war; stattdessen betrachtete er die Warhammer-40K-Miniaturen auf dem Regal in Argons Zimmer, von denen Argon einige mehr hatte als er selbst.

»Ist ja echt der Hammer«, sagte Ventor. »Imperial Guard, Space Marines ... Sind das hier die Space Wolfs?«

Argon nickte.

»Hast du die Dinger selbst angepinselt?«

»Die hier schon«, sagte Argon. »Den hier«, er zeigte auf einen besonders prächtigen Captain mit blitzendem Schwert, »habe ich fertig im Laden gekauft. Sind ziemlich teuer, sehen aber ganz gut aus, so fertig angemalt.«

»Wie ein paar von den Hühnern unten«, sagte Ventor. »Wenn die nicht fertig angemalt sind, gehste stiften.« Sein Blick schweifte über die Panzer und das Thunderhawk-Landungsschiff, das mit dem Logo der Space Wolfs bemalt war.

»Tyraniden hast du auch?« Ventors Blick glitt weiter über das Regal. »Ich dachte, du hast nur Truppen des Imperiums.«

»Hey, Alter, die Tyraniden sind total heftig. Die sehen ein bisschen so aus wie das Alien in dem Film aus den Achtzigern. Dieses unkaputtbare Mistvieh, das die ganzen Typen plattmacht. Aber das Fiese an den Tyraniden ist, die machen aus allem Organischen ihre Maschinen. Die bauen nichts aus Eisen und Mechanik, die verarbeiten andere Wesen zu organischen Maschinen. Sogar ihre Raumschiffe sind aus Fleisch.«

Ventor nickte anerkennend, während von unten die Musik wummerte. »Krasse Idee. Ob so was wirklich mal geht?«

»Keine Ahnung. Aber aus unserer Englischlehrerin, der fetten Trulla, könnten die gleich zwei Raumfrachter machen.«

Argon lachte wiehernd, hob die Bierflasche und stieß mit Ventor an.

Ventor trank. Dann lauschte er. Unten hatte die Musik abrupt von Rammstein zu Fury in the Slaughterhouse gewechselt. Offenbar hatte eines der Mädchen die CDs getauscht. Gleichzeitig war das Gemurre der Jungs zu hören, aber Fury randalierte weiter im Schlachthaus.

»Was hattest du noch mal vor nach dem Abi?«, fragte Ventor. »Zum Bund, oder was?«

»Du willst mich wohl verarschen. Ich mach 'ne Banklehre. Dann studieren. Mal gucken, was. Aber erst mal Lehre in der Bank. Da kann man nichts falsch machen. Das ist was Sicheres. Und immer schön im schwarzen Anzug und so.«

»Na ja ...«

»Und du?«

Ventor wackelte mit dem Kopf. »Ich mach den Pilotenschein. Ist nicht einfach, aber das pack ich schon.«

»Bei der Lufthansa, oder wo?«

»Na logo. Bestimmt nicht bei einem von diesen Billigfliegern. Da, wo nichts gezahlt wird, wird auch nichts verdient.«

Argon grinste. »Könnte glatt von meinem Alten sein, der Spruch.«

»Banklehre …« Ventor schaute mit unbestimmtem Blick nach draußen. »Was Sicheres.«

»Ja, sicher. Ganz sicher langweilig.« Argon schaute ebenfalls zum Fenster. »Vielleicht sollten wir noch mal irgendwas Abgefahrenes machen, bevor es ganz sicher langweilig wird.«

»Und was?«

»Was hältst du von dem Schlitten da?« Er blickte zur Garage. Davor die dicke Limousine. »Wir könnten 'ne Runde drehen.«

Ventors Augen leuchteten auf. »Mit dem Teil? Jetzt?«

Argon lächelte zurück. »Na logo. Ich sag doch – irgendwas Abgefahrenes.«

»Hast du die Schlüssel?«

Argon lächelte noch breiter. »Sonst würde ich's ja nicht vorschlagen.«

»Hasta la vista!«, rief Ventor begeistert.

ZWEITES BUCH

1.

Christian träumte, als er die Sirenen hörte.

Die Sirenen, die ihn vor den Flugzeugen warnten.

Jenen Flugzeugen, die jeden Moment durch den Vorhang stürzen würden.

Vorhang? Hatten sie hier überhaupt einen Vorhang?

Er blinzelte, sah das Wohnzimmer, die große Fensterfront, die sich zum Hinterhof öffnete. Sah den Kaminofen, den er selbst hatte einbauen lassen. Der Spaß hatte mehr als 5000 Euro gekostet und viel Dreck gemacht; der Schornsteinfeger musste kommen und alles genehmigen, aber Christian war es egal gewesen. Er wollte auch seinen Teil dazu beitragen, dass sie eine schicke Wohnung hatten, er und Nicole.

Er sah den Ofen, den sie jetzt, in den Wintermonaten, öfter angeschmissen hatten.

Der Ofen. Das Feuer ... es kam aus dem Ofen, nur war der gar nicht an. Wo kam es dann her? Von den Explosionen?

Christian schaute auf die Fensterfront. Dort würde er die Flugzeuge zuerst sehen.

Doch es kamen keine.

Ängstlich harrte er ein paar Minuten aus.

Noch immer keine Flugzeuge.

Allmählich beruhigte er sich.

Merkte, wie er dösig und passiv durch die Fensterfront auf den Hinterhof starrte. Dahinter die Kastanienallee, wo er das Rumpeln der Straßenbahn hörte. Oder war es gar nicht die Straßenbahn?

Nein, das war keine Straßenbahn ...

Es waren die Flugzeuge, die näher kamen! Die herabstürzen würden. So wie im Film *Knowing*. Die Flugzeuge, senkrecht im Sturzflug, einen Flügel nach unten, einen Flügel nach oben, wie ein Ertrinkender, der die Arme ausstreckt *(wie die Wasserleiche!)* und nach unten sinkt. Die Flugzeuge, deren Tragflächen die Stromkabel der Straßenbahn durchschnitten, bevor sie sich in einem Inferno aus Flammen, Metallsplittern und verbranntem Fleisch in die Straße und die sechsstöckigen Stadthäuser aus der Gründerzeit bohren würden und nur Schwärze und Tod zurückließen. Er sah Moonshots verwesende, grinsende Fratze. *Ist das nicht geil?*, kreischte der Hacker. *Das gibt geiles Kopfkino! Nimm die Pillen!* Und die Sirenen riefen, warnten, dass gleich der Absturz erfolgen würde ... die Explosion, die Schwärze, das Feuer, der Schmerz, das Ende. Er musste etwas tun! Irgendetwas, gottverdammt! Er musste ...

Er blickte auf sein Handy. Es hatte geklingelt. Dann wieder aufgehört. Dann wieder geklingelt. Dann wieder aufgehört. Jetzt klingelte es wieder.

Die Sirenen würden erst verstummen, wenn er ans Telefon ging. Und wenn die Sirenen verstummten, war die Gefahr vorbei. Die Flugzeuge würden nicht abstürzen. Er wäre in Sicherheit.

Er riss das Handy ans Ohr.

»Ja? Hallo?«, stieß er atemlos hervor.

»Herr König?«, fragte der Anrufer ein wenig verwundert.

Die Stimme am anderen Ende lähmte ihn, als hätte er flüssigen Stickstoff getrunken. »Ja, hier Christian König ...«

»Deckhard hier, LKA Berlin. Tut mir leid, wenn ich störe. Wir müssen uns dringend unterhalten.«

»Wann?« Augenblicklich war Christian bei klarem Verstand. »Jetzt?«

Idiot!, schoss es ihm durch den Kopf. *Was für eine dämliche Frage. Wenn du »Jetzt?« fragst, antwortet er garantiert mit ...*

»Jetzt«, sagte Deckhard.

Super! Bingo! Mann, bist du blöd! Hättest ihm sagen sollen, dass du noch gar nicht in Berlin bist. Er hat dich ja auf dem Handy angerufen, und dein Handy tracken wird er wohl nicht können.

»Was ist denn los?«, fragte Christian.

»Sind Sie in Berlin?«, kam Deckhards Gegenfrage.

»Ja.« *Was sollte er sonst sagen? Hongkong?*

»Dann kommen Sie sofort ins Revier.« Kurze Pause. »Sonst kommen wir vorbei.«

Christian dachte ein paar Sekunden nach, während er immer noch die Flugzeuge vor sich sah. Sollte er einen Arzt rufen? Sich krankschreiben lassen? Als nicht vernehmungsfähig? Der Notarzt in Frankfurt hatte ihm nur ein paar Mittel gegeben, aber keine Krankschreibung. Er könnte jetzt noch einmal zum Arzt gehen. Aber dann wäre er krankgeschrieben. Könnte nicht zu ECC. Könnte nicht den Auftrag zu Ende führen. Wäre seinen Job los ...

»Ich bin in fünfzehn Minuten bei Ihnen«, sagte er. Ihm war, als würde jemand anders an seiner Stelle sprechen.

»Das will ich auch hoffen. Für Sie.« Dann war die Verbindung tot.

* * *

Das will ich auch hoffen! Für Sie!

Christian setzte sich kerzengerade auf. Ihm dröhnte der Schädel. Das Zimmer drehte sich um ihn.

Er taumelte ins Gäste-WC. Spritzte sich kaltes Wasser ins Gesicht. Sah sich im Spiegel.

Sah wieder sein Gesicht. So wie damals. Sein Gesicht, aber eigentlich doch nicht seins. Das Gesicht einer wandelnden Leiche. Blass. Eingefallen. Augenringe. Grau, käsig.

Als er das Geräusch an der Tür hörte, zuckte er so heftig zusammen, dass er sich beinahe den Kopf am Garderobenhaken gestoßen hätte.

»Christian?«

Er zuckte vor Schreck zusammen. »Bist du das, Nicole?«

»Erwartest du jemand anders?«, fragte sie spitz.

»Nein, ich ...« Er stockte. »Komm rein.«

Sie erschrak, als sie ihn sah. »Du meine Güte, wie siehst du denn aus? Was ist los?«

»Ich mach mich frisch. Ich muss weg.«

»Wieso bist du hier? Ich dachte, es wird später, und du ...« Sie musterte ihn noch einmal. »Du siehst schrecklich aus.«

»Mir ...« Er versuchte, die Schwärze, die sein Sichtfeld einnahm wie ein schnell verlaufender Tintenfleck, nicht zu beachten, geradeaus zu schauen, die Schärfe im Blick wiederzugewinnen, wie ein Betrunkener, der doppelt sieht und ein Auge zukneifen muss, um wieder richtig sehen zu können. »Mir ist nicht gut.«

»Dann leg dich hin.« Er sah die Besorgnis in ihren Augen. »Ich hol dir einen Arzt.«

»Da ... äh, wollte ich gerade hin.«

»Zu Doktor Beck?«

»Ja ... genau. Beck.«

»Komm, ich fahre dich. In deinem Zustand kannst du doch nicht fahren.«

»Ich hab mir schon ein Taxi bestellt.«

»Ich kann dich doch bringen, Schatz!«

»Nein.« Er zog seinen Mantel an und drängte sich an ihr vorbei. »Dann müsste ich das Taxi abbestellen, das jeden Moment da sein muss.« Er gab ihr einen Kuss und wunderte sich, wie rasch ihm der Satz eben über die Lippen gekommen war. »Ich bin in gut einer Stunde zurück. Habe schon mit Beck gesprochen. Er weiß, dass ich komme.«

»Dr. Beck?« Nicole runzelte die Stirn. »Hast du denn einen Termin? Es ist Freitagnachmittag, da ist es dort immer proppenvoll!«

»Hab einen Termin. Hab ich vorhin vereinbart.«

»Für wann?«

Er versuchte, so unauffällig wie möglich auf die Uhr zu schauen.

»Für halb sechs.«

»Dann beeil dich! Um sechs machen die zu.« Sie schaute ihn an. »Soll ich nicht mitkommen?«

»Das schaff ich schon.« Er versuchte einen alten Trick. »Wenn du Lust hast, mach doch was Schönes zu essen, und dann ...«

Sie lächelte. »Das mache ich. Und wenn es dir nicht gut geht, lässt du dich krankschreiben!«

»Äh ... mach ich.« Er eilte durch die Tür und war in der nächsten Sekunde im Treppenhaus.

Ein Taxi ...

Er hatte sich noch gar keins bestellt, aber er würde in seinem Zustand ganz sicher nicht mit dem Auto fahren.

Er klickte auf dem Smartphone die gespeicherte Nummer eines Taxiunternehmens an und bestellte einen Wagen.

War es richtig, in seinem Zustand zur Polizei zu fahren? Sollte er nicht doch lieber mit Nicole zum Arzt und das Taxi abbestellen?

Nein, sagte er sich. *Du ziehst das jetzt durch.*

Drei Minuten später hielt das Taxi vor ihm.

Christian stieg ein und sagte tonlos zum Fahrer: »In die Keithstraße bitte.«

Das Polizeirevier dort erwähnte er mit keinem Wort.

2.

Deckhard kam gleich zur Sache und zeigte Christian die Fotos.

»Kommt Ihnen dieser Tote bekannt vor?«

Christian fokussierte seinen Blick, so gut er konnte, und betrachtete das Foto. War es eine Wasserleiche? Ja, verdammt, wie es aussah, war es wieder eine. Und ja, sie kam ihm bekannt vor. Denn genau diese Leiche hatte er bei Facebook auf dem Video gesehen. Gott sei Dank war es der Link gewesen, den er noch so gerade eben »ent-liked« hatte. Aber vielleicht wusste die Polizei mehr als er. Und wahrscheinlich speicherte Facebook das alles – auch was er mal geliked hatte, bevor er es entliked hatte. Und die NSA wusste das alles ebenfalls und leitete es an die deutsche Polizei weiter …

Dennoch, erst einmal zog er es vor, alles abzustreiten. Die hatten kein Recht, seinen Facebook-Account zu überwachen. Er überlegte, ob er nicht doch seinen Vater um Hilfe angehen sollte. Andererseits war das hier keine Gerichtsverhandlung. Oder konnte auch hier alles, was er sagte, gegen ihn verwendet werden?

Sein Kopf dröhnte vor Schmerzen. Er spürte, wie ihm bittere Galle hochkam, als er wieder auf das Bild der verwesten, grauweißen Leiche blickte.

»Nein.« Er verschränkte die Arme und schüttelte den Kopf. »Kommt mir nicht bekannt vor.«

»Sie sind sicher, dass Sie diese Person nie gesehen haben?«, fragte eine schlanke Frau mit kurzen dunklen Haaren, die einer der Polizisten vorhin mit »Lisa« angeredet hatte.

»Meine Kollegin«, erklärte Deckhard.

Dass sie nicht das Maskottchen vom LKA ist, dachte ich mir schon, hätte Christian gerne geantwortet, sagte aber nichts. Außerdem hatte er die Frau schon einmal gesehen, was Deckhard offenbar vergessen hatte.

»Nein«, sagte Christian, »die Leiche habe ich nie gesehen.«

»Und den Menschen, der sie zu Lebzeiten war?«

Christian beugte sich nach vorne. »Der ist ja wohl kaum noch zu erkennen.«

»Wohl wahr.« Deckhard schob ein paar Unterlagen beiseite. »Einen Namen hat er trotzdem. Markus Neumann.«

Christians Gesicht war keine Regung zu entnehmen.

»Kennen Sie nicht?«, fragte Deckhard.

»Nein.«

»Er wohnte in Marzahn-Hellersdorf.«

»Da kenne ich erst recht keinen.«

»Tja«, sagte Lisa von hinten, »ist wohl nicht so ganz Ihre Gegend. Wir haben da allerdings noch etwas ...«

Christian war der drohende Unterton nicht entgangen. Er spürte einen Stich im Herzen, als Deckhard einen durchsichtigen Asservatenbeutel zutage förderte. Und in dem Beutel ...

»Ist das nicht Ihr Handy, Herr König?«, fragte Deckhard. Er drehte den Beutel in den Händen. Christian sah mit Entsetzen, dass das Smartphone dem seinen zum Verwechseln ähnlich sah. Und vor allem waren dort ...

»Ihre Initialen«, ergänzte Deckhard, als hätte er Christians Gedanken gelesen. »CK.«

»Kann natürlich auch für Calvin Klein stehen«, warf Lisa ein und grinste spöttisch.

»Oder für Christoph Kolumbus«, sagte Christian gereizt.

Deckhard lachte. »Aber wir vermuten, dass es für Christian König steht«, sagte er. »Vor allem steht darunter der Firmenname Ihres Arbeitgebers. East Coast Consulting.«

Christian traf beinahe der Schlag. Er hoffte, dass seine schauspielerischen Fähigkeiten ausreichten, um sich den Schock nicht anmerken zu lassen.

Wie konnte das sein? Steckte Jonathan dahinter? Das war doch das Handy, das man ihm damals, am ersten Adventssonntag, gestohlen hatte. Als bei ihm zu Hause eingebrochen worden war. Hatte Jonathan vielleicht sogar den unbekannten Dieb beauftragt, das Handy zu stehlen? Aber der Diebstahl hatte sich doch ereignet, bevor Jonathan gefeuert worden war ... Konnte das sein?

Wie aus weiter Ferne hörte Christian die Stimme des Kommissars, hoffte aber, sich verhört zu haben.

»Wir müssen Ihre Fingerabdrücke nehmen«, wiederholte Deckhard.

Fingerabdrücke.

Christian hatte sich nicht verhört.

* * *

»Ich sagte doch schon«, wiederholte Christian, als ein Abschnittspolizist seine Abdrücke nahm, »bei uns ist eingebrochen worden! Am ersten Advent! Wir haben damals die Polizei verständigt! Das Handy ist längst als gestohlen gemeldet!«

Doch der diensthabende Beamte hatte taube Ohren für Christians Beteuerungen. Deckhard sowieso. Sie hatten ihn doch tatsächlich wie einen Schwerverbrecher zum ED gekarrt, dem Erkennungsdienst des LKA am Tempelhofer Damm. »ED behandeln« nannten sie es. Wenigstens hatte ihn eine Streife hingefahren und nicht einer der Gefangenentransporter, der die schweren Jungs gleich in der Gefangenensammelstelle und dann in der U-Haft in Moabit ablud. Seine Größe und sein Gewicht waren festgestellt worden; immerhin war auf dem Foto hinter ihm kein Maßband zu sehen wie in den amerikanischen Krimiserien. Seine Fingerabdrücke befanden sich nun auf einer Abdruckkarte, jeweils 5 Felder für jede Hand, klassisch mit blauer Tinte. Dazu eine Notiz für jeden Finger. Und dann war alles eingescannt worden. Christian war nun »aktenkundig«.

Nach einer Stunde saß er wieder bei Deckhard im Büro. Lisa lümmelte unterdessen am Computer und tippte etwas in eine große Tabelle.

»Das ist korrekt«, sagte sie zu Deckhard. »Es gab eine Anzeige wegen Einbruch im Abschnitt fünfzehn, Prenzlauer Berg.« Sie wandte sich an Christian. »Das war ein Handy von der Firma?«

»Ja. Zum Glück bekommen wir von ECC sofort ein neues«, antwortete Christian. »Das läuft da total unkompliziert. Die erwarten ja nicht von uns, dass wir ewig nach dem Handy suchen. Wir brauchen die Dinger in unserem Job. Unsere Zeit ist kostbar. Kostbarer jedenfalls als so ein Handy.«

Lisa blickte zu Deckhard und seufzte. »Zack, mal eben ein neues Handy. Wir kriegen hier ohne Antrag nicht mal 'ne neue Büroklammer.«

»Und wie erklären Sie sich dann«, fragte Deckhard, »dass das Handy in einer Wohnung gefunden wurde, in der eine Leiche lag?«

Christians Gedanken überschlugen sich.

Die Leiche, der Facebook-Link, der Film ...

Es konnte nur diese eine Leiche sein, wo sie sein Handy gefunden hatten ...

Deckhard bestätigte Christians Verdacht: »Die Leiche lag in der Badewanne.«

3.

Deckhard und Lisa waren im Büro von Kriminaldirektor Stahlhut, während Christian mit zwei Beamten nebenan wartete. Stahlhut saß griesgrämig an seinem Schreibtisch, der wie üblich mit Papieren übersät war. Ein angebissenes Sandwich und ein Pappbecher mit kaltem Kaffee neben ihm.

»Die Fingerabdrücke sind identisch«, sagte Deckhard. »Wir haben ihn ED behandelt. Der Bericht ist da.«

»Und?«, fragte Stahlhut.

»Auf dem Handy, das bei Neumann in der Wohnung lag, waren die Abdrücke von Christian König. Wir müssen noch seine DNS auswerten, aber ich nehme an, auch die ist identisch.«

»Was ja auch kein Wunder ist«, knurrte Stahlhut. »Das Handy gehörte ja dem jungen Mann.«

Deckhard und Lisa blickten sich an. »Aber sehen Sie denn nicht«, versuchte Deckhard es weiter, »dass da ein Zusammenhang besteht? Erst bekommt dieser König angeblich den Film mit einer Wasserleiche. Und welche Leiche ist es? Die von Professor Werner Richter. Der auch noch sein Doktorvater werden sollte! Dann finden wir wieder eine Wasserleiche. Und was finden wir dort am Tatort? Das Handy von Christian König!«

Stahlhut trank einen Schluck von seinem kalten Kaffee und verzog angewidert das Gesicht. Trotzdem nahm er einen zweiten Schluck.

»Waren nicht Hehlerware und Diebesgut in der Wohnung von Neumann in Marzahn?«, wollte er dann wissen.

Deckhard nickte. »Ja.«

»Und waren irgendwelche Fingerabdrücke von diesem König am Tatort in Marzahn?«

Deckhard verzog zerknirscht das Gesicht. Sie hatten vorhin die Fingerabdrücke Christians mit denen an den beiden Tatorten abgeglichen – negativ.

»Nein«, gab er zu. »Weder in der Villa im Westend bei Richter, noch in Marzahn bei Neumann.«

Stahlhut nickte. »Das spricht dafür, dass König nicht am Tatort war. Und damit ist er auch kein Verdächtiger.« Er funkelte Deckhard an. »Strafrechtlich können Sie nicht nachweisen, dass Christian König die Morde begangen hat. Natürlich, der Junge ist verdächtig und bekommt den Status eines Tatverdächtigen, aber das muss hierzulande gar nichts bedeuten, allenfalls, dass er sich für Verhöre bereithalten muss. So ist das nun mal in einem Rechtsstaat.«

»Toller Rechtsstaat«, sagte Deckhard. »Die Sache hier stinkt doch zum Himmel!«

»Wir haben keine Beweise.« Stahlhut lehnte sich zurück. »Mit dem bisschen, was wir haben, werden wir vom Bereitschaftsrichter schneller abgebügelt, als wir bis drei zählen können. Und wenn Königs Vater Wind davon bekommt, ist das für den ein gefundenes Fressen. Er wird uns mal wieder durch den Fleischwolf drehen. Das hat er ja schon öfter getan. Und ich darf dann wieder beim Polizeipräsidenten antanzen und mir 'ne Fönfrisur abholen.«

Deckhard nickte verkniffen. Und fragte sich, wie der halbkahle Stahlhut wohl mit Fönfrisur aussehen würde. Aber der Mann hatte recht: Wolfhart König kämpfte gern mit harten Bandagen. Auch gerne mal gegen die Staatsgewalt. Natürlich nur im Rahmen der Legalität, der für König und Konsorten allerdings ein sehr großer und dehnbarer Rahmen war. *Das Gesetz so weit biegen, wie man kann, ohne es zu brechen,* hatte er angeblich mal einem Mandanten sein Handwerk erklärt.

»Das heißt, wir haben hier tausend Indizien, lassen den Kerl aber jetzt ins Wochenende spazieren?«, fragte Deckhard.

Stahlhut nickte. »Genau das. Was wir bisher haben, ist die reinste Hühnerkacke. Das fällt vor Gericht wie ein Kartenhaus zusammen.« Er blickte zur Wand Richtung Nebenzimmer. »Wenn der Junge wirklich Dreck am Stecken hat, müssen wir an ihm dranbleiben und hoffen, dass wir an mehr Indizien herankommen.« Er schnaufte, trank noch einmal vom kalten Kaffee und verzog wieder das Gesicht. »Ich kann mir allerdings nicht vorstellen, dass ein junger Unternehmensberater nichts Besseres zu tun hat, als Leute umzubringen, denen die Pelle abzuziehen und sie in Swimmingpools und Badewannen zu stecken. Obwohl man Unternehmensberatern ja nachsagt, dass sie anderen Leuten gerne das Fell über die Ohren ziehen.«

»Was die Täterpsychologie angeht, sollten Sie vielleicht Christian König fragen«, sagte Deckhard.

»Er ist nicht mal ein Verdächtiger!«, knurrte Stahlhut. »Begreifen Sie das endlich! Tun Sie Ihren Job, aber rennen Sie nicht einem Phantom hinterher. Ich brauche harte Fakten. Solange ich die nicht habe, ist Christian König frei wie eine Frühlingsmeise.«

»Ja, eben«, sagte Lisa. »Der ist Berater. Der kann einfach wegfliegen.«

»Kann ein normaler Bürger auch.«

»Aber bei diesen Beratern gehört das viele Reisen zum Job. Die fliegen in einem Monat so viel wie Lieschen Müller in ihrem ganzen Leben. Was machen wir, wenn König für immer nach Südamerika abhaut?«

»So wie irgendwelche Manager, die sich mit dem Firmenvermögen in drei Aktenkoffern absetzen?« Stahlhut schüttelte den Kopf. »Ein Verdacht kann in Reisebeschränkungen münden, aber nicht in U-Haft. Und selbst für Reisebeschränkungen ist die Beweislage zu dünn. Außerdem hat König hier seinen Wohnsitz und ist offenbar gut in die Gesellschaft integriert.« Er blickte in die Akte. »Er und seine Freundin haben ihren Lebensmittelpunkt in Berlin. Von daher schätze ich die Fluchtgefahr als sehr gering ein.«

»Ein vorbildlicher Bürger, der auf Wasserleichen steht«, maulte Deckhard. »Ich finde, irgendwas stimmt da nicht.«

»Deckhard, hören Sie auf mit Ihren Mutmaßungen! Sie sind Beamter, kein Wahrsager! Wir wollen nicht glauben, wir wollen *wissen!*«

»Ich weiß ja«, sagte Deckhard. »Ich weiß.«

* * *

»Glück gehabt, junger Freund«, sagte Deckhard, als er mit Lisa in das Büro zurückkam, in dem sie Christian eben noch verhört hatten, bevor beide zu Stahlhut abkommandiert worden waren.

Christian hatte soeben auf seinen neuen Blackberry geschaut und sich über die Flut von E-Mails erschreckt. Aber nicht nur darüber.

Er hob den Kopf, als Deckhard und Lisa eintraten.

»Geht es Ihnen nicht gut?«, fragte Lisa, denn Christian war sichtlich blass geworden.

»Doch«, sagte er wenig überzeugend. »Geht schon wieder.«

»Dann«, Deckhard zeigte zur Tür, »dürfen Sie jetzt gehen. Schönes Wochenende.«

»Das war's?«, fragte Christian erstaunt und hoffnungsvoll zugleich.

»Vorerst. Wenn Ihnen noch etwas einfällt, melden Sie sich.«

Christian verließ mit wackligen Beinen das Büro.

Wenn Ihnen noch etwas einfällt, melden Sie sich.

Er dachte an die SMS, die er gerade bekommen hatte, und schüttelte den Kopf. Nein, davon würde er niemandem erzählen.

4.

Es war Abend geworden.

Haben Sie nicht irgendwas vergessen?, hatten Deckhard und Stahlhut ihn noch gefragt. Aber Christian hatte nichts vergessen. Und wenn doch, dann absichtlich. Wie den Link, den er per Mail erhalten und der Polizei verschwiegen hatte. Aber wahrscheinlich war es besser gewesen, nichts zu sagen.

Außerdem hätte die SMS es unmöglich gemacht, irgendetwas zu vergessen.

Die SMS, die er vor einer knappen Minute erhalten hatte. Kurz nach dem Verhör bei der Polizei. Als ob es vom Timing her so sein sollte.

Das Bild von den Schließfächern am Hauptbahnhof.

Und der Text.

Behalte dein Wissen für dich, dann tun andere es auch.

Christian war übel geworden vor Angst.

Hier drohte jemand, alles zu erzählen. Die Sache mit dem Schließfach, dem *Gegenstand* darin, den Links. Und dann wäre alles vorbei.

Warum war diese SMS genau zu dem Zeitpunkt gekommen, als er bei der Polizei gesessen hatte? Wer beobachtete ihn? Wer war dieses unheimliche Phantom, das stets in seiner Nähe zu sein schien?

Das Läuten des Telefons schreckte ihn hoch.

Nicole.

»Was sagt der Arzt?«, fragte sie als Erstes.

»Der Arzt?« Christian versuchte, seine Gedanken in Höchstgeschwindigkeit zu ordnen.

»Du warst doch bei Beck. Was sagt der?«

»Beck? Ach ja … Beck sagt, es war ein Schwächeanfall. Dehydrierung und so was.«

»Oh mein Gott!«

»Nein, nein, so schlimm ist es nicht. Einen Zugang müssen sie mir nicht legen. Keine Kochsalz- und Glukoselösung intravenös, und auch keine Nierenkontrolle.« Christian hatte vor Nicoles Zeit schon einmal einen Kreislaufzusammenbruch erlitten und betete nun einfach alles herunter, was er von damals noch wusste, um möglichst glaubhaft zu klingen. »Ich soll viel trinken, Wasser und Saftschorle, und dann hat er mir noch so eine spezielle Lösung verschrieben gegen Dehydrierung. Die kann man in Wasser auflösen. Dreimal täglich zu den Mahlzeiten.«

»Da hat sich Dr. Beck ja richtig Zeit genommen«, sagte Nicole erleichtert.

»Oh … ja.«

»Warst du schon in der Apotheke?«

»Äh, noch nicht.«

»Was hast du denn die ganze Zeit gemacht?«

»Ich … musste noch ins Büro.«

»So spät noch?«

»Tja, kennst ja den Job.«

»Du warst beim Arzt und fährst dann ins Büro?«

»Äh …«

»Ohne dein Laptop? Wie hast du denn da gearbeitet?«

Was war er für ein Idiot! Er hatte tatsächlich die Laptoptasche zu Hause im Flur stehen gelassen. Den Koffer ebenfalls. Er war nach Hause gekommen, hatte beides in den Flur geschmissen, hatte sich auf die Couch fallen lassen und war dann vom Anruf der Polizei aufgewacht. Und Nicole, die ihm ja immer hinterherräumen musste, hatte Laptoptasche und Koffer bestimmt nach oben gebracht.

»Es gab nur ein paar Dinge zu besprechen. Das ging auch ohne Laptop.«

»Okay. Kommst du denn jetzt nach Hause? Ich kann dir noch die warme Asia-Suppe machen, die du so gerne isst.«

»Oh ja, das wäre toll. Bin in fünfzehn Minuten da.«

Er war während des Telefonats ein bisschen in der Gegend herumgelaufen. Keithstraße, dann über die Kurfürstenstraße und schließlich zum Kudamm. Kurz vor ihm das Europa-Center, das wie wenige andere Gebäude die Hässlichkeit und Einfallslosigkeit der Westberliner Nachkriegsarchitektur verkörperte. Weiter hinten am Kudamm hatte er mal im Haus Cumberland an einem Design Thinking Workshop teilgenommen. Besonders die Trainingsräume dort hatten ihn beeindruckt. Ob er allerdings der geborene Design Thinker war, wagte er zu bezweifeln. Vor allem, da er im Moment ohnehin nichts designte, sondern Spielball eines Unbekannten war.

Er ging ein Stück weiter. Hier ganz in der Nähe befand sich die Kanzlei seines Vaters. Er sah die schwarze S-Klasse draußen vor dem klassizistischen Haus stehen, in dem die Kanzlei zwei Stockwerke gemietet hatte. Das Gebäude verschwand für einen Augenblick außer Sicht, als Christian hinter einem Schaukasten vorüberging, der über kulturelle Veranstaltungen Auskunft gab. Die Wühlmäuse. Desirée Nick.

Dann sah er seinen Vater.

Und nicht nur ihn.

Er stand dort mit einer jungen blonden Dame Ende zwanzig. Sie sah aus wie eine der Hostessen, die auf Messen die Leute mit Infos, Tüten, Bonbons, Prospekten und einem künstlichen Lächeln versorgen.

Christian huschte zurück hinter den Schaukasten.

Sah, wie ein Taxi hielt.

Sein Vater redete mit der jungen Frau. Dann neigte er sich zu ihr. Und gab ihr einen Kuss auf den Mund.

Die Frau stieg ins Taxi, sein Vater in die S-Klasse.

Und weg waren die beiden. So schnell, wie sie gekommen waren.

Christian stand noch eine Weile verwirrt hinter dem Schaukasten.

Was geht denn da ab? Sein Vater mit einer jüngeren Frau?

War das auch wieder eine Sache, von der er nichts wusste? Spielten hier alle ihr Spiel, und er war der Einzige, der nichts mitbekam?

Was waren das überhaupt für Storys, die da über die Kanzlei seines Vaters kursierten? Was hatten Fabian und vorher dieser Holger Jannowitz erzählt?

Krass, die Kanzlei deines Vaters.

Der ist ein harter Hund.

Der hat dem pädophilen Gewerkschaftschef diese Dreizehnjährige geschickt und das Ganze gefilmt. Damit war die Sache erledigt …

Christian hätte sich am liebsten hingesetzt, aber hier gab es nichts, wo er sich hinsetzen konnte, also lehnte er sich an den Schaukasten mit den Theaterplakaten. Atmete tief ein und aus.

Irgendwas geht hier vor sich, dachte er. *Und alle wissen irgendwie davon, nur ich nicht.*

Irgendjemand schickte ihm Filme. Irgendjemand legte ihm Schlüssel zu Schließfächern in den Mantel. Irgendjemand schwärzte ihn bei der Polizei an. Und er wusste nicht wer …

Und dann gab es welche, die wussten Dinge über seinen Vater, die nicht einmal ihm bekannt waren. Außerdem schien sein Vater so manches dunkle Geheimnis zu haben.

Was waren das für Dinge, die er noch nicht wusste? Und welche Verbindung gab es zwischen all diesen merkwürdigen Ereignissen?

Er musste mit seinem Vater reden. Er war vielleicht der Einzige, der ihn aus dieser Sache heraushauen konnte. Aber konnte er ihm noch trauen? Dem Mann, der immer sein großes unerreichbares Vorbild gewesen war und über den er jetzt immer neue und schier unglaubliche Dinge erfuhr?

Hatte er irgendetwas mit alldem zu tun, was Christian in der letzten Zeit widerfahren war? Mit all diesen unerklärlichen Dingen, die ihm den Verstand zu rauben drohten? Gab es überhaupt noch jemanden, dem er vertrauen konnte?

Christian schwirrte der Kopf – wieder einmal und mehr als je zuvor –, als er ein Taxi heranwinkte und einstieg.

5.

Deckhard war außer sich. Mit diesem König war irgendetwas faul. Und doch musste er ihn gehen lassen!

»Da stimmt doch was nicht«, rief er durch das Büro und holte aus, um die Faust gegen die Wand zu schmettern, ließ es dann aber.

»Pass auf, wo du hinschlägst«, sagte Lisa. »Hier gibt es keine gekühlten Himbeeren.«

»Und gekühltes Bier auch nicht«, sagte Sophie, die gerade mit ein paar Akten und Fotos zur Tür hereinkam und sie auf den Tisch fallen ließ.

Deckhard blickte sich zu ihr um. »Wie war das noch mal ... wie ist das Opfer in Marzahn getötet worden?«

»Wieder eine Vergiftung mit Liquid Ecstasy«, sagte Sophie. »Und noch etwas. Die Haut von der linken Hand, der Hand, die aus der Wanne ragte, wurde tatsächlich abgelöst.«

»Mutwillig?« Das war Lisa.

»Höchstwahrscheinlich. Allerdings können wir das bei dem Verwesungsgrad nicht genau sagen. Aber hätte die Haut sich allein vom Wasser abgelöst, hätte es möglicherweise anders ausgesehen. Aber wie gesagt, das sind Vermutungen.«

»Und wo ist die Haut jetzt?«, fragte Deckhard.

»Nicht mehr da.«

»Was soll das heißen?«

Sophie zuckte die Schultern. »Aufgelöst, je nach Konsistenz der Haut. Oder der Mörder hat sie mitgenommen.«

»Was denn? Wie ein Souvenir?«

»So ähnlich. Manche Serienmörder tun das.«

»*I was in Marzahn, got a T-Shirt*«, murmelte Deckhard.

»Was?«

»Ach, nichts.« Er ging zu seinem Schreibtisch und schaute sich das Foto der Wasserleiche an. »Kaum mehr zu erkennen«, murmelte er. Dann blickte er Sophie an. »Wir hatten doch vor einiger Zeit so einen Fall, bei dem der Täter unbedingt verhindern wollte, dass seine Opfer identifiziert werden können ...«

Sophie warf ihren Mantel auf einen Stuhl. Ihre Wangen glühten rot.

»Der Nachtschatten, ja. Er hatte sich in Anlehnung an Richard Ramirez, den Night Stalker, so genannt. Der Mann hatte den Toten Säure übers Gesicht gegossen, die Fingerkuppen abgeschnitten und die Zähne gezogen, sodass keine Identifizierung über das Gesicht mehr möglich war.«

»Klar«, meinte Deckhard, »wenn das Gesicht nur noch wie geschmolzenes Wachs aussieht. Macht das nicht auch die Russenmafia manchmal so?«

»Manchmal.« Sophie nickte. »In dem Fall war es ähnlich schwer. Keine Fingerabdrücke, kein Zahnstatus. Und wir mussten ewig auf die DNS-Analyse warten, um den Toten endlich identifizieren zu können.«

»Ob das hier genauso ist? Dass jemand die Identifizierung des Toten verhindern wollte?«

Sophie zuckte die Schultern. »Bin mir nicht sicher, glaub's aber nicht.«

»Was glaubst du dann?«

»Ich glaube, das Wasser hat irgendeine symbolische Bedeutung. Ich weiß aber im Moment noch nicht, welche das sein könnte.« Sie ging zur Kaffeemaschine und schenkte sich einen Becher ein. »Wie war es denn bei euch? Ihr hattet doch diesen König zum Gespräch vorgeladen.«

Deckhard berichtete ihr mit knappen Worten, was sie von

Christian gehört hatten, und dass sie ihn anschließend wieder ziehen lassen mussten.

Sophie verzog das Gesicht. »Ärgerlich. Aber ich fürchte, Stahlhut hat recht. Wahrscheinlich müssen wir auf weitere Indizien warten.«

»Oder auf Lisa«, sagte Lisa, die vor ihrem Rechner saß.

Alle blickten sich zu ihr um.

»Was meinst du?«, fragte Deckhard.

Lisa grinste und zeigte ihre weißen Zähne. »Wir müssen nicht auf weitere Indizien warten, weil ich eine Idee habe.«

»Eine Idee?«

»Ja, damit!« Sie zeigte auf den Beutel mit Christians Handy.

»Ist das legal?«, fragte Sophie.

Lisa kniff ein Auge zu. »Mehr oder weniger.«

6.

»Bist du nun wieder fit oder nicht?«, fragte Lars, als er Christian im Berliner ECC-Büro gegenübersaß. Es war Montagabend. Das Vorbereitungsmeeting für die Investorenkonferenz in New York, die jetzt wohl doch noch vor Weihnachten stattfinden sollte, war für Mittwoch angesetzt. Deshalb hatte Lars bei Christians Anblick skeptisch die Augenbrauen gehoben. Auch Fabian saß dabei und machte ein Gesicht, als wäre jemand gestorben.

»Du weißt, Chris, die Kunden kommen extra aus London hierher nach Berlin.« Lars blickte hinter sich, als könnte er in der Zeit zurückblicken. »Frankfurt war kein Meisterstück von dir, das weißt du hoffentlich, aber Gott sei Dank waren die wichtigsten Leute nicht dabei. So was darf nie wieder vorkommen, klar?«

»Hattest du was eingeschmissen?«, fragte Fabian geradeheraus.

Christian spürte, wie ihm die Hitze in den Kopf stieg. »Eingeschmissen?«

»Irgendwelches Zeug zum Wachmachen. Amphetamine, irgend so einen Scheiß. Ganz im Vertrauen – wäre nicht das erste Mal, dass so was bei ECC passiert.«

»Ich soll was genommen haben? So ein Quatsch!«

»Bist du krankgeschrieben?«

»Nein.«

»Denk dran«, sagte Fabian, »wenn du krankgeschrieben bist und trotzdem hierherkommst, und es passiert was, kriegen wir alle Mega-Ärger. Du ganz besonders.«

Schönen Dank, dachte Christian, *Ärger habe ich auch so schon genug.*

»Also, Chris«, sagte Lars in einem Tonfall, als wäre es der abschließende Satz ihres Gesprächs. »Wenn du absolut fit bist, dann bist du Mittwoch dabei, aber dann auch mit vollem Einsatz. Hundert Prozent, klar?«

»Klar.«

»Wegen New York«, Lars erhob sich, »muss ich noch mal überlegen, ob wir dich nicht besser hier *on the ground* brauchen können.«

On the ground. Das hieß, im Berliner Büro hocken und während der Meetings und Konferenzen in New York den Kollegen irgendwelche Daten und Infos liefern. Obendrein Nachtschichten wegen der Zeitverschiebung. Nicht viel besser als ein Mitarbeiter im Research. Nur mit längerer Arbeitszeit.

War das schon der erste Schritt zur Kündigung?

* * *

»Mach dir keine Gedanken«, sagte Fabian auf dem Weg zurück zu ihrem Teamraum.

Ich soll mir keine Gedanken machen? In Christians Kopf dröhnte es. *Du hast leicht reden.*

Sie näherten sich dem Raum, in dem bereits Katharina saß, die Ohrstöpsel im Ohr, die Füße auf der Heizung, die Carla-Bruni-Treter neben ihrer Tasche.

»So ein Aussetzer kann vorkommen«, fügte Fabian hinzu. »Es darf nur nicht noch einmal passieren, klar?«

Christian nickte und legte die Hand auf den Türgriff. »Eine Frage noch.«

»Schieß los.«

»Ich habe im Moment ein bisschen Ärger.« Er schluckte.

»Du weißt schon, dieser Link bei Facebook, den mir jemand geschickt hat.«

Fabian nickte. »Ja, finde ich auch krass. Hast du eine Idee, warum gerade du so was kriegst?«

»Ich könnte mir vorstellen, von *wem* ich es kriege.«

Fabian hob die Augenbrauen. »Und?«

»Jonathan?« Christian sprach den Namen so aus, dass es wie eine Frage klang.

»Jonathan?« Fabian runzelte die Stirn. »Wie kommst du denn darauf?«

»Na ja, weil ich damals das Excel übernommen und verbessert habe, hat er seinen Job verloren. Das wäre doch ein Motiv, sich zu rächen?«

Auf Fabians Stirn war eine steile Falte. »Moment mal, Sherlock Holmes. Nur weil du von Jonathan das Excel übernommen hast, soll das für ihn Grund genug sein, dir Links mit irgendwelchen Wasserleichen zu schicken?« Er machte eine Pause, als erwarte er eine Antwort. Als nichts kam, fügte er hinzu: »Ich finde, das ist eine ziemliche Unterstellung. Oder hast du Beweise?«

»Nur den, dass es ein Motiv sein könnte.«

»Vorsicht«, sagte Fabian. »Wenn du solche Anschuldigungen rauslässt, musst du höllisch aufpassen, wer das hört. Das ist ja fast schon Rufmord. Jeder am Markt weiß, nach welch strengen Kriterien wir unsere Mitarbeiter auswählen. Das ist nicht nur Rufmord gegenüber Jonathan, das zieht die ganze Firma in den Dreck. Leute, die so etwas machen, würden hier gar nicht erst reinkommen, klar?«

»Dann glaubst du nicht, dass er es war?«

Fabian schüttelte energisch den Kopf. »Nein und nochmals nein! Jonathan konnte vielleicht nicht mit Excel umgehen, aber deswegen ist er noch lange kein Verbrecher. Und jetzt Schluss mit dem Thema, okay?« Er öffnete die Tür. Katharina sah von ihrem Rechner auf. »Wir haben noch viel zu tun bis Mittwoch.«

* * *

Im LKA in der Keithstraße machten sich andere Leute über andere Dinge Gedanken.

Vor allem über Christian Königs Handy, mit dem Lisa sich gerade mit voller Konzentration befasste.

»Kommst du voran?«, fragte Deckhard und drehte sich vom Fenster weg, durch das er nachdenklich über die Lichter von Berlin hinweggeblickt hatte.

»Komm mal gucken«, erwiderte Lisa. »Hier zeichnet sich etwas sehr Interessantes ab.«

»Was denn?«, fragte Deckhard.

»Komm her, schau es dir an.«

Deckhard ging zu ihr und schaute ihr über die Schulter.

Lisa zeigte auf den Monitor. »Das ist die Inbox von Christian Königs Handy, und das hier …«

»Du hast es! Gute Arbeit«, lobte Deckhard. »Wir können also in seinen Account reinschauen. Danke, Lisa.«

»Moment, Moment. Da ist noch mehr.« Lisa zeigte mit dem Finger auf eine Mail. »Hier.« Dann auf eine weitere. »Und hier. Und jetzt schau mal hier. Und vor allem … sieh dir mal an, wer die Mails abgeschickt hat.«

Deckhards Augen weiteten sich. »Ich will verflucht sein«, murmelte er. »Wie ist das möglich?«

Lisa zuckte mit den Schultern. »Keine Ahnung.«

7.

»Da bist du ja«, sagte Nicole, als Christian abends gegen acht Uhr die Haustür öffnete.

Er hatte in der Firma gesagt, er werde den Rest der Arbeit zu Hause erledigen, und mit dröhnendem Kopf das Büro verlassen.

»Ja, da bin ich.«

»Barbara ist schon da.«

»Barbara?« Natürlich kannte Christian Nicoles beste Freundin, aber was meinte sie mit »schon da«?

»Chris, du hast doch nicht unser Abendessen vergessen?« Nicole sah ihn prüfend an.

»Natürlich nicht!«, beteuerte er. *Welches Abendessen?*

Wer wann und wie zum Essen kam – solche Dinge vergaß er immer sofort, falls er es nicht in seinen Blackberry eintrug. Frauen hingegen konnten sich so etwas auch ohne irgendwelche Hilfen merken. Sie wussten ganz genau, was jemand, meistens ein männlicher Jemand, vor drei Wochen und vier Tagen um 18:15 Uhr gesagt hatte, und über wen, und ob es nett oder weniger nett gewesen war, und welche Gründe es dafür wohl geben mochte. Dafür vergaßen sie ständig ihre Schlüssel, Taschen und Haargummis.

Er begrüßte Barbara, setzte sich an den Tisch, ließ sich Wein einschenken und streckte die Beine aus.

»Bei dir ist ja richtig Stress«, sagte Barbara. Sie war Grundschullehrerin, was sicher auch nicht immer einfach war, wie Christian gern zugab, aber nicht, ohne jedes Mal in Gedanken hinzuzufügen: *Dafür hat sie viel mehr Urlaub als ich.*

»Tja.« Er nahm einen Schluck Wein. »Manchmal sind unsere Kunden wie kleine Kinder.«

»Besonders Männer, was?« Barbara prostete ihm zu. »Der Unterschied zwischen Jungen und Männern liegt im Preis ihrer Spielzeuge.«

»Da würde ich zustimmen.«

Nicole rief aus der Küche: »Kommt am besten mit euren Tellern her, dann geht das mit der Pasta leichter.«

»Ausnahmsweise«, rief Barbara zurück. »Beim nächsten Mal wollen wir aber bei Tisch bedient werden.«

»Sobald Christian Partner bei ECC ist, können wir uns sicher einen Butler leisten«, sagte Nicole lachend.

Barbara blickte Christian entgeistert an, als beide sich mit ihren Tellern zur Küche aufmachten. »Du willst da doch wohl nicht Partner werden? Dann kriegst du mit fünfzig einen Herzinfarkt!«

»Nun ja, ein Kollege von mir sagt immer: Lieber mit fünfzig am Herzinfarkt sterben als mit vierzig beim Büroschlaf.«

»Also wirklich, ich muss schon sagen ...«

Da hörte er die Klingel.

Laut. Schrill.

»Hast du noch jemanden eingeladen?«, fragte Barbara.

»Nein«, rief Nicole. »Chris, mach doch mal auf. Wahrscheinlich ist endlich das Paket bei den Nachbarn abgegeben worden.«

»Ein Paket? Schrei vor Glück, oder schick's zurück?«, fragte Barbara.

»Ja, aber das schick's zurück haben sie dann aus der Werbung rausgenommen«, sagte Christian, als er den Teller abstellte und zur Tür ging. »Die vielen Rücksendungen sind denen zu teuer geworden. Ich kenne da einen ...« Er aktivierte die Gegensprechanlage. »Ja, bitte?«

»LKA Berlin. Kommen Sie bitte herunter. Sofort.«

8.

»Mann, oh Mann, das Teil ist ja der Hammer!«, rief Ventor, als die Scheinwerfer der Limousine die Dunkelheit durchschnitten, während sie über die Straße jagten. *Zum Henker mit den Hühnern, das hier ist der Oberhammer!*

Mercedes S-Klasse. Baujahr 99. Kombiniertes Navigations- und Telefonsystem, Airbag, Bordcomputer, Tempomat, Einparkhilfe. So was gab es vorher noch nie in einem einzigen Auto. Dazu Radio und CD-Player. Alles vom Feinsten. Der Sound wummerte durch das Cockpit. Ventor kam sich vor wie in einem Raumschiff im Warhammer-40K-Universum.

Argon saß am Steuer und hatte das Gaspedal durchgetreten. Ventor, auf dem Beifahrersitz, fühlte sich wie Captain Kirk. Angeschnallt hatte sich keiner von beiden, aber warum auch? *Wer sich anschnallt, ist kein Mann, und wer bremst, hat Angst,* hatte Argon gesagt.

»Hail the Emperor«, rief er nun. »Auf in die Schlacht gegen die Space Orks!«

»Hasta la vista!«, grölte Ventor. »Rauf auf die Jetbikes, wir reiten zum Imperator!«

»V8-Motor«, prahlte Argon. »Über 300 PS. Ganz schön Wumms unter der Haube, was?«

»Jau.« Ventor fingerte in seiner Jeansjacke nach einer Zigarette und zündete sie umständlich an.

Sie donnerten die Straße entlang. Der schwere Motor grollte, war im Wageninneren aber kaum zu hören. Gegen die wummernde Musik von Rammstein kam er eh nicht an.

Ventor zog unwillkürlich den Kopf ein, als der Wagen so

schnell durch die nächste Kurve jagte, dass er gegen die Tür gepresst wurde. Die tief hängenden Äste der Bäume am Straßenrand huschten beängstigend nahe über das Dach hinweg. Insekten zerstoben an der Windschutzscheibe. Die Reifen kreischten gequält.

»Was ist das da vorne?«, rief er plötzlich.

»Was?«

»Der rote Punkt!«

»Du hast zu viel gesoffen, Mann. Du siehst Gespenster. Da ist kein roter Punkt.«

»Doch, ich hab da was gesehen.« Ventor hatte seine Zigarette völlig vergessen und starrte durch die Windschutzscheibe. »Ey, Mann, pass auf, die nächste Kurve ist schon da vorne!«, rief er, und zum ersten Mal lag Panik in seiner Stimme.

»Mach dir nicht ins Hemd. Das hier ist 'ne S-Klasse, keine Ente.« Argon schaltete zurück, trat das Gaspedal durch. Der schwere Wagen schoss nach vorne.

Aber der Weg zur nächsten Kurve war wirklich kurz, erschreckend kurz.

»Fahr langsamer, Mann!«, rief Ventor. »Das sieht aus wie ...«

Er verstummte abrupt.

Denn sie sahen den Radfahrer.

Und das bleichrote Rücklicht, das Ventor eben schon aufgefallen war.

Argon trat voll auf die Bremse, versuchte, das Lenkrad herumzureißen, aber selbst bei diesem technisch hochgerüsteten Luxuswagen war der Bremsweg zu lang, die Limousine zu schwer, der Radfahrer zu nah und das Glück zu fern.

Die beiden Freunde hörten den Knall, spürten den Aufprall aber nicht. Sie sahen nur das Fahrrad, dann den Radfahrer. Sahen die Person, die mehrere Meter durch die Luft flog und mit grausamer Wucht gegen die Trennwand einer Bushaltestelle krachte.

Das Fahrrad eierte auf groteske Weise noch eine Zeit lang einsam durch die Nacht und kippte dann zur Seite.

Ventors schockierte Blicke folgten dem Weg des Fahrrads, als wäre er hypnotisiert, während die Limousine mit stotterndem ABS über die Straße schlitterte.

»Vorsicht!«, kreischte Ventor mit einer Stimme, wie Argon sie noch nie gehört hatte.

Dann sah auch er den Baum, der wie ein D-Zug auf sie zukam.

Diesmal hörten beide den Knall.

Dann nichts mehr.

9.

Nicole sah aus, als hätte sie ein Gespenst gesehen. »Du musst zur Polizei?«

Christian nickte.

»Aber ... was wollen die von dir? Was ist denn passiert?«

»Mach dir keine Gedanken, ist sicher nur eine Kleinigkeit«, log Christian. »Ich bin schließlich kein Mörder.«

»Das sind mir in letzter Zeit aber ziemliche viele Kleinigkeiten«, beklagte sich Nicole. »Ich habe mich so auf den Abend gefreut ...«

»Ich bin schnell zurück. Versprochen.«

Auch Barbara war aufgestanden und blickte Christian aus großen Augen an. »Du sollst jetzt sofort zu denen runterkommen?«

»Ich fürchte, ja.«

»Ruf doch deinen Vater an! Der kann dir helfen!«

»Er ist Fachanwalt für Gesellschaftsrecht, der kann mir doch mit Strafrecht nicht helfen.«

»Aber besser er als gar keiner.«

Vielleicht, dachte Christian. Wahrscheinlich aber war es besser, die Sache erst einmal alleine zu klären und nicht auch noch vor seinem Vater wie ein Trottel dazustehen. Vor allem aber wusste Christian nicht, ob er seinem Vater noch uneingeschränkt vertrauen konnte.

Christian wandte sich an die beiden Frauen. »Tut mir leid. Lasst euch wegen mir das Essen nicht verderben.« Doch er wusste, dass genau das geschehen war. Er gab Nicole einen Kuss. »Ich erklär dir alles später.«

Als er im Außenaufzug stand, klingelte sein Handy. Es war Lars.

»Hör mal, Christian, kann gut sein, dass sich gleich die Polizei bei dir meldet.«

»Ich weiß.«

»Und *ich* weiß, dass es mir Angst macht. Was soll ich davon halten? Ich habe dich vorhin doch noch gefragt, ob bei dir alles in Ordnung ist!«

»Ja.«

»Wie – *ja?* Wenn sich wegen dir die Polizei bei deinem Arbeitgeber meldet, ist also alles in Ordnung, oder was?«

Christian zog es vor, zu schweigen.

»Wir sprechen morgen darüber, wenn du wieder im Büro bist. Und dann will ich eine Erklärung.«

Lars legte auf.

Die Aufzugstür öffnete sich. Christian ging über Hinterhof und Flur zur Eingangstür und öffnete.

Und sah bereits den Einsatzwagen der Polizei.

* * *

»Wir haben zwei unangenehme Wahrheiten, Herr König«, eröffnete Kommissar Deckhard das Gespräch. »Die erste: Wir konnten einen Blick auf Ihre E-Mails werfen.«

»Meine E-Mails?« Verdammt, wer wühlte da noch alles in seinen Mails herum? »Das dürfen Sie gar nicht!«

»Extreme Umstände erfordern extreme Maßnahmen.«

»In Kasachstan vielleicht, aber wir leben hier in einem Rechtsstaat.«

Deckhard lächelte. »Wenn Gefahr im Verzug ist, haben wir auch hier ein bisschen Kasachstan.«

Christian glaubte, sich verhört zu haben. Wenn doch sein Vater hier wäre! Der hätte denen Feuer unter dem Hintern gemacht. »Und wie haben Sie es angestellt, in meine E-Mails zu schauen?«

»Ganz einfach«, sagte Lisa und zeigte auf Christians gestohlenes Handy in der Asservatentüte. »Wir waren damit am Wochenende bei Ihrem Arbeitgeber.«

»Am Wochenende? Bei ECC?«, fragte Christian entgeistert. »Mit wem haben Sie denn gesprochen?«

»Mit der IT-Hotline«, sagte Lisa. »Über die haben wir den Vierundzwanzigstunden-Support erreicht und mit dem IT-Chef Europa einen Deal gemacht.«

»Was für einen Deal?«

»ECC ist sehr besorgt, dass der Ruf des Unternehmens … sagen wir mal, leiden könnte. Durch das, was Ihnen im Moment widerfährt. Und woran Sie nicht ganz unschuldig sind, wie wir vermuten. Deshalb durften wir in Ihre Mails schauen.«

»Da wird ja immer verrückter!«, stieß Christian hervor.

»Bei Tatverdächtigen ist so eine Kontrolle möglich«, erklärte Deckhard gelassen. »Wie gesagt, Gefahr im Verzug.«

»Und?« Christian blickte zwischen Deckhard und Lisa hin und her.

»Auf diese Weise war das Ganze mit wenig Aufwand und Reputationsrisiko verbunden, auch für ECC. Die IT hat dann am Abend Lars Scholl angerufen, Ihren Chef, und ihn in Kenntnis gesetzt. Hat er sich schon bei Ihnen gemeldet?«

»Ja«, sagte Christian, »hat er. Und was haben Sie bei Ihrer Schnüffelei herausgefunden?«

»Hier sind die relevanten Mails«, sagte Lisa, »die Sie in den letzten Wochen erhalten haben.« Ihre Finger mit den schwarz lackierten Nägeln fuhren über das Display. «Hier haben wir einen Film, der einen Link zeigt. Und dieser Link«, sie ging zu einem der Rechner, »führt zu Facebook. Und von Facebook auf diese Seite. Und auf dieser Seite ein Video …«

Christian spürte, wie Angst in ihm hochkroch.

»Und hier«, Lisa startete den Film, »haben wir eine Leiche. Eine Wasserleiche, um genau zu sein. Die Wasserleiche von Markus Neumann.«

Scheiße, scheiße, scheiße! Es war der Film, den er der Polizei verschweigen wollte! Der Film, den er versehentlich geliked hatte. Den Film, den Lars ebenfalls gesehen hatte und von dem jetzt zu allem Überfluss auch noch die Polizei gehört hatte.

Ich Idiot!

Das war's. Er war weg vom Fenster. Erledigt. Gefeuert. Finito. Ende, aus.

Deckhard ergriff wieder das Wort. »Sie bekommen einen Link mit einem Film, der den Verwesungsprozess einer Wasserleiche zeigt. Die Leiche eines Mannes, in dessen Wohnung wir Ihr Handy finden.« Er blickte Christian durchdringend an. »Und Sie wollen uns ernsthaft weismachen, Sie hätten mit alldem nichts zu tun?«

»Ich habe diesen Film weder aufgenommen, noch kenne ich diesen Neumann in Marzahn.«

»Dann frage ich mich«, Deckhards Blick blieb hart und wachsam, »wer schickt Ihnen solche Mails?«

Christian schwieg. Was sollte er auch sagen? Sollte er Jonathan erwähnen? Aber er hatte nicht den kleinsten Beweis! Und nicht nur das – dass Jonathan wirklich so weit gehen würde, um sich an ihm zu rächen, schien auch ihm selbst zu absurd.

Aber wer dann? Wer wäre zu solch grausamen Taten fähig? Wer könnte ihn so sehr hassen?

»Vielleicht schicken Sie sich selbst diese Mails?«, riss Lisas Stimme ihn aus seinen Gedanken.

»Was?«

Sie ließ ihm ein paar Sekunden Zeit, um das Ganze sacken zu lassen.

»Ich soll mir die Mails selbst geschickt haben? Das ist absurd!«

Deckhard meldete sich wieder zu Wort. »Was glauben Sie denn, wer die Mails geschickt hat? Von Ihrem geschäftlichen ECC-Account, wohlgemerkt.«

»Jemand muss sich in mein ECC-Konto gehackt haben!«, rief Christian wütend.

»Unwahrscheinlich.« Lisa schüttelte den Kopf. »Eure IT ist ziemlich gut. Wir haben auch darüber mit denen gesprochen.«

»Abgesehen davon«, warf Deckhard ein, stand auf und ging ein paar Schritte auf und ab, »haben wir die IP-Adresse Ihres Rechners gecheckt. Über die IT Ihrer Firma ist das problemlos möglich. Ihren Rechner brauchten wir dazu gar nicht.«

Christians Gesicht verdüsterte sich. Was hatte die verdammte IT der Polizei noch alles anvertraut? Die Farbe seiner Unterhosen?

Deckhard fuhr fort: »Sie haben nicht nur den Verwesungsprozess von Neumanns Leiche gefilmt, es gibt da noch etwas.«

Christian spürte, wie er die Hände zu Fäusten ballte.

»Genau unter dieser IP ist auch die andere Mail abgeschickt worden. Die Mail, die unter einer gekauften Adresse den Film mit der Leiche enthält. Der Leiche des Mannes, den Sie zu Lebzeiten gekannt haben. Professor Werner Richter.«

»Was sagen Sie da?«, stieß Christian hervor. Wie viele Leichen standen denn noch mit ihm in Verbindung! »Von *meiner* IP-Adresse?«

Lisa nickte. »Das haben wir gerichtsfest dokumentiert. Was sagen Sie dazu?«

Als Christian nicht antwortete, fuhr sie fort: »Wissen Sie, was uns am meisten gewundert hat? Die zwei schlimmsten Mails, die mit den Filmen, wurden beide von Ihrem E-Mail-Account und obendrein von Ihrem Rechner abgeschickt.«

Christian schwieg weiterhin. Er wusste ja, dass diese Mails aus seinem Account kamen. Er hatte sich ja selbst darüber gewundert. Hatte sich selbst davor geekelt. Sich selbst davor gefürchtet.

Lisa und Deckhard warteten ab. Offenbar wollten sie ihm die Gelegenheit geben, Stellung zu nehmen.

Christian wusste, dass er sich jetzt um Kopf und Kragen reden konnte. Sein Vater hätte ihm verboten, auch nur noch ein Wort zu sagen. Doch statt zu schweigen, stellte Christian die einzige Frage, die Deckhard und die anderen ihm beantworten mussten – sie, die ihm bisher immer nur Fragen gestellt hatten.

»Aber warum? *Warum* sollte ich das alles tun?«

»Wir wissen es nicht«, sagte Deckhard. »Sagen Sie es uns.«

»Ich war es nicht, Herrgott noch mal!«

Deckhard zuckte die Schultern. »Fast alle Indizien sprechen dafür.« Doch ein Motiv schien auch er nicht zu sehen.

Er fischt im Trüben, überlegte Christian. *Wenn du bei dieser Aussage bleibst, kann dir nichts passieren.*

Sie schwiegen sich wieder ein paar Sekunden an.

»Was ist mit einem Botnet?« Christian dachte an das, was Moonshot ihm gesagt hatte. »Jemand könnte das Kommando über meinen Rechner übernommen haben. Sie glauben doch nicht im Ernst, dass ich mir die Mails selbst geschickt habe?«

Oder ist das möglich? Kann das wirklich sein? Hast du all diese Mails tatsächlich selbst verschickt? Vielleicht lag es an diesem Mistzeug, das du geschluckt hast, diesem Wachmacher.

War es nicht in jener langen Nacht in Zürich gewesen, wo er die erste Pille geschluckt hatte, um das Excel-Dokument zu bearbeiten, als die allererste Mail in seiner Inbox aufgetaucht war. *Sei bereit!* hatte darin gestanden. Hatte er sie selbst abgeschickt? Konnte es sein, dass er unter Drogeneinfluss Dinge getan hatte, an die er sich nun nicht mehr erinnerte?

Und wenn es tatsächlich so ist? Giltst du dann vor dem Gesetz als unzurechnungsfähig? Als nicht schuldig? Egal, was du getan hast?

Er war sich sicher, dass er die Mails nicht selbst verschickt hatte. Es musste eine andere Erklärung geben.

Er blickte Lisa an. »Sie kennen sich doch aus mit IT. Ein Botnet ist möglich, oder?«

Lisa zuckte die Achseln. »Unmöglich zwar nicht, aber sehr unwahrscheinlich.«

Deckhard schaltete sich ein. »Sie haben also mit alldem nichts zu tun?«, fragte er noch einmal. »Sind Sie ganz sicher? Wenn Sie uns hier Lügen auftischen, und vor Gericht kommt die Wahrheit ans Licht, haben Sie ein Riesenproblem mehr.«

Er stand auf. »Sie können jetzt gehen. Aber Sie müssen sich darüber im Klaren sein, dass Sie jetzt tatverdächtig sind. Damit haben Sie den Status eines Beschuldigten.«

»Und was heißt das?« Christian erwartete das Schlimmste.

»Sie müssen sich für Verhöre bereithalten und dürfen Deutschland nicht mehr verlassen.«

* * *

Und jetzt?, fragte sich Christian, als er auf die Straße trat, wo ihn der kalte Winterwind empfing. *Deutschland nicht mehr verlassen … Ich verliere meinen Job, wenn ich nicht reise. Und wenn ich reise, komme ich in den Knast.*

Er griff zum Handy und rief sich ein Taxi – ein ehemaliges Rauchertaxi, wie sich herausstellte, in dessen Polster sich der unangenehme Geruch von altem Plastik und kaltem Rauch gefressen hatte. Schon auf der Fahrt hörte Christian die vier Voicemails ab, die er in der Zwischenzeit von Nicole bekommen hatte. Er würde nachher mit ihr reden. Vielleicht war Barbara ja noch da, das würde alles etwas einfacher machen.

Zu Hause angekommen, fuhr er müde und erschöpft im Lift nach oben. Die Aussicht auf den Fernsehturm und die Zionskirche nahm er gar nicht wahr.

Er wollte gerade die Wohnungstür aufschließen, als sie sich von selbst öffnete.

Hatte Nicole ihn kommen gehört?

Doch die Person, die vor ihm stand, war nicht Nicole.

Es war Wolfhart König, sein Vater.

10.

Frank Deckhard betrat seine Wohnung, die immer noch nach Junggesellenwohnung aussah und es wohl auch bleiben würde, warf seine Tasche in die Ecke und schenkte sich an der Bar einen kleinen Schluck B&B ein.

B&B, dachte er, *Brandy and Bénédictine.* Angeblich war US-Präsident George W. Bush damit in den Suff gerutscht, bevor er Präsident wurde, aber das war Deckhard in diesem Moment ziemlich egal. Alkohol löste zwar keine Probleme, aber es machte sie erträglicher. So wie hier. Der Fall war kompliziert, die Sachlage unklar, und der Verdächtige, dieser schnöselige Christian König, war wie ein Stück nasse Seife.

Deckhard hatte gerade den ersten Schluck getrunken, als er sah, dass jemand eine Nachricht auf dem Festnetztelefon hinterlassen hatte. Bestimmt sein Vater. Der bekam es irgendwie nicht hin, ihn im Büro oder auf dem Handy anzurufen, sodass Deckhard immer erst nach Hause kommen musste, um auf die Anrufe reagieren zu können.

»Frank«, sagte sein Vater mit brüchiger, sorgenvoller Stimme, »ruf mich zurück.«

Deckhard wählte die Nummer seines Vaters.

»Hier bei Deckhard.«

»Hallo, Papa. Was gibt's?«

»Dein Bruder …«

»Was ist mit ihm?«

»Es geht ihm sehr schlecht. Verdacht auf Nierenentzündung.«

»Oh Gott. Ist er im …«

»Ja, im Krankenhaus. KRH Klinikum Neustadt.«

Deckhard blickte auf die Uhr. 21:02 Uhr. Sollte er hinfahren?

»Was ist passiert?«, fragte er.

Sein Vater atmete geräuschvoll aus. »Du weißt ja, Lukas muss meistens einen Katheter benutzen, weil seine Blase ja auch gelähmt ist. Jetzt haben sich Blase und Nieren entzündet, und das hat zu der Nierenentzündung geführt. Und nicht nur das. Die Ärzte ... sie sprechen von temporärem Nierenversagen. Und jetzt hat er auch noch eine Blutvergiftung.«

Deckhard sog scharf die Luft durch die Zähne. »Schlimm?«

»Ich fürchte ja. Ich habe Lukas bewusstlos in seinem Zimmer gefunden. Der Notarzt hat ihm Antibiotika gespritzt und ihn sofort in die Klinik bringen lassen.«

»Soll ich vorbeikommen?«

»Lass nur. Du musst doch arbeiten, und es ist spät. Es wäre natürlich schön, wenn du kommen könntest, aber ...«

»Ich fahre sofort los. Ich melde mich vom Handy aus dem Auto.«

Deckhard legte auf.

Schob das fast volle Glas B&B zur Seite.

Er würde seine Tasche packen und die Nacht in Hannover bleiben.

Noch ein Blick auf die Uhr.

21:05 Uhr.

11.

»Was machst du denn hier?«, fragte Christian.

»Du siehst blass aus«, sagte Wolfhart König anstelle einer Antwort. »Nicole sagt, du warst bei der Polizei?«

Es war typisch für seinen Vater, den Spieß umzudrehen und eine Frage mit einer Gegenfrage zu beantworten. Eine typische Anwaltstrategie, die Bringschuld bei jemand anderem abzuladen.

»Erzähle ich dir gleich. Würdest du mir erst mal die Frage beantworten, warum du hier bist?«

»Meine Krawatte.« Sein Vater zog einen kornblumenblauen Schlips aus der Tasche. »Du weißt doch, die habe ich am ersten Advent bei dem Termin angehabt und dann bei euch liegen gelassen, als ich dich abgeholt habe.«

»Und die musst du heute Abend holen, was?«

»Sie bringt mir Glück. Und morgen ist eine wichtige Verhandlung.«

»Ich wusste gar nicht, dass du abergläubisch bist.« Christian schob die Hände in die Taschen.

Wolfhart musterte seinen Sohn sorgenvoll. »Du siehst schlecht aus. Ist alles in Ordnung mit dir? Sollen wir uns nicht mal ein bisschen unterhalten?«

Christian zeigte auf die Tür. »Klar. Komm mit rein. Warst ja eh schon drin.«

Wolfhart König schüttelte den Kopf. »Ich bin nicht sicher, ob Nicole das alles mitbekommen soll. Lass uns zur Kanzlei fahren.«

Christian überlegte ein paar Sekunden. »Na gut.«

Sie fuhren mit dem Aufzug nach unten. »Nicole hat mir vorhin gesagt, dass du zur Polizei bist, aber ich habe es auch so gewusst«, sagte Wolfhart, als sie zu seinem Wagen gingen.

»Woher?«

»Ich bin Anwalt und gut vernetzt.«

»Du bist Wirtschaftsanwalt.«

»Staatsanwälte kenne ich trotzdem.«

Christian wurde hellhörig. »Liegt der Fall schon der Staatsanwaltschaft vor?«

Wolfhart schüttelte den Kopf. »Noch nicht, aber bald.«

Sind ja tolle Aussichten. Christian verzog das Gesicht. Aber mit nichts anderem war zu rechnen gewesen.

Wenig später saßen beide in Königs großem Büro. Der riesige Eichenschreibtisch, die Terminmappe, die Klemmhefter mit Fällen auf dem Tisch. Im Vorzimmer die meterlangen Reihen von Ordnern, daneben endlose Regalwände mit Gesetzestexten. Hier war Christian als Kind oft gewesen, hatte ehrfürchtig die Regale hinaufgeschaut, voller Bewunderung für seinen Vater, aber auch mit einem Gefühl der Angst, die Erwartungen, die sein Vater an ihn stellte, vielleicht nicht erfüllen zu können.

Zwei Cognacschwenker standen vor ihnen auf dem Tisch.

»Ich habe dich Freitagabend zufällig gesehen«, begann Christian.

»Ach ja?« Sein Vater hob die Augenbrauen.

»Ja. Vor deiner Kanzlei. Mit einer jüngeren Frau.«

»Einer jüngeren Frau?«

»Einer jungen Blondine, die du geküsst hast.«

Sein Vater verzog keine Miene.

»Weiß deine Mutter davon?«

»Warum fragst du? Hast du Angst, sie könnte die Scheidung einreichen?«

»Ist das hier ein Verhör? Warum reden wir nicht von deiner Geschichte?« Wolfhart nippte am Cognac.

»Weil ich dein Verhalten befremdlich finde, gelinde gesagt.«

»Na, na, mein Sohn, wer ist denn hier der Erziehungsberechtigte?« Sein Vater lachte in sich hinein, ohne dass dieses Lachen seine Augen erreichte. »Also gut, unter Männern. Du hast schon recht. Vielleicht hätte es eine Umarmung auch getan.«

»Es ist nichts Ernstes?«

»Aber nein.«

»Ich glaube dir nicht.«

»Das bleibt dir unbenommen.«

Christian erkannte, dass er so nicht weiterkam. »Da ist noch etwas.«

Wolfhart tippte ungeduldig mit den Fingern auf die Armlehne des schweren Ledersessels. »Wann kommen wir zu deiner Geschichte?«

»Wenn ich dir meine Frage gestellt habe.«

»Dann schieß los.«

»In letzter Zeit höre ich bei ECC öfters Bemerkungen über die Praktiken in deiner Kanzlei.«

»Zum Beispiel?«

»Die Sache mit dem pädophilen Gewerkschaftsboss.«

Wolfhart König verdrehte die Augen. »Das ist ja fast schon eine *urban legend.*«

»Ach?«

»Ein Märchen aus der Großstadt.«

»Ich weiß, was das heißt. Ich frage mich nur, ob es wirklich ein Märchen ist oder die Wahrheit.«

»Wenn du es genau wissen willst ...« Wolfhart fixierte ihn mit eisigem Blick. »Es ist die Wahrheit. Aber so ist das Leben in der Großstadt, und so ist vor allem das Big Business. Man muss mit schweren Geschützen feuern, wenn man auf Großwildjagd geht. Nicht mit Platzpatronen.«

»Für Geld tust du alles, was?« Christian starrte ihn an.

»Geld, das auch dir zugute kam, mein lieber Sohn. Wäre die Kanzlei nicht so erfolgreich, hätte ich nicht die Studiengebühren für dich, das Auslandssemester und all den anderen Kram zahlen können.« Er trank noch einmal von seinem Cognac. »Ist das angekommen?«

Es war nur zu gut angekommen. Christian senkte den Kopf und schwieg.

»Gut. Nachdem das erledigt ist, möchte ich jetzt *deine* Geschichte hören.«

Damit war das Thema offenbar für seinen Vater erledigt. Mal eben so abgehakt, schnell noch eine Aktennotiz und dann den Ordner zugeklappt. Als wäre nichts gewesen. Widerwillig musste Christian seinen Vater für dessen Coolness bewundern, auch wenn sie an Skrupellosigkeit grenzte.

Vielleicht, überlegte er, *ist ein solcher Mann genau der Richtige in meiner Situation. Vielleicht ist er der Einzige, der mir helfen kann.*

Also erzählte er seinem Vater die ganze Geschichte. Es tat gut, sich jemandem anzuvertrauen. Noch dazu jemandem, den offenbar nichts erschüttern konnte. Nicole hätte er das alles nicht erzählen können. Die wäre aus allen Wolken gefallen.

Und Christian erzählte. Von den zwei Links, die er bekommen hatte. Von seinem Status als Tatverdächtiger, und dass er Deutschland nicht verlassen dürfe. Von den beiden Leichen, von denen er eine Person zu deren Lebzeiten gekannt hatte, während bei der anderen sein gestohlenes Handy gefunden worden war. Nur von dem Schließfach erzählte er nichts. Er wollte die Sache nicht zu sehr verkomplizieren. Die Leichenfunde und deren Umstände waren entschieden wichtiger; schließlich hatten sie ihn in diese schwierige Lage gebracht.

Sein Vater hörte ihm die ganze Zeit aufmerksam zu, warf nur

hin und wieder Bemerkungen ein wie *Warum erfahre ich das erst jetzt?* oder *Du hättest eher zu mir kommen sollen.*

»Warum das alles? Hast du eine Ahnung?«, fragte Christian, als er geendet hatte. »Wer macht so etwas?«

»Jemand, der dir schaden will, würde ich sagen. Aus Missgunst, aus Rache, Neid oder Hass. Jemand, der seine Sache verdammt gut macht.« Er fixierte seinen Sohn. »Fällt dir niemand ein?«

»Jonathan«, sagte Christian. »Jonathan Hillmann.«

»Wer ist das?«

»Ein Kollege von ECC, der gefeuert wurde. Weil ich seinen Job besser gemacht habe als er.«

»Plausibel?«

»Ich weiß nicht. Offen gestanden, ich kann es mir nicht vorstellen. Das alles ist viel zu komplex, viel zu ausgetüftelt. Er hätte es sich einfacher machen können, um seine Rache zu bekommen. Dummerweise habe ich meinem Projektleiter von meinem Verdacht erzählt. Der wäre beinahe ausgerastet.«

»Kein Wunder.« Sein Vater verzog das Gesicht. »Also gut. Hör zu. Halt das auf Sparflamme. Nicht mehr als nötig in der Firma erzählen, verstanden? Und nur, wenn man dich fragt. Und stimm das vorher mit mir ab. Verdammt, wieso hast du mir nicht längst davon erzählt?«

»Ich weiß auch nicht ... ich wollte dich nicht beunruhigen. Außerdem dachte ich, das Ganze hört vielleicht irgendwann wieder auf. Ich war mir nicht sicher, wie ernst das alles ist, ob es sich vielleicht nur um eine besonders grausame Art von Mobbing handelt. Und irgendwann war es dann zu spät ...«

»Also gut«, sagte sein Vater. »Ich überprüfe das, so gut ich kann. Mal sehen, was ich über diesen Hillmann herausfinde. Wäre nicht der Erste, den ich unter die Lupe nehme.«

Christian fiel ein Stein vom Herzen. »Du meinst, du kannst irgendetwas herausfinden?«

»Ich glaube schon.« König blickte auf die Uhr. »Es wird spät, und wir beide haben morgen einen harten Tag.« Er stand auf. Dabei schaute er seinen Sohn an, als läge ihm noch irgendetwas auf der Zunge, doch er sagte nichts.

Kurz darauf verließen beide die Kanzlei.

Christian fragte sich erneut, ob es richtig gewesen war, seinen Vater einzuweihen. Aber irgendjemandem musste er sich anvertrauen, und wer wäre geeigneter gewesen als sein abgebrühter Vater? Wenn jemand ihn raushauen konnte, dann er.

Und moralische Skrupel kannte er offenbar auch keine.

Von daher passte alles zusammen.

Leider.

12.

Dienstagmorgen, 8:00 Uhr.

Deckhard fühlte sich, als wäre ein Panzer über ihn hinweggerollt, als er die Autobahnraststätte kurz vor Königsluther betrat, um sich einen Kaffee zu holen. Er wusste nicht recht, was er von Raststätten halten sollte. Sie waren zwar alles andere als einladend, aber für Deckhard hatten sie etwas von Saloons im Wilden Westen – eine Anlaufstelle in endloser Monotonie. Auch wenn sie oft billig und behelfsmäßig wirkten, waren sie zugleich auch auf eine melancholische Weise romantisch.

Er ging auf eines der Bezahlklos, das für die 70 Cent aber auch sauberer war als die Stricher- und Junkie-Kloaken, die er aus früheren Zeiten von der Autobahn kannte, besorgte sich dann seinen Kaffee und trat nach draußen in die Kälte, um eine Zigarette zu rauchen. Es war ein diesiger Morgen, frostig und neblig. Der kalte Wind fand zielsicher jede Ritze in der Kleidung und ließ Deckhard bis auf die Knochen frieren.

So ähnlich, wie er jetzt mit dem Kaffee an der eisigen Raststätte stand, hatte er die Nacht zuvor auf dem Flur des Krankenhauses gestanden. Auch dort hatte es eine Kaffeemaschine gegeben, auch wenn der Kaffee viel schwächer gewesen war. Aber wenn man die ganze Nacht nichts anderes zu tun hatte, als zu warten und Kaffee zu trinken, war es vielleicht ganz gut, dass der Kaffee nicht übermäßig stark war.

Deckhard dachte an die Stunden, die er neben dem Bett seines Bruders im Klinikum Nordstadt gesessen hatte. Lukas hatte schlecht ausgesehen, hatte inmitten der Schläuche und Messgeräte klein und verloren gewirkt.

Aufsteigende Harnwegsinfektion, hatte die Ärztin gesagt. Sie hatte ihm Antibiotika gegeben, fiebersenkende Mittel, Kochsalzinfusionen, damit er nicht dehydrierte, und ein Morphium-Derivat gegen die Schmerzen und um ihm ein bisschen Schlaf zu ermöglichen. Aber die Lampen im Zimmer waren so grell gewesen, dass man bei Licht kaum schlafen konnte. Sie hätten jedem Verhörraum zur Ehre gereicht. Doch hätte Deckhard sie ausgemacht, hätte er im Dunkeln neben Lukas' Bett gesessen. Deckhard hatte sich schließlich für die zweitschlimmste Lösung entschieden, die Lampe direkt über dem Bett.

Sein Vater hatte den Tag zuvor am Krankenbett verbracht; Deckhard hatte ihn sozusagen für die Nacht abgelöst. Er hatte versucht, mit Lukas zu sprechen, aber keine Antwort bekommen. Dann hatte er die Hand seines Bruders gehalten. Er hatte gefühlt, dass die Hand warm war und dass Lukas' Puls schlug. Aber er hatte keinen Händedruck gefühlt, keine Erwiderung.

Irgendwann spät in der Nacht war er im Sessel neben dem Bett eingeschlafen. Die Krankenschwestern, die ab und zu ins Zimmer kamen, um nach dem Patienten zu sehen, hatten ein Auge zugedrückt, denn die Besuchszeit war natürlich längst vorbei. Am Morgen hatte Lukas noch immer keine Regung gezeigt.

Deckhard hatte gar nicht erst um Erlaubnis gefragt, sondern hatte einfach eine der Duschen auf dem Gang benutzt. Dann war sein Vater erschienen – zum Schichtwechsel, wie er müde gescherzt hatte. Nach einem gemeinsamen Frühstück in der Kantine war Deckhard ins Auto gestiegen und losgefahren, wobei er hin und wieder mit dem Schlaf kämpfen musste.

Wie es wohl ist, wenn man einschläft und gegen einen Brücken-

pfeiler rast?, fragte er sich und steckte sich eine Zigarette an. *Wacht man vom Aufschlag für einen Sekundenbruchteil auf, oder ist man auf der Stelle tot?*

Wann genau war man dann gestorben? Medizinisch natürlich durch den tödlichen Aufprall. Aber eigentlich war man doch schon in dem Moment tot, wenn man am Steuer eingeschlafen war. War der Tod tatsächlich der Bruder des Schlafes?

Eine SMS von Sophie unterbrach seine Gedanken.

Kannst du sprechen?

Deckhard wählte ihre Nummer. »Was ist los?«

»Mal wieder eine Leiche«, sagte Sophie ohne Umschweife.

Deckhard war sofort hellwach. »Wo und wie?«

»Die Hotelbaustelle nahe dem Schloss, das neu gebaut wird. Der Tote wurde in einem der halb fertigen Hotelzimmer gefunden.«

»Wieder eine Wasserleiche?«

»Nein, das andere Extrem.«

»Was meinst du damit?«

»Vertrocknet. Halb mumifiziert. Was sicher daran liegt, dass die Leiche zwischen vier Heizlüftern saß. Die Dinger haben bis eben noch gerattert, sodass es da noch immer heiß sein dürfte wie in einem Darkroom.«

»Indizien?«

»Haufenweise Fingerabdrücke.«

»Von wem?«

»Wissen wir noch nicht.«

»Und die Leiche?«

»Ein Mann. Hat seinen Ausweis noch in der Tasche. Heißt Sebastian Schröder, wenn er es ist. Visitenkarten hat er auch dabei.«

»Und was macht er?«, fragte Deckhard und verbesserte sich gleich: »Was hat er gemacht?«

»Partner bei MRT.«

»MRT? So wie in der Klinik?« Er musste wieder an Lukas und all die Schläuche denken.

»Nein. McMullan, Reynolds & Thomson. Eine sehr alte und traditionsreiche Unternehmensberatung.«

»Eine Unternehmensberatung?« Deckhard pfiff durch die Zähne und drückte die Kippe aus. »So wie ECC?«

»So ungefähr. MRT ist der größte Konkurrent von ECC.«

13.

Am nächsten Morgen kam Christian müde und wie gerädert ins ECC-Büro. Ihm war, als hätte er auf einem Berg aus Ästen geschlafen.

Er blickte auf die Uhr. 9:30 Uhr. Verdammt, er war auch schon mal früher bei der Arbeit gewesen. Aber als er nach dem Treffen mit seinem Vater nach Hause gekommen war, hatte es Streit mit Nicole gegeben. Die üblichen Fragen: Wo warst du so lange? Was wollte die Polizei? Warum redest du nur mit deinem Vater darüber, nicht mit mir? Jedes Mal, wenn ich versuche, ein normales Zusammenleben mit dir zu führen, versaust du es mir, und wenn es nur ein Abendessen mit dir und Barbara ist.

Nicole war verheult ins Bett gegangen und hatte ihm seine Sachen auf die Couch geschmissen. Christian hatte noch ein Glas Rotwein getrunken und war dann auf besagter Couch in einen unruhigen Schlaf gefallen.

Nun wollte er gerade seinen Laptop aufklappen, als sein Handy klingelte. Eine interne Nummer.

»Christian? Kathrin hier.«

Kathrin. So ein Mist!

»Was gibt's?«

»Lars möchte gerne mit dir sprechen.«

»Sag ihm, ich komme sofort. Fünfter Stock?«

»Ja, das Partnerbüro ganz hinten.«

Das Berliner Büro hatte mehrere so genannte »Partnerbüros«. Eigentlich gehörten sie den Partnern, aber da Berlin ein »Exportbüro« war, hielten sich die meisten von ihnen fast die ganze Woche in Städten auf, in denen es noch so etwas wie Industrie und Großunternehmen gab, Frankfurt beispielsweise, München oder Düsseldorf, aber meist nicht in Berlin. Andererseits gab es Berater, die von München oder Frankfurt ständig nach Berlin reisten. Böse Zungen sagten, das sei Absicht, da jemand, der meist in einer fremden Stadt in Hotels wohnt, weniger soziale Kontakte hat und daher auch bereit ist, länger zu arbeiten. Jedenfalls war deshalb immer eines der Partnerbüros frei für Partner aus anderen Büros, wie für Lars, der sich diese Woche in Berlin aufhielt, aber eigentlich zum Frankfurter ECC-Büro gehörte.

Lars schloss die Tür hinter sich, nachdem Christian das Büro betreten hatte, und wies auf einen Drehstuhl an seinem Tisch.

»Ganz ehrlich, Christian, ich bin irritiert. Und ich hätte gedacht, dass du mich gestern noch zurückrufst.«

Das war ein schlechtes Zeichen. *Ich bin irritiert* kam im Neusprech der Beratungen einem Todesurteil gleich. Ehe Christian etwas erwidern konnte, fuhr Lars bereits fort: »Nicht nur ich bin irritiert. Auch Walter Schmidt.«

Auch das noch ...

Schmidt war Deutschlandchef von ECC. Er hatte früher Mentholzigaretten Kette geraucht und deshalb den Spitznamen »Helmut Schmidt« erhalten. Jetzt kaute er permanent auf Nikotinkaugummis herum und hatte zehn Kilo zugenommen, seitdem er nicht mehr rauchte.

»Ich wollte dich ja zurückrufen, aber erst nach der Polizei ...« Christian kam es so vor, als wäre sein Leben zurzeit ein einziges riesiges Verhör. Und die Arbeit, die er zu Hause erledigen und seinen Kollegen schicken wollte, war weder erledigt noch verschickt.

»Aber wieso weiß Walter ...«

»Wieso?« Jetzt schien Lars wirklich irritiert zu sein. »Weil er der Deutschlandchef ist, und weil er sich berechtigterweise Sorgen macht, wenn einer unserer Mitarbeiter solche Facebook-Links bekommt. Wenn dieser Mitarbeiter mitten im Kundenmeeting ausrastet. Wenn das Mobiltelefon dieses Mitarbeiters an einem Tatort gefunden wird. Wenn die Polizei unserer IT am Wochenende die Bude einrennt, und wenn besagter Mitarbeiter ständig zu Verhören zur Polizei gebeten wird.« Er faltete die Hände auf der Tischplatte. »Ich finde, so etwas geht einen Deutschlandchef schon etwas an, meinst du nicht?«

Christians Handy klingelte. Sein Vater. Er stellte das Handy auf stumm. »Sorry.«

»Kein Problem.« Lars' Lächeln, ohnehin nur eine Andeutung, verschwand sofort wieder. »Wie ich schon sagte, es geht Walter etwas an, und es geht mich etwas an. Klar?«

»Klar.«

Lars stand auf, ging zum Fenster und blickte auf den Innenhof. Schneeflocken stoben um die Backsteingebäude herum wie in Charles Dickens' *Weihnachtsgeschichte*. Aber keinem von beiden war im Moment nach Weihnachten zumute. »Wenn das klar ist«, sagte Lars, »muss ich von dir noch eine Sache wissen.«

»Und was?«

»Was weißt du über das alles? Warum wirst du da hineingezogen? Ich habe bis eben mit Walter gesprochen. Wir sind beide der Meinung, dass du die Katze aus dem Sack lassen musst, wenn es etwas gibt, was wir wissen sollten. Nicht nur, weil wir alles erfahren möchten. Auch weil wir dir helfen wollen. Wir lassen es nicht zu, dass Mitarbeitern von ECC so etwas passiert.« Ein weicher Ausdruck erschien auf seinem Gesicht, verschwand aber sofort wieder. »Aber dann müssen wir Klarheit haben. Und das ist jetzt keine Bitte.«

»Sondern?«

»Eine Aufforderung, der du nachkommen solltest, wenn du

ECC als Firma betrachtest, bei der du auch in Zukunft bleiben möchtest.«

Christian zögerte. »Ich denke, es war Mobbing. Besser gesagt, es *ist* Mobbing.«

»Mobbing?« Lars schien überrascht. »Von wem?«

»Ich habe natürlich keine Beweise, aber ich könnte mir vorstellen, dass Jonathan dahintersteckt.«

Lars' Kopf zuckte nach vorne wie ein Katapult. »Jonathan? Unser Jonathan? Jonathan Hillmann?«

»Könnte doch sein. Ich habe ihm ja gewissermaßen den Job weggenommen, weil ich mit dem Excel besser klargekommen bin.«

Lars schwieg einen Moment, als müsste er das Gehörte verarbeiten.

»So ein Unfug!«, polterte er dann. »Zuerst einmal hast du ihm nicht den Job weggenommen. Und nur, weil er die Firma verlässt, begeht er doch keine Morde. Christian, das ist eine boshafte Unterstellung!« Er ging wieder zurück an seinen Platz. »Abgesehen davon ist er seit zwei Wochen nicht mehr in Deutschland.«

Jetzt war es Christian, der aufhorchte. »Wie bitte?«

»Er ist in den USA. Macht Urlaub, um den Kopf freizubekommen, bevor er sich einen neuen Job sucht. Er ist an der Westküste. San Francisco, Los Angeles. Er hat mir gestern eine Mail mit ein paar Fotos geschickt.«

Mit ein paar Fotos. Hoffentlich nicht mit einem Link zu einem Film ...

Dennoch, diese Information war neu. Jonathan war gar nicht hier, war weit weg in den USA. Wer war dann der bösartige Puppenspieler, der im Hintergrund die Fäden zog?

Lars ging zur Tür, was dafür sprach, dass er das Gespräch als beendet betrachtete. Vorerst jedenfalls. »Du überlegst jetzt mal ganz genau, was du uns noch zu erzählen hast, okay?«, sagte er beim Hinausgehen. »Uns weiterhin Informationen vorzuenthalten, kann nicht die Lösung sein. Wir sind für dich da, aber wir haben hier auch ein gemeinsames Reputationsrisiko und müssen die Sache gemeinsam lösen. Gleich tagt hier der Lenkungsausschuss, dann geht es eventuell doch noch nach New York, falls sie es nicht aufs neue Jahr verschieben, und dann ist schon Weihnachten. Wir haben vorher noch eine Menge zu tun. Wir müssen alle topfit sein. Vor allem müssen wir wissen, was bei dir läuft und wie wir dir helfen können. Und dabei musst du *uns* helfen, klar?« Lars' Miene hatte sich ein wenig aufgehellt, jetzt verfinsterte sie sich wieder. »Wenn du weiterhin auf stur schaltest, bedeutet es das Ende deiner Karriere bei ECC. Wir gehen offen miteinander um oder gar nicht. Habe ich mich klar ausgedrückt?«

»Sehr klar, Lars.«

»Dann denk darüber nach. Aber nicht zu lange.«

Die Tür schlug hinter ihm ins Schloss.

14.

Gleich nachdem er Lars' Büro verlassen hatte, hörte Christian die Mailbox ab. Sein Vater hatte ihn kurz und knapp gebeten, zurückzurufen. Es schien etwas Dringendes zu sein.

Christian wählte die Nummer. Wolfhart König nahm nach zweimaligem Klingeln ab.

»Was gibt's?«, fragte Christian.

»Ich habe meine Kontakte spielen lassen. Jonathan ist schon vor einigen Tagen nach Übersee abgereist.« Christian hörte gespannt zu. »Ich halte es für unwahrscheinlich, dass er aus dem Ausland irgendetwas koordinieren könnte.«

Christian senkte die Stimme, als zwei Sekretärinnen mit Kaffeebechern an ihm vorbeikamen. »Dann glaubst du nicht, dass er mit dem ganzen Spuk zu tun hat?«

Sein Vater atmete hörbar aus. »Ehrlich gesagt, nein. Ich kann mir nicht vorstellen, dass man so etwas aus der Ferne steuern kann. Es muss jemand anders sein.«

»Und wer?«

»Das ist die Frage, nicht wahr? Ich halte die Augen offen.«

»Danke dir.«

Christian beendete das Gespräch und fuhr mit dem Aufzug hinunter in sein Büro, wo Katharina soeben ein Telefonat mit einem Kunden beendet hatte.

»Katharina«, sagte er.

»Hi, Christian.« Sie lächelte.

»Sag mal, du hast doch auch etwas von diesen seltsamen Links mitbekommen, oder?«

»Ja. Warst du deswegen bei Lars?«

Christian wurde sofort hellhörig. »Woher weißt du, dass ich bei Lars war?«, fragte er misstrauisch.

»Du wirst ja wohl kaum in den fünften Stock fahren, um aufs Klo zu gehen.«

»Stimmt auch wieder.« Christian blickte auf seine Hände und dachte fieberhaft nach, ehe er fragte: »Wie gut hast du eigentlich Jonathan gekannt?«

»Den kannte ich kaum.« Katharina zuckte die Achseln. »Ich habe ihn nur ungefähr vier Wochen lang gesehen.«

»Länger hat er nicht an dem Job gearbeitet?«

»Nein. Er kam von Industrial Goods zu uns.«

»Ist er da auch nicht klargekommen?«

Katharina nickte. »Munkelt man.«

»Glaubst du, er ist sauer auf mich?«

»Warum sollte er?«

»Na ja, ich hab ihm das Excel weggenommen. Und dass ich mit dem Tool besser klarkam als er, obwohl ich Newie bin und noch dazu kein BWLer, könnte ihn doch gewurmt haben ...«

Katharina schüttelte den Kopf. »So läuft es hier nun mal, das wissen alle. Kommen und gehen. *The nature of the beast*, wie die Engländer sagen. Wenn Jonathan auf jemanden sauer ist, dann auf Fabian und Lars, die nie Zeit für ihn hatten.«

»Auf mich also nicht?«

»Kann ich mir nicht vorstellen. Außerdem wollte er weg. Ich glaube, wenn ECC Andeutungen macht, dass man besser gehen sollte, hat man diesen Gedanken selbst schon gehabt. Die Allerwenigsten, die hier weggehen oder gegangen werden, betrachten das hier als ihren Traumjob.«

»Dann glaubst du also nicht, dass Jonathan hinter diesen Facebook-Aktionen steht?«

»Der?« Katharina musste lachen. »Der war doch total gutmütig. Im Grund war er gar nicht hart genug für dieses Business hier.«

»Vielleicht war er ein Wolf im Schafspelz?«

»Eher ein Schaf im Schafspelz. Außerdem ist er schon längere Zeit in den USA im Urlaub, soviel ich weiß.«

»Von da könnte er auch solche Links schicken.«

»Kann ich mir nicht vorstellen, dass er dafür Zeit hat. Und Lust schon gar nicht. Passt überhaupt nicht zu ihm.« Sie blickte auf ihren Monitor. »Aber nun mal wieder zur Sache, Sherlock Holmes. Nachher, siebzehn Uhr, ist Lenkungsausschuss. Wir haben noch einiges zu tun. Fabian ist auch in einer Stunde wieder da. Dann müssen wir noch mal durch die Präsentation gehen. Abgesehen davon wolltest du uns gestern Abend noch deine Ausarbeitungen schicken. Wann kommen die denn?«

»Bald«, sagte Christian.

»Die Kunden waren eben auch schon kurz da.«

»Auch die Engländer?«

»Auch die. Also, an die Arbeit.«

»Hast recht, Boss.« Christian setzte sich an den Schreibtisch und klappte seinen Laptop auf. Doch er merkte rasch, dass er sich wieder einmal nicht konzentrieren konnte.

Jonathan kann es also nicht gewesen sein, überlegte er. *Aber wenn nicht er, wer dann?*

Er musste daran denken, dass sein Vater wieder einmal recht gehabt hatte. Und er hatte genau das über Jonathan herausgefunden, was auch Lars wusste. Wie ein Detektiv ...

Wusste er mehr, als er herausrückte? Unterzog er ihn, Christian, einer Art Prüfung, wie er es früher schon oft gemacht hatte, nur dass die Prüfung jetzt um einiges härter war?

Sein Vater hätte es beinahe geschafft, ihn zu überzeugen, dass er auf der Seite seines Sohnes war, aber irgendetwas war da. Irgendwas verschwieg er. Sonst hätte er einige Dinge nicht gewusst.

Und auch, dass er in der Wohnung gewesen war, um seine

Krawatte zu holen, hatte Christian ihm von Anfang an nicht abgekauft. Warum aber war er *dann* in der Wohnung gewesen? Christian war an dem Abend viel zu müde gewesen vom Verhör bei der Polizei, als dass er ihn mit den richtigen Fragen gelöchert hätte.

Nicole gegenüber hätte er sagen können, er habe in der Wohnung irgendwas vergessen – sie konnte ihn ja schlecht vor der Tür stehen lassen.

Warum ist er wirklich in der Wohnung gewesen? War er vielleicht in meinem Zimmer? Hat dort irgendetwas gefunden?

Christian blickte auf die Uhr. Noch zwei Stunden bis zum Lenkungsausschuss. Das konnte er locker schaffen. Seine Präsentation war so gut wie fertig.

»Ich muss noch mal kurz weg«, sagte er.

Bevor Katharina etwas entgegnen konnte, war er aus dem Büro verschwunden.

15.

Nicole.

Wo steckt sie bloß?, fragte sich Christian. *Sie hätte mir sagen können, ob Vater in meinem Arbeitzimmer gewesen ist, als er in unserer Wohnung angeblich nach seiner Krawatte gesucht hat.*

Christian saß in einem Taxi, das er an der Straße herangewinkt hatte; hätte er sich über irgendeine App eine Taxe bestellt, hätte sich jemand einhacken und seinen Aufenthaltsort ermitteln können. *Besonders diese Gothic-Tussi vom LKA. Diese Lisa.*

Er musste jetzt höllisch aufpassen. Der kleinste Fehler, und er landete im Knast, mit unabsehbaren Konsequenzen.

»Warten Sie hier kurz, bin gleich wieder da«, wies er den Taxifahrer an, als der Wagen vor der Villa der Königs hielt. Ein rascher Blick auf die Uhr: zwanzig nach drei. Die Fahrt bis ins Westend hatte ganz schön gedauert.

Den Schlüssel zur elterlichen Wohnung hatte Christian stets bei sich – auf Drängen seiner Mutter. *Du bist jederzeit bei uns willkommen. Immer eine Zuflucht in den Stürmen des Lebens. Gott sei Dank sind Mütter so.*

Jetzt war sie beim Bridge, wie Christian wusste. Es gab tatsächlich Bridgerunden in Berlin, und seine Mutter war vor zwei Jahren einer beigetreten. *Perfekt.* Nur die Putzfrau war da und schrubbte den Fußboden im Eingangsbereich.

»Tag, Frau Schmidke«, grüßte Christian.

»Herr König!«, grüßte sie mit der Wärme einer älteren Dame zurück, die den Sohn des Hauses seit Jahren kannte. »Da ham'

Se aber Pech, Ihre Mutter ist von 'ner halben Stunde wegjefahren.«

Zum Bridge, ich weiß. Deswegen bin ja gerade jetzt gekommen.

»Oh, schade. Na, ich hab beim letzten Besuch etwas liegen lassen, da bin ich wenigstens nicht umsonst gekommen. Ich hol's mal eben.« Christian lächelte sie an. »Bin gleich wieder da.«

»Ist gut.« Frau Schmidke widmete sich wieder dem Fußboden.

Christian stieg die Treppe zum Arbeitszimmer seines Vaters hinauf. Ließ den Blick schweifen. Der große Eichenschreibtisch. Die Dockingstation, wo sonst das Laptop steckte. Faxgerät. Drucker. Kopierer. Ein Aktenvernichter, den Wolfhart König kaum brauchte, weil er dazu übergegangen war, vertrauliche Dokumente im Kamin zu verbrennen.

Es gibt nichts, was nicht passieren kann, hatte er einmal zu Christian gesagt. *Es gibt Schnüffler, die durchwühlen den Müll und setzen die Schnipsel aus dem Aktenvernichter wieder zusammen. Wenn man Zeit und Leute genug hat, geht das. Bei Asche geht das nicht.*

Christian nickte vor sich hin. *So langsam weiß ich, weshalb du so vorsichtig bist. Junge Blondinen. Geschasste Gewerkschaftsbosse. Und wenn ich an die kryptischen Bemerkungen meiner Freunde und Kollegen denke ... Ich glaube, mein lieber Herr Vater, du hast ganz schön Dreck am Stecken!*

Christian durchsuchte vorsichtig die Papiere auf dem Schreibtisch. Einladungen zu Ausstellungseröffnungen, die sein Vater nur besuchte, wenn er dort auf potenzielle Geschäftskontakte treffen konnte; diverse Mahnungen wegen Falschparkens, die er seiner Sekretärin gab, die Zugriff auf ein kleines Konto für solche Bagatellen hatte; Unterlagen aus der Kanzlei, die nicht allzu wichtig waren, Abrechnungen über Nebenkosten, ein Prospekt für einen geschlossenen Immobilienfonds, den ihm sein Privatbanker geschickt hatte, ein Ausdruck von …

Das gibt's nicht!

Christian riss ungläubig die Augen auf. Es war ein Ausdruck des Protokolls von seinem ersten Besuch beim LKA in der Keithstraße. Dazu die Kopie einer Vorladung. Christian kannte die Papiere in der Reihenfolge, schließlich hatte er sie in seinem Schreibtischschrank zu Hause versteckt, damit Nicole sie nicht finden konnte.

Ich habe doch erst gestern dort nachgeschaut, und alles war an seinem Platz … So ein durchtriebener Mistkerl! Offenbar lerne ich meinen Herrn Vater jetzt erst richtig kennen.

Wolfhart hatte die Unterlagen entdeckt, hatte sie aber nicht mitgenommen, sondern kopiert. *Natürlich, er ist ja nicht blöd, der gerissene Bastard.* Wahrscheinlich hatte er die Papiere mit seinem Smartphone eingescannt, hatte sie per Mail an sich selbst geschickt und dann ausgedruckt.

Er hat mich ausspioniert. Von wegen Krawatte! Er hat mir ins Gesicht gelogen. Dieser Lump. Macht mit jungen Frauen rum, schnüffelt in den Papieren seines eigenen Sohnes. Ich möchte nicht wissen, was du noch alles auf dem Kerbholz hast, was du Mutter und anderen Menschen schon alles angetan hast!

Christian schaute auf die Uhr. 15:35 Uhr.

Er rannte die Treppe hinunter. Zu seiner Erleichterung war Frau Schmidke im Keller zugange, wie er am Scheppern des Eimers hörte. *Gott sei Dank. Heute kein Update über den aktuellen Gesundheitszustand ihres darbenden Mannes.*

Atemlos stieg Christian ins Taxi.

»Kudamm 190«, sagte er zum Fahrer. »Kanzlei König & Partner.«

Sein Vater.

Der Mistkerl.
Jetzt kannst du was erleben!

* * *

Christian ging mit entschlossenen Schritten an den hohen Regalen mit den Aktenordnern und Gesetzesbüchern vorbei und nickte der Sekretärin im Vorzimmer flüchtig zu.

»Herr König«, rief die ältliche Blondine ihm hinterher. »Sie können da nicht rein! Ihr Vater ist in einer wichtigen Besprechung mit …«

»Mit mir«, rief Christian zurück und hatte schon die Tür zum Büro aufgestoßen.

Die Blicke seines Vaters und dreier Besucher in Anzug und Krawatte, die in der Sitzecke gegenüber vom großen Schreibtisch saßen, richteten sich auf ihn.

Wolfhart König hatte seine Überraschung binnen einer Sekunde überwunden, wie Christian nicht ohne widerwillige Bewunderung registrierte. »Ich wusste gar nicht, dass wir verabredet sind«, sagte er mit frostiger Stimme, eher er sich entschuldigend an seine Besucher wandte. »Verzeihen Sie die Störung. Darf ich vorstellen, mein Sohn Christian … dem ich offenbar zu wenig Manieren beigebracht habe.«

Christian ballte die Fäuste, zwang sich aber, im Beisein der Besucher wenigstens einigermaßen höflich zu bleiben.

»Können wir fünf Minuten sprechen, Vater? Jetzt. Es ist extrem wichtig.«

Wolfhart setzte zu einer heftigen Erwiderung an, stand dann aber auf. »Na schön, wenn es so *extrem* wichtig ist«, sagte er. »Ich hoffe sehr, du hast einen guten Grund für diese Störung.« Er blickte die Besucher an. »Würden Sie bitte fünf Minuten im Vorzimmer warten? Meine Sekretärin macht Ihnen noch einen Kaffee.«

»Selbstverständlich«, antwortete einer der drei Männer. Sie verließen das Büro, nicht ohne Christian neugierige Blicke zuzuwerfen.

»Verdammt, was spielst du für ein Spiel!«, brüllte Christian, kaum dass die Tür sich hinter den Männern geschlossen hatte.

»Pssst! Nicht so laut!«, zischte sein Vater und machte heftige, wedelnde Handbewegungen, um seine Worte zu unterstreichen.

»Tut mir leid«, sagte Christian und kam sich im selben Augenblick wie ein Trottel vor. *So viel zum Thema »jetzt kannst du was erleben«.*

»Also. Was ist?«

»Stell dich nicht dumm«, antwortete Christian und hätte gern resoluter geklungen. »Du warst in meiner Wohnung.«

»Das weißt du doch. Ich hatte meine Krawatte vergessen.«

»Und was ist mit dem Polizeiprotokoll, das du eingescannt hast?«

»Was?«

Christian wusste, dass sein Vater Zeit schinden wollte.

»Ich habe Kopien der Polizeiprotokolle in deinem Arbeitszimmer gefunden. Ich ...«

»Wie bitte?«, fiel Wolfhart ihm scharf ins Wort.

»Du hast in meinem Zimmer herumgeschnüffelt. Aber andere können auch in fremden Büros herumwühlen! Ich habe ...«

Wieder fuhr sein Vater ihm über den Mund. »Mach dich nicht lächerlich. Das ist eine dreiste Unterstellung. So, und jetzt Schluss mit dem Unsinn. Ich muss arbeiten. Ich muss das Geld reinholen, das deine exklusive Ausbildung mich gekostet hat.«

Christian schwieg. *Dieser alte Hurensohn.*

»Die Männer im Vorzimmer sind einen sechsstelligen Betrag für mich wert. Schick sie zu mir rein.«

Christian schluckte. »Wie bitte?«

»Habe ich mich unklar ausgedrückt? Mach dich ausnahmsweise nützlich und sag den Herren, sie können wieder zu mir hereinkommen. Ich habe keine Zeit für deinen Unsinn. Ruf mich an. Wiedersehen.«

Christian konnte so viel Kaltschnäuzigkeit nicht fassen. *Na warte!* Er zog die Kopien aus der Tasche. »Kennst du die hier? Wenn du jetzt nicht mit mir redest, fahre ich zur Polizei und zeig dich an. Dann ist mir nämlich alles egal. Du, ich, deine dämliche Kanzlei, meine beschissene Karriere ...«

»Wo hast du die her?«

»Ich sagte doch, aus deinem Arbeitszimmer. Ich war dort.«

»Wann soll das gewesen sein?«

»Gerade eben. Mutter ist netterweise beim Bridge.«

Diesmal war es Wolfhart, der einen Moment lang schwieg. Dann fragte er zu Christians Erstaunen mit ruhiger, ganz normaler Stimme: »Wie hast du davon erfahren?«

»Das könnte ich dich auch fragen. Was sollen diese Kopien?«

Wolfhart verschränkte die Arme und trat ans Fenster.

»Ich mache mir Sorgen«, sagte er.

»Jetzt sag ja nicht um mich.«

»Fakt ist, du steckst in großen Schwierigkeiten und vertraust dich mir nicht an.«

»Da musstest du es durch die Hintertür versuchen, was?«

Wolfhart lächelte anerkennend. »Nicht schlecht. Fast wie ein Anwalt. Ja, so könnte man es nennen. Es war zu deinem Schutz. Wir waren uns doch einig, dass ich dir aus der Klemme helfe. Und wenn einer dir helfen kann, dann ich.«

»Kannst du das wirklich? Ich habe meine Zweifel.«

»Ich kann, und ich will. Ich bin dein Vater.«

»Manchmal bin ich mir da nicht so sicher.«

»Was soll das heißen?«

»Nichts. Wo du meine Lage jetzt vermutlich besser kennst

als ich selbst«, Christian hob die Hand, in der er die Papiere hielt, »was rätst du mir?«

»Du redest in der Firma nicht über diese Sache, verstanden? Und du wirst mich zu allen Polizeiterminen mitnehmen. Ich werde dafür sorgen, dass ich mich jedes Mal frei machen kann. Ich möchte nicht, dass mein einziger Sohn vorbestraft wird und mich mit in den Abgrund reißt. Das würde Mandanten wie denen«, er nickte in Richtung des Vorzimmers, »gar nicht gefallen. Außerdem wäre deine Karriere zerstört, und das nicht nur bei ECC. Irgendjemand will dir schaden, wie es aussieht, und diesen Jemand müssen wir sehr ernst nehmen.«

»Woher willst du das wissen?«

Zum ersten Mal wirkte sein Vater unsicher.

»Es könnte sein, dass ...«, setzte er an. »Es dauert zu lange, dir das zu erklären.«

»Versuch es. Ich habe Zeit«, sagte Christian, obwohl er wusste, dass in einer Stunde das Meeting des Lenkungsausschusses begann.

»Aber ich nicht. Meine Mandanten warten da draußen. Und es ist nicht meine Art, Mandanten warten zu lassen. Außerdem sollten wir in Ruhe über alles reden, nicht hier, zwischen Tür und Angel. Dafür ist diese Sache viel zu wichtig.«

Christian setzte zu einer Antwort an, als sein Handy klingelte. Fabian.

»Ja?«, sagte er.

»Verdammt, wo steckst du?«

Er hörte an Fabians Stimme, dass der jetzt keinen Spaß verstand.

»Bin gleich da«, antwortete Christian kleinlaut.

»Das will ich hoffen. So langsam findet es hier nämlich keiner mehr witzig, wie du dich aufführst. In weniger als einer Stunde sind die Kunden da, wir müssen noch alles ausdrucken, und du machst dich einfach vom Acker! Und deine Analysen haben wir auch noch nicht. Die sind seit gestern Abend überfällig. Lars hat eben schon gefragt!«

»Ich bin sofort da. Sorry.« Christian drückte das Gespräch einfach weg.

»Das war ECC, nicht wahr?«, fragte Wolfhart.

Christian nickte.

»Geh jetzt. Wir reden später. Mach deinen Job, als wäre nichts geschehen. Genau das muss ich auch, wenn ich die Mandanten nicht verlieren will. Ich ruf dich an. Denk dran, was ich dir gesagt habe. Und lass die Kopien verschwinden. Leg sie zu den Originalen.«

Christian ging zur Tür.

Warum kam es ihm so vor, als wüsste sein Vater mehr, als er preisgeben wollte?

Ohne auf die neugierigen Blicke der Mandanten zu achten, die im Vorzimmer Kaffee tranken, verließ Christian die Kanzlei.

16.

Das Meeting des Lenkungsausschusses hatte Christian mit einiger Mühe hinter sich gebracht, ohne die Dinge allzu sehr gegen die Wand zu fahren. Sogar James Carrington aus London, der frisch gebackene *Sir James,* war dabei gewesen. Christian hatte seinen Part über das Kreditportfolio und die nächsten Schritte, die die Bank ergreifen sollte, relativ sicher vorgetragen, musste an einigen Stellen jedoch improvisieren und kam nur deshalb bis zum Ende, weil Fabian und Katharina ihm das eine oder andere Mal zur Seite sprangen.

Es war nicht zu übersehen: Sein Stern bei ECC sank langsam, aber sicher.

Sie hatten lange über das Geschäftsmodell der BWG-Bank gesprochen. Der Nettogewinn in Deutschland betrug gerade mal 250 Millionen, was einer Rendite auf das Eigenkapital von einem Prozent entsprach. Die Bank war ungefähr so profitabel wie ein Sparbuch, jedenfalls im Deutschlandgeschäft. Gleichzeitig war die Bonität von A+ auf BBB gesenkt worden und lag damit nur noch zwei Stufen über dem berüchtigten Ramschniveau. Zudem war der Zinsgewinn fast auf null, weil die Europäische Zentralbank wegen der Krise die Zinsen niedrig hielt. Und für Gerichtsprozesse, die sich durch die Exzesse vor der Finanzkrise ergeben hatten, gingen auch einige hundert Millionen Dollar und Euro drauf. Gleichzeitig kostete die höhere Regulierung durch die Aufsichtsbehörden mehr Geld, weil Anwälte und Experten bezahlt werden mussten. Und die Risiken in der so genannten Bad Bank – faule Kredite und krumme Schiffsbeteiligungen aus dem Hamburger Stützpunkt der Bank – beliefen sich auf 50 Milliarden Euro. Der Vorstand hätte die Bank gerne verkauft, sogar mit Abschlag, aber niemand wollte sie.

Dies alles war für Douglas Wynn, den gefürchteten Investor, ein gefundenes Fressen, um den Kurs des Managements ein für alle Mal infrage zu stellen. Röpke, Deutschlandchef der BWG, der per Kapitalerhöhung einfach neue Aktien auf den Markt werfen wollte, wurde in Anlegermagazinen bereits als »König der Anteilsverwässerung« tituliert. Und auch die Beteiligung der BWG an der Finanzierung von Krisenstaaten wie Griechenland hatte der Bank zwar ein Lob vom deutschen Finanzminister eingebracht, doch als 2012 der griechische Schuldenschnitt erfolgte, gab es von den Kapitalmärkten eine Kopfnuss. Zudem war das Filialgeschäft der BWG bedroht, denn mehrere Großbanken planten bereits, sich in Deutschland mit eigenen Filialen breitzumachen, und diese Großbanken hatten um einiges tiefere Taschen als die BWG.

Zu allem Überfluss hatte Douglas Wynn vergangene Woche Jack Andrews, den weltweiten Chef der BWG, zu sich nach New York eingeladen, zum Dinner in seinem Penthouse mit Blick auf den Central Park und den Columbus Square, um »einige Dinge mit ihm zu besprechen«.

Wynn war mit seinem Anwalt dort, Seth Stevens. Wenn Wynn die Bulldoge war, war Stevens die Kobra. Das Gespräch war wenig erfreulich verlaufen. Wynn hatte Andrews klargemacht, dass er gegenüber der BWG keinen Spaß verstand. Und das hatte Andrews dann Röpke verklickert. Und Röpke wiederum hatte ECC klargemacht, dass die Beraterfirma jetzt eine Schippe drauflegen musste für die nächsten Analystenkonferenzen, denn, so Röpke: »Die Kuh ist noch lange nicht vom Eis.«

ECC war gefordert.

Und ECC hieß in diesem Fall Lars, Fabian, Katharina und Christian König.

* * *

Ein Uhr morgens war durch, als Christian im Außenaufzug hinauf zu seiner Wohnung fuhr.

»Das war ganz okay, Chris«, hatte Lars kurz vor dem gemeinsamen Abendessen mit dem Kunden zu ihm gesagt. »Ich bin mir aber trotzdem nicht sicher, ob du mit nach New York kommst.«

Es hörte sich beinahe wie eine Kündigung an; auf der anderen Seite war Christian ganz froh, dass es so gekommen war, denn er konnte Lars schwerlich anvertrauen, dass er Deutschland aufgrund eines polizeilichen Beschlusses nicht verlassen durfte.

Als er nun die Tür aufschloss, verspürte er das dringende Bedürfnis, Nicole in die Arme zu nehmen, sich an sie zu kuscheln, sich durch ihre Berührungen zu trösten. Es wurde höchste Zeit, dass sie beide ihre Beziehung wieder in den Griff bekamen.

Vorsichtig öffnete er die Schlafzimmertür, schaute in die Dunkelheit, lauschte auf Nicoles Atmen.

Er hörte nichts.

Christian knipste das Licht an.

Das Bett war leer.

Er schaute in die Küche. Leer.

Das Badezimmer ebenfalls.

Er schaute noch einmal im Wohnzimmer nach. War sie auf der Couch eingeschlafen?

Nein. Keine Spur von ihr.

»Nicole?«

Seine eigene Stimme klang fremd in der dämmrigen, ungewohnt stillen Wohnung.

Was ist hier los?

Er drückte die Suchtaste an der Ladestation ihres Handys, doch es schien nicht da zu sein, sonst hätte es in irgendeiner Ecke der Wohnung geklingelt.

Er ging zum Telefon.

Und sah den Zettel, der auf der Telefonbank lag.

Bin ein paar Tage zu einer Freundin.
Muss über alles nachdenken.
Nicole

Freundin? Christina dachte einen Moment nach. Da gab es nur eine.

Barbara.

Offenbar brauchte Nicole ein paar Tage Abstand von ihm und war zu Barbara gefahren. Das war schon einmal passiert, kurz nachdem sie in die gemeinsame Wohnung gezogen waren und er, Christian, im Umzugsstress die Nerven verloren und sie wegen irgendeiner Nichtigkeit angepflaumt hatte.

Sollte er Nicole anrufen?

Tu das nicht. Respektiere ihren Wunsch, ein paar Tage von dir weg zu sein, und wenn es noch so wehtut.

Sollte er Barbara anrufen?

Nicht um ein Uhr dreißig.

Ihren Vater?

Nein, der würde in Panik geraten.

Geschwister hatte Nicole nicht. Andere Freundinnen kannte er kaum. Da gab es nur zwei oder drei, und die wohnten weit weg.

Ihr ist ja nichts passiert, beruhigte er sich. *Da ist ja dieser Zettel. Sie ist bei Barbara. Außerdem wolltest du ja ihre Entscheidung respektieren, sich ein paar Tage Auszeit von dir zu nehmen.*

Christian bereute es mehr als je zuvor, sich nicht längst mit Nicole versöhnt zu haben. *Blumen hätten schon gereicht. Ein nettes Wort. Jetzt ist sie weg. Hast du sie so sehr verletzt?*

Er schenkte sich einen Whiskey ein, der an einer Bar sicher kein doppelter, sondern schon ein dreifacher gewesen wäre, und gab Eiswürfel dazu. Dann nahm er Nicoles Notiz, setzte sich mit dem Drink auf die Couch, trank in kleinen Schlucken, starrte abwechselnd an die Wand und auf den Zettel und wartete, dass der Whiskey seine beruhigende Wirkung entfaltete. Nach dem zweiten Dreifachen schlief er auf der Couch ein.

Gegen vier Uhr wachte er auf, zog sich aus und fiel todmüde ins Bett, nachdem er noch einmal in der ganzen Wohnung vergeblich nach Nicole gesucht hatte.

17.

Deckhard saß in seinem alten Audi 80, hörte Berlin 91.4 und rauchte eine Filterlose auf Lunge. Sein Blick ruhte auf dem Hotel am Schloss, dem Fundort der dritten Leiche.

Diese seltsamen Morde, überlegte er. *Und dieser aalglatte Christian König. Man kriegt den Schnösel nicht richtig zu fassen. Hat er wohl von seinem Vater, dem Superanwalt. Warte nur ab, Herr Anwalt. Wenn ich deinen Sohnemann erst bei den Eiern habe, kannst du gar nichts machen.*

Deckhard nahm einen tiefen Zug an der Zigarette. Er hasste sich manchmal dafür, dass er so zynisch über die Toten und hin und wieder auch über die Lebenden dachte, aber das war wohl ein Mechanismus, den man in seinem Job entwickelte, um die Abscheulichkeiten, die man bisweilen ertragen musste, leichter durchzustehen und um sich immer wieder neu zu motivieren bei der Jagd auf Mörder, Vergewaltiger oder verzogene Bengel wie diesen König, die ihre Karriere wahrscheinlich nur ihrem Daddy zu verdanken hatten.

Deckhard blickte wieder zum Hotel am Schloss. Vielleicht war hier noch irgendetwas zu finden, ein Gegenstand, ein Hinweis, irgendwas. So wie Königs Handy an Tatort zwei. Er, Deckhard, war heute schon einmal kurz hier gewesen, als die Spurensicherung das spärliche Material gesammelt hatte. Anschließend hatte Sebastian Schröder, der mausetot zwischen den Heizlüftern gesessen hatte, seinen vorletzten Weg angetreten, in die Rechtsmedizin in Moabit.

Hier, am Tatort drei, war nur Schröders Leiche gefunden worden. Kein Handy wie bei Neumann, Leiche Nummer zwei.

Immerhin hatte Schröder besser ausgesehen als die Wasserleichen. *Gut durch von der langen Zeit, die er zwischen den Heizkörpern verbracht hat*, ging es Deckhard durch den Kopf. Hier war der Modus Operandi anders als bei Richter und Neumann. Heiße Luft statt Wasser. Aber auch hier war das Opfer mit Liquid Ecstasy vergiftet worden.

Wieso diese Unterschiede?

Es hatte Deckhard keine Ruhe gelassen. Deshalb war er noch einmal hergekommen.

Er dachte kurz an Lukas, seinen Bruder, der aus dem Krankenhaus nach Hause entlassen worden war und den er vorhin erst gesprochen hatte. Lukas ging es noch nicht gut, und er war bedrückt. Wie hatte er sich ausgedrückt auf seine typische düstere Art?

In tiefster Nacht blickst du in einen bodenlosen Abgrund, und in diesem Moment siehst du deine Bestimmung. Und die ist zugleich deine Rettung vor dem Abgrund.

Deckhard inhalierte tief.

Ich weiß, was du meinst, Bruder. Er blies den Rauch aus dem Seitenfenster. *Vielleicht hast du recht, Lukas. Armer Kerl. Wenn ich diese Sache hier erledigt habe, fahren wir ans Meer. Ich verspreche es dir. Nicht an den Pazifik, ich bin kein Anwalt wie Königs Daddy, aber an die Nordsee. Versprochen, altes Haus.*

Deckhard blickte wieder zum Hotel. Was würde er finden, wenn er hier in die dunklen Abgründe schaute, von denen Lukas gesprochen hatte? Oder gab es hier keine?

Zumindest gab es die bei jedem Menschen. Bei Richter, Neumann, Schröder, König.

Bei mir selbst.

»Ach, Scheiße«, fluchte er, stieg aus, trat die Kippe aus und ging mit langen Schritten zum Hotel am Schloss.

* * *

Am Tatort angelangt, duckte Deckhard sich unter dem Absperrband hindurch und sah sich in dem halb fertigen Hotelzimmer um.

Alles war wie vorher. Nur die Leiche war längst in der Rechtsmedizin. Sie war bereits weggebracht worden, als er noch auf der Rückfahrt über die diesige Autobahn gewesen war. Die Spurensicherung hatte längst die Fingerabdrücke und DNS-Proben gesammelt. Jetzt herrschte hier Stille. Totenstille. Eigentlich konnte hier nichts mehr zu holen sein.

Deckhard ließ den Blick durch das leere Hotelzimmer schweifen. Über die vier Heizlüfter hinweg, die nun kalt und stumm waren wie Schröders Leiche, und über den Stuhl hinweg, auf dem das Opfer gesessen hatte.

Sebastian Schröder. Unternehmensberater. Partner bei MRT. McMullan, Reynolds & Thomson.

Ein guter Berater, hatte MRT der Polizei mitgeteilt.

Jetzt ein toter Berater, dachte Deckhard. *Einer von der Sorte wie König, nur dass diese Schweinebacke noch lebt.*

Deckhard hatte im Revier die Bilder gesehen. Schröders Leiche war teilweise mumifiziert, teilweise von der Hitze angesengt und teilweise – dort, wo die Hitze nicht hingekommen war – verwest. Eine bizarre Mischung. Hässlich. Unangenehm.

Wieder ließ Deckhard den Blick schweifen. Die Wände waren noch nicht verputzt, das Bad noch nicht installiert. Der Raum sah genauso unfertig aus wie die Leiche. Nur ein paar Lederhandschuhe lagen auf der Fensterbank ...

Moment mal.

Lederhandschuhe?

Von wem sind die denn?

Deckhard leuchtete mit der Taschenlampe auf die Handschuhe. Gutes Leder. Italienische Nobelmarke. Die mit dem Steigbügel.

Deckhard rief im Revier an. Lisa meldete sich.

»Ich bin's.«

»Deckhart, wo steckst du?«

»Hotel am Schloss.«

»Sind die Zimmer schön?«

»Schön leer. Und schön warm. Frag Herrn Schröder.«

»Du bist ein Widerling.«

»Sag mal, hat jemand von euch Handschuhe am Tatort vergessen?«, fragte er.

»Ich war doch gar nicht dort. Wieso fragst du?«

»Hier liegen so Schickimicki-Handschuhe«, sagte Deckhard. »Wo ist Sophie?«

»Zu Hause.«

»Okay, danke. Ich versuch's auf dem Handy.«

Sophie war an irgendeinem sehr, sehr lauten Ort.

»Wo bist du? Im Bundestag? Ist da Plenarsitzung, oder was?«

Sophie lachte. Deckhard konnte hören, dass sie außer Atem war. »Beim Fitness auf dem Crosstrainer.«

»Die Musik würde mich wahnsinnig machen.«

»Ist auch nicht so mein Ding«, sagte Sophie. »Vor allem, da sowieso alle ihre eigenen Smartphones dabeihaben. Was gibt's?«

»Ich bin hier noch mal am Tatort Schröder. Hier liegen ein paar schwarze italienische Lederhandschuhe. Hast du die vergessen?«

»Nein. Weshalb hat die Spurensicherung die nicht mitgenommen?«

»Genau das frage ich mich auch. Ach ja, da ist noch was. Da sind so Dinger dran.«

Wieder hörte er Sophie lachen. »Was denn für Dinger?«

»An den Fingerkuppen sind irgendwelche Noppen.«

Sie überlegte einen Moment. »Weißt du was, schick mir doch einfach kurz ein Foto rüber.«

»Kommt sofort.« Deckhard knipste die Handschuhe und mailte Sophie das Foto.

»Meine sind es schon mal nicht.« Sophie lachte.

»Was lachst du dauernd? Hast du was genommen?«

»Das sind Herrenhandschuhe. Mit diesen speziellen Fingerkuppen, mit denen man ein Smartphone mit Touch-Oberfläche bedienen kann.«

»Ja, käme hin.« Deckhard blickte nachdenklich auf die Handschuhe.

»Keine Ahnung, wem die gehören?«, fragte Sophie.

»Keine Ahnung.«

»Lagen die etwa schon die ganze Zeit da, und alle dachten, die gehören jemand anderem?«

»Sieht ganz so aus. Frag die Kollegen von der Spurensicherung doch mal, ob die sich an die Handschuhe erinnern können, und ruf mich dann sofort zurück.«

»Mach ich.«

Während er wartete, schaute Deckhard sich weiter im Zimmer um, entdeckte aber nichts Aufschlussreiches mehr.

Nach drei Minuten meldete Sophie sich wieder.

»Die Handschuhe gehören keinem von unseren Leuten.«

»Keinem? Warum haben diese Penner von der Forensik sie dann liegen lassen?«

»Die haben die Handschuhe nicht liegen lassen.«

»Wieso?«

»Weil die noch gar nicht da lagen, als die Spuren gesichert wurden.«

»Das bedeutet ja ...«

»Der stolze Besitzer der Handschuhe muss zwischendurch in dem Hotelzimmer gewesen sein.«

»Und hatte vor, Herrn Schröder zu besuchen?«

»Weiß ich nicht. Ich weiß nur, dass Herr Schröder da schon ausgecheckt hatte.«

»Okay, ich ruf dich an.«

»Bring die Handschuhe mit. Die müssen ins Labor.«

»Wirklich? Ich dachte, ich könnte die auf dem Flohmarkt am Mauerpark verscheuern.«

»Blödmann. Ruf mich an.«

Deckhard ließ das Telefon sinken und blickte auf die Handschuhe. Wem gehörten sie? Und war es Zufall, dass immer er solche Gegenstände entdeckte? Handy. Handschuhe. Leichen.

Jedes Mal liegt das alles da wie auf dem Präsentierteller …

Es schien, als hätte jemand ein Interesse daran, dass gerade er, Frank Deckhard, diese Gegenstände fand.

Er streifte sich Latexhandschuhe über und ließ die beiden Designerhandschuhe in einer Papiertüte verschwinden. Die Kollegen im Labor sollten sich seinen Fund noch einmal genauer ansehen.

Noch wusste Deckhard nicht, wem die Handschuhe gehörten.

Aber er hatte schon eine bestimmte Person im Auge.

Bald habe ich dich, du kleiner Hurensohn.

18.

Deckhard stand mit Sophie in Kriminaldirektor Stahlhuts Büro. Der verstand Deckhard wieder einmal nicht. Oder wollte ihn wieder einmal nicht verstehen.

»Sind es nun die Handschuhe von diesem König, oder sind sie es nicht?«, fragte Stahlhut, blickte von seinem Schreibtisch auf und rieb sich über die Glatze.

»Das weiß ich noch nicht.« Deckhard zuckte die Achseln. »Die Spuren am Leder werden gerade analysiert. Wir sollten ziemlich schnell ein Ergebnis haben. Sophie, was meinst du, wie lange dauert das?«

»Eine Stunde noch.«

»Da hören Sie's.«

»Trotzdem«, sagte Stahlhut. »Auch wenn die Handschuhe von Christian König sind, ist nicht gesagt, dass er in diesem Hotelzimmer war.«

»Das ist doch Haarspalterei!«, brauste Deckhard auf.

»Nicht vor dem Gesetz.«

»Aber warum tauchen Königs Habseligkeiten immer da auf, wo es einen Mord gegeben hat? Es sind ja nicht nur Kleidungsstücke. Sein Handy lag am Tatort in Marzahn. Und die Mail, mit der er dieses Wasserleichen-Video bekommen hat, wurde von seinem Rechner aus geschickt. Jedenfalls stimmt die IP-Adresse überein. Es ist also nicht nur die gleiche E-Mail, sondern auch der gleiche Rechner. Und jetzt diese Handschuhe, die sich sowieso nur ein reicher Schnösel wie König leisten kann.«

»Ja, diese Mail ...« Stahlhut blickte Lisa an. »Können wir

ausschließen, dass das kein Cyberangriff war oder ein Bot… Dingens?«

»Botnet«, sagte Lisa.

»Können wir ausschließen, dass es kein Botnet war? Oder ein externer Zugriff auf Königs Rechner?«

»Können wir leider nicht.«

»Dann ist auch das kein Beweis, der es uns erlauben würde, König hierzubehalten oder in U-Haft zu stecken«, sagte Stahlhut.

Deckhard biss sich auf die Lippe. »Bei allem Respekt, aber wir haben die Mails, die er bekommen hat. Wir haben die Mails, die er selbst abgeschickt hat. Wir haben die Filme mit den Leichen. Wir haben das Handy vom Tatort Neumann, die Handschuhe vom Tatort Schröder …«

»Zu den Handschuhen haben wir noch keine Beweise«, ging Stahlhut dazwischen.

»Aber alles andere haben wir!« Deckhard blickte Sophie und Lisa Hilfe suchend an. »Das stinkt doch zum Himmel!«

»Zugegeben«, sagte Stahlhut. »Aber solange wir keine Fingerabdrücke oder DNS von König an einem Tatort finden, können wir nichts machen. Ich wiederhole, an einem Tatort! Die Handschuhe könnten ja auch Teil des Diebesgutes sein, das aus Königs Wohnung entwendet wurde. Bei dem ist ja eingebrochen worden, oder habe ich im Protokoll was Falsches gelesen?«

»Nein«, gab Deckhard zu.

»Deshalb sage ich es noch einmal«, beharrte Stahlhut. »Nach dem bisherigen Stand der Ermittlungen ist Christian König unschuldig.«

»Aber wenn die Handschuhe von König sind und wir das nachweisen können, sollten wir ihn noch mal vorladen.«

Stahlhut nickte. »Dann schon. Aber kein Täter ist so dämlich, seine Sachen am Tatort liegen zu lassen. Der Junge ist nicht doof, und sein Vater ist ein einflussreicher Anwalt.«

»Manche Täter lassen absichtlich Gegenstände am Tatort liegen, um ihr Revier zu markieren«, sagte Sophie. »Serienkiller zum Beispiel.«

»Du lieber Himmel«, sagte Stahlhut, »jetzt machen Sie die Sache nicht dramatischer, als sie ist. Sonst können wir ja gleich Winterfeld und sein Team vom LKA 113 anrufen. Wie heißt noch mal diese Psychoexpertin, die immer die ganz schlimmen Hunde jagt? Clara ...?«

»Clara Vidalis«, sagte Sophie.

»Genau die. Aber ich glaube nicht, dass wir die brauchen.«

»Wieso nicht? Glauben Sie etwa, die gestohlenen Sachen aus Königs Wohnung sind zufällig an den Tatorten aufgetaucht? Und dass auch diese Wasserleichenfilme Zufall sind?«

»Warum nicht? Beweisen Sie das Gegenteil!« Stahlhut blickte Sophie an und seufzte. »Deckhard hält diesen Jungen für einen Mörder, und jetzt machen Sie auch noch einen Serienkiller aus ihm.«

Sophie zuckte die Schultern. »Wenn er Richter und Neumann umgebracht hat, und jetzt auch noch Schröder ...«

»Und dann lässt er auch noch seinen Kram da liegen, um sein Revier zu markieren, wie Sie es nennen?« Stahlhut lachte leise. »Ihr solltet nach Hollywood gehen, Drehbücher schreiben. Oder Krimis.«

Deckhard wandte sich an Sophie. »Wie hieß noch dieser Verrückte in Moskau, von dem du mir erzählt hast? Der hat doch auch immer irgendwelche Gegenstände bei den Leichen gelassen.«

»Alexander Pitschuschkin. Der Irre vom Bizewski-Park, wie man ihn auch genannt hat«, sagte Sophie. »Er lockte Obdachlose in den Park und schlug ihnen mit einem Hammer den Schädel ein. In die Schädelöffnungen steckte er Äste und leere Wodkaflaschen. Ziemlich bestialisch. Er nannte sich Schachbrett-Mörder, weil er 64 Menschen umbringen wollte.

Und das hätte er beinahe geschafft. Auf sechzig hat er es gebracht.«

»Dass Sie immer wieder mit Ihrem Wissen als Rechtsmedizinerin prahlen müssen«, sagte Stahlhut. »Aber Schluss jetzt mit eurer erbaulichen Diskussion. Das ist mit unserem aktuellen Fall hier überhaupt nicht vergleichbar.« Er stemmte die Hände in die Hüften. »Abmarsch. Und noch einmal, wir können Christian König, wenn überhaupt, nur ein paar Tage festhalten, länger auf keinen Fall. Wir brauchen eindeutige Beweise.«

»Ich habe verstanden.« Deckhard blickte Sophie an. »Komm, gehen wir.«

Draußen vor Stahlhuts Büro fragte er: »Trinken wir einen Kaffee?«

Sophie beobachtete eine Putzfrau, die mit einem altmodischen Reinigungswagen unterwegs war. Die Stellen des kachelartigen Bodens, dic sie gewischt hatte, blitzten im Schein der Deckenlampen.

»Warum nicht«, sagte sie nachdenklich, »solange wir das mit einem Essen verbinden.«

»Klar. So weit ist es noch nicht, dass uns nur Flüssignahrung reicht.«

In diesem Augenblick klingelte Deckhards Handy. Es war die Rechtsmedizin aus Moabit.

»Hier Deckhard ... was? *Was?* Das ist nicht dein Ernst.«

Er lauschte.

»Passt? Verstehe ... ja, danke ... Ja, ich glaube, wir schnappen ihn uns.«

Sophie blickte ihn an. »Was ist los? Was grinst du denn so?«

»Das war die Spurensicherung. Die DNS an den Handschuhen ist von Christian König.« Er ballte die Faust. »Wir haben den Kerl!«

19.

Es war gegen 9:00 Uhr, als Christian, Fabian und Katharina im Büro die Lage besprachen.

»Die in den USA stoßen doch ins gleiche Horn wie Douglas Wynn«, meinte Fabian. »In New York müssen Röpke und Jack Andrews die dann erst recht überzeugen, und da sitzen nun mal die Big Player. Wenn die großen Investmentfonds mitziehen, bekommt Wynn recht. Wenn sie aussteigen, fällt der Kurs der BWG ins Bodenlose, und die Bank ist sofort Übernahmekandidat. Und dass die ihre faulen Kredite nicht loswerden, schmeckt Wynn am wenigsten. *We played with fire*, haben die Banker in New York gesagt. Das ist ein Wortspiel.«

»Wieso?«

»›Fire‹ ist in diesem Fall die Abkürzung für die Branchen, die sich selbst und der Finanzwelt das Desaster eingebrockt haben: Finance, Insurance und Real Estate. Finanzen, Versicherung und Immobilien.«

Fire, dachte Christian König. *Bei mir brennt es auch. An allen Ecken und Enden.*

Und dabei hatte er nicht das Geringste verbrochen! Die Links mit den scheußlichen Filmen kamen ebenso wenig von ihm wie die Haut im Schließfach.

Und ich kann nichts dagegen tun.

Wer immer im Hintergrund die Strippen zog, war auf der Siegerstraße. Wahrscheinlich konnte nur sein Vater ihm noch helfen. Wenn nicht, war alles aus.

Christians Handy klingelte. Es war die Rezeption.

»Ja, Sandra, was gibt's?«

»Christian«, die Stimme der jungen Frau klang aufgeregt, »die Polizei ist hier. Sie wollen zu dir nach oben.«

Oh Gott! »Nein. Sag denen, ich komme runter. Sieh zu, dass ich die in einem der Konferenzräume unten bei der Küche treffen kann.«

»Ist gut. Ich regle das.«

»Danke.«

Er beendete die Verbindung.

Das fehlte noch, vor den Augen der Kollegen abgeführt zu werden.

Wenn es jetzt ernst wurde, hatte er ganz andere Probleme als Schwarzgeld in Liechtenstein.

»Sorry, Leute, ich muss runter.«

Katharina und Fabian blickten ihn verwundert an.

»Jetzt sofort?«, fragte Fabian. »Lass uns noch schnell die Sache hier zu Ende besprechen, und dann ...«

»Es ist die Polizei«, sagte Christian. »Die wollen mit mir reden. Sofort.«

Katharina und Fabian starrten ihn offenen Mundes an.

»Ich bin hoffentlich gleich wieder da.«

Mit diesen Worten verließ Christian das Büro.

Und fragte sich, ob er es jemals wieder betreten würde.

* * *

Mit zitternden Knien betrat er den Konferenzraum, in den Sandra die Beamten geführt hatte. Deckhard erwartete ihn bereits in Begleitung zweier Streifenpolizisten.

»Guten Tag«, sagte Deckhard. Christian König bemerkte den zufriedenen Ausdruck auf dem Gesicht des Hauptkommissars. »Wir müssen uns hier mal kurz unterhalten.«

Hier? Kurz? Christian fiel ein Stein vom Herzen.

»Und dann geht es auf dem Revier weiter«, fügte Deckhard hinzu. Genüsslich, wie es schien.

Der Mistkerl! Wut erfasste Christian, und sein Kampfgeist erwachte. Er war unschuldig, verdammt noch mal! Warum ließ dieser dämliche Bulle ihn nicht endlich in Ruhe!

»Sie wollen mich verarschen!«, stieß Christian hervor.

»Keineswegs. Wir haben am Tatort Beweismittel gefunden, die von Ihnen stammen.«

Christian merkte, wie ihm heiß wurde. »Beweismittel? Am Tatort? Welcher Tatort?«

»Ihre Handschuhe lagen in einem Hotelzimmer, in dem man eine Leiche gefunden hat.«

Christian versuchte es mit Zynismus. »Bitte, nicht schon wieder. Nach dem Handy nun meine Handschuhe? Und was finden Sie als Nächstes? Meinen Ausweis, zusammen mit einem schriftlichen Geständnis?«

»Wäre nicht schlecht«, sagte Deckhard. Die Polizisten grinsten.

»Das ist lächerlich!«, rief Christian. »Das beweist gar nichts!«

»Doch. An den Handschuhen wurde Ihre DNS festgestellt.«

Deckhard zeigte ihm ein Foto, auf dem ein Paar schwarze Herrenhandschuhe zu sehen waren.

Christian wich alle Farbe aus dem Gesicht. Es waren tatsächlich seine. Er hatte sich bereits gefragt, wo diese praktischen Dinger geblieben waren, mit denen man ein Smartphone bedienen konnte. Nicole hatte sie ihm geschenkt, damals, noch vor der Zeit bei ECC, für sein altes Smartphone.

Der Einbruch bei mir in der Wohnung, schoss es ihm durch den Kopf. *Die Handschuhe müssen bei dem Einbruch gestohlen worden sein. Mitsamt meinem Blackberry. Aber wieso tauchen diese Dinge dann an irgendwelchen Tatorten auf?*

Wenn ich doch nur ordentlicher wäre! Und nicht so verdammt vergesslich!

»Wo haben Sie die Handschuhe gefunden?«, fragte er.

»Bei einer Leiche, wie ich bereits sagte. Die Leiche eines gewissen Sebastian Schröder. Kennen Sie den Mann?« Deckhard und die beiden Polizisten blickten Christian aufmerksam an.

»Nein.«

»Dann wissen Sie auch nicht, dass er bei MRT gearbeitet hat? McMullan, Reynolds & Thomson?«

»Nein!«

»Aber sie kennen MRT?«

»Natürlich. Ein Wettbewerber von ECC.«

»Und deshalb«, sagte Deckhard, »müssen wir Sie bitten, mitzukommen.«

»Wieso? Ich kenne diesen Schröder nicht! Und weshalb sollte ich meine Handschuhe bei seiner Leiche liegen lassen?«

»Das frage ich mich auch«, sagte Deckhard. »Aber so etwas gibt es häufiger, als man denkt. Wenn Leute unter Drogen oder Aufputschmitteln einen Mord begehen, vergessen sie manchmal alles um sich herum. Greifen Sie in Ihrem Job auch schon mal zu irgendwelchen Mittelchen?«

Drogen, dachte Christian.

Die hatte er tatsächlich genommen. Dieses Zeug, das er von Moonshot hatte. Und den Stoff von diesem Klaus im Schweizer ECC-Büro, als er die ganze Nacht über dem Excel Sheet gesessen hatte. Natürlich waren es keine harten Drogen gewesen, aber er hatte das Zeug ganz schön gespürt.

Deckhard fuhr fort: »Fakt ist, dass zweimal Gegenstände, die Ihnen gehören und die Ihre DNS und Ihre Fingerabdrücke tragen, am zwei verschiedenen Tatorten gefunden wurden. Das reicht, um Sie vorläufig festzunehmen. Falls Sie es schwarz auf weiß haben wollen ...« Deckhard nickte einem der Polizisten zu, der ein Schreiben aus der Tasche zog, das mit einem Stempel und einer Unterschrift versehen war. »Hier ist der Haftbefehl. Verdacht auf Mord in drei Fällen.«

Mord in drei Fällen.

Deckhards Stimme klang, als würde sich vor dem Fenster ein riesiger Mund öffnen und diese Worte ständig wiederholen wie ein Unheil verkündendes Mantra. Christian dachte an die Flugzeuge, die vor dem Fenster abgestürzt waren. Er sah die wirbelnden Trümmer, sah Feuersäulen emporschießen, sah brennenden Asphalt und Wolken aus pulverisiertem Beton. Die Wände des Konferenzraums glühten blutrot.

Bist du ein Mörder?

Vielleicht hatte er gar nicht bemerkt, was mit ihm geschah. Vielleicht bemerkte er es nicht einmal jetzt. Vielleicht hatten die Drogen ihm die Kontrolle über seinen Körper geraubt, seinen Verstand, hatten ihm seine Erinnerungen genommen, hatten die Wahrnehmung der Realität auf den Kopf gestellt, und er hatte die Morde wirklich begangen. Vielleicht hatte er sogar die Flugzeuge zum Absturz gebracht ...

Oh Gott! Er versuchte mit aller Gewalt, die Bilder in seinem Kopf zurückzudrängen.

»Herr König!«

In diesen Augenblick geschah es. Er hörte ein kreischendes Geräusch im Innern seines Schädels. Die roten Wände stürzten ein, gaben den Blick auf einen blutroten, flammenden Himmel frei.

Aus dem die Flugzeuge hervorschossen.

Mit denen kann ich weg von hier!, schreit es in ihm. *Ich muss nur aufpassen, dass ich nicht wieder abstürze ...* Eine Fratze grinst ihn an. *Nimm schon*, ruft Moonshots verwesender Mund. *Die geilsten Pillen in ganz Berlin!* Er reckt seine hautlose Hand in die Höhe. *Die machen Leichen*, kreischt er, *schöne fette Wasserleichen!* Er lacht hässlich auf. *Wo steckt deine Freundin? Bumst sie einen anderen? Vögelt sie mit Jonathan? Mit deinem Alten? Oder hat Deckhard sie gefickt?*

Christian König explodierte.

Rammte einem der Polizisten den Ellbogen ins Gesicht. Hörte ein trockenes Knacken, einen gellenden Schrei. Ein wuchtiger Tritt in Deckhards Magen. Wieder ein Schrei. Tierhaft, verzweifelt. Diesmal sein eigener. Er sah, wie Deckhard sich zusammenkrümmte …

Los jetzt! Weg!

… und stürmte aus dem Konferenzraum zur Tiefgarage.

20.

Halb blind rannte Christian die Treppe hinunter und versuchte, im Laufen seinen Autoschlüssel aus der Tasche zu zerren. Gott sei Dank war er heute mit dem Wagen gekommen.

»Pass doch auf!«

Beinahe hätte er einen Kollegen *(Matthias? Volker? Egal!)* über den Haufen gerannt.

Er warf die Tür auf, sprintete durch die muffige Tiefgarage zu seinem Wagen. Schwang sich auf den Fahrersitz. Zündete den Motor. Hebelte den Rückwärtsgang ein, dass das Getriebe kreischte. Gas! Es klirrte und schepperte, als er eines der Autos hinter ihm rammte *(scheißegal!)*. Wieder krachte das Getriebe, als er den Vorwärtsgang einlegte. Nach ein paar Metern bremste er scharf, hielt mit zitternden Fingern seine Schlüsselkarte an das Lesegerät an der Wand und jagte dann die Einfahrt der Tiefgarage hinauf. Die Abdeckung hob sich mit quälender Langsamkeit. Die bleiche Wintersonne schien ihm ins Gesicht, blendete ihn für einen Moment.

Er gab Gas, fuhr nach oben. Da war die Ausfahrt zur Straße! Er schaltete hoch. Beschleunigte. Erster Gang, zweiter …

Er fluchte wild, als zwei Polizisten vor ihm auftauchten, die vor der Tiefgarage Position bezogen hatten. Christian drückte auf die Hupe, schaltete herunter. Der Motor brüllte auf, der Wagen jagte auf die beiden Männer zu. Christian lachte irre, als er ihre entsetzten Gesichter sah.

Im letzten Moment warfen die Männer sich zur Seite.

Jetzt nach rechts!

Der Wagen schlingerte auf die Straße und jagte bis zur nächsten Abbiegung.

Jetzt links! Erst mal ein Stück weg von hier!

Hundert Meter vor ihm sprang eine Ampel auf Rot. Auf der Straße dahinter dichter Verkehr. *Mist!* Voll auf die Bremse. Die stark geschminkte Frau am Steuer des Wagens neben ihm starrte ihn an, als sein Auto urplötzlich neben dem ihren erschien. *Was ist los, blöde Kuh? Was glotzt du so?* Oder war etwas mit ihm? Ein rascher Blick in den Innenspiegel. *Nein, nichts.* Blass, unrasiert, aber sonst alles okay. *Sonst alles okay? Hahaha! Ich lach mich tot.*

Ein Blick zur Ampel. Immer noch rot. *Nun mach schon, Mistding!* Waren die Bullen schon hinter ihm? Außenspiegel. *Nein.* Innenspiegel. *Nein.*

Grün! Fahr, fahr! Christian gab Gas, bog links ab, gab noch mehr Gas. *Nicht so schnell! So, jetzt die ganze Straße runter und dann rechts Richtung Neukölln, das sind locker drei Kilometer.* Er überfuhr drei gelbe und eine rote Ampel, bis er die Abbiegung erreichte. *Jetzt rechts, dann gleich wieder links.* Noch immer keine Bullen.

Da!

Er sah, was er suchte. Einen Laden, der Billigklamotten verkaufte.

Wo ist hier ein Parkplatz?

Kein Parkplatz, kein beschissener Parkplatz!

Park da vorn. Ist sowieso egal.

Christian ließ den Wagen im Halteverbot stehen, stieg aus und betrat den Laden mit allen Anzeichen von Eile. Die Verkäuferin und drei ältere Frauen musterten ihn. Christian drehte rasch den Kopf weg, damit die Frauen sein Gesicht nicht sahen, griff sich eine orangefarbene Hose, einen Kapuzenpulli, eine Schirmmütze und eine Sonnenbrille und verschwand in einer der Kabinen. Er riss die Sicherungsetiketten aus den

Sachen, denn ihm blieb keine andere Wahl, als sie zu stehlen. Das wenige Bargeld, das er noch hatte, brauchte er für ein Taxi.

Rasch zog er die Sachen an.

Passt. Passt. Passt.

Als er sich umgezogen hatte, ließ er die alten Sachen in der Kabine liegen und zog langsam die Vorhänge auseinander. Die drei älteren Damen und die Verkäuferin standen jetzt mit dem Rücken zu ihm vor den Wintermänteln. Christian trat leise aus der Kabine. Er ließ die Frauen keine Sekunde aus den Augen, als er sich beinahe lautlos zum Ausgang bewegte. Als er nach draußen huschte, schienen die Frauen ihn noch immer nicht bemerkt zu haben.

Christian ging ein paar Schritte über den Bürgersteig, bis er aus ihrem Blickwinkel war, und sprintete los.

Hundert Meter vor ihm ein Taxi.

Er sprang hinein, wobei er sich bewusst war, einen beinahe lächerlichen Eindruck zu machen in seiner orangefarbenen Hose, dem grünen Kapuzenpulli und der Schirmmütze. *Wie Pumuckl auf Speed.* Die Sonnenbrille ließ er auf.

»Gibt's hier irgendwo eine Telefonzelle?«, fragte er atemlos den Fahrer.

»Hier nicht, aber ein paar Straßen weiter. So viele gibt es davon ja nicht mehr.«

»Bringen Sie mich hin. Ich muss telefonieren. Warten Sie dann. Ich muss noch weiter. Wird sich für Sie lohnen.«

»Nichts dagegen.« Der Mann gab Gas.

* * *

Christians Hände zitterten, als er die Handynummer des einzigen Menschen wählte, der ihm noch helfen konnte. Die Nummer kannte er auswendig. Er musste von diesem öffentlichen Telefon aus anrufen, Handys konnte man mit SS7-Technologie abhören – das wusste Christian nicht erst, seit Moonshot es ihm erklärt hatte. Ein Anruf per Handy wäre zu riskant gewesen; die Polizei war garantiert schon an seinem neuen Blackberry dran. Das hatten sie bei seinem alten Gerät ja auch geschafft.

Immer noch das Freizeichen.

Komme schon, komm schon, nimm ab ...

Es knackte in der Leitung.

»Wolfhart König.«

Gott sei Dank.

»Christian hier!«

»Du bist das? Was ist das für eine Nummer?«

»Telefonzelle. Geht nicht anders.« Christian blickte sich gehetzt um. Nirgends war Polizei zu sehen. Würden die ihn wiedererkennen in seinem neuen Outfit? Er hoffte nicht. »Ich muss mit dir sprechen. Jetzt sofort. Ich bin in Schwierigkeiten.«

»Das ist ja ganz was Neues.«

»Die Polizei ist hinter mir her. Können wir uns am Wochenendhaus treffen? In einer halben Stunde? Passt das?«

»Es passt nicht, aber ich mache es passend. Was ist denn los?«

»Sag ich dir gleich.«

Christian atmete auf. Offenbar hatte er seinem Vater Unrecht getan.

Er mag ein skrupelloser Bastard sein, aber wenn es hart auf hart kommt, kann man sich auf ihn verlassen. Und nur auf ihn.

Er stieg wieder ins Taxi und wies den Fahrer an: »Zum Großen Müggelsee in Treptow.«

»Hey, Mann, das lohnt sich wirklich.« Der Fahrer grinste und fuhr los.

* * *

Nach einer halben Stunde Fahrt durch Straßenschluchten, dann durch eine zunehmend ländliche Gegend, die wegen des vielen Schnees beinahe schon etwas Märchenhaftes hatte, war Christian am Ziel.

Er bezahlte den Fahrer und stand dann allein vor dem Wochenendhaus, während die Motorgeräusche des Taxis allmählich leiser wurden.

Das Haus am See. Es barg viele schöne Erinnerungen an seine Kindheit. Hier hatte er zahlreiche Wochenenden, sogar ganze Ferien verbracht. Hier hatten sie abends am Grill gesessen, hier hatten sie einmal Silvester gefeiert. Christian erinnerte sich wehmütig an die Lagerfeuer, die sein Onkel hier entfacht hatte, als es noch erlaubt gewesen war. Die Nachbarn am anderen Seeufer hatten ebenfalls Feuer entzündet, beinahe so, als hatten sie einander Rauchzeichen geben wollen.

Christian stand fröstelnd auf der Veranda und wartete auf die Ankunft seines Vaters. Den Schlüssel für das Wochenendhaus hatte er nicht; nun fror er in seinen neuen Klamotten und trat von einem Fuß auf den anderen, bis die Kälte ein wenig erträglicher wurde.

Dann hörte er Motorengeräusche.

Vorsichtshalber ging er hinter dem Haus in Deckung. Es konnte ja die Polizei sein. Er spähte hinter einem Baum hervor.

Die Geräusche kamen näher.

Endlich erkannte er den Wagen.

Die S-Klasse seines Vaters.

Wolfhart König stieg aus. Anzug, blaue Krawatte *(ist das die, die er bei mir liegen gelassen hat?)*, schwarzer Mantel.

Christian wagte sich langsam aus dem Unterholz hervor. Er kam sich ein wenig dumm vor, aber Vorsicht war besser als Nachsicht.

»Du meine Güte, wie siehst du denn aus?«, sagte sein Vater

kopfschüttelnd und zog den Schlüssel zum Haus aus der Manteltasche.

»Ich erkläre dir alles drinnen.«

»Gut. Gehen wir rein«, sagte Wolfhart. »Reden wir.«

21.

Deckhard und Sophie, die im Einsatzwagen unterwegs waren, hielten an einer Straßensperre, die die Polizei im Norden vom Prenzlauer Berg errichtet hatte. Die Autofahrer hupten wütend, während die Radfahrer fröhlich pfeifend an der Barrikade vorbeifuhren, wie in Berlin üblich.

Deckhards Magen schmerzte noch immer von Christian Königs Tritt. Er hatte nicht schnell genug reagiert, denn mit diesem explosiven Angriff hätte er niemals gerechnet. *Schon gar nicht von diesem verwöhnten Weichei.* Immerhin konnte er sich einigermaßen bewegen. Paul, sein Kollege, war noch beim Notarzt. Wahrscheinlich hatte König ihm mit seinem Ellbogenschlag das Nasenbein gebrochen. Der Ellbogen, das wusste Deckhard vom Karate, war eine üble Waffe.

Er ließ das Seitenfenster herunter.

»Hier ist er nicht«, sagte einer der Polizisten, die auf der Kreuzung standen.

»Das sehe ich«, gab Deckhard mürrisch zurück.

Sein Handy klingelte. Stahlhut.

»Deckhard. Was gibt's?«

»Schon eine Spur von König?«

»Nichts. Als wäre er vom Erdboden verschluckt.«

»Kennen Sie diesen Klamottendiscounter in der Neuen Schönhauser Straße?«, fragte Stahlhut.

»Nein.« *Und ich wüsste gerne, was der mit Christian König zu tun hat. Oder jagen wir neuerdings Ladendiebe?*

»Da hat jemand wohl ganz eilig Sachen umgetauscht. In einer Kabine liegen ein teurer Anzug und ein Hemd. Die Taschen sind leer.«

»Und was wollen die in dem Laden von uns?«

»Die haben beim Diebstahlsdezernat angerufen, weil sie beklaut wurden«, sagte Stahlhut. »Orangene Hose, grüner Kapuzenpulli, Schirmmütze und eine Sonnenbrille. Die Anti-Diebstahl-Etiketten wurden abgerissen. Eine Verkäuferin hat sie in der Kabine gefunden und die Kollegen gerufen. Ihr war vorher ein Mann aufgefallen, der es sehr eilig zu haben schien, als er in den Laden kam. Die Beschreibung passt auf Christian König. Außerdem wurde der Wagen, mit dem König abgehauen ist, ganz in der Nähe des Ladens im absoluten Halteverbot gefunden.«

»Hätte ich dem gar nicht zugetraut«, sagte Deckhard. »Dann suchen wir jetzt nach einem jungen Kerl in den schrillen Klamotten, die Sie eben aufgezählt haben?«

»Richtig, nach so einem Paradiesvogel«, antwortete Stahlhut. »Geben Sie das an Ihre Kollegen weiter. Der Typ kann nur Christian König sein.«

»Dann lassen Sie uns hoffen, dass er nicht noch einmal seine Sachen tauscht«, sagte Deckhard. »Sind Sie immer noch der Meinung, ich verdächtige König zu Unrecht?«

»Schon gut, schon gut.« Stahlhut legte auf.

22.

»Hier haben wir so manchen schönen Sommer verlebt«, sagte Wolfhart König verträumt, als er die Tür aufschloss. Beide betraten den großen, gut ausgestatteten Wohnraum. »Und jetzt so etwas.«

Wolfhart warf den Mantel über die Sitzecke am Esstisch. Eine dieser Sitzecken, die man oft in Ferienwohnungen findet und die man sich zu Hause niemals antun würde. Dunkles Holz, Stoffbezug, die Sitzbänke im rechten Winkel um den Tisch herum aufgestellt.

Wieder verlor Wolfhart sich für einen Moment in Erinnerungen. »Im Winter hast du Böller am See gezündet, obwohl es verboten war. Und im Sommer bist du mal beim Paddeln ausgerastet, weil du mit dem Boot nicht vorangekommen bist. Du hast die Paddel ins Wasser geworfen.« Sein Vater lächelte knapp. »Als käme man ohne Paddel besser voran.« Er musterte Christian von oben bis unten. »Zieh dich erst einmal um, du siehst bescheuert aus. In Schrank im Gästezimmer hängen ein paar Sachen, die dir noch passen müssten.«

Christian gehorchte nur zu gerne. Er war froh, seinen lächerlichen Aufzug loszuwerden. Im Schrank entdeckte er eine Jeans, einen Wollpullover und eine Kunstlederjacke.

Als er in den Wohnraum zurückkehrte, lauschte er auf das Heulen von Polizeisirenen, aber draußen war es still. Er blickte auf die Uhr. »Wollen wir anfangen?«

»Erst einen Whiskey«, sagte sein Vater. »Du siehst aus, als könntest du einen vertragen.«

Er ging zur Bar, schenkte zwei Whiskey ein und reichte das eine Glas seinem Sohn.

Christian nippte an dem Drink. »Ich habe das ungute Gefühl, dass du viel mehr weißt, als du zugibst.«

Seltsamerweise versuchte sein Vater gar nicht erst, sich zu verteidigen. Stattdessen nickte er. »Du hast recht. Jetzt ist die Zeit gekommen, uns gegenseitig reinen Wein einzuschenken.«

»Wie meinst du das?«, fragte Christian verwirrt. »Steckst du in der Sache irgendwie mit drin? Diese Geschichte mit der Krawatte? Meine Dokumente, die du kopiert hast. Diese Gerüchte über deine Kanzlei? Willst du mir nicht einfach mal erzählen, was los ist?«

Sein Vater setzte sich aufs Sofa, Christian nahm ihm gegenüber in einem der Sessel Platz. »Zuerst einmal«, begann Wolfhart, »musst du mir erzählen, was passiert ist. Alles. Lass dir Zeit.«

Und Christian erzählte.

Alles.

Vom Anfang bis zum Ende.

* * *

Diesmal hatte Christian nichts ausgelassen. Auch nicht die Sache mit der abgezogenen Haut im Schließfach.

Wolfhart hatte sich die ganze Geschichte angehört.

»Es könnte tatsächlich so sein«, sagte er nun, ohne Christian direkt anzuschauen, »dass jemand Rache an dir nehmen will, wie du es schon die ganze Zeit vermutest.«

»Wer? Und warum?«, fragte Christian.

Sein Vater dachte eine Zeit lang nach, als müsste er sich selbst an irgendetwas erinnern. Oder als würde er mit sich kämpfen, ob er seine Gedanken mit Christian teilen sollte. Schließlich sagte er: »Es kann mit einem Vorfall zu tun haben, der sich im Mai zweitausend ereignet hat.«

Vor sechzehn Jahren? Zu der Zeit hatten er und seine Freunde gerade Abitur gemacht. Sie hatten Partys gefeiert, Pläne für die Zukunft geschmiedet, die Zeit mit Computerspielen totgeschlagen ... alles Mögliche. Christian konnte sich nicht mehr genau erinnern. Aber was sollte da so Außergewöhnliches passiert sein?

Christians Gedanken wirbelten. »Lange her. Leider fällt mir da nichts ein.«

Sein Vater kniff die Augen zusammen. »Aber mir. Es hatte sich etwas ereignet. Etwa sehr Folgenschweres.«

Christian hatte keinen Schimmer, was sein Vater meinte. »Und was?«

»Ein Autounfall.«

»Autounfall?«

»Ja.«

»Ich kann mich nicht erinnern.«

»Wirklich nicht?«, fragte sein Vater.

»Nein!«

»Du bist auf die Idee gekommen, eine Spritztour zu machen. Mit meinem Mercedes.«

»Aber zweitausend hatte ich nicht mal einen Führerschein!«

»Allerdings. Du bist aber trotzdem gefahren.«

»Mit welchem Auto?«

»Mit meinem. Betrunken.«

Oh Gott.

»Und dann?«

»Dann ist der Unfall passiert.«

»War ich allein im Auto?«

»Nein. Es gab noch jemanden.«

»Wen?«

»Ventor.«

Christian runzelte die Stirn. »Ventor?«

»Ganz recht. Ventor und Argon. So habt ihr euch genannt.«

Ventor und Argon …

»Ich habe mich Argon genannt?«

»Ja.«

Warum weiß ich das nicht mehr?

»Und Ventor? Jetzt erzähl doch endlich. Warum spannst du mich auf die Folter? Wer ist Ventor?«

»Ulf Köhler.«

Ulf Köhler? Natürlich … Ulf. Mein bester Freund damals. Wir hatten viel Zeit miteinander verbracht. Und dann war er auf einmal weg gewesen. Warum ist mir das nie so richtig bewusst geworden? Was mag aus Ulf geworden sein?

»Er hat mit mir im Wagen gesessen? Deinem Wagen?«

»Ja.«

»Und wir haben den Wagen zu Schrott gefahren? Tut mir leid, aber ich kann mich wirklich nicht …«

»Es geht nicht um den Wagen.«

»Sondern?«

»Um das Unfallopfer. Eine Radfahrerin. Sie war damals 25 Jahre alt.«

Christian erstarrte. »Wir hatten einen Unfall mit einer Radfahrerin? Ulf und ich?«

»Ja.«

Warum weiß ich nichts mehr davon? Warum, in Gottes Namen, kann ich mich nicht daran erinnern!

»Was ist mit dieser Radfahrerin?«, fragte er mit zittriger Stimme.

»Ihr habt sie angefahren.«

»Angefahren?«

»Mit Tempo neunzig, schätzte die Polizei damals. In einer

Kurve. Die Frau wurde gegen die Trennwand einer Bushaltestelle geschleudert und ist an inneren Verletzungen gestorben.«

Christian wurde schwindlig.

Ich habe einen Menschen totgefahren?

Ich?

Oder war es Ulf gewesen?

Wer von ihnen beiden war zum Zeitpunkt des Unfalls gefahren? Es konnte ja nur einer von ihnen am Steuer gesessen haben!

Warum kann ich mich nicht erinnern?

Er schaute seinen Vater beinahe flehend an. »Wer von uns ist gefahren? Ulf oder ich?«

»Du«, sagte sein Vater tonlos.

23.

Für einen Moment wurde Christian schwarz vor Augen. »Ich bin gefahren?«

»Ja. Du warst siebzehn damals. Es war einen Monat vor deinem achtzehnten Geburtstag. Du hattest die Party ohne unsere Erlaubnis in unserer Villa gefeiert. Und ihr habt euch besoffen. Irgendwann am späten Abend habt ihr euch betrunken in meinen Wagen gesetzt und seid losgefahren. Du und dein Freund Ulf Köhler. Wie du schon sagtest, du hattest keinen Führerschein. Du hättest nicht mal fahren dürfen. Ulf schon. Er war damals zwanzig. Aber er saß auf dem Beifahrersitz. Das ist ein kleiner Unterschied. Ganz besonders, wenn man jemanden totfährt.«

Er stand auf, trat ans Fenster und blickte nach draußen über den See, wobei er das Whiskeyglas in der Hand schwenkte.

Christian verstand die Welt nicht mehr. Langsam kehrten ein paar Erinnerungsfetzen zurück. Einige waren schon immer da gewesen, andere waren lange Zeit hinter einer nebligen Wand verborgen geblieben. Doch manche Dinge verschwanden nicht. Sie verschwanden nie, besonders nicht die unangenehmen. Manchmal warteten sie nur darauf, in Verkleidung zurückzukommen und wieder dort hineingelassen zu werden, von wo man sie vertrieben hatte. Trojanische Pferde voller Enttäuschung und Schmerz.

Warum wusste er von alldem nichts mehr? Und wie kam es, dass er niemals vor Gericht gestellt worden war, wenn es stimmte, was sein Vater behauptete? Er wusste auch nicht mehr, was seine Eltern ihm damals erzählt hatten. Seltsam, sonst war so ziemlich alles da an Erinnerungen. Wieso fehlte dieser verdammte Unfall und alles, was damit zu tun hatte?

»Wenn es tatsächlich so gewesen ist«, brachte Christian schließlich stockend hervor, »wieso weiß ich dann nichts mehr? Was ist mit mir passiert?«

»Ihr wart beide bewusstlos, als ich euch gefunden habe.«

»*Du* hast uns gefunden?«

Sein Vater nickte. »Du hattest eine Gehirnerschütterung, ein schweres Schädel-Hirn-Trauma. Der Wagen gehörte damals zu den sichersten auf dem Markt, aber Wunder kann auch die beste Sicherheitsausstattung nicht vollbringen, wenn man mit voller Wucht gegen einen Baum fährt.«

Er trank von seinem Whiskey, blickte weiterhin aus dem Fenster des Wochenendhauses. Die Nachmittagssonne erfüllte den Wohnraum mit rötlichem Licht und verwandelte die Seeoberfläche in einen brennenden Teppich.

»Der Notarzt hat euch beiden zusammen mit den Schmerzmitteln ein starkes Beruhigungsmittel verabreicht. Und das ist der Haken an der Sache.«

»Wieso?«, fragte Christian, der Mühe hatte, sich zu fangen, so viel prasselte wieder einmal auf ihn ein.

»Diese Mittel lösen eine starke, so genannte retrograde Amnesie aus. In eurem Fall haben sie die Erinnerung an den Unfall gelöscht.«

»Das ist doch Blödsinn.«

»Keineswegs. Und es hat noch eine Nebenwirkung.«

Christian dachte an die Droge, die Moonshot ihm gegeben hatte. Und zuvor dieser Klaus im Zürcher ECC-Büro. Er dachte an die schrecklichen Traumbilder, die Flugzeuge, die Flammen, die brennenden Straßen, Moonshots verwesendes Gesicht ... Was für ein Zeug hatte er geschluckt? Verwandelte sein Leben sich in einen Horrortrip?

»Diese Amnesie wiederum hat bei euch bewirkt«, fuhr

Wolfhart fort, »dass auch das Vorfeld des Unfalls, also die Zeit ein bis zwei Stunden vorher, von eurem Verstand nachträglich neu konstruiert und gespeichert wurde, laienhaft ausgedrückt.«

»Deshalb kann ich mich an nichts mehr erinnern? Ich wusste nicht mehr, was ich getan habe?«

»Ja. So eine Amnesie ist medizinisch gesehen durchaus erwünscht«, erwiderte sein Vater, »da die Unfallopfer, also du und Ulf Köhler, ein psychisches Trauma erlitten haben, von dem sie befreit werden sollen. Rechtlich aber ist die Verabreichung von Psychopharmaka auch heute noch umstritten.«

Christian erkannte mit einem Mal, dass sein ganzes bisheriges Leben eine Lüge gewesen war. Er hatte eine junge Frau auf dem Gewissen, ohne dass es ihm jemals bewusst gewesen wäre.

Wer aber wusste noch davon? Es musste doch in den Zeitungen gestanden haben. Wieso hatte er nie davon gehört? Das war verrückt! Das konnte doch gar nicht sein! Hatte sein Vater ihn und Ulf von der Unfallstelle verschwinden lassen und Fahrerflucht vorgetäuscht? Oder war er, Christian, dermaßen auf dem Trip, dass er das alles hier auch nur träumte? Die Flucht vor der Polizei, die Begegnung hier mit seinem Vater, dessen Behauptung, er, Christian, habe vor fünfzehn Jahren einen Unfall verschuldet und könne sich an nichts erinnern?

Christian wünschte sich beinahe, dass es so wäre, dass er jeden Moment aufwachte aus einem bösen Traum, in dem Nicole verschwunden war, in dem er eine junge Frau auf dem Gewissen hatte, in dem seine Zukunft, vielleicht sogar sein Leben den Bach hinunterging …

»Die Polizeibehörden sind gegen den Einsatz von Psychopharmaka«, fuhr Wolfhart fort. »Sie argumentieren, dass damit der Tathergang schwerer zu rekonstruieren ist, da die Beteiligten nicht mehr objektiv aussagen können. Die Mediziner hingegen behaupten, dass eine Verabreichung solcher Mittel dem Wohl der Patienten dient, damit sie nicht ihr Leben lang von den Erinnerungen an den Vorfall – in deinem Fall den Unfall – traumatisiert sind. Die Angst, die Paranoia. Die Schmerzen.«

»Ich hatte einen Blackout? Einen totalen Filmriss? Von irgendwelchen Medikamenten?«

»Ja, aber da war noch mehr«, antwortete Wolfhart. »Du hattest beim Unfall einen Milzriss erlitten und musstest operiert werden. Die Narkose trägt ebenfalls dazu bei, Erinnerungen auszulöschen.«

Christian schwieg, blickte seinen Vater forschend an.

»Und ich bin nie wegen dieses Unfalls angeklagt worden?«

Sein Vater schüttelte den Kopf. »Niemals.«

»Warum nicht?«

»Weil ich es so wollte.«

»Was soll das heißen?«

»Ist das nicht klar? Wärst du lieber ins Gefängnis gegangen?«

Christian schwieg.

»Du wirst mir zustimmen, dass ich gar keine andere Wahl hatte«, fuhr Wolfhart fort. »Ich musste dafür sorgen, dass du nicht nur als Unschuldiger dastehst, sondern mehr noch, dass du dich auch als Unschuldiger *fühlst,* sodass du dich auf deine Karriere, dein *Leben* konzentrieren konntest, anstatt dich mit Schuldgefühlen herumzuplagen. Abgesehen davon sieht so etwas in einem Führungszeugnis gar nicht gut aus, besonders bei einem Unternehmen wie ECC.«

Christians Gedanken überschlugen sich

»Deshalb wolltest du, dass ich mich unschuldig fühle?«

»Ja.«

»Und wie hast du das angestellt?«

Wolfhart drehte sich vom Fenster weg und blickte Christian an.

»Deine Mutter und ich waren mit dem Taxi nach Hause gekommen und hatten erst einmal die Party aufgelöst. Dann erst habe ich gesehen, dass mein Wagen weg war. Ich nahm das Auto deiner Mutter und suchte die Umgebung ab. Ich konnte mir denken, dass du mit Ulf Köhler unterwegs warst, denn er war damals dein bester Freund. Ich wusste, was ihr mit meinem Wagen angestellt hattet, und dass ihr irgendwo in der Gegend herumkurvt. Doch was ich dann zu sehen bekam, war sehr viel schrecklicher.« Er trank von seinem Whiskey. »Ich habe euch beide im Autowrack gesehen, dich und Köhler. Du auf dem Fahrersitz, Köhler auf dem Beifahrersitz. Ihr wart bewusstlos. Die Radfahrerin war tot, da genügte ein Blick. Sie lag in ihrem Blut. Weit und breit war niemand zu sehen, denn es war spät am Abend, und der Unfall war in einem ruhigen Vorort passiert. Da habe ich getan, was ich tun musste, um dich und deine Zukunft zu retten.«

»Und was war das?«

»Ich habe euch umgesetzt.«

»Du hast ... *was?*«

»Ich habe euch umgesetzt«, wiederholte Wolfhart in einem Tonfall, als würde er über das Wetter reden. »Dich auf den Beifahrersitz, Ulf Köhler auf den Fahrersitz. Polizei und Notarzt habe ich erst angerufen, als ich damit fertig war. Ich habe denen die Wahrheit gesagt, dass ich euch gesucht hätte. Die Leiche der Radfahrerin wurde weggebracht, nachdem der Notarzt sie sich angeschaut und den Tod festgestellt hatte.«

»Und danach stand Ulf als der Schuldige da ...« Christian konnte es noch immer nicht glauben. Er schauderte, als er sah, dass sein Vater lächelte. Er *lächelte!*

»Ja«, sagte Wolfhart. »Zumindest *schien* Ulf Köhler jetzt der Schuldige zu sein. Denn die Polizei hat später festgestellt, dass mein Wagen mit mindestens neunzig Stundenkilometern unterwegs gewesen war, und dass die Radfahrerin nicht die geringste Schuld traf.«

»Mein Gott«, flüsterte Christian. »Du hast Ulf einen Mord in die Schuhe geschoben …«

»Fahrlässige Tötung. Er kam damals ziemlich billig davon. Drei Jahre auf Bewährung. Es hätte ihn schlimmer treffen können.«

»Es hätte ihn *schlimmer treffen können!*« Christians Stimme wurde lauter. »Du hast Ulfs Leben zerstört!«

»Wärst du lieber in den Jugendknast gegangen? Du, der eigentlich doppelt schuldig war, weil diese Spritztour vermutlich deine beschissene Idee gewesen ist? Alkohol am Steuer, keinen Führerschein, kurz vor der Volljährigkeit? Ich habe deinen Kopf aus der Schlinge gezogen, habe dir deine Zukunft gerettet, du verdammter Hosenscheißer!«

»Weiß Mutter davon?«

»Nein! Und das soll auch so bleiben. Hast du verstanden?«

»Und Ulf?«, fragte Christian. »Hat er nie etwas dagegen unternommen?«

»Was sollte er denn unternehmen? Außerdem konnte er sich wegen des Schocks durch den Unfall auch nicht mehr an alles erinnern. Er war sich aber trotzdem sicher, dass er *nicht* der Fahrer war. Das hat er auch allen erzählt. Aber er kam nicht damit durch. Wie denn auch? Alles sprach für seine Schuld, vor allem meine Aussage und die Tatsache, dass er bewusstlos am Steuer gesessen hatte. Ich habe dann dafür gesorgt, dass alle ihm erzählten, er habe eine Gehirnerschütterung erlitten und deshalb Aussetzer, was seine Erinnerungen angeht. Und wie gesagt, Ulf Köhler saß auf dem Fahrersitz, als die Polizei den Unfall aufnahm, nicht du. Hinzu kommt«, wieder ein Schluck Whiskey, »dass in der Zeit des Unfalls, also um das Jahr zweitausend herum, noch keine derart detaillierte DNS-Analyse vom Fahrzeuginnern bei Unfällen wie diesem vorgenommen werden konnte. Heute würde so etwas nicht mehr funktionieren. Damals zum Glück schon.«

Zum Glück?, dachte Christian. *Nicht für Ulf.*

»Ulf hätte ein ruhiges, vielleicht sogar glückliches Leben führen können, und dieses Leben hast du ihm genommen ...« Christian flüsterte es beinahe.

»Wenn du es so sehen willst, dann tu es.«

»Was bist du für ein Mensch!«

»Ein Mensch, der seinem Sohn eine neue Chance verschafft hat.«

Leise fragte Christian: »Was ist danach mit Ulf geschehen? Ich weiß es nicht mehr.«

»Ich habe ja auch alles dafür getan, dass es keinen Kontakt mehr zwischen Köhler und dir gab. Er hat zwar noch versucht, gegen das Urteil anzugehen, aber es war sinnlos. Die Beweise sprachen gegen ihn. Ich musste damals allerdings höllisch aufpassen.«

»Warum?«

»Ein Jahr, nachdem der Prozess zu Ende verhandelt war, wurde Köhler von einem Freund angesprochen, der euch beide damals beim Einsteigen in meinen Wagen gesehen hatte, mit dir am Steuer. Der Freund hieß Moritz Bliemeister. Ganz sicher war er allerdings nicht, sodass er keinen Eid darauf leisten wollte. Außerdem hätte es ja sein können, dass ihr beide zum Zeitpunkt des Unfalls bereits die Plätze getauscht hattet. Jedenfalls, Köhler hatte keine Mittel, um den Prozess noch einmal aufzurollen. Und hätte er es getan, hätte ich alle Hebel in Bewegung gesetzt, um dich noch einmal rauszuhauen. Ulf Köhler hatte keine Chance.« Wieder trank er einen Schluck, während Christian sein Glas kaum angerührt hatte. Ihm schmeckte der Whiskey nicht mehr.

»Was du damals getan hast, war illegal und verbrecherisch«, sagte er. »Wir müssen doch auch jetzt noch in ständiger Angst leben. Die Sache ist längst nicht aus der Welt.«

»Die Tat ist verjährt. Die Verjährung für fahrlässige Tötung beträgt fünfzehn Jahre. Also bist du in Sicherheit. Die Sache muss aber zwischen uns bleiben. Du darfst niemandem, ich wiederhole, *niemandem* auch nur ein Wort darüber erzählen, nicht einmal deiner Mutter. Hast du verstanden?«

»*Ich* habe diese Frau auf dem Gewissen. Vielleicht habe ich verdient, was mir jetzt passiert. Dass alles um mich herum zusammenbricht. Ich bin ein Mörder!« Er schrie es beinahe.

Sein Vater schüttelte energisch den Kopf. »Es war kein Mord, es war fahrlässige Tötung.«

»Toll! Wirklich toll!«, rief Christian unter Tränen. »Das macht es natürlich wesentlich besser.«

»Du solltest mir dankbar sein, dass ich deinen Hals gerettet habe, und zu der Sache ein für alle Mal den Mund halten!«, sagte Wolfhart heftig. »Ich habe dir geholfen. Damals und jetzt, weil du mein Sohn bist. Und habe dir etwas erzählt, was ich dir nie erzählen wollte. Du solltest ein für alle Mal die Klappe halten, du verdammtes Weichei!«

Dankbar sein? Den Mund halten? Das war alles, was seinem Vater dazu einfiel?

»Mir reicht es!« Christian brauchte frische Luft. Ihm war mit einem Mal egal, wer die E-Mails geschickt hatte und die Filme mit den Wasserleichen. Es spielte plötzlich keine Rolle mehr, wer die drei Männer umgebracht hatte. Es war unwichtig, wer Handy und Handschuhe an den Tatorten hinterlegt hatte.

Ich bin ein Mörder! Und mein Vater ist ein verdammter Lügner und hat kaum weniger Schuld als ich!

Ich muss hier raus!

Christian sprang auf.

»Was soll das?«, rief Wolfhart. »Wo willst du hin?«

Christian hörte ihn schon nicht mehr. Er rannte aus dem Haus. Stolperte. Stürzte in den Schnee. Rappelte sich auf.

Stolperte erneut über Äste und trockene Blätter. Rannte. Rannte.

Hörte die Rufe seines Vaters.

Doch er konnte und wollte nicht mehr zurück.

Während er durch den Wald rannte, überschlugen sich seine Gedanken. Wie hing alles zusammen? Der Einbruch, Jonathan, sein Vater, das Handy, die Handschuhe, der Unfall, die tote Radfahrerin und Ulf, sein früherer Freund?

Christian fror, gleichzeitig war er durchgeschwitzt. Das Paraderezept, um sich eine Grippe einzufangen. Doch für solche Überlegungen hatte er jetzt keine Zeit. Flüchtig fragte er sich, ob es klug gewesen war, davonzurennen und den einzigen Menschen zurückzulassen, der ihm vielleicht noch helfen konnte – seinen Vater. Wolfhart König war ein Mistkerl und Verbrecher, aber er war auch skrupellos und gerissen, und genau so jemanden brauchte er.

Nachdem er zwanzig Minuten durchs Unterholz gestolpert war, stieß Christian auf eine Landstraße. Vielleicht hundert Meter entfernt war ein Gasthof.

Keuchend blieb Christian stehen. Gerade hatte ein Taxi den Gasthof verlassen und kam langsam in seine Richtung. Christian sprang auf die Straße, ruderte mit den Armen.

Der Wagen hielt. »Na, da ham Se aber Schwein gehabt. Hier auf jut Glück ’n Taxi zu kriejen ist unjefähr jenauso wahrscheinlich wie ’n Sechser im Lotto«, sagte der Fahrer auf Berlinerisch.

»Ja, Glück gehabt.« Christian stieg ein. »In die Innenstadt«, sagte er knapp.

Er musste jetzt erst einmal herausfinden, wo Nicole steckte, und sich endlich mit ihr aussprechen.

Vielleicht war das der erste Schritt zu einem Neuanfang. Denn wie es aussah, hatte er seinen Vater verloren. Umso wichtiger war es jetzt, dass er Nicole wiederfand.

24.

Deckhard und Sophie standen vor Christians Wohnung in Prenzlauer Berg. Zwei Polizisten waren bei ihnen und befragten die Nachbarn.

Deckhard hielt sich immer noch leicht vornübergebeugt, nachdem Christian ihm in den Bauch getreten hatte. *Na warte, Freundchen. Widerstand gegen die Staatsgewalt.* Das mochte in Berlin eine Bagatelle sein, aber für Deckhard war es ganz sicher keine.

»Geht er ans Handy?«, fragte Sophie.

»Nein. Ist ja auch kein Wunder.«

»Seinen Vater erreiche ich auch nicht.«

Einer der beiden Polizisten kam die Treppe herunter. »Die Nachbarn wissen ebenfalls nichts. Ist auch niemand in der Wohnung. Auch seine Freundin nicht.«

»Wo arbeitet die Freundin?«, fragte Deckhard, an Sophie gewandt.

»Beim Bundestag.«

»Dann versucht es da. Verdammt, irgendjemand muss doch wissen, wo Christian König steckt!«

Der andere Polizist sprach in sein Funkgerät. »Ja, trägt vermutlich eine orangefarbene Hose und einen grünen Kapuzenpulli. Dazu wahrscheinlich Sonnenbrille und Schirmmütze. Aber könnte sich schon wieder geändert haben.«

»Man könnte beinahe auf den Gedanken kommen, dass er nicht abgehauen ist, um sich einer Strafe zu entziehen, sondern um Licht in irgendeine Sache zu bringen«, sagte Sophie.

Deckhard stemmte die Arme in die Hüften. »Jetzt glaubst

du also auch noch, dass König unschuldig ist? Ich bin wohl der Einzige, der noch davon überzeugt ist, dass er Dreck am Stecken hat.«

»Nun reg dich nicht gleich auf. Es könnte doch sein, dass er Beweise sucht, um sich zu entlasten.«

»Und deshalb hat er das Recht, mir in den Magen zu treten und meinem Kollegen die Nase zu brechen? Dass ich nicht lache.«

25.

Christian schaltete seinen Blackberry ein. Vielleicht hatte Nicole sich in der Zwischenzeit bei ihm gemeldet.

Er sah, wie sich die Mailbox füllte. E-Mails von Fabian und Lars. Er klickte sie weg. Anrufe auf der Mailbox, auch von Fabian. Von anderen Berliner Nummern, darunter möglicherweise die Polizei. Anrufe von Deckhard. Und zwei anonyme Nummern.

Christian beachtete sie nicht.

Kein Anruf von Nicole.

Er wählte Barbaras Nummer.

»Hi, Christian«, meldete sie sich.

»Hallo, Barbara. Ganz kurz. Hat Nicole bei dir übernachtet? Ist sie da?«

»Nein. Wie kommst du darauf?«

»Nein?«

»Nein. Wieso? Ist sie nicht bei dir?«

»Eben nicht. Sie hat mir einen Zettel hinterlassen, dass sie bei einer Freundin ist. Ich nehme an, um mit ihr über unsere Beziehungsprobleme zu sprechen. Und da bist du natürlich die Erste, an die ich denke.«

Barbara stutzte. »Wann hast du diesen Zettel gefunden?«

»Gestern Abend.«

»Und du hast noch nichts von ihr gehört?«

»Bis jetzt noch nicht.«

»Ich glaube, dann solltest du die Polizei rufen.« Er hörte die Besorgnis in Barbaras Stimme.

»Ja. Hast recht. Mach ich.«

»Kann ich dir sonst irgendwie helfen?«, fragte Barbara.

»Nein. Ich melde mich wieder.«

Er legte auf und ließ eine verwirrte Barbara zurück.

Was jetzt? Nach Hause fahren konnte er nicht. Sicher stand die Polizei vor der Tür. Im Büro genauso. Da hatte dieser Deckhard ihn schließlich einkassieren wollen.

Was ist mit Nicole? Ihr ist doch nichts passiert?

Das Piepen seines Blackberrys riss Christian aus seinen Gedanken.

Eine SMS, wieder von einer unbekannten Adresse.

In der SMS ein Foto.

Nicole.

Gefesselt. Offensichtlich in Panik.

Cooming soon, stand unter dem Foto.

Und noch etwas:

Nummer vier.

Hasta la vista!

Christian erfasste heftige Übelkeit. War Nicole die Nächste, die man vermodert in einer Badewanne finden würde? Deren Leiche irgendein Perverser bei der Verwesung filmte?

Grauen packte ihn. Ihn überkam das unbändige Verlangen, etwas zu tun, irgendetwas. Am liebsten wäre er aus dem fahrenden Taxi gesprungen, um sich auf die Suche nach Nicole zu machen.

Was war er für ein Vollidiot! Er hatte gedacht, Nicole hätte bei Barbara übernachtet. Um ein wenig Abstand von ihm zu haben, wie sie es schon einmal nach einem Streit getan hatte. Damals, im Umzugsstress. Und noch weitere zwei- oder dreimal. Aber sie hatten sich immer wieder vertragen.

Und der Zettel, den sie hinterlassen hatte?

Die Antwort war leicht. Nicoles Entführer wollte vermutlich Zeit gewinnen. Vor allem aber wollte er ihn, Christian, quälen, wollte ihm das beruhigende Gefühl geben, dass Nicole nichts passiert war, dass sie sich bald melden würde, um ihn dann binnen einer Sekunde in einen Abgrund der Verzweiflung zu stoßen.

Das ist ihm gelungen.

Tränen brannten in Christians Augen.

Er schaute noch einmal auf die SMS. Grüner Hintergrund. Grün wie das verpestete Wasser, in dem die Leichen getrieben waren.

In dem vielleicht auch bald Nicole treiben würde?

Ist das wirklich ein Racheakt? Wird der Entführer Nicole umbringen und versuchen, mir auch diesen Mord in die Schuhe zu schieben? Wer immer dieser Verrückte sein mag, der hinter mir her ist …

Wer war es?

Wer *konnte* es sein?

Wer könnte einen Grund haben, sein Leben zu zerstören, indem er Nicoles Leben zerstörte?

Nicht Jonathan. Niemals.

Es muss jemand sein, den ich kenne. Der mich kennt. Sehr gut kennt. Jemand, der weiß, was Nicole mir bedeutet. Der weiß, dass er mich mit ihrer Entführung mitten ins Herz trifft. Jemand, der mich schon länger kennt.

Nein, nicht länger – *lange.*

Sehr lange.

Dieses »Hasta la vista« …

Moment mal!

Ein Gesicht schälte sich langsam aus den Schatten der Erinnerung und erschien vor Christians Augen. Beinahe hätte er den Namen des Mannes herausgeschrien, so unvermittelt kam die Erkenntnis, wer hinter alldem stecken konnte. Stecken musste! Zumal er allen Grund hatte, Rache zu nehmen.

Alles passte zusammen.

Er saß damals neben mir auf dem Beifahrersitz.

Der Mann, der unschuldig zum Schuldigen wurde.
Der die Rache verdient hat.
Und der jetzt zuschlägt.
Ulf Köhler.
Hasta la vista!

Dieses Wort hatte damals zu Ulfs und Christians Standardwortschatz gehört. Niemand sonst wusste davon. Er, Christian, benutzte das Wort auch heute noch hin und wieder, ohne sich dessen bewusst zu sein.

Die Geschichte war einfach zu plausibel. Es konnte niemand anders sein.

Ulf Köhler hatte lange gewartet. Und jetzt war die Zeit für seine Rache gekommen. Die Einschläge kamen näher. Bis in Christians unmittelbares Umfeld.

Hasta la vista ...

Weitere Erinnerungen schälten sich aus dem Dunst der Vergangenheit. Ein Haus ... das Haus von Ulfs Mutter. Ein schäbiger alter Bau in Pankow. Sie waren damals oft dort gewesen, Ulf und er, hatten Platten gehört und getrunken.

Christian hatte keine Wahl mehr.

Er musste mit offenen Karten spielen.

Er konnte es sich nicht mehr leisten, weiterhin alles auf eigene Faust zu machen und dabei auch noch vor der Polizei zu flüchten.

Christian wählte Deckhards Nummer.

DRITTES BUCH

1.

Deckhard hörte sich Christians Geschichte an, nachdem er das Telefon auf laut geschaltet hatte, sodass Lisa und Sophie mithören konnten.

»Ich schlage vor, Sie kommen sofort hierher«, sagte er, als Christian geendet hatte. »Wenn Ihr Verdacht stimmt, müssen wir schnell handeln. Dabei brauche ich Ihre Hilfe. Wir müssen uns für kurze Zeit zusammentun.«

»Wie meinen Sie das?«

»Sobald Ihre Freundin gerettet ist, nehme ich Sie fest. Und diesmal kein Angriff auf mich, keine Flucht mit dem Wagen wie in *Getaway*, okay?«

Christian überlegte nicht lange. »Sie haben mein Wort.«

Er sah nicht, wie Deckhard zufrieden lächelte. Schließlich hatte der Hauptkommissar ihn bald in seiner Gewalt, selbst wenn die Entführungsgeschichte nicht stimmte. Die Suche nach Christian König hätte ein Ende – so oder so.

Christian berichtete kurz und knapp von der Entführer-Mail.

»Und der Entführer hat dieses Wort benutzt? Hasta la vista? Wie Schwarzenegger in *Terminator eins?*«

»Ja. Und Ulf Köhler ist der Einzige, der davon weiß. Er muss Nicole in seiner Gewalt haben. Es kann nur er gewesen sein. Nur Ulf kennt dieses Wort. Sie müssen meiner Freundin helfen!«

»Wo wohnt dieser Köhler?«

»Das weiß ich nicht, sonst hätte ich mich längst auf den Weg gemacht. Ich habe ihn seit Jahren nicht gesehen. Aber er wohnte bei seiner Mutter. Ich war oft bei ihm damals, schließlich war er mein Freund.«

»Wo wohnt die Frau?«

»Rolandstraße in Pankow. Nahe dem Orangeriepark.«

»Gut. Dann lassen Sie uns nur hoffen, dass Köhler Ihre Freundin nicht nach Gott weiß wohin entführt hat, dann können wir nichts ausrichten.«

»Ich weiß.«

»Ihnen ist aber schon klar, dass Ihre Flucht und die Gewaltanwendung gegen meinen Kollegen und mich ein Nachspiel hat? Dabei kann eine Haftstrafe rauskommen, möglicherweise ohne Bewährung.«

Christian atmete tief durch. »Ist mir schon klar, aber das ist mir jetzt egal.«

»Okay. Kommen Sie in die Keithstraße«, sagte Deckhard. »Ich und zwei meiner Leute werden Sie dort erwarten. Wir müssen uns beeilen. Wenn Ihre Freundin wirklich entführt wurde, schwebt sie möglicherweise in Lebensgefahr.«

Zwanzig Minuten später saßen Deckhard und Christian im Einsatzwagen. Ein zweites Fahrzeug mit zwei Polizisten begleitete sie.

Lisa hatte im Revier inzwischen eine Akte zu Ulf Köhler ausgegraben. Dort fand sie auch die Meldedaten. Außerdem hatte sie im Netz recherchiert und konnte Christians Angaben im Wesentlichen bestätigen. Köhlers Mutter und der jugendliche Ulf hatten damals tatsächlich in Pankow gewohnt; eine andere Anschrift gab es nicht.

»Lassen Sie uns hoffen, dass Ihre Freundin dort ist«, sagte Deckhard und blätterte durch die Akte, die Lisa ausgedruckt hatte. »Vielleicht sogar dieser Köhler. Hier steht, Köhler wollte Pilot bei der Lufthansa werden?«

»Ja.«

»Aber die Sache mit dem Unfall hat ihn die Karriere gekostet? Verstehe. Er ist alkoholisiert Auto gefahren. Mit dem Wagen Ihres Vaters.« Deckhard blickte Christian fragend an.

»Wenn es da steht«, murmelte Christian. Glücklicherweise stand auch in der Polizeiakte die offizielle Version, aus der hervorging, dass Ulf der Unglücksfahrer war.

»Welches Motiv könnte Köhler haben?«, fragte Deckhard. »Warum sollte er Ihre Freundin entführen?«

»Ich habe keine Ahnung«, log Christian. Er konnte schwerlich die Wahrheit erzählen, weshalb Köhler so etwas durchaus zuzutrauen war, nämlich aus Rache. »Aber er ist der Einzige, auf den alles passt.«

»Wir werden sehen.«

* * *

Das Haus war ein zweigeschossiger, verfallender Altbau aus roten Ziegeln, der düster und verwahrlost wirkte.

Christian versuchte sich an damals zu erinnern, an die Zeit vor fünfzehn Jahren, als er Ulf hier des Öfteren besucht hatte, aber es gelang ihm nicht recht. Er glaubte nur, sich schwach an Ulfs Mutter zu erinnern, eine ältliche, unscheinbare Frau, die sehr unter dem frühen Verlust ihres Mannes litt.

Deckhard, die beiden Polizeibeamten und Christian ließen den Blick über die schmuddelige Fassade schweifen, über die verwitterte Haustür und die vergilbten Gardinen.

»Wie es scheint, steht das Haus leer«, sagte Deckhard zu seinen beiden Leuten.

»Ja, sieht ganz so aus.« Der größere der beiden Polizisten nickte.

»Okay, gehen wir rein. Wenn einer was zu meckern hat, stellen wir uns den Durchsuchungsbefehl hinterher selbst aus.«

Seine Männer lachten leise.

»An der Bude hier hat höchstens noch der Abrissunternehmer Interesse«, meinte einer der beiden. »Hier kann unmöglich noch jemand wohnen.«

»Wird sich gleich zeigen.«

Die Haustür, die sich als nicht abgeschlossen erwies, führte in einen kleinen, vor Dreck starrenden Eingangsflur voller alter Zeitungen, Prospekte und ungelesener Reklamesendungen. Es war totenstill. Im Halbdunkel waren weiter hinten zwei, drei Türen zu sehen, die tiefer in die Eingeweide des Hauses zu führen schienen. Schatten, die Lichter von draußen erzeugten, huschten geisterhaft über die Stufen einer schmutzigen Holztreppe, die nach oben in die Dunkelheit führte. Deckhard, der Filmfan, fühlte sich unwillkürlich an die Szene aus *Das Schweigen der Lämmer* erinnert, in der Clarence Starling orientierungslos durch die dunkle Wohnung des Psychopathen irrt.

»Ganz schön unheimlich«, flüsterte der größere der beiden Polizeibeamten, der offenbar genauso empfand.

»Halb so wild. Geht nach oben«, raunte Deckhard den beiden zu. »Aber seid vorsichtig.«

Die beiden Männer zogen ihre Waffen und stiegen langsam die laut knarrenden Treppenstufen hinauf.

Christian hielt den Atem an, als er Augenblicke später von oben das laute Quietschen einer Tür hörte. Dann noch einmal, gefolgt von dumpfen Schrittgeräuschen auf einem offenbar morschen Holzfußboden. Eine Tür fiel zu. Raunende Stimmen.

Dann kamen die beiden Polizisten die Treppe hinunter.

»Nichts«, sagte der eine. »Die Zimmer sind leer geräumt. Da gibt's nur noch Müll und Dreck.«

»In Ordnung«, sagte Deckhard. Er fröstelte. Das Haus war ungeheizt, und draußen näherten sich die Temperaturen mit zunehmender Dunkelheit wieder der Frostgrenze. Der Atem der Männer kondensierte in der kalten Luft, die nach Staub und Fäulnis roch.

Der üble Gestank wurde stärker, je weiter die Gruppe ins Haus vordrang. Auf der rechten Seite schälte sich umrisshaft eine angelehnte Tür aus dem Halbdunkel, hinter der sich offenbar Bad und WC befanden. Unverkennbar strömte der Gestank aus diesem Raum auf den Flur.

Deckhard überlief es eiskalt. *Dieser Geruch!*, dachte er.

Es war längst nicht so schlimm wie bei dem Toten in Marzahn, aber schlimm genug.

Wieder eine Leiche, die in einer schmuddeligen Wanne voller verpestetem Wasser verrottete?

Christian, der sich die ganze Zeit nahe bei den Männern hielt, hörte das Klicken, als Deckhard seine Waffe entsicherte.

Im gleichen Augenblick erschrak er heftig.

Plötzliche Geräusche aus dem Dunkel weiter hinten im Haus. Klappern. Leises Pochen. Drei-, vier-, fünfmal. Lautes Klirren, wie von Geschirr. Dann Stille. Dann ein schrilles, durchdringendes Kreischen.

»Eine Katze!«, sagte Deckhard, hörbar erleichtert.

Christian zitterten die Knie. *Hasta la vista*, schoss es ihm durch den Kopf. *Bloß eine Katze.*

Deckhard näherte sich langsam der Badezimmertür, auf alles gefasst. Spähte hindurch. Undurchdringliche Dunkelheit, aus der ihm eine neuerliche Woge des unsäglichen Gestanks entgegenschlug. »Gib mir mal deine Lampe!«, sagt er zu dem größeren der beiden Polizisten. Er leuchtete ins Innere.

Und sah die Quelle des Gestanks. Es war der Inhalt mehrerer Dutzend Einmachgläser, die von einem Stahlregal gefallen und auf den Kacheln zerschmettert waren. Dazwischen moderte etwas vor sich hin, das wie Hartwürste aussah. Offenbar war das Bad schon vor längerer Zeit zur Speisekammer umfunktioniert worden.

Wahrscheinlich haben die Katzen diese Schweinerei angerichtet, überlegte Deckhard. *Kann noch nicht allzu lange her sein.*

Er hätte am liebsten aufgeatmet, ließ es aber, so höllisch roch das verrottende Obst.

Er zog Kopf und Oberkörper aus dem Türeingang zurück. »Nichts Großartiges«, sagte er zu den anderen, die teils gespannt, teils ängstlich auf die Botschaft warteten. »Oder möchte jemand Apfelmus mit einem Schuss Katzendreck, gut durchgegoren?«

Weiter vorn schienen Küche und Wohnzimmer zu sein.

Langsam bewegten sich die Männer durch den kalten, inzwischen nahezu dunklen Hausflur, sodass die beiden Polizisten ihre Taschenlampen anknipsten.

Kitschige Bilder an den Wänden. Der unvermeidliche röhrende Hirsch. Ein Schuhanzieher aus Messing mit Hirschkopf an der Wand. Eine leere Pinnwand. Noch immer lag der Geruch von Fäulnis dick und schwer in der bitterkalten Luft. Mit Sicherheit war dies hier kein Haus, in dem noch jemand wohnte.

Im Wohnzimmer, dessen Tür weit offen stand, entdeckten sie ein Sofa und zwei Sessel in einem Stil, den man vielleicht als Gelsenkirchener Barock à la Berlin bezeichnen konnte, speckig, trostlos und schäbig, aber sich seiner Hässlichkeit bewusst und sogar irgendwie stolz darauf. Die Möbel waren mit durchsichtiger Plastikplane bedeckt, auf der sich Staub und abbröckelnder Putz gesammelt hatten. Von einer Terrassentür aus fiel der Blick in einen verwahrlosten Garten vor einem sich verdüsternden Himmel, aus dem ein trostloser Mix aus verkümmerten Schneeflocken und Nieselregen fiel.

Noch immer keine Spur von Nicole.

Wo steckt sie, falls sie überhaupt hier ist?, fragte sich Deckhard.

Eines stand jedenfalls fest: Dies hier war der perfekte Ort, um ein Entführungsopfer zu verstecken.

»Also gut«, sagte Deckhard, als sie kurz darauf das gesamte

Erdgeschoss durchsucht hatten. »Wenn die Frau hier ist, muss sie im Keller sein.«

Nach kurzem Suchen fanden die Männer den Kellereingang am Ende des Flures.

Ihre Taschenlampen durchschnitten die Finsternis, als sie die knarrende Treppe hinunterstiegen, wobei sie jeden Augenblick damit rechnen mussten, dass das feuchte, verrottende Holz der Stufen durchbrach.

Je tiefer er kam, umso heftiger wühlte der Schmerz in Christians Magen, umso mehr spürte er, wie sich ein scheußlicher Klumpen in seiner Speiseröhre bildete, weil er befürchtete, dass irgendetwas Furchtbares, Unaussprechliches auf ihn wartete, so wie die Wasserleichen in dem Film.

Dann waren sie unten. Hier schien es zu früheren und vermutlich fröhlicheren Zeiten eine Art Partykeller gegeben zu haben. Ein leichter Geruch nach Schnaps, Bier und Zigarettenrauch lag noch in der Luft. Es war einer von diesen Partykellern im Stil der 80er-Jahre, mit einer hässlichen Bar, einer Dartscheibe und leeren Chiantiflaschen an den Wänden, als Reminiszenz an den sonnigen Süden, der von Pankow so weit weg war wie der Mond.

Auf der gegenüberliegenden Seite eine Tür. Diesmal abgeschlossen.

Was erwartete sie dahinter?

Nicole? Gefesselt? Misshandelt?

Tot?

Oder war alles nur falscher Alarm, und Köhler hatte überhaupt nichts mit alldem zu tun?

Deckhard gab seinen Leuten ein Zeichen.

Die beiden Polizisten stellten sich vor die Holztür, die Gesichter einander zugewandt, und nickten sich zu.

Eins … zwei … drei!

Beide warfen sich mit der Schulter gegen das Türblatt. Die

morsche Tür flog krachend aus den Angeln. Eine Sekunde später stand Deckhard im Kellerraum, die Waffe im Anschlag.

Die Polizisten und Christian folgten ihm.

Dann Deckhards Stimme.

»Mein Gott, sie ist es.«

2.

Nicole war an ein Heizungsrohr gefesselt. Ihre Augen waren verbunden, und im Mund steckte ein Knebel. Sie schien bewusstlos zu sein.

»Nicole!«, stieß Christian hervor. Mit drei, vier schnellen Schritten war er bei ihr, ehe die Polizisten reagieren konnten, nahm ihr die Augenbinde ab und zog ihr den Knebel aus dem Mund. Er spürte, wie sie zitterte. Ihr Atem ging schnell und unregelmäßig.

Sie blinzelte. Als sie Christian sah, riss sie die Augen auf, stieß einen schrillen Schrei aus und wich hastig vor ihm zurück, so weit die Fesseln es zuließen. Entsetzen spiegelte sich auf ihrem Gesicht.

»Nicole?«, fragte Christian verwirrt. »Was ist? Erkennst du mich nicht?«

Ein paar Sekunden lang starrte sie ihn an, mit wirrem Blick, Panik in den Augen, und versuchte vergeblich, noch weiter vor ihm zurückzuweichen.

Christian streckte die Hand nach ihr aus.

»Hilfe!«, schrie sie. »Rühr mich nicht an! Geh weg! Lass mich!«

Christian erstarrte. »Aber …«

»Rühr mich nicht an!«, kreischte sie und warf Deckhard und seinen beiden Leuten einen flehenden Blick zu. »Machen Sie mich los! Schnell! *Bitte!*«

Christian konnte es nicht fassen.

Was soll das? Warum bittet sie Deckhard um Hilfe?

»Nicole, ich bin's doch«, versuchte er es noch einmal.

»Ja!«, rief sie wild. »Du und dieser Köhler, ihr habt mich hierher verschleppt!«

Wie war das?

Deckhard blieb gelassen, als er beobachtete, wie seine Männer Nicole losbanden. Sein Blick schweifte aufmerksam zwischen ihr und dem entgeisterten Christian hin und her.

»Sind Sie verletzt?«, fragte er dann.

»Nein, ich ... ich glaube nicht.« Tränen liefen Nicole über die Wangen.

»Sie wissen, wer das hier getan hat?«

Nicole starrte Deckhard mit schmerzverzerrtem Gesicht an. »Ja. Er!« Sie blickte zu Christian. »Und dieser Köhler ... Ulf Köhler. So hat er ihn jedenfalls genannt.«

Das muss der Schock sein, sagte sich Christian. *Wer weiß, was sie mitgemacht hat. Sie ist verwirrt, verängstigt. Bestimmt fängt sie sich gleich wieder, und dann kommt die Wahrheit über Ulf ans Licht.*

Die beiden Polizisten hatten Nicoles Fesseln inzwischen gelöst und halfen ihr vorsichtig auf. Beim ersten Versuch knickten ihr die Knie ein, dann aber blieb sie auf den Beinen. Sie war entkräftet, aber offenbar unverletzt.

»Können Sie gehen?«, fragte Deckhard.

»Ich glaube schon ...«

Nicole blinzelte ins Licht der untergehenden Sonne, als die beiden Polizeibeamten sie die Kellertreppe hinaufführten.

Nachdem sie das Haus verlassen hatten, legte einer der Beamten Nicole eine Decke um. Christian beobachtete, wie die Männer ihr in einen der Einsatzwagen halfen und die Tür zum Haus versiegelten. Langsam ging er zu dem Wagen, in dem Nicole saß. Deckhard hockte vor der offenen Tür und redete mit ihr.

»Können Sie mir ein paar Fragen beantworten?«, fragte er.

»Ich will es versuchen«, antwortete Nicole mit matter Stimme.

»Wer genau hat Sie hierhergebracht?«

»Wie ich schon sagte, der Mann hieß Ulf Köhler«, sagte Nicole. »Er war maskiert, aber Christian hat ihn so genannt. Die beiden scheinen sich sehr gut zu kennen. Köhler hat mich in den Keller geschleppt, gefesselt und geknebelt ... dann muss ich das Bewusstsein verloren haben.«

Christian bemerkte, wie Deckhard ihn musterte.

Keine Angst, beruhigte er sich. *Jedem hier muss klar sein, dass ich mit dieser Sache nichts, aber auch gar nichts zu tun habe. Es ist offensichtlich, dass Nicole einen Schock erlitten hat und wirres Zeug redet. Ich bin unschuldig, ich muss mir keine Sorgen machen.*

Er lächelte. »Ich soll ihr Entführer sein? Weshalb habe ich dann alles versucht, um sie zu finden?«

Deckhard blickte ihm forschend ins Gesicht. »Sie hören, was die Frau sagt. Wir werden das überprüfen müssen. Deshalb müssen Sie uns begleiten.«

»Wie meinen Sie das?«

»Steigen Sie in den Wagen zu meinen Kollegen. Sie sind vorläufig festgenommen.«

»Das ist lächerlich! Mit welcher Begründung?«

»Wegen Widerstand gegen die Staatsgewalt. Sobald Ihre Freundin in Sicherheit ist, nehme ich Sie fest. Das war die Abmachung, schon vergessen? Sie haben einem meiner Kollegen das Nasenbein gebrochen und mich zu Boden geschlagen. Das ist kein Kavaliersdelikt. Von Ihrer abenteuerlichen Flucht im Auto, bei der Sie um ein Haar zwei Männer über den Haufen gefahren hätten, ganz zu schweigen.«

»Ich weiß.« Christian starrte ihn an. »Ich stehe zu meinem Wort. Aber ich muss meinen Anwalt anrufen. Der Vorwurf der Entführung ist ein Witz!«

»Nur zu«, antwortete Deckhard. »Rufen Sie an.«

Christian wählte die Nummer seines Vaters. »Christian hier. Frag nicht lange. Ich brauche dich beim LKA in der Keithstraße. Jetzt sofort.«

3.

Deckhard und Sophie saßen Nicole gegenüber. Sie hatten sie in eine weitere dicke Decke gehüllt, ihr Beruhigungsmittel verabreicht und ihr einen heißen Tee gegeben. Verletzt war sie nicht, bis auf die Einschnitte an den Handgelenken von den Kabelbindern, mit denen ihr Entführer sie gefesselt hatte.

»Sie haben sich nicht allzu sehr gefreut, Ihren Freund zu sehen«, stellte Deckhard fest und musterte Nicole, die mit beiden Händen die Teetasse umfasst hielt.

»Was haben Sie erwartet?« Sie starrte in die Teetasse, als lägen darin alle Antworten verborgen. »Ich sagte doch schon, dass Christian hinter meiner Entführung steckt. Er und sein Freund, dieser Ulf Köhler.«

»Aber welchen Grund sollten die beiden haben, Sie zu entführen? Vor allem Christian König. Immerhin leben Sie mit ihm zusammen«, sagte Sophie.

Nicole begann heftig zu zittern. »Keine Ahnung. Ich weiß nur, Christian hat Ulf Köhler benutzt. Sie kennen sich seit Jahren. Und Köhler ist ihm immer schon hörig gewesen.«

»Aber warum sollte Christian das tun?«, fragte Sophie.

»Ich weiß es nicht!«, stieß Nicole hervor, der nun Tränen über die Wagen liefen. »Er war schon in den letzten Monaten so seltsam. Er war zerstreut, launisch, aggressiv. Ich habe es am eigenen Leib zu spüren bekommen! Ich nehme an, es hat mit dem Stress in seinem Job zu tun. Und dann sein übermächtiger Vater … Und labil war Christian immer schon. Wir hatten öfter so schlimmen Streit, dass ich es mit der Angst bekommen habe und ein paar Tage zu einer Freundin gezogen bin. So war es ja auch diesmal wieder! Ich will ja nicht sagen, dass er sich zu einem Psycho entwickelt hat, aber er ist ... irgendwie anders geworden.«

»Wie ist die Entführung abgelaufen?«

»Mir wurde ein Sack über den Kopf gezogen. Dann hat man mich in den Kofferraum eines Auto gesteckt und durch die Gegend gefahren, ziemlich lange, bis ich in dieses Kellerloch geworfen wurde.«

»Sie sagten vorhin etwas von einem Blitz.«

»Ja. Irgendwann habe ich durch die Augenbinde ein grelles Licht wahrgenommen. Wahrscheinlich hat jemand ein Foto von mir gemacht, als ich gefesselt war.«

Die SMS an Christian König, dachte Deckhard. Die hat der Mistkerl sich offenbar selbst geschickt. Oder war es Köhler gewesen – in Königs Auftrag? Schließlich hatte Nicole auch Köhler beschuldigt.

Wenn wir nur wüssten, wo Köhler steckt!

»Es ist nicht der richtige Zeitpunkt, aber ich muss Ihnen etwas sagen«, wechselte Deckhard das Thema. »In Ordnung?«

Nicole nickte.

»Ihr Freund sitzt möglicherweise noch tiefer in der Tinte.«

»Wieso?«

»Er steht mit den Morden an drei Männern in Verbindung.«

»Das kann nicht wahr sein!« Nicole schlug die Hand vor den Mund.

»Beruhigen Sie sich, es ist noch gar nichts bewiesen. Wir haben dazu allerdings ein paar Fragen, bei den Sie uns möglicherweise helfen können.«

»Ja, sicher ...« Nicole schniefte. »Ich will es versuchen.«

Deckhard schob die Fotos der Opfer zu Nicole über den Tisch. »Werner Richter, Markus Neumann und Sebastian Schröder. Kennen Sie diese Männer?«

Nicole schaute auf die Fotos. »Nein, nie gesehen.« Sie blinzelte. »Aber der Name Richter …«

»Was ist damit?«

»Könnte es sein, dass der Mann Professor in Witten Herdecke war? Wo Christian studiert hat?«

Deckhard machte sich eine rasche Notiz. »Das ist richtig. Und die anderen?«

Nicole nahm einen winzigen Schluck Tee und wischte sich über die Augen. »Die sind mir völlig unbekannt. Von diesem Professor habe ich übrigens auch nur gehört. Von Christian selbst. Der Name sagt mir etwas, aber das Gesicht kenne ich nicht. Christian … ich …«

Wieder brach Nicole in Tränen aus. Die Teetasse fiel auf den Boden und zerplatzte mit lautem Klirren. »Warum hat er das getan?«, schrie sie plötzlich los. »Warum? Wir wollten heiraten, wir haben uns eine schöne Wohnung eingerichtet, wir hatten gute Jobs, eine Zukunft … und jetzt? Oh Gott! Jetzt ist alles aus!«

Sophie eilte zu ihr. »Beruhigen Sie sich, Nicole. Sie sind in Sicherheit.«

Die junge Frau zitterte jetzt am ganzen Körper. Sie versuchte, etwas zu sagen, brachte aber keinen Laut heraus. Wie Hilfe suchend streckte sie die Arme nach Sophie aus.

»Ich … ich …«, stammelte sie.

Denn verlor sie das Bewusstsein.

* * *

Nachdem sie Nicole in die Obhut einer Polizeiärztin gegeben hatten, trafen sie sich in Deckhards Büro.

»Warum glaubst du eigentlich, dass König es wirklich war?«, fragte Sophie.

Deckhard, der den Kopf in die Hände gestützt hatte, saß

deprimiert an seinem Schreibtisch und spielte mit einer Zigarettenschachtel.

»Er wurde von seiner Freundin als Täter identifiziert. Was willst du denn noch?« Er drehte sich zu Lisa um. »Weißt du schon, von wem König die SMS mit der Entführungsmeldung bekommen hat?«

»Nein. War anonym. Kein Hinweis darauf, dass es dieser Ulf Köhler gewesen ist. Und selbst wenn wir eine Nummer hätten, würde uns das nicht zwangsläufig helfen.«

»Wieso nicht?«

»Schon mal was von Spoofing gehört?«

Deckhard schüttelte den Kopf.

»Da wird eine bekannte Nummer einem anonymen Anschluss zugeordnet«, erklärte Lisa. »Ihr kennt ja diese Betrügerbanden, die alte Omas anrufen und behaupten, sie wären von der Polizei. Sie sagen ihnen, dass Einbrecherbanden unterwegs sind und dass sie ihre Wertsachen bei einem Polizisten abgeben sollen, der gleich vor ihrer Tür steht. Der ist dann natürlich kein echter Polizist, sondern gehört auch zur Trickbetrügerbande. Das Interessante ist, dass die Nummer im Display tatsächlich die von der örtlichen Polizei ist. Doch in Wirklichkeit rufen die aus einem Callcenter der Bande in Istanbul oder sonst wo an.«

»Verstehe«, sagte Deckhard. »Aber Spoofing hin oder her, Fakt ist: Wir kommen in diesem Fall einfach nicht weiter! Wo steckt dieser Köhler? Er ist wie vom Erdboden verschluckt. Und überhaupt … irgendwie erscheint mir diese Sache mit der Entführung zu simpel. Christian König ruft uns an, sagt uns, Nicole ist im Haus der Köhlers, und peng, ist sie tatsächlich dort. Irgendetwas verschweigt der Kerl uns.« Er schaute Lisa an. »Ich möchte, dass du ihn noch einmal durchleuchtest. Seine Social Networks, seine Mails, seine Bankkonten. Einfach alles.«

»Haben wir einen richterlichen Beschluss?« Lisa blickte ihn unschuldig an.

»Ist Wasser nass?«, entgegnete Deckhard. »Wie lange brauchst du ungefähr?«

»Frag mich in anderthalb Stunden noch mal.«

Lisa machte sich an die Arbeit, während Deckhard und Sophie zuerst essen gingen und anschließend Akten aufarbeiteten.

Nach fast zwei Stunden war Lisa mit der Suche durch.

»Ich hab was!«, rief sie Deckhard und Sophie zu.

»Und was?«

»Das müsst ihr euch ansehen, sonst glaubt ihr es nicht.«

4.

Zwei Beamte begleiteten Christian in den Verhörraum. Ein Polizeiarzt hatte einen Drogentest mit ihm gemacht und Spuren von LSD festgestellt.

Kein Wunder, dass ich diese wahnsinnigen Halluzinationen hatte, überlegte er.

LSD konnte solche Horrortrips bewirken, wie er wusste. Vermischt mit Amphetaminen, um wach zu bleiben, war die Wirkung vielleicht sogar noch teuflischer.

Moonshot, der Mistkerl, hat mir LSD untergejubelt. Und wer weiß, was mir dieser Klaus im Zürcher ECC-Büro angedreht hat. Am liebsten würde ich…

Christians Gedanken stockten, als er seinen Vater sah. Wolfhart König, der nach Christians Anruf sofort zur Stelle gewesen war, beäugte die Polizisten, die seinen Sohn hereinführten, wie ein bissiger Hund. Auch wenn bissige Hunde keine Maßanzüge trugen. Doch Wolfhart König war kein Blender, sondern ein absoluter Profi. Keine Fragen an Christian, warum er aus dem Wochenendhaus geflüchtet war, kein Schimpfen, kein Wutausbruch, keine Vorwürfe. Stattdessen behandelte er Christian so, als wäre der einer seiner Mandanten.

Christian setzte sich an den Tisch gegenüber von Deckhard und Lisa. Sie hatten bereits angekündigt, eine Überraschung für ihn und seinen Vater zu haben.

»Wir haben uns erlaubt, Herrn König, in Ihre Konten zu schauen«, begann Deckhard, an Christian gewandt.

Kaum hatte er ausgesprochen, sprang Wolfhart König auf.

»Auch wenn Strafrecht nicht meine Domäne ist – dass Sie Christian auf diese impertinente Weise hinterhergeschnüffelt haben, war ohne Bereitschaftsrichter illegal! Was haben Sie mit diesem gesetzeswidrigen Eingriff in die Privatsphäre meines Sohnes überhaupt bezweckt?«

»Wir haben den begründeten Verdacht, dass es zwischen Ihrem Sohn und Ulf Köhler Verbindungen gibt im Zusammenhang mit der Entführung von Nicole Elvers.«

Christian spürte, wie sein Puls sich beschleunigte.

»Und welche?«, fragte Wolfhart. »Da bin ich aber sehr gespannt.«

»Möglicherweise hat Ihr Sohn Ulf Köhler bezahlt.«

»Bezahlt?« Wolfhart lachte auf. »Für was?«

»Lisa ...« Deckhard nickte seiner Kollegin zu.

Lisa drehte ihren Laptop so, dass alle auf den Bildschirm schauen konnten. Ein Festgeldkonto von Christian König war geöffnet, die Kontobewegungen sichtbar.

»Das ist unerhört!«, rief Wolfhart. »Ich werde dafür sorgen ...«

»Bei allem Verständnis für Ihre Reaktion«, unterbrach Deckhard ihn, »warten Sie noch ein paar Sekunden. Dann haben Sie wirklich Grund, sich aufzuregen.«

»Das hier«, Lisa zeigte auf die unterschiedlichen Konten, »ist ein Festgeldkonto von Christian König bei der Westbank Berlin.«

Christian kannte das Konto. Er hatte es vor ein paar Jahren eröffnet, um darauf eine Schenkung seines Vaters anzulegen, der versuchte, auf diese Weise die Erbschaftssteuer zu umgehen. Allerdings mit der Bedingung, dass Christian das Geld nicht auf den Kopf haute.

»Von diesem Festgeldkonto«, fuhr Lisa fort, »wurden dreihunderttausend Euro auf ein fremdes Konto gezahlt.«

»Wie bitte?« Wolfhart beugte sich vor, starrte auf den Bildschirm, dann auf seinen Sohn, dann auf Deckhard. »Ein fremdes Konto? An wen wurde die Summe überwiesen?«

»Auf ein Konto«, sagte Deckhard, »das auf den Namen Ulf Köhler läuft.«

Wolfhart König, der Mann, der nur sehr selten die Beherrschung verlor, ließ sich nichts anmerken, doch am liebsten hätte er seinen Sohn in diesem Augenblick erwürgt.

»Das ist ... völlig unmöglich«, stammelte Christian.

»Rufen Sie die Bank an«, sagte Deckhard. »Den Anruf gestatten wir Ihnen gern. Dann werden Sie sehen, dass es sehr wohl möglich war.«

»Und wie soll das abgelaufen sein?«, fragte Christian.

»Häppchenweise«, sagte Lisa. »Immer mal fünfzigtausend Euro in den letzten Wochen.«

Christian wurde schwarz vor Augen. Er hatte das Festgeldkonto im beruflichen Stress der letzten Monate aus den Augen verloren.

»Gestatten Sie mir in diesem Zusammenhang eine Frage«, wandte Deckhard sich wieder an Christian. »Früher waren Sie der Coole und Ulf Köhler der Mitläufer. Vielleicht ist es immer noch so. Bezahlen Sie Köhler, damit er für Sie die Drecksarbeit erledigt? Ist Ulf Köhler gar nicht der Täter, nach dem wir suchen, sondern nur Ihr Gehilfe?«

Christian schwieg, starrte dumpf brütend vor sich hin.

»Dreihunderttausend Euro«, schloss Deckhard, »sind eine Menge Geld. Wir wüssten gern, weshalb Sie Ulf Köhler eine solch hohe Summe überwiesen haben. Da muss doch irgendetwas dahinterstecken. Waren es Auftragsmorde?«

»Auftragsmorde?« Wolfhart lachte hämisch. »Sie haben ja den Verstand verloren! Was sagst du dazu, Christian?«

Christian schwieg weiterhin. In diesen Sekunden wirkte er wie ein gebrochener Mann.

Wolfhart platzte der Kragen. »Du verschleuderst das Geld,

das ich hart für dich verdient habe, für Schmiergeldzahlungen bei Entführungen? Oder für … *Auftragsmorde?*« Er spie das Wort förmlich aus. »Und dafür rette ich immer wieder deinen Hintern und setze meinen Ruf aufs Spiel!« Er ging zur Tür. »Mir reicht es jetzt. Du bist nicht mehr mein Sohn. Du bist für mich gestorben.«

Er verließ das Büro und knallte die Tür hinter sich zu.

5.

»Christian König hat diesem Köhler dreihunderttausend Euro überwiesen?« Stahlhut saß an seinem Schreibtisch. Selbst er, den sonst wenig aus der Fassung bringen konnte, schien die Neuigkeit kaum glauben zu können. »Möglicherweise für Auftragsmorde? Also wirklich, Deckhard, das ist dann wohl doch ein bisschen abenteuerlich.«

»Aber es könnte tatsächlich so sein«, sagte Deckhard. »Möglicherweise benutzt er Ulf Köhler für die Drecksarbeit.«

»Aber warum? Was hat er davon?«, fragte Stahlhut. »Bekommt er Geld für die Beseitigung der Opfer, sodass er sich die dreihunderttausend Euro wieder reinholt? Und ein paar andere Dinge sind mir auch noch unklar. Warum wurden diese Gegenstände, die König gehören, an den Tatorten gefunden? Handy, Handschuhe. So dumm kann doch keiner sein, die Sachen zurückzulassen.«

»Es gibt Einbrecher, die aus Versehen ihren Personalausweis am Tatort liegen lassen«, erklärte Deckhard.

»Nehmen wir mal an, Sie haben recht«, sagte Stahlhut. »Vielleicht will Köhler den Verdacht von sich ablenken und auf Christian richten, indem er diese Dinge zurücklässt.«

»Aber Köhler wurde doch von Christian König bezahlt!«, entgegnete Deckhard. »König bezahlt doch niemanden, damit er ihn vors Loch schiebt!«

Stahlhut rieb sich mit den dicken Fingern über den Bauch. »Stimmt. Habt ihr schon mit ihm sprechen können?«

»Ja. Er bestreitet alles. Und jetzt, wo sein Vater erst einmal abgerauscht ist wegen der dreihunderttausend Euro, besteht er auf seinem Recht zu schweigen. Und auf einem neuen Anwalt. Es sei denn, er bringt seinen Vater wieder auf seine Seite, was durchaus sein kann. Blut ist bekanntlich dicker als Wasser.«

»Wie auch immer«, Stahlhut klappte seine Akte zu. »Die Frage lautet, wo ist dieser Ulf Köhler?«

»Noch keine Spur.«

Stahlhut blickte Deckhard fest an. »Dann suchen Sie ihn. Er kann schließlich nicht weit sein.«

Danke für den Tipp, dachte Deckhard.

Stahlhut wandte sich an Sophie. »Wie geht es Nicole Elvers?«

»Hat leider einen Zusammenbruch erlitten. Wir mussten die Befragung abbrechen.«

»Wo ist sie jetzt?«

»In der psychiatrischen Klinik der Charité. Steht unter Beruhigungsmitteln.«

Es gab Dutzende psychiatrischer Kliniken in Berlin, aber zwei stachen hervor. Für die Täter war es die Karl-Bonhoeffer-Nervenklinik in Wittenau im Norden der Stadt, auch »Bonnys Ranch« genannt, für die Opfer war es die psychiatrische Klinik der Charité. Dorthin war Nicole gebracht worden.

»Freiwillig?«, fragte Stahlhut.

»Ja. Sie sagte, sie müsse die Bilder loswerden.«

»Die Bilder?«

»Der Entführung, nehme ich an.«

»Verstehe.« Stahlhut verbog eine Büroklammer. »Oft kriegt man die Leute ja nicht mal mit zehn Pferden in die Klinik.«

»Sie kann jederzeit wieder raus. Sie ist ja nicht eingewiesen. Nur ...«

»Nur was?«

Sophie wand sich. »Ich fand, das ging ein bisschen schnell bei ihr. Erst war sie völlig mit den Nerven runter, dann vollkommen ruhig, und dann brach sie wieder in Panik aus und wollte in die Klinik.«

»Kann das nicht an der Stresssituation liegen?«, fragte Stahlhut.

Sophie nickte. »Ja. Es kann aber auch sein, dass durch den Schock Erinnerungen aktiviert wurden. Traumatische Bilder aus der Vergangenheit. Vielleicht hat sie die gemeint.«

»Könnte es da welche geben?«

»Ich habe mir mal ihre Unterlagen kommen lassen.« Sophie legte die Akte auf den Tisch. »Da gab es tatsächlich etwas sehr Unerfreuliches. Sie hatte eine Fehlgeburt. Im vierten Monat.«

»Fehlgeburt im vierten Monat?«, murmelte Stahlhut. »Wie alt war sie da?«

»Neunzehn«, sagte Sophie tonlos.

6.

Christian zuckte zusammen, als er den Schlüssel im Schloss seiner Zellentür hörte. Natürlich war es dieser Hauptkommissar, der ihm schon die ganze Zeit das Leben zur Hölle machte.

»Sieht übel aus«, sagte Deckhard zur Begrüßung.

Als ob es dieses Satzes bedurft hätte! Und übel war Christian auch. Ein paarmal war er kurz davor gewesen, sich in die Toilette seiner Zelle in der GESA zu erbrechen, der Gefangenensammelzelle des Berliner LKA.

»Wie steht es um Ihren Selbsterhaltungstrieb?«, fragte Deckhard.

Christian schwieg.

»Also gut, dann anders. Es geht um Ulf Köhler.« Deckhard setzte sich ihm gegenüber auf den Stuhl an dem kleinen Holztisch.

Jetzt versucht er es auf die freundliche Tour, ging es Christian durch den Kopf. *Good cop statt bad cop, wie die ganze Zeit vorher.*

»Sie kennen Köhler gut, nicht wahr?«

»Ich kannte ihn.«

»Haben Sie eine Ahnung, wo er sein könnte?«

Christian schüttelte den Kopf und sagte diesmal die Wahrheit. »Ich weiß es nicht.«

Deckhard schaute ihn einen Moment mitleidig an, dann stand er auf und ging zur Tür. »Schlecht für Sie«, sagte er über die Schulter.

»Moment! Hören Sie!«, rief Christian und sprang auf.

»Ja?« Deckhard drehte sich um.

»Ja, ich kenne Ulf Köhler von früher, und ja, diese Videos waren auf meinem Rechner, und ja, mein Handy und die Handschuhe waren an zwei Tatorten. Aber ich war es nicht!«

»Und warum haben Sie Köhler vor zwei Wochen dreihunderttausend Euro überwiesen? Sie behaupten, mit alldem nichts zu tun zu haben. Gleichzeitig wissen Sie nicht, wo Köhler steckt, obwohl Sie ihn so großzügig bezahlt haben?«

»Das ist doch Unsinn!«, beteuerte Christian. »Sorgen Sie lieber dafür, dass ich mein Geld wiederbekomme. Ich habe Köhler *gar nichts* überwiesen!«

»Das war Ihr Konto. Ihr Geld. Oder besser, das Geld Ihres Vaters.« Wieder drehte er sich zur Tür.

»Warten Sie doch!«, rief Christian noch einmal. »Ich habe doch schon gesagt, dass wahrscheinlich mein Konto gehackt wurde. Wie schon mein E-Mail-Account. Und mein Handy. Sie haben doch diese Lisa im Team, diese Computerexpertin. Können Sie die nicht darauf ansetzen?«

Deckhard zuckte die Schultern. »Diese Lisa arbeitet immer noch an dem Nachweis, dass das Geld eines Verdächtigen, nämlich Ihres, auf das Konto eines anderen Verdächtigen namens Ulf Köhler ging.« Er öffnete die Tür. »Sie sollten sich so langsam eine bessere Geschichte überlegen. Oder einfach nur die Wahrheit sagen. Sonst nimmt das hier kein gutes Ende.«

Krachend fiel die Tür ins Schloss. Draußen wurde ein Schlüssel gedreht. Dann war Stille.

Sonst nimmt das hier kein gutes Ende, dachte Christian und ließ sich auf das Bett gegenüber von dem Holzstuhl fallen, auf dem eben noch Deckhard gesessen hatte.

Das würde es tatsächlich nicht.

Seine Beziehung war am Ende. Die eigene Freundin beschuldigte ihn der Entführung. Es war aberwitzig!

Doch eine kleine Hoffnung gab es noch.

Ein letzter Trumpf war ihm geblieben.

Vielleicht wurde es Zeit, diesen Trumpf zu spielen.

Dann musste er seinen Vater dazu bringen, die Wahrheit zu sagen. Über den Unfall damals. Über Argon und Ventor. Christian König und Ulf Köhler.

Und wer tatsächlich der Schuldige und wer das Opfer gewesen war.

Dann wurde nämlich klar, wer einen Grund hatte, Rache zu üben.

Ein Motiv, das für Christian sprach und gegen Ulf Köhler.

Denn Köhler wollte Rache an ihm nehmen.

Ulf Köhler, der Täter. Christian König, das Opfer.

Er rief nach dem Aufseher.

»Ich muss mit meinem Vater sprechen«, sagte er.

7.

Dienstagvormittag, 11:00 Uhr.

Deckhard stand einsam im eisigen Wind vor dem Haus der Köhlers, in dem Nicole gefangen gehalten worden war. Das Haus, in dem angeblich Ulf Köhler als Jugendlicher gewohnt hatte und das nun leer stand. Die Gegend war ähnlich deprimierend wie die in Hannover, wo sein Vater mit Lukas wohnte. Eine Gegend, wo man nicht tot über dem Zaun hängen wollte, wie man so sagte.

Auch die Nachbarn wussten nichts. Hier ziehen immer mal wieder Leute aus, hieß es, und dann stehen die Häuser leer. Schade, in so einem schönen Viertel. Aber mit Berlin geht es ja sowieso bergab. Ulf Köhler? Ja, schon möglich, dass der mal hier gewohnt hat. Aber an die Frau Köhler, an die können wir uns noch erinnern. Ist aber schon lange her. Ja, genau, in dem Haus da vorn haben die Köhlers mal gewohnt, aber vor Jahren. Wahrscheinlich ist die Bruchbude verkauft, das kann man ja auch sehen, warum, so verkommen, wie das da alles ist. Eine Schande! Und erst der Garten! Da war aber mal eine Tochter oder Enkeltochter gewesen, die hat sich um die alten Möbel gekümmert, und die war auch später immer wieder mal da. Wo sie jetzt ist? Keine Ahnung.

Das alles war schon aufschlussreich genug. Aber was Deckhard eben erst von Wolfhart König auf dem Revier gehört hatte, war die eigentliche Story gewesen.

Und was für eine!

König hatte erklärt, er habe Ulf Köhler und Christian nach dem Unfall vor fünfzehn Jahren im Wagen umgesetzt. Dieser

Mistkerl von Anwalt hatte genau gewusst, dass die Sache nach fünfzehn Jahren verjährt war. Nur deswegen – und weil er seinen Sprössling jetzt unbedingt raushauen wollte – war er damit herausgerückt, sonst hätte er es wahrscheinlich ewig für sich behalten. Moralische Skrupel kannte ein Mann wie Wolfhart König nicht, und aus strafrechtlicher Sicht hatte er tatsächlich kaum etwas zu befürchten, zumal er im Interesse seines Sohnes gehandelt hatte, was sich strafmildernd auswirkte. Dennoch: Ein Halunke blieb ein Halunke, mochten ihm das Gesetz und die Verjährungsfristen noch so viel Schutz bieten.

Selbst der sonst so unerschütterliche Stahlhut war baff gewesen. »Sie sind mir ja ein feiner Anwalt. Immer auf der Seite von Recht und Wahrheit, was?«, hatte er herablassend zu König gesagt.

Eines hatte Wolfhart König mit seiner Tat damals am Unfallort auf jeden Fall erreicht: Ulf Köhler war unschuldig verhaftet und verurteilt worden.

Wollte Köhler sich nun rächen? War er deshalb zum Entführer geworden? Und vorher zum Mörder? Ein Mörder, der Christian nun alles in die Schuhe schieben wollte, um dessen Leben zu zerstören, so wie die Königs sein, Ulf Köhlers Leben zerstört hatten?

Aber wie passte es dann ins Bild, dass Christian Geld an Köhler überwiesen hatte? Oder hatte tatsächlich ein Hacker das Konto geplündert? Könnte es nicht eher Ulf Köhler selbst gewesen sein, der das Konto gehackt hatte? Oder hacken ließ? Christian hatte ja tatsächlich so viel um die Ohren, dass seine Aussage, er überprüfe sein Festgeldkonto selten, durchaus glaubhaft war.

Doch wer hatte die dreihunderttausend Euro bekommen? Doch nicht Christian König, sondern Ulf Köhler! Waren die dreihunderttausend vielleicht doch Lösegeld?

Aber die Gelder waren bereits vor zwei Wochen von Christians Konto überwiesen worden. Und Nicole hatte man erst gestern entdeckt.

Das passte wieder nicht zusammen …

Deckhard nahm sein Handy und rief Sophie an.

»Habt ihr schon was zu Ulf Köhler? Im Haus seiner Mutter war er zuletzt vor mindestens zehn Jahren.«

»Könnte hinkommen«, sagte Sophie. »Lisa hat die Sache noch mal genauer überprüft. Er gibt seit 2007 keine aktuellen Meldedaten mehr von Köhler. Sein Personalausweis ist 2012 ausgelaufen.«

»Was sagst du da?«

»Köhler ist spurlos verschwunden. Ein Phantom.«

»Hmmm.« Deckhard überlegte kurz. »Wie hieß noch der Kollege von Interpol, der uns vor einem halben Jahr geholfen hat?«

»Du meinst Weidling?«

»Genau. Ruf ihn an. Er soll nach Köhler suchen. Besser gesagt, Interpol soll das übernehmen. Irgendwo muss der Bursche ja stecken.«

»Wird gemacht.«

»Noch was, Sophie …« Deckhard wünschte sich, er hätte eine Freisprecheinrichtung und könnte die Hände in die Hosentaschen stecken, denn es war bitterkalt. »Gibt es was Neues zu Nicole Elvers?«

»Sie ist noch in der Klinik. Steht unter Beruhigungsmitteln.«

»Okay, danke.« Deckhard fingerte in der Tasche nach dem Autoschlüssel und öffnete den Wagen. »Dann mach ich mich jetzt auf den Weg zum LKA. Hier ist es nämlich arschkalt.«

Kaum saß er im Wagen, meldete sich wieder das Handy. »Scheißding«, fluchte Deckhard. »Keine zwei Sekunden Ruhe.«

Es war Lisa.

»Was gibt's?«

»Wir haben noch etwas Interessantes herausgefunden. Das Geld, das Christian König an Köhler überwiesen hatte, war nur kurze Zeit auf Köhlers Konto.«

»Und dann?«

»Ging es auf das Konto seiner Mutter. Herta Köhler.«

Ulf Köhlers Mutter? Deckhard schaute auf das Haus. *Die alte Dame, die hier gewohnt hat?*

»Interessant. Habt ihr schon in dieses Konto reinschauen können?«

»Nein, bisher haben wir nur die Kontonummer in der Überweisung. Wir warten gerade auf die Genehmigung, auch hier Dateneinsicht zu haben.«

»Macht das unbedingt!« Deckhard blinzelte in die trübe, milchige Wintersonne. »Wir müssen so schnell wie möglich wissen, ob Herta Köhler etwas mit dem Geld angestellt hat. Es könnte auch nur Tarnung sein, um die Spuren des Geldes zu verwischen. Aber dazu müssen wir erst einmal wissen, wo Herta Köhler sich aufhält.«

»Wird erledigt.«

»Sonst noch was?«

»Ja, Christian König will unbedingt mit dir sprechen. Ganz dringend. Er sagt, er habe eine äußerst wichtige Information.«

»Soll ich reinkommen? Ich wollte sowieso gerade losfahren.«

»Wäre ganz gut«, sagte Lisa. »Christian König darf ja nun mal nicht raus. Und sei doch froh, dass es noch Leute gibt, die mit dir reden wollen.«

»Sehr witzig.« Deckhard drückte das Gespräch weg und ließ den Motor an.

8.

Es ging um ein Schließfach.

Christian hatte Deckhard von einem Gegenstand erzählt, der in der Gefangenensammelstelle zusammen mit seinen anderen Habseligkeiten läge – ein Schlüssel. Deckhard hatte sich diesen Schlüssel besorgt und ihn nun mit zu Christian in dessen Zelle genommen.

»Der gehört zu einem Schließfach, nicht wahr?«, fragte Deckhard, wobei er Christian den Schlüssel hinhielt.

»Ja, ja, genau«, sprudelte Christian hastig hervor. Er trug jetzt die Kleidung eines Gefangenen – nicht gerade sein Wunsch-Outfit. Er, Christian, im Knast! Er war nicht zu fassen. Natürlich hatte er auch seinen Blackberry abgeben müssen, der wahrscheinlich voll war mit Voicemails und Nachrichten von seinen Kollegen bei ECC und sonst wem.

Christian atmete tief durch. »Gehen Sie mit dem Schlüssel zum Hauptbahnhof, Schließfach 237, und schauen Sie hinein. Ganz unvoreingenommen.«

»Was ist da drin?«

»Das werden Sie dann ja sehen. Ich kann Ihnen aber garantieren, dass keine Fingerabdrücke von mir im Innern des Fachs sind.«

»Und was wollen Sie mir damit zu verstehen geben?«

»Wer immer den Gegenstand in dem Fach berührt hat, ist der wahre Mörder.«

Deckhards Handy klingelte. Er beachtete es gar nicht.

»Was ist das für ein Gegenstand?«

»Warten Sie es ab.«

»Wie haben Sie von dem Schließfach erfahren?«, wollte Deckhard wissen.

»Durch eine SMS. Die finden Sie auf meinem Handy, das Sie mir netterweise weggenommen haben.«

»Wenn Sie es uns gestatten, werden wir in Ihre SMS schauen.«

»Ich gestatte es Ihnen nicht nur, ich bitte Sie darum.«

Deckhards Handy klingelte weiter. Schließlich nahm er genervt das Gespräch an. »Ja, Lisa, was ist?«

»Interpol hat sich gemeldet. Es geht um Ulf Köhler.«

»Ich höre.«

»Die Nachricht kommt aus Barcelona. Köhler ist tot. Seit fünf Jahren.«

»*Was?*« Deckhard glaubte, nicht richtig gehört zu haben. »Das kann nicht sein! Wie lange, hast du gesagt?«

»Fünf Jahre.«

»Okay, bin gleich wieder bei euch auf dem Abschnitt.« Deckhard drückte das Gespräch weg.

Christian blickte ihn an, als hätte er seinen Henker vor sich.

Ein Toter begeht keine Morde und Entführungen, dachte Deckhard. *Aber wieso hat dann Nicole behauptet, Christian hätte den zweiten Entführer Ulf Köhler genannt?*

Er schaute Christian prüfend an.

Es spricht zwar nicht alles gegen ihn, aber es gibt sonst keinen, der als Mörder infrage kommt. Wer sollte es denn sonst sein, wo Köhler jetzt als Täter ausscheidet?

Christian beobachtete, wie Deckhard das Handy in die Tasche steckte.

»Schlechte Nachrichten«, sagte er dabei. »Wir hatten einen Hauptverdächtigen. Wissen Sie, wen ich meine?«

Christian sank das Herz in die Hose. »Ulf Köhler.«

»Richtig. Das Problem ist nur, dass er als Verdächtiger aus dem Rennen ist.«

»Wieso?«

»Er ist seit fünf Jahren tot.«

Christian begriff sofort, was das für ihn bedeutete. »Aber ich war es nicht!«, beteuerte er. »Hat sich denn alles gegen mich verschworen? Ich war es nicht! Schauen Sie in das Schließfach! Sie müssen!«

»Wir müssen gar nichts«, sagte Deckhard. »Wir alle müssen irgendwann sterben. So wie Ihr Freund Ulf Köhler, der offenbar doch nicht Ihr Freund war, es sei denn, Sie haben einen Geisterbeschwörer zur Hand.« Er ging zur Zellentür. »Aber Sie können sicher sein, wir werden uns das Schließfach ansehen. Was wir allerdings daraus ableiten, das überlassen Sie uns. Ihr Herr Vater ebenfalls.«

Wieder schlug die Tür ins Schloss.

Wieder war Christian allein.

So allein, wie man nur sein konnte.

* * *

Deckhard dachte nach.

Christian König hatten sie. Und das Thema Ulf Köhler war vorerst abgehakt. Jedenfalls insofern, als Köhler es nicht gewesen sein konnte, wenn er seit fünf Jahren tot war. Doch es gab zu viele Indizien, die auf Köhler, das Haus und seine Mutter wiesen. Hinzu kamen die Anklage von Nicole Elvers und das Geld.

Deckhard beschloss, Weidling anzurufen, bevor er zum Bahnhof fuhr, um das dubiose Schließfach zu öffnen.

Nach mehreren Minuten bekam er den Mann von Interpol endlich an den Apparat.

»Wo hat man Ulf Köhler gefunden?«, fragte er nach kurzer Begrüßung.

»In einer Absteige in Barcelona«, sagte Weidling. »Dem

Protokoll zufolge ein schlimmes Drecksloch. Da würden Sie nicht mal Ihren Müll entsorgen, weil es Ihnen um den Müll leidtun würde.«

»Und woran ist er gestorben?«

»Überdosis. Ecstasy, Heroin, Crystal Meth ... irgend so ein Zeug. Steht hier nicht genau. Aber es werden Drogen gewesen sein.«

»Gibt es jemanden, der seine Leiche in dieser Absteige gefunden hat?«

Weidling zögerte und raschelte mit Papier. »Nein, hier steht jedenfalls nichts. Kann ich Ihnen gerne alles faxen, aber Sie werden nichts finden. Wird wohl der Hausmeister oder sonst wer gewesen sein. Tut mir leid. Hier steht nichts.«

»Irgendwelche anderen Infos?«

»Ich glaube nicht, dass ich noch etwas finde, aber wenn, melde ich mich sofort.«

»Okay«, sagte Deckhard. »Besten Dank erst mal.«

Er beendete das Gespräch und ging zur Kaffeemaschine.

Da stand Sophie, die sich heißes Wasser für einen ihrer Yogi-Tees holte. Deckhard brachte sie kurz und knapp auf den neuesten Stand.

»Und was ist dann mit der Vermutung, dass Christian diesen Köhler als bezahlten Killer benutzt hat?«, fragte Sophie.

»Die hat sich gerade in Luft aufgelöst.«

Sophie nippte an ihrem Tee. »Und was soll dann die Überweisung an einen Mann, der gar nicht mehr lebt?«

»Vor allem«, ergänzte Deckhard, »wenn der Betreffende schon seit fünf Jahren tot ist und die Überweisung erst vor wenigen Wochen vorgenommen wurde.«

Sophie sah Deckhard an. »Weiß Christian, dass Köhler schon so lange tot ist?«

»Ja. Habe ich ihm gerade gesagt.«

»Und wie hat er darauf reagiert?«

»Er beteuert seine Unschuld, was sonst.«

»Wann genau ist die Überweisung vorgenommen worden?«

»Lisa sagt, vor zwei Wochen.«

»Seltsam. Das passt nicht. Der Mann ist tot. Es passt auch nicht zu Nicoles Aussagen. Was machen wir jetzt?«

Deckhard überlegte. »Mit Nicole sprechen. Jetzt sofort. Wenn Köhler tot ist, kann ihre Entführungsstory nicht stimmen. Fahren wir zur Klinik.«

9.

Nicole war nicht mehr in der Klinik.

»Sie war ja nicht zwangseingewiesen, sondern zur Beobachtung hier«, hatte der Stationsarzt ihnen erklärt.

»Wieso haut die einfach ab?«, fragte Deckhard nun, als er wieder mit Sophie im Auto saß. Ziel war die Wohnung von Nicole und Christian in Prenzlauer Berg.

Sophie zuckte die Schultern. »Frag mich was Leichteres. Ich würde sowieso eher über diese Überweisung nachdenken.«

»Warum?«

»Köhler ist tot. Also ist das Geld vermutlich woandershin weitergeflossen. Vom Konto von Köhlers Mutter zu einer anderen Bankverbindung?«

»Ruf Lisa an«, sagte Deckhard. »Vielleicht haben wir ja endlich die Genehmigung, das Konto zu durchleuchten. Falls nicht, soll Lisa die Sache ohne Genehmigung angehen. Wir haben nicht alle Zeit der Welt, auch wenn die Bürokraten das vielleicht glauben. Fahren wir erst mal zu Nicoles Wohnung.«

Doch die Suche nach Nicole Elvers blieb ergebnislos. In dem Altbau in Prenzlauer Berg, in dem sie mit Christian wohnte, war sie nicht.

Die Nachbarn hatten Nicole seit zwei oder drei Tagen nicht gesehen, was zeitlich passte nach der Entführung und dem kurzen Klinikaufenthalt.

Deckhard und Sophie gingen zurück zum Wagen, als Deckhards Handy klingelte. Es war Lisa.

»Ich hab was über Köhlers Mutter«, sagte sie.

»Kleinen Moment.« Deckhard stellte das Handy auf laut.

»Wir hören, Lisa.«

»Ulf Köhlers Mutter, Herta Köhler, ist laut Eintrag schon längere Zeit in einem Pflegeheim. Die Frau ist dement. Wie lange sie dort in dem Heim ist, konnte ich auf die Schnelle nicht herausfinden.«

»Dement? Heißt das, wir können nicht mit ihr sprechen?«

»Doch, aber sie wird von einem Vormund vertreten. Sie ist nicht mehr zurechnungsfähig.«

»Na toll.«

»Das ist aber noch nicht alles. Von Herta Köhlers Konto wurden mehrere große Geldbeträge, mal 50 000, mal 70 000 Euro, auf verschiedene Konten in Asien überwiesen.«

Deckhard glaubte sich verhört zu haben. »Asien?«

Was war hier los? Wurde die alte Frau von einem Geldwäscherring missbraucht? Und welche Rolle spielte Nicole? Wer hatte das Geld vom Konto der alten Dame überwiesen? Sie selbst als Demenz-Patientin wohl kaum.

»Auf welche Konten?«

»Sorry, aber das konnte ich leider auf die Schnelle nicht herausfinden. Da müsstest du unseren Mann bei Interpol fragen.«

»Weidling, ja. Zu dem haben wir eh gerade 'ne Standleitung«, sagte Deckhard. »Da muss doch irgendwer im Hintergrund die Fäden ziehen.«

»Die Frage ist nur wer«, kommentierte Lisa.

»Wäre genau dein Job, das herauszufinden«, sagte Deckhard. »Wir wollen ja nicht, dass du dich langweilst.«

Bevor Lisa mit einem bösen Spruch Kontra geben konnte, hatte Deckhard schon aufgelegt.

»Dann wollen wir mal«, sagte er zu Sophie und ließ den Wagen an. »Letzte Station, der Bundestag.«

»Glaubst du, Nicole ist schon wieder bei der Arbeit?«

»Hast du eine bessere Idee? Wenn sie da allerdings auch nicht ist, fange ich wirklich an, mir Sorgen zu machen.«

10.

Es gab allen Grund, sich Sorgen zu machen.

Nicole war auch nicht bei ihrem Arbeitgeber, dem Bundestagsabgeordneten. Andere Kontaktdaten gab es nicht, und mit weiteren Telefonnummern konnte auch ihr Arbeitgeber nicht aufwarten. Nicoles Vater war ebenfalls nicht zu erreichen, und ihre Mutter war seit einigen Jahren tot.

Deckhard blieb nichts anderes übrig, als Nicole Elvers zur Fahndung auszuschreiben.

Inzwischen war es Abend geworden.

Verdammt, dachte Deckhard, als er die Kaffeemaschine im Abschnitt an der Keithstraße ansteuerte. *Wohin ist Nicole verschwunden?*

Er schenkte sich einen Becher ein, setzte sich kurz an den hässlichen Tisch vor der Kaffeemaschine, und fuhr dann zum Hauptbahnhof, um sich den Inhalt des ominösen Bahnhofsschließfachs anzuschauen.

Am Hauptbahnhof legte sich allmählich der Verkehr. Reinigungsfahrzeuge krochen langsam über die riesigen Fußböden, Security-Mitarbeiter vertrieben die wenigen Obdachlosen, die es sich im Inneren des Bahnhofs bequem gemacht hatten. Der Weihnachtsbaum ragte gigantisch und blinkend wie ein Leuchtturm in der Vorhalle auf. Draußen flimmerten Sterne und Sternschnuppen an der Glasfassade.

Dann stand Deckhard vor dem Fach, streifte sich Gummihandschuhe über und steckte den Schlüssel ins Schloss.

Wollen doch mal sehen, was unser Freund Christian König gemeint hat.

Seine Bewegungen waren schnell und zielgerichtet. Die Tür des Schließfachs öffnete sich. Deckhard leuchtete mit einer kleinen Taschenlampe in die dunkle Öffnung, blickte hinein.

Und erstarrte.

Was ist das?

Dann erkannte er, was es war.

In dem Schließfach lag die abgezogene Haut einer menschlichen Hand. Graubraun, ledrig. Beinahe wie ein Handschuh. Die Haut schien knochentrocken wie Pergament zu sein.

Deckhard schaltete sein Handy ein.

»Sophie«, sagte er, »können wir uns in zwanzig Minuten in der Rechtsmedizin treffen? Und verständige bitte die Kriminaltechnik. Sie sollen dazukommen.«

Deckhard zog sich Handschuhe an und nahm vorsichtig die Haut aus dem Schließfach. Schaudernd betrachtete er sie einen Moment lang aus der Nähe, dann ließ er sie in eine braune Asservatenpapiertüte gleiten, die er mit spitzen Fingern zu seinem Auto brachte, das er in der Tiefgarage des Hauptbahnhofs geparkt hatte.

Er fuhr nach Moabit.

Sophie erwartete ihn bereits an einem der Stahltische im blassblauen Licht des Sektionssaals der Berliner Rechtsmedizin. Wenige Minuten später erschienen auch die Beamten von der KT, der Kriminaltechnik. Gemeinsam betrachteten sie den Handschuh aus menschlicher Haut, der auf dem Stahltisch lag.

»Von wem der wohl stammt?«, fragte Deckhard.

»Erst einmal sollten wir die Fingerabdrücke von der Handhaut nehmen«, erklärte Sophie. »Falls die Person im System gespeichert ist, wissen wir bald mehr.«

Einer der Männer von KT machte ein skeptisches Gesicht. »Wie willst du von diesem vertrockneten Ding die Fingerabdrücke nehmen?«

»Ich zeige es euch«, erwiderte Sophie. »Das geht ganz einfach.«

Sie griff sich vom Nebentisch ein Paket mit sterilen Handschuhen, öffnete es und streifte sich die Handschuhe über.

»Das ist Handschuh Nummer eins«, erklärte sie.

»Dass es ein Handschuh ist, sehe ich«, sagte Deckhard. »Aber wo ist Nummer zwei? Darauf willst du ja offenbar hinaus, oder?«

Sophie lächelte. Es hatte etwas Diabolisches. »Genau so ist es.«

Sie nahm die Handhaut, die auf dem Obduktionstisch lag, und zog sie ebenfalls über. Wie einen zweiten Handschuh.

Deckhard schaute entgeistert zu. »Man kann die Haut wie einen Handschuh anziehen?«

»Siehst du doch«, sagte Sophie, als wäre es die normalste Sache der Welt. Dann drückte sie die Fingerkuppen der Haut, die sie nun als Handschuh trug, auf ein Stempelkissen und anschließend auf die Fingerabdruckkarte. Finger eins, Finger zwei, Finger drei ...

Deckhard spürte ein Würgen im Hals. »Macht ihr das immer so?«

»Klar. Wie soll man es denn sonst machen?« Sophie gab dem Mann von der KT die Karte mit den Abdrücken. »Checkt das mal schnell.«

Nach ein paar Minuten kam der Mann zurück. »Bingo«, sagte er. »Markus Neumann, der Dieb und Drogendealer – es ist seine Haut.«

Deckhard, der eben noch müde auf die Haut geblickt hatte, die im grellen Licht auf dem Sektionstisch lag, war augenblicklich hellwach.

Markus Neumann. Das zweite Opfer. Der in der Badewanne in der Messie-Wohnung in Marzahn.

»Aber wie kann das sein? Wie hat der Mörder Neumann die

Haut abgelöst? Und warum hat das am Tatort und bei der Sektion keiner gemerkt?«

Sophie schaute eine Weile angestrengt zur Decke. Dann gab sie Deckhard einen Knuff. »Ja, warum eigentlich nicht? Meine Güte, sind wir blöd!«

Deckhard und die Männer von der KT blickten sie verständnislos an. »Warum?«

»Der Tote in der Wanne in Marzahn«, erklärte Sophie. »Das war eine typische Wasserleiche ...«

Das Bild der verwesenden Leiche im verseuchten Wasser der Wanne erschien vor Deckhards innerem Auge. »Wie ein Californian Dreamboy sah er in der Tat nicht aus.«

»Und was steht hier im Sektionsprotokoll?« Sophie ging an den Computer und klickte auf den Bericht von der Obduktion von Markus Neumann.

Deckhard blinzelte auf den Monitor und las vor. »Handschuhartige Ablösung der Haut der Hand rechtsseitig.« Sein Blick schweifte vom Monitor über die Haut und dann zu Sophie. »Und niemand ist auf den Gedanken gekommen, dass die Haut abgelöst wurde?«

»Ganz genau.« Sophie nickte. »Ist aber auch kein Wunder. Denn eine fäulnisbedingte Ablösung der Haut ist bei Wasserleichen nichts Ungewöhnliches.«

Deckhard blickte sie ein paar Sekunden nachdenklich an. »Du glaubst, der Täter hat die Haut von der Hand der Leiche abgelöst und damit Spuren hinterlassen?«, fragte er dann.

Wieder nickte Sophie. »Eine andere Erklärung sehe ich nicht.«

»Und das geht? Die Haut ablösen, meine ich?«

»Ja. Bei Wasserleichen ist das sogar relativ einfach. Ich habe das schon mehrere Male getan, wenn wir die Fingerabdrücke nehmen wollten. So wie eben. Das ist bei Wasserleichen aufgrund der Waschhautbildung gar nicht anders möglich. Man nimmt die Hand der Leiche, setzt das Skalpell zwischen Haut und Sehnen an und durchschneidet die Haut am Handgelenk. Dann zieht man sie von den Sehnen und von den Knochen wie einen Handschuh.«

Deckhard blickte gequält drein, aber Sophie sprach seelenruhig weiter. »Dabei fallen einem normalerweise die Fingernägel entgegen, weil sie keinen Halt mehr im Nagelbett haben.« Sie nickte in Richtung der Haut. »So wie hier.«

Deckhard musste das Ganze erst ein paar Sekunden lang verarbeiten. »Das heißt, das hier ist die Haut von Markus Neumanns Hand, und jemand hat sie ihm abgezogen?«

»So muss es gewesen sein.«

»Und das habt ihr bei der Sektion nicht erkennen können?«

»Nein. Bei Wasserleichen ist die Gewebestruktur dermaßen amorph, dass man nicht feststellen kann, ob die Haut abgezogen oder abgefault ist. Da außer uns in der Regel niemand die Haut für Fingerabdrücke abzieht, gehen wir natürlich primär davon aus, dass sie sich durch Fäulnis abgelöst hat.«

Deckhard stemmte die Hände in die Hüften und holte tief Luft. Da mittlerweile sehr gute Absauganlagen im Obduktionssaal installiert waren, war dies möglich, ohne den Geruch des Todes zu tief in die Nase zu bekommen.

»Und was sollte die Haut in dem Schließfach?«, fragte er dann.

»Da würde ich König fragen.« Sophie zuckte die Schultern. »Schließlich hat er dir den Schlüssel gegeben.«

In diesem Moment klingelte erneut Deckhards Handy. Es war Weidling von Interpol.

»Sitzen Sie bequem?«, fragte Weidling.

»Nein, aber ich sollte es wohl. Bei dem, was ich gerade gesehen habe ...«

»Das ist bestimmt nichts gegen das, was Sie jetzt erfahren«, sagte Weidling. »An welche Faxnummer kann ich es Ihnen schicken?«

11.

Draußen fiel dichter Schnee aus einem dunklen Himmel, während das Faxgerät im Büro der Rechtsmedizin neben dem großen Obduktionssaal eine Seite nach der anderen ausspuckte. Weißer Schnee, weiße Blätter. Doch was in dem Fax stand und was Weidling ihnen durch das laut gestellte Handy mitteilte, beendete alle Gemeinsamkeiten mit den friedlich zu Boden rieselnden Schneeflocken.

Ulf Köhler war damals nach Barcelona gegangen, um neu anzufangen, was immer das heißen mochte – und was meistens dazu führte, dass die Leute eben *nicht* neu anfingen, sondern endgültig aufhörten. Und das hatte Ulf Köhler dann auch getan. Er war in einer Badewanne in der schäbigen Absteige in Barcelona an einer Überdosis gestorben. Da jedoch nur alle vierzehn Tage jemand zum Putzen kam, hatte ihn eine ganze Woche lang niemand entdeckt.

»Die Badewanne war voll Wasser, als Köhler starb. Und wie Sie wissen, riechen Wasserleichen extrem streng«, sagte Weidling.

Deckhard und Sophie warfen sich einen raschen Blick zu. Beide dachten das Gleiche: *Wasserleichen wie Richter und Neumann. Und bei Köhler kam, wie bei Neumann, noch die Badewanne hinzu.*

Weidling sprach bereits weiter: »Verzeihen Sie den Ausdruck, aber die ganze Absteige stank zum Himmel. Deshalb fiel zuerst niemandem auf, was in Köhlers Badezimmer vor sich ging. Jedenfalls nicht in der ersten Woche.«

»Klar«, sagte Deckhard. »Hier bei uns hängen die Leute

dann höchstens Duftbäume ins Treppenhaus und hoffen, dass der Gestank von alleine verschwindet.« Er dachte an die Plattenbausiedlung in Marzahn.

»Wie bitte?«, fragte Weidling.

»Nichts«, sagte Deckhard. »Erzählen Sie weiter.«

»Nun, nach einer Woche kam Köhlers Freundin zu Besuch«, berichtete Weidling. »Sie schloss die Tür auf, weil Köhler nicht aufmachte. Offenbar hatte sie einen Schlüssel, aber natürlich kennen wir die genauen Zusammenhänge und den Ablauf nicht. Aber es kann eigentlich nur so gewesen sein. Köhlers Körper hatte sich inzwischen in eine Wasserleiche übelster Sorte verwandelt. Seine Freundin konnte vermutlich kaum noch erkennen, um wen es sich bei dem Mann in der Wanne handelte. Aber es war ja seine Wohnung, wer sonst sollte also in der Wanne liegen?«

»Es ist nicht immer einfach, eine Wasserleiche nach einer Woche zu identifizieren«, sagte Sophie, »selbst wenn man die Person kannte.«

»Das stimmt«, sagte Weidling, »aber in diesem Fall kam noch etwas hinzu. Wie hier steht, trug Ulf Köhler einen Ring am Finger. Sie müssen wissen, dass Köhler und die junge Frau sich einander versprochen hatten. Beide hatten dem jeweils anderen einen Ring geschenkt. Es war wohl eine Art Verlobung. Oder sie wollten sich noch verloben, wie auch immer.«

»Mein Gott«, sagte Sophie leise. »Dann hat diese Frau ihren künftigen Ehemann als Wasserleiche in der Badewanne gefunden?«

»Ja.« Weidling schwieg kurz, ehe er fortfuhr: »Den eigenen Freund halb verwest in einer Badewanne zu finden muss ein furchtbarer Schock sein – eine traumatische Erfahrung. Später wurde die Leiche anhand der Personaldaten im Ausweis sowie anhand des Zahnstatus von einem Zahnarzt in Barcelona identifiziert, bei dem Köhler allerdings nur im ersten Jahr seines

Aufenthalts in Spanien gewesen ist, bevor es mit ihm bergab ging.«

»Und ein Abgleich mit deutschen Registern?«, fragte Deckhard und blickte auf das Protokoll des Zahnarztes, das sie soeben per Fax erhalten hatten. »Wusste man hier, was mit Köhler los war?«

»Anscheinend nicht«, sagte Weidling. »Dieser Abgleich fand nie statt.«

»Was? Das gibt's doch nicht.«

»Ist aber häufig so, wenn ausländische Behörden sich den Aufwand ersparen wollen. Was meinen Sie, wie wir die Spanier in den Hintern treten mussten, um allein die Daten zu bekommen, die wir jetzt haben. Ulf Köhler war kein Promi. Er war ein Nobody. Niemand hat ihn vermisst, allenfalls seine Freundin. Niemand hat nach ihm gefragt. Warum also sollte man irgendetwas melden?«

Und hier in Deutschland gab es nur seine Mutter, die vielleicht damals schon dement war, überlegte Deckhard. *Und seine Freundin, wer immer sie gewesen sein mag.*

Weidling sprach weiter. »Deshalb galt Köhler in Deutschland all die Jahre nicht als tot, sondern als vermisst. Es ist eine traurige und schändliche Geschichte.«

»Kann man wohl sagen. Auch sein Bankkonto lief jahrelang weiter«, sagte Deckhard. »Das Konto gibt es heute noch.«

»Da sehen Sie's«, kommentierte Weidling.

Das Konto, dachte Deckhard. Es war das Konto, auf das Christian König die dreihunderttausend Euro überwiesen hatte. Die dann auf das Konto von Köhlers Mutter gegangen waren. Und dann nach Asien.

»Steht in den Akten, wer die Freundin war, die Köhlers Leiche entdeckt hat?«, fragte Deckhard.

»Ja, das steht hier«, sagte Weidling. »Sie war Deutsche.«

»Deutsche?«, fragte Deckhard überrascht.

»Ja. Ihr Name ist Elvers. Nicole Elvers.«

Deckhard und Sophie warfen sich fassungslose Blicke zu.

Nicole ...

* * *

Sophie telefonierte mit den Kollegen von Interpol, um die Fahndung nach Nicole Elvers auf ganz Europa auszudehnen. Schließlich war sie verschwunden, und nun stand sie mit einem Mal im Mittelpunkt des Falles. Sie mussten Nicole aus der Versenkung holen, so schnell wie möglich, mussten mit ihr sprechen. Dringend. In einer halben Stunde würden sämtliche Polizeidienststellen, Flughäfen und deutsche Botschaften in Europa informiert sein.

»Unglaublich. Sie war die Freundin von Ulf Köhler«, murmelte Deckhard. »Und uns hat sie gesagt, sie kennt Köhler nicht.«

»Wahrscheinlich war sie von ihm schwanger«, sagte Sophie. »Dann kam es zur Fehlgeburt. Dann starb Köhler an einer Überdosis, und Nicole fand seine Leiche. Meine Güte, was diese Frau alles ertragen musste ...«

Deckhards Handy klingelte. Es war Lisa. Er schaltete auf die Freisprecheinrichtung im Wagen.

»Ich habe ein paar Weihnachtsgeschenke für euch«, verkündete Lisa.

»Welche?«, fragte Sophie.

»Ich habe einiges zu Nicole Elvers herausgefunden. Wir haben endlich die Genehmigung und konnten sämtliche Daten von Herta Köhler durchleuchten, der Mutter von Ulf. Daraus war ersichtlich, dass unsere Nicole sich nach Ulfs Tod rührend um seine Mutter gekümmert hat. Und irgendwann hatte sie auch eine Vollmacht für das Konto der Mutter.«

»Und die Mutter ist nicht mehr zurechnungsfähig, richtig?«

»Stimmt, die ist seit Jahren in einem Pflegeheim in Pankow und kaum noch ansprechbar. Sie redet immer nur von ihrem Mann, der sie verlassen habe, weil sie seine Sachen nicht mehr im Kleiderschrank findet und seine Stimme nicht mehr hört.«

»Der Mann aber ist …«

»Seit zwanzig Jahren tot. Die arme Frau.« Lisa überlegte eine Sekunde. »Sie hatte eine Generalvollmacht für Nicole ausgefüllt. Dazu gehört auch die Vollmacht für sämtliche Konten.«

»Moment«, sagte Deckhard. »Waren nicht von dem unbekannten Konto größere Geldbeträge auf asiatische Konten überwiesen worden? Das hattest du doch herausgefunden?«

»Ja.«

»Das Geld von Christian König ging also auf das Konto von Ulf Köhler, dann auf das Konto von Köhlers Mutter, und dann nach Asien …«

»So sieht's aus«, sagte Lisa.

Deckhard blickte Sophie an, während er den Wagen durch die Dunkelheit lenkte. Sie näherten sich dem Tiergartentunnel. Deckhard hoffte, dass der Empfang im Tunnel nicht abbrach.

»Erzähl weiter«, forderte er Lisa auf.

»Nicole hat das Konto von Ulf Köhler und seiner Mutter offenbar als Verladestation genutzt. Vielleicht ist sie selbst Inhaberin der Konten in Asien. Vielleicht ist sie dorthin gereist …« Lisa machte eine Pause. »Wo steckt sie jetzt eigentlich?«

»Wissen wir nicht.«

»Das ist gar nicht gut. Schließlich ist sie jetzt die wichtigste Zeugin.«

»Leider ist sie aus der Klinik verschwunden. Sie wurde ja nicht bewacht, sie war freiwillig dort«, sagte Deckhard, der sich im Nachhinein ärgerte, dass sie kein schärferes Auge auf Nicole gehalten hatten. »Möglicherweise hat sie die Zeit, in der die Polizei noch im Dunkeln tappte, dazu genutzt, um sich abzusetzen. Hat vorher eine schöne Nebelbombe geworfen, mit der Überweisung von Christian König an Ulf Köhler, und hatte dann mehr als genug Zeit, um unterzutauchen.«

»Aber warum?«, fragte Lisa.

»Keine Ahnung. Vielleicht, um an das Geld heranzukommen. Wir sind gleich im Revier, Lisa, dann reden wir weiter.«

Schweigend fuhren Deckhard und Sophie durch den Tiergartentunnel. Die Deckenlichter huschten über sie hinweg. Ein einsamer Motorradfahrer raste in Vorbereitung auf seine künftige Karriere als Organspender mit mehr als hundert Sachen an ihnen vorbei. Deckhard sah, dass Sophie nachdachte, während sie im Licht der Leselampe die Faxunterlagen durchging.

Als sie aus dem Tunnel fuhren, wirbelten wieder Schneeflocken über die Windschutzscheibe und stoben über das Fahrzeugdach hinweg, um dann vor dem Panorama der Weihnachtsdekorationen zu Boden zu schweben.

* * *

Kurz darauf trafen sie sich im großen Büro in der Keithstraße. Lisa, die sie auf den aktuellen Stand gebracht hatten, saß bei ihnen.

»Vielleicht war Köhler ihre erste große Liebe«, meinte Lisa nun, als Deckhard geendet hatte. »Vielleicht hatten die beiden gehofft, sich ein gemeinsames Leben aufbauen zu können. Aber das alles ist durch den Unfall zerstört worden. Und Köhler hat sich dann durch Drogen auch noch selbst zerstört.«

»Ja, so könnte es gewesen sein«, sagte Deckhard. »Ulf Köhler, der Mann, der das Ziel hatte, Pilot zu werden, war Nicoles Traummann, mit dem sie eine Familie gründen wollte. Der Beruf des Piloten hatte damals noch was Abenteuerliches.«

»Genau wie der einer Kripo-Beamtin«, kommentierte Sophie.

Lisa blickte in die Unterlagen. »Jedenfalls, Nicole war von Ulf Köhler schwanger. Junge Eltern, aber warum nicht. Von all dem Stress und der Trauer hatte Nicole dann eine Fehlgeburt im vierten Monat.«

»Und Ulf Köhler war offenbar nicht bereit, es noch einmal zu versuchen, weil sein Leben zerstört war und er in eine Drogenkarriere hineindriftete.«

Deckhard wandte sich an Sophie. »Wahrscheinlich wurde nach Nicoles Verständnis nicht nur Ulfs Leben zerstört, sondern auch das Leben ihres Kindes und am Ende auch ihr eigenes Leben.«

Sophie nickte bloß, den Blick auf die Fax-Unterlagen gerichtet. »In den Protokollen der spanischen Behörden steht«, sagte sie, »dass Nicole der Leiche von Ulf Köhler den Verlobungsring vom Finger ziehen wollte.« Sie schaute Deckhard an. »Weißt du, was dabei passiert sein kann? Denk an das, was du vorhin im Schließfach gefunden hast.« Als Deckhard noch immer nicht begriff, fügte sie hinzu: »Und denk an das, was du eben im Saal gesehen hast.«

»Tut mir leid, ich weiß nicht, was du meinst«, sagte Deckhard.

»Ich habe die gesamte Haut der Hand der Wasserleiche abgezogen, erinnerst du dich? Was im verwesten Zustand ziemlich einfach ist.«

»Dann hat Nicole die Haut ihres verstorbenen Freundes als eine Art Trophäe behalten?« Deckhard verzog das Gesicht. »Wie krank muss man sein, um so etwas zu tun ...«

Sophie zuckte die Schultern. »Es gibt solche Fälle. In Hamburg hat eine Frau einmal den Penis ihres verstorbenen Mannes abgetrennt und konserviert. In extrem traumatischen Situationen kann es durchaus zu so etwas kommen. Und wer immer der Täter war, er hat bei Neumanns Leiche das Gleiche getan. Vielleicht auch noch bei Richter, das konnten wir ja nicht mehr feststellen. Schröder ist allerdings verschont geblieben. Aber bei ihm war der Modus Operandi ja ohnehin ein anderer.«

Deckhard sah die Badewanne vor sich. Darin Markus Neumann in Marzahn. Dann Ulf Köhlers verrottende Leiche in Barcelona.

Nicole hatte den Toten entdeckt und wollte den Ring ablösen, löste aber die Haut ab, überlegte Deckhard. *Kann man durch eine solch grauenvolle Erfahrung, durch solch ein Trauma zur Mörderin werden? Ja. Gut möglich, dass ein solcher Schock eine junge Frau wie Nicole an den Rand des Wahnsinns und darüber hinaus treibt …*

In Deckhard keimte ein furchtbarer Verdacht. Er blickte Sophie an. Offenbar dachte sie dasselbe. »Kann es nicht sein …«

Sophie ergänzte: »Dass Nicole die Täterin war? Hat *sie* von Christians Laptop aus, an das sie ja problemlos herankam, die Mails geschickt? Hat *sie* die Opfer vergiftet, an die sie als attraktive Frau leichter herankommen konnte?«

Deckhard nickte. »Das ist die Frage, nicht wahr? Als hübsche Frau konnte Nicole in der Tat viel leichter an die Männer herankommen. Wie sie das im Einzelnen angestellt hat, werden wir wohl nie erfahren, aber ein paar Tropfen Liquid Ecstasy in den Drink, und fertig. Und dann konnte sie das Ganze problemlos Christian in die Schuhe schieben, da niemand auf sie als Täterin kommen würde. Christian Beweismittel unterzujubeln, das Handy zum Beispiel, oder die Handschuhe, war dann kein großes Problem. Und auch vieles andere passt. Der Zettel mit der Nachricht an Christian, sie wolle ein paar Tage bei einer Freundin verbringen, war offensichtlich eine Lüge, um Zeit zu schinden und Christian in Sicherheit zu wiegen, um ihn dann umso schlimmer zu treffen. Und nur sie kannte das Wort, das Christian und Ulf als Jugendliche so oft benutzt hatten.«

»Hasta la vista«, murmelte Sophie.

»Und Zugriff auf Königs Computer und die Passwörter hatte sie vermutlich auch«, sagte Lisa, die angespannt auf Christians Rechner blickte, der aufgeklappt vor ihr auf dem Tisch stand.

»Außerdem kann sie sich selbst gefesselt haben«, sagte Deckhard. »Wir hatten schon mal einen solchen Fall. Zuerst legt sie sich die Augenbinde um, steckt sich einen Knebel in den Mund und zieht dann die Handgelenke durch eine vorher geknüpfte Schlinge, die bereits am Heizungsrohr befestigt ist. Dann zieht sie das Seil straff, und fertig. Dann ein Foto mit Selbstauslöser, das per SMS verschickt wird, wie die an Christian König, und dann das Ganze noch mal von vorn, weil sie die SMS schreiben, abschicken und die Kamera verschwinden lassen muss ... allerdings nach einer gemütlichen Pause, weil sie damit rechnen kann, dass es lange dauert, bis man sie findet. Und um sicherzugehen, dass sie gefunden wird, hat sie Christian König in der SMS das Zauberwort genannt. Christian musste davon ausgehen, dass die SMS von Ulf Köhler kam, weil nur Ulf dieses Zauberwort gekannt hat – glaubte er zumindest. Aber Nicole als seine Zukünftige kannte es ebenfalls, weil Christian es öfters benutzt hat!«

»Hasta la vista«, sagte Sophie.

Sophie schien etwas dazu sagen zu wollen, blickte dann aber auf ihr Smartphone. Eine Mail der Rechtsmedizin war eingegangen. »Die endgültigen Ergebnisse sind da«, verkündete sie. »Die DNS ist analysiert. Die Haut stammt definitiv von Markus Neumann, Opfer Nummer zwei.«

»Das in Marzahn in der Badewanne lag«, sagte Deckhard. »Genau wie Ulf Köhler in Barcelona.«

»Das Trauma, als Nicole Ulfs Haut in der Hand hielt, hat sie zu verarbeiten versucht, indem sie die Opfer ebenfalls zu Wasserleichen machte«, sagte Sophie leise. »Eine Art Katharsis. Eine Seelenreinigung.«

Lisa schüttelte ungläubig den Kopf. »Das ist absurd!«

»Das ganze Leben ist absurd, wenn man es richtig betrachtet«, meinte Deckhard.

»Oder falsch«, sagte Sophie.

Deckhard nickte. »Total falsch.«

Das Ganze ist wirklich unglaublich, dachte er.

Da hatte eine traumatisierte, unter schwerem Schock stehende Frau nicht nur eine Trophäe vom Leichnam ihres Freundes mitgenommen, wie es aussah, sondern dieselbe Vorgehensweise auch bei späteren Morden angewandt – Morde, die sie ihrem jetzigen Lebensgefährten, Christian König, in die Schuhe schieben wollte, weil sie wusste, dass er indirekt am Tod Ulf Köhlers schuld war, ihrem Freund von damals. Und für den sie deswegen zwar nicht die Haut Ulf Köhlers, so doch die Haut von Markus Neumann im Schließfach am Bahnhof deponiert hatte.

Schließfach 237.

Ein Piepen war zu hören. Ein Geräusch, das jedes Mal ertönte, wenn eine Mail auf Christian Königs Rechner einging. Der Rechner, der noch immer aufgeklappt und online an Lisas Platz stand. Lisa blickte irritiert auf den Rechner und auf das Postfach seines Outlook.

»Was ist denn das?«, sagte sie.

»Was meinst du?«, fragte Deckhard.

»Da ist etwas für Christian König angekommen. Eine Videobotschaft.«

12.

Christian saß in der Zelle.

Tränenüberströmt.

Soll ich es tun?, fragte er sich.

Alles war vorbei, alles zu Ende. Seine Karriere, seine Beziehung, sein Leben.

Anstatt langsam im Gefängnis zu sterben, wäre ein schneller Tod viel besser.

Aber wie? Sich erhängen? Womit?

Eine Tüte über den Kopf? Nur gab es hier keine Tüte.

Pulsadern aufschneiden? Wieder die Frage, womit?

Tu es! Egal wie! Tu es!, schrie eine verzweifelte Stimme in seinem Innern.

Es gibt nicht mal was zum Schreiben in der Zelle, dachte er, *aber ich brauche keinen Abschiedsbrief, weil mich sowieso niemand vermissen wird. Weil alle mich hassen. Weil alle froh sein werden, wenn ich nicht mehr da bin.*

Bin ich wirklich ein Mörder? Vielleicht stimmt es ja doch? Vielleicht habe ich vorher schon Drogen genommen und die Realität vergessen. So wie den Unfall damals. Und wenn ich ein Mörder bin, kann ich auch mich selbst umbringen. Mord an mir selbst. Selbstmord.

Ich bin nicht traurig deswegen. Der Tod ist nur für die Hinterbliebenen schlimm, aber niemals für den Sterbenden selbst. Jedenfalls nicht für mich. Für mich ist er eine Erlösung. Niemand wird mir eine Träne nachweinen. Aber das kann mir sowieso egal sein, denn ich weiß es dann ja nicht mehr, weil dann endlich alles vorbei sein wird. Kein langweiliger Him-

mel. Keine schwachsinnige Hölle. Keine überflüssige Wiedergeburt.

Und wenn es doch ein Weiterleben gibt? Wenn einem die Entscheidung abgenommen wird? Ach, was soll ich Angst haben vor Dingen, die weder ich noch sonst ein Mensch wissen kann. Ich weiß ja nicht mal, ob man auf einen Himmel hoffen sollte. Man stelle sich vor, er ist Art Fortsetzung der irdischen Existenz. Oh ja, sicher, für viele, für die meisten, ist das bestimmt ein Traum. Und vielleicht kommt es für die meisten ja auch so. Vielleicht wird es wundervoll für sie. Man sieht alle geliebten Menschen wieder, kein Schmerz mehr, keine Trauer. Vielleicht! Was weiß ich denn schon. Vielleicht kommen nur die in einen Himmel, die daran glauben. Aber was soll ich dort? Ich vermisse hier niemanden, und niemand vermisst mich. Das Leben hier bedeutet mir nichts. Erst recht nicht das ewige Leben. Man stelle sich vor, ein Leben, das einem nichts bedeutet, bis in Ewigkeit führen zu müssen. Er lächelte müde. *Das wäre glatt ein Grund, im Himmel noch einmal Selbstmord zu begehen. Nein, ich will die Nicht-Existenz. Das Nicht-Sein. Dann habe ich endlich alles hinter mir, werde das sein, was ich schon immer sein wollte. Nichts. Weg. Einfach nur weg.*

In diesem Moment hörte er das Rasseln von Schlüsseln an der Tür. Er fühlte sich wie jemand, der nun zum Galgen geführt werden sollte.

Sah Deckhard und einen der Vollzugsbeamten.

»Herr König«, sagte Deckhard, »kommen Sie mit nach oben. Wir möchten Ihnen gern etwas zeigen.«

13.

Christian und Deckhard betraten den Raum.

Im Büro war auf einem der Monitore ein Video geöffnet.

Lisa und Sophie saßen schon dort. Und sein Vater. Wolfhart König. Im schwarzen Anzug und dunkler Krawatte.

Ist das hier schon meine Beerdigung?, dachte er bitter.

Doch all diese Gedanken wurden mit einem Blick hinweggefegt.

Denn auf dem Video sah er Nicole.

Vor einer großen Skyline. Offenbar in einem Hotelzimmer. Im Hintergrund summte eine Klimaanlage. Es sah subtropisch aus. Und auch Nicole sah anders aus. Härter. Kälter. Die Haare streng nach hinten zusammengebunden, weniger Make-up. Gar nicht mehr der Typ Schwiegertochter. Jetzt sah sie herber aus, verhärmter, längst nicht mehr so hübsch wie in seiner Erinnerung.

»Ich bin in Asien«, sagte die Nicole auf dem Video, an Christian gewandt. »Indonesien liefert nicht aus, ebenso wenig Singapur, also spart euch die Hektik. Das ist sowieso nicht der Punkt. Der Punkt ist, ich war und bin Ulf Köhlers Freundin und die Ersatztochter seiner Mutter.« Sie schien einen Moment ihre Gedanken zu sammeln. »Ulf Köhler hatte mich kurz vor dem Unfall kennengelernt. Dem Unfall, an dem du schuld bist, Christian.« Dabei schien sie Christian direkt anzublicken. »Wir, du und ich, sind uns damals nie begegnet. Dich habe ich erst auf dieser großkotzigen Rekrutierungsveranstaltung der ECC an der Humboldt-Uni kennengelernt.«

Verdammt, dachte Christian. *Ist das alles nur ein Spiel? Wird mir das alles vorgegaukelt? Was erzählt sie mir hier?*

Wollte sie sich wegen Ulf Köhler an ihm rächen? Für die Schuld an einem Unfall, von dem er bis vor wenigen Tagen nicht einmal gewusst hatte?

»Aber hier geht es nicht um dich«, fuhr Nicole fort, »auch wenn es sonst immer um dich ging. Hier geht es um Ulf. Er war nach dem Unfall ein anderer. Danach war nichts mehr wie zuvor. Schließlich war er vorbestraft. Er flog aus dem Pilotenprogramm. Wurde drogensüchtig. Ich habe immer daran geglaubt, dass er unschuldig ist, dass er nichts mit dem Autounfall zu tun hatte. Doch erst vor wenigen Jahren habe ich von einem gemeinsamen Bekannten erfahren, dass du es warst, Christian, der in den Wagen gestiegen ist. Und dass du gefahren bist.«

Dieser Freund von damals, überlegte Christian, *dieser Moritz Bliemeister, der gesehen hat, wer in den Wagen gestiegen ist… Er hat doch das Maul aufgemacht!*

Er schaute zu seinem Vater. Wolfhart Königs Gesicht war wie aus Stein gemeißelt.

»Und da wusste ich«, sagte Nicole, »ich wollte, musste mich an dir rächen. Doch erst einmal kam Ulf. Ich hatte monatelang nichts mehr von ihm gehört. Er war fertig. Ein Wrack. Wollte mit der Welt nichts mehr zu tun haben.« Sie schaute einen Moment in die Ferne, und es war Christian, als würde er Tränen in ihren Augen sehen. »Er ist nach Spanien gegangen. Wollte neu anfangen. Oder ganz aufhören. Ich bin damals nicht mehr an ihn herangekommen, obwohl er mein Freund war. Obwohl wir heiraten und eine Familie gründen wollten. Ich habe ihn gesucht, und irgendwann fand ich ihn. In Barcelona. In einer schäbigen Absteige.« Ihre Augen füllten sich jetzt wirklich mit Tränen. »Er lag tot in einer Badewanne. Ich sah die verweste Leiche des Mannes, den ich liebte. Am Finger steckte noch der Verlobungsring, den ich ihm geschenkt hatte.

Meinen trage ich noch heute. Es ist nicht der Verlobungsring meiner Mutter, wie ich dir immer erzählt habe. Es ist der Verlobungsring meines künftigen Mannes, der nie mein Mann werden durfte.« Sie hielt den Ring in die Höhe, den sie auch dort trug, wo sie jetzt war, am anderen Ende der Welt. »Ich wusste nicht, wie ich Ulf aus der Wanne bekommen sollte. Also überwand ich mich. Nahm seine Hand. Wollte den Ring ablösen. Und da auf einmal …«, sie schluchzte auf, »hielt ich die Haut seiner Hand in meiner Hand. Als ich dann weinend und schreiend neben der Badewanne saß, in der Hitze, dem Gestank und den Fliegen, kam mir die Idee. Die Idee zu meiner Rache. Ich war geduldig. Es verging Zeit, viel Zeit. Doch Rache ist ein Gericht, das am besten kalt serviert wird.« Wieder schien ihr Blick Christian zu durchbohren.

»Dann haben wir uns kennengelernt, und ich wurde deine Freundin. Das brave Mäuschen. Du kennst ja den Spruch: Halte deine Freunde nahe bei dir, aber deine Feinde noch näher. Ich war beides, Freundin und Feindin. Jetzt bin ich nur noch deine Todfeindin. Ich habe gewartet, bis du den Job bei ECC hattest, habe dich nach Kräften unterstützt, damit du dorthin kommst. Weil du dann viel unterwegs sein würdest, und ich konnte alles vorbereiten. Ich habe den Einbruch fingiert, habe dafür gesorgt, dass es Tote gibt und dass persönliche Gegenstände von dir, *Christian König*«, sie spie den Namen hervor, »bei den Leichen gefunden werden. Dein geliebter Blackberry und deine kostbaren Schickimicki-Handschuhe.« Sie machte eine Pause.

»Aber die Polizei war nicht dumm, das muss ich zugeben. Vorgestern sah ich, dass jemand anders Zugriff auf die Konten von Ulf und seiner Mutter hatte. Da wusste ich, es wird eng für mich. Ich hatte das Geld schon lange vorher nach Asien überwiesen, doch jetzt war es für mich Zeit, dem Geld hinterherzufliegen. Gerade rechtzeitig, bevor ihr die Fahndung aufgenommen habt. Und vielen Dank an euch, liebe Bullen, dass ihr mich in die Klinik eingewiesen habt. War offenbar ganz schön clever von mir, den Zusammenbruch vorzutäuschen. Ihr habt es mir jedenfalls abgekauft.«

Deckhard ballte die Fäuste so fest, dass die Knöchel weiß hervortraten.

»In der Klinik war ich eurer Kontrolle entzogen«, sagte Nicole und lächelte knapp. »Aus den Augen, aus dem Sinn. Deshalb konnte ich weg.«

Deckhard fluchte lautlos und schüttelte den Kopf.

Christian stand benommen vor dem Monitor. Dann musste er sich setzen.

»Mein Gott, das war alles sie ...« Er flüsterte es beinahe. »Sie hatte Zugriff auf meinen Computer und hat die Mails abgeschickt. Sie hatte ja immer Zugriff. Es war ja unsere gemeinsame Wohnung ...« Für einen Moment brach ihm die Stimme. »Sie hat den Einbruch fingiert, hat das Handy bei der Leiche platziert. Und später die Handschuhe. Sie hat die Schließfachschlüssel vom Bahnhof in meine Manteltasche gesteckt. Die Manteltasche, von der sie weiß, dass ich sie nie benutze. Und dann hat sie mir diesen Zettel hingelegt, dass sie zu ihrer besten Freundin ist, um ein paar Tage Abstand von mir zu haben. In Wirklichkeit wollte sie Zeit schinden, um die Täuschung perfekt zu machen, wollte mich beruhigen und in Sicherheit wiegen, damit es mich umso härter trifft, wenn ich die Wahrheit erfuhr.« Er schaute Deckhard und seine Kollegen entgeistert an, einen nach dem anderen. Er wirkte verloren. Fassungslos. Sogar Deckhard erschrak über den Ausdruck auf Christian Königs Gesicht. So sah jemand aus, der mit dem Leben abgeschlossen hatte. Dann, mit einer Stimme, kaum mehr als ein Flüstern: »Sie konnte alles mit mir machen, weil sie so nahe an mir dran war ...«

Was hatte Nicole gesagt: *Halte deine Freunde nahe bei dir, aber deine Feinde noch näher.* Nicole war so nah an Christian gewesen, wie ein Feind nur sein konnte.

»Außerdem …«, Nicoles Stimme, die plötzlich wieder erklang, ließ alle zusammenzucken, »habt ihr Genies von Polizeibeamten«, ein Grinsen, »mir die Story abgekauft, dass Ulf von Christian benutzt worden sei, weil er damals schon Köhlers Vorbild gewesen wäre. Jedenfalls habt ihr mir diese Geschichte lange genug abgenommen, dass ich mich nach Asien absetzen konnte.« Wieder ein Grinsen. »Und wenn ich schon das Märchen erzähle, Ulf Köhler sei bei meiner Entführung der Komplize von Christian, wohin lasse ich mich dann entführen? Doch am einfachsten ins Haus von Ulfs Mutter, zu dem ich immer noch die Schlüssel habe. Und alles so vorbereiten kann, dass es aussieht, als wäre ich dorthin entführt worden. Auch wenn *ich* das alles arrangiert habe.«

Deckhard biss sich auf die Lippen.

»Und Geld ist für mich vorerst kein Thema. Der gute Christian war ja oft genug nicht da, und ich kannte die Zugänge zu seinem Konto.« Ihre Stimme wurde zynisch. »Die hat er mir gegeben, damit ich mal Geld überweisen kann, wenn es dringend ist. Er war ja *sooo* beschäftigt. Er schaute kaum einmal in sein Sparkonto, weil es nicht sein Gehaltskonto war. Auf diese Weise hat der liebe Christian dann Ulf Köhler die stolze Summe von dreihunderttausend Euro überwiesen. Oder sagen wir besser so: Ich habe das Geld mit den Zugangsdaten von Christian an Ulf überwiesen.«

Wolfhart König stand der Mund offen.

»Und das Geld habe ich auf mein Konto hier in Asien überwiesen. Nennen wir es Startkapital.«

Startkapital, dachte Christian. *Vaters Geld.*

Nicole schien jetzt wieder Christian zu fixieren. »Mein armer, armer Schatz«, sprach sie ihn direkt an. »Wirst du bei ECC weitermachen können nach dem, was passiert ist? Fraglich. Dir wird es so ergehen wie Ulf damals bei der Lufthansa. Du bist verbrannt. Du bist Asche, die bald der Wind verweht. Und irgendwann ist der Herr Anwalt dran, dein sauberer Vater.« Sie hob den Blick, als würde sie einen anderen anschauen. »Ja, du, Wolfhart König. Wärst du gerne mein Schwiegervater geworden? Tja, daraus wird nichts. Ulf war ein guter Mensch, freundlich, unschuldig, und du hast einen Schuldigen aus ihm gemacht, einen Verzweifelten, Hoffnungslosen. Ulf hat gerne gelebt, und du hast ihm das Leben so sehr kaputt gemacht, dass er einsam und allein in dieser beschissenen Badewanne verreckt ist. Das werde ich euch beiden nie vergessen, nie, nie, nie!« Sie hielt kurz inne. »Vielleicht müssen wieder Menschen sterben. Aber das sollte für dich, mein armer, beschissener Christian König, nichts Neues sein. Denn auch für dich mussten Menschen sterben. Die Radfahrerin. Mein Kind, das nie geboren wurde. Und Ulf Köhler.« Ihre Stimme wurde leise. »Und ein bisschen auch ich …« Sie senkte kurz den Blick, starrte dann wieder Christian an. »Aber noch lebe ich. Und solange auch nur ein Funken Leben in mir ist, höre ich nicht auf. Du wirst nie wissen, ob ich hinter dir stehe, den Finger am Abzug. Du wirst nie wissen, ob ich abdrücke, und wann.«

Sie trat ein paar Schritte zurück. Offenbar filmte sie sich mit einem Stativ, das sie vor sich aufgestellt hatte. Christian sah weitere Wolkenkratzer hinter der bodentiefen Fensterscheibe des Zimmers. Wolken. Blauen Himmel.

Weit hinten ein Flugzeug.

Mit einem Piloten, ging es ihm durch den Kopf. *Einem Pilot, wie Ulf es nie werden durfte.*

Christian sah das Gesicht seines Freundes vor sich.

Mit der Bierflasche damals auf der Party.

Mit den Warhammer-40K-Figuren.

Mit ihm gemeinsam im Kino. Auf einem Open-Air-Rockkonzert.

Hörte seine Stimme, sein Lachen.

Hasta la vista ...

Und sah seine verfaulte Leiche.

In irgendeiner schäbigen Absteige in Barcelona.

Er schlug die Hände vors Gesicht.

»Warum ich dir das alles erzähle?«, fuhr Nicole fort. »Damit du deine Schuld nicht vergisst. Damit du weißt, dass ich da bin, um mich zu rächen. Nur dafür lebe ich. Vielleicht kommst du diesmal davon. Vielleicht auch nicht. Aber wenn, ist meine Rache beim nächsten Mal umso schlimmer. Du bist der wahre Schuldige, und dafür wirst du bezahlen, das schwöre ich!«

Noch einmal hob sie die Hand. Die linke Hand. »Und dieser Ring«, sie zeigte auf den Verlobungsring, den Ulf Köhler ihr geschenkt hat, »wird dich für immer daran erinnern.«

Sie starrte ihn an. In ihren Augen schien ein Feuer zu lodern. »Exitus, mein Schatz.«

Der Bildschirm wurde schwarz.

14.

»Asien«, sagte Deckhard irgendwann in die bedrückende Stille hinein. »Unglaublich.«

»Darf ich dann davon ausgehen, dass ich meinen Sohn jetzt mit nach Hause nehmen kann?«, fragte Wolfhart König, der die ganze Zeit geschwiegen und mit versteinerter Mine auf den Bildschirm gestarrt hatte. Jetzt hatte er offenbar als Erster die Beherrschung wiedergefunden.

»Ja«, sagte Deckhard immer noch fassungslos. »Dürfen Sie.«

»Und beten Sie, dass der Weihnachtsmann mir schöne Geschenke bringt.« König legte Deckhard die Hand auf die Schulter, aber es war alles andere als eine freundschaftliche Geste. »Sonst könnte ich auf die Idee kommen, dafür zu sorgen, dass die grundlose Inhaftierung meines Sohnes ein sehr unangenehmes Nachspiel für Sie hat.«

Christian König würde eine Bewährungsstrafe bekommen, wegen Widerstands gegen die Staatsgewalt. Dagegen, das wusste Deckhard, konnte auch sein Vater nichts unternehmen. Aber würde Wolfhart König tatsächlich gegen ihn, Deckhard, vorgehen? Er bezweifelte es. Auch ihre Welt war ins Wanken geraten. Die perfekte Schwiegertochter war zur wahnsinnigen Rachegöttin geworden.

Was wurde jetzt aus Christian? Aus der gemeinsamen Wohnung? Aus seiner Zukunft? Würde Nicole ihn tatsächlich noch einmal heimsuchen, sich noch einmal rächen, indem sie ihn tötete? Musste Christian tatsächlich zu jeder Zeit mit einem Angriff rechnen? An jedem Ort? Oder reichte allein schon der Gedanke, dass irgendwo jemand auf der Lauer lag? Immer. Überall. Jemand, den man geliebt hatte. Und von dem man glaubte, dass er einen selbst ebenfalls geliebt hatte. Der diese Liebe aber die ganze Zeit nur vorgetäuscht hatte, um die perfekte Bühne für seine Rache zu haben.

Das war die perfideste Art der Feindschaft.

Christian war vorerst wieder frei. Keine U-Haft mehr, kein Gericht, keine Anklage wegen Mordes. Er war frei, weil Nicole gestanden hatte. Sie wollte, dass Christian wusste, dass er bestraft wird. Jetzt oder irgendwann in der Zukunft. Vielleicht in drei Jahren, vielleicht schon morgen.

Es war, als würde ihm ständig jemand mit geladener Waffe folgen, hasserfüllt, lauernd, versteckt in den Schatten, ohne dass er wusste, wann und wo dieser Jemand den Abzug betätigte.

Epilog

Deckhard stand mit Sophie am Fenster und blickte Christian König und seinem Vater nach, die ein wenig verloren das LKA in der Keithstraße verließen und in Wolfharts Luxuslimousine stiegen.

Was ist schlimmer für Christian?, fragte sich Deckhard. *Die Zukunft oder die Vergangenheit?*

Die Zukunft bedeutete für ihn, dass seine einstige Freundin ihm auflauerte, um irgendwann auf ihn loszugehen, aus dem Hinterhalt, aus dem Dunkel, plötzlich, unerwartet und unausweichlich. Denn nicht nur die Liebe konnte Berge versetzen, auch der Hass.

Und die Vergangenheit? Im Fall Christians stand sie für die Erkenntnis, dass man ihm Liebe, Freundschaft und Zuneigung die ganze Zeit nur vorgegaukelt hatte. Als hätte Christian in einer Traumwelt gelebt, die irgendwann zu einem Albtraum geworden war.

Deckhards Handy piepte. Eine SMS von seinem Bruder.

Nicht vergessen, in drei Tagen ist Weihnachten. Dann sehen wir uns. Stirb langsam!

Deckhard lächelte. Ja, in drei Tagen würden sie sich sehen. Und sich gemeinsam *Stirb langsam* anschauen. Der Film spielte zu Weihnachten. Der perfekte Film für die Feiertage. Jedenfalls für ihn und seinen Bruder. Bruce Willis als John McClane, der am Heiligen Abend im blutigen Unterhemd und mit einer Maschinenpistole durch verdreckte Heizungsrohre kroch.

Neun Millionen Terroristen, aber ich kriege es mit dem zu

tun, der kleinere Füße hat als meine Schwester, sagte Willis in dem Film. *Yippiyayee, Schweinebacke.*

Deckhard lachte.

»Was ist?«, fragte Sophie.

Er zuckte die Schultern. »Ich habe gerade an ein Filmzitat gedacht.«

»Wieso?«

»Liegt an meinem Bruder und seiner Leidenschaft für Spielfilme.«

»Was denn für ein Zitat?«

»Schau mir in die Augen, Kleines.«

»Kenn ich. *Casablanca.* Aber geht das Zitat nicht in Wirklichkeit anders?«

»Ja. *Ich schau dir in die Augen, Kleines.* Wird aber immer falsch zitiert. Wie auch immer ...« Er blickte nach draußen in den Winterhimmel. »Trinken wir was?«

»Klar.«

»Wie wär's mit Glühwein? Ist ja bald Weihnachten.«

»Gern.«

Sie schlenderten die Straße hinunter in Richtung »Eisen«, der Kneipe, in der sie sich freitags des Öfteren trafen.

»Wo wir gerade dabei sind«, nahm Decker den Faden wieder auf, »mein Bruder hat eine Lieblingsstelle in *Spiel mir das Lied vom Tod*, dem Westernklassiker von 1968.«

»Welche Stelle ist das?«, fragte Sophie.

Deckhard fingerte nach seinen Filterlosen, zündete sich eine an und versuchte, die Zigarette zwischen den Lippen zu behalten und die Hände wieder in die Taschen zu stecken, was nicht ganz gelang, weil ihm dabei Rauch in die Augen wehte. »Es ist ein Zitat, das irgendwie zu dem passt, was wir erlebt haben.« Er warf sich in Pose und versuchte, die Stimme von Charles Bronson zu imitieren: »Ich hab schon mal drei von diesen Mänteln gesehen. In den Mänteln drei Männer, und in den Männern drei Kugeln.«

Sophie lächelte ein wenig krampfhaft. »Drei Männer. Wie bei uns. Richter, Neumann, Schröder.«

»Und der, den wir für den Mörder hielten, war es nicht«, sagte Deckhard.

»Auch nicht das Motiv, an das wir glaubten.« Sophie ließ den Blick über den schneebedeckten Bürgersteig schweifen, der kaum gestreut war. »Es ist geschmolzen wie Schnee.«

»Ja.« Deckhard hätte gerne den Arm um Sophie gelegt, tat es aber nicht. Wie immer. Und ärgerte sich darüber. Wie immer. »Manchmal sind keine Männer in den Mänteln. Manchmal sind es nur drei Mäntel. Und manchmal sind es nur Phantome.« Er blickte hinauf zum Winterhimmel. »Man müht sich ab, hat vielleicht Erfolg, aber der bedeutet nichts. Nichts ist von Dauer, aber du fängst immer wieder von vorne an. Wie Nicole. Ob aus Liebe oder Hass oder irgendeinem anderen Grund. Du musst weitermachen, es geht nicht anders. Es hört erst auf, wenn du nicht mehr kannst.«

Sie schlenderten die Keithstraße entlang Richtung Kudamm, vorbei an der Weihnachtsdekoration, umtanzt von Schneeflocken und unter funkelnden Sternen, die hier und da zwischen Winterwolken hervorblitzten.

Sterne, die vielleicht auch Christian König betrachtete, in genau diesem Moment. Und vielleicht fragte er sich dabei, wie sein künftiges Leben aussah.

Sterne, die man auch in fernen Ländern sah. Die auch Nicole Elvers irgendwo in Asien sehen konnte.

Millionen verschiedener Sterne, überlegte Deckhard, *aber einige unserer Sterne sind dieselben.*

ENDE

Dank

Wie auch in allen meinen bisherigen Büchern gilt der größte Dank wie immer meinen Leserinnen und Lesern! Ein Produkt funktioniert nur dann, wenn es auch Käufer findet. Oder, volkswirtschaftlich gesprochen: Angebot funktioniert nicht, wenn es keine Nachfrage gibt. Dass Ihr alle aus den 80 000 Neuerscheinungen, die es pro Jahr in Deutschland gibt, gerade meine Bücher als kaufens- und lesenswert auswählt, freut mich immer wieder aufs Neue.

Wie Ihr vielleicht schon wisst, handelt es sich bei diesem Thriller nicht um einen neuen Band der Clara-Vidalis-Reihe, sondern um einen so genannten »Standalone«. Für alle, die gleich an die Decke gehen: Clara Vidalis kommt, wie James Bond seinerzeit, zurück – der nächste Band ist schon in Planung!

Zu SKIN hat mich nicht zuletzt auch meine eigene Biografie inspiriert. Wie einige von Euch wissen, habe ich mehrere Jahre in einer großen Unternehmensberatung gearbeitet. Die Art und Weise, wie dort gearbeitet wird, der Zeitdruck, das viele Reisen, der Glamour, die extrem motivierten und leistungswilligen Kollegen, aber auch der Stress und die sozialdarwinistische Komponente in diesen Jobs (»up or out« sagt man bei McKinsey, »grow or go« bei Boston Consulting) haben in mir schon lange die Überlegung reifen lassen, dass dieses Umfeld doch der ideale Hintergrund für einen Thriller ist. Und mehr als einmal wurde ich von Euch gefragt: »Veit, warum schreibst du nicht mal einen Thriller im Umfeld einer Unternehmensberatung?« Voilà, hier ist er! Ich hoffe, Ihr schließt Christian von der Beratung ECC und das Ermittlerteam um Kommissar Deckhard und der smarten Rechtsmedizinerin Sophie genauso ins Herz wie Clara Vidalis und MacDeath.

Wie alle meine Bücher wäre auch dieses nicht möglich gewesen ohne ein paar hochgeschätzte Personen, die mir mit Rat und Tat zur Seite standen.

Ein besonderer Dank geht an meine Frau Saskia. Es war ihre Idee, »dass es doch langsam mal Zeit wird für eine weibliche Rechtsmedizinerin in deinen Thrillern«. Das Ergebnis kennt Ihr.

Ein großer Dank geht außerdem an meinen Freund Prof. Michael Tsokos, den Leiter des rechtsmedizinischen Instituts der Charité, für viele inspirierende Gespräche.

Ebenso herzlich danken möchte ich meiner Lektorin Gerke Haffner von Bastei Lübbe für die immer sehr zielführenden Gespräche zum Manuskript und den Blick einerseits für das große Ganze und fürs Detail. Und natürlich an Wolfgang Neuhaus, den ich dafür bewundere, dass sein Auge immer erkennt, wo man etwas noch bildhafter, spannender und besser machen kann.

Ebenso danke ich dem gesamten Team von Bastei Lübbe, besonders Klaus Kluge, Thomas Schierack und natürlich Barbara Fischer für die wunderbare Hilfe beim letzten Buchevent, Franziska Paar, Corinna Rausch, Momke Zamhöfer und Ricarda Witte-Masuhr für die professionelle Vermarktung und das Kümmern auf Messen, Sonja Lechner für die vielen schönen Lesungen und Events in immer größeren Spielstätten und natürlich Christian Stüwe für die großartige Arbeit mit Lizenzen und Auslandslizenzen.

Ebenso danke ich dem Vertrieb von Bastei Lübbe und allen

Buchhändlerinnen und Buchhändlern für die tolle Arbeit, die Einladungen zu Lesungen und einfach dafür, dass es Euch gibt! Und natürlich Boris Udina und seinem Team von AdOne für die tollen Ideen und Umsetzungen bei der DER TOTENZEICHNER-Tour.

Wie immer geht ein herzlicher Dank auch an meine Agenten Roman Hocke und Markus Michalek sowie Claudia von Hornstein und Gudrun Strutzenberger von der Agentur AVA International für die ausgezeichnete Zusammenarbeit. Die ersten Ideen zu SKIN begannen in meinem Wohnzimmer mit Gerke Haffner und Roman Hocke an einem eiskalten Dezembertag im Jahre 2014.

Ich hoffe, Ihr habt (oder hattet) viel Spaß mit SKIN und wir sehen uns demnächst auf einer Lesung, einem Festival oder an der Bar!

Wenn Ihr mir schreiben möchtet, könnt Ihr das unter info@veit-etzold.de tun oder eine der folgenden beiden Seiten besuchen: www.veit-etzold.de, www.facebook.com/veit.etzold.

Ich freue mich über Euer Feedback!

Herzliche Grüße
Euer
Veit Etzold

Berlin, im Frühjahr 2016